Tor Bomann-Larsen
Der Leibarzt des Zaren

Tor Bomann-Larsen

Der Leibarzt des Zaren

Roman

Aus dem Norwegischen von
Hans-Joachim Maass

Osburg Verlag

Titel der norwegischen Originalausgabe:
Livlegen
Cappelen Damm AS, Oslo

This translation has been published
with the financial support of NORLA.

www.osburgverlag.de
Herstellung: Prill Partners producing, Berlin
Umschlaggestaltung: Toreros, Lüneburg
Satz: Dörlemann Satz, Lemförde
Druck und Bindung: GGP Media GmbH, Pößneck
Printed in Germany
ISBN 978-3-940731-21-0

Für Hilde

Vorwort

Kommandant Jurowskij fand die Pulsader des Zaren und stellte fest, dass der Tod eingetreten war. Es war kurz nach halb zwei in der Nacht zum 17. Juli 1918 (nach der alten russischen Zeitrechnung war es der 4. Juli).

Es war einfach gewesen zu schießen, aber schwierig zu töten.

Russlands letzter Zar, Nikolaj II., war zusammen mit seiner Familie und vier weiteren Personen eine halbe Stunde zuvor in den Keller des Ipatjew-Hauses geführt worden. Es lag in Jekaterinburg unmittelbar östlich des Ural-Gebirges. Man führte sie in einen kahlen Raum von 4 × 4,5 Meter mit einem ovalen Gitterfenster und gewölbter Decke. Für den Zaren wurde ein Stuhl geholt, ebenso einer für die Zarin und einer für den Thronfolger. Die übrigen verteilten sich hinter ihnen mit dem Rücken zur Wand wie bei einem Gruppenfoto.

Draußen sprang der Motor eines Lastwagens an.

Der Kommandant öffnete eine Tür, worauf eine Abteilung Gardesoldaten eintrat, die ihre Waffen diskret auf dem Rücken hielten. Der Kommandant verlas eine Erklärung des Exekutivkomitees des Ural-Sowjets, die in aller Kürze verkündete, der Augenblick sei gekommen, in dem die Anwesenden erschossen werden sollten.

Der Zar fragte:

»Wie bitte?«

Die Zarin bekreuzigte sich. Es fielen Schüsse. Ohrenbetäubender Lärm füllte den Raum, bis die Magazine geleert waren, doch die Schreie verstummten nicht.

Später, als man die Leichen entkleidete, stellte sich heraus, dass die Töchter des Zaren spezialgenähte, mit Edelsteinen gefütterte Korsetts trugen; die Edelsteine saßen so dicht, dass die Kugeln von ihnen abprallten und sogar die Bajonette Mühe hatten, den Stoff zu durchdringen. Bei sechs der Opfer fanden die Gardisten das Medaillon mit dem Porträt eines Mannes, den alle erkannten – Gregorij Rasputin. Weder die Edelsteine noch das Medaillon konnten ihr Leben retten, sondern verlängerten nur ihre Leiden.

20 Minuten nachdem die ersten Schüsse abgefeuert waren, lagen elf Leichen unter der Persenning auf der Ladefläche. Die Toten waren Zar Nikolaj, seine Gemahlin Alexandra, der kaum vierzehnjährige Thronfolger und seine vier älteren Schwestern sowie eine Dienerin und zwei Diener. Das elfte Opfer war der Leibarzt des Zaren, Doktor Botkin.

Jewgenij Sergejewitsch Botkin wurde 1865 als dritter Sohn von Professor Sergej Petrowitsch Botkin (1832–1889) geboren. Der Vater stand als Leibarzt in Diensten sowohl von Alexander II. als auch Alexander III. Der Sohn Jewgenij erhielt seine Ausbildung in St. Petersburg und an den Universitäten von Berlin und Heidelberg. Nach einer Tätigkeit als Oberarzt in einem Krankenhaus St. Petersburgs und als Mitarbeiter bei Sanitätsoperationen des Roten Kreuzes während des Krieges gegen Japan wurde er 1908 zum Leibarzt Nikolajs II. im Rang eines Generals ernannt. Dabei behielt er sein Engagement außerhalb des Hofs bei, unter anderem als Dozent an der Medizinischen Akademie.

Jewgenij Botkin bekam mit seiner Ehefrau Olga vier Kinder: Dimitrij (Mima), Jurij, Tatjana und Gleb, die in den Jahren 1894 bis 1900 geboren wurden. Zehn Jahre nachdem Botkin bei der Zarenfamilie seinen Dienst angetreten hatte, ging die Ehe in die Brüche. Die beiden jüngsten Kinder haben nach der Flucht aus Russland ihre Erinnerungen herausgegeben.

Doktor Botkin lehnte es ab, sich mit dem großen Günstling des Hofs zu befassen, dem Wundertäter Gregorij Rasputin (1869–

1916), was ihn in einen gewissen Gegensatz zu Zarin Alexandra brachte. In einem Brief an den Zaren, datiert vom 30. August 1915, schreibt sie: »Ich habe Botkin eine Menge erzählt, um ihm die Dinge klarzumachen, da er sich nicht immer so verhält, wie ich es mir wünschen würde …«

Alexandra Fjodorowna war eine geborene Prinzessin von Hessen, wuchs jedoch nach dem frühen Tod der Mutter bei ihrer Großmutter auf, Königin Viktoria von England. 1894 ging sie im Alter von 22 Jahren nach Russland, wo sie den orthodoxen Glauben annahm und den jungen Herrscher des Landes heiratete, Nikolaj II. Das Ehepaar bekam insgesamt fünf Kinder, die im Alexanderpalast des »Zarendorfs« Zarskoje Selo in der Nähe von St. Petersburg aufwuchsen. Außerhalb der Parkanlage des Palasts wohnte der Leibarzt mit seiner Familie.

»Seitdem die Hofverpflichtungen den größten Teil der Tage mit Beschlag belegten, war er gezwungen, seine persönliche Arbeit nachts zu erledigen«, schreibt Gleb Botkin von seinem Vater. »Er ging nie vor vier oder fünf Uhr morgens schlafen, um dann um acht Uhr wieder aufzustehen.«

Der Leibarzt hielt seine nächtlichen Gewohnheiten auch nach der Deportation nach Jekaterinburg aufrecht. In ihren Erinnerungen hat die Tochter einen Brief wiedergegeben, den sie von der Tochter des Zaren erhielt, der Großfürstin Olga: »Ihr Vater verbringt einen Teil seiner Nächte damit, zu schreiben. Einmal soll er sogar in der Badewanne eingeschlafen sein!«

Der Mord an Nikolaj II. und seinen engsten Angehörigen gehörte zu einer Reihe geheim gehaltener Aktionen, die von den Bolschewiken in Moskau gesteuert wurden, wobei Mitglieder des Zarenhauses ohne gesetzliches Verfahren hingerichtet wurden.

Die Dynastie der Romanows hatte 1913 ihr 300-jähriges Jubiläum als Russlands regierendes Fürstenhaus gefeiert. Die letzten Herrscher (nach Katharina der Großen) waren:

Paul I. (1796–1801)
Alexander I. (1801–1825)
Nikolaj I. (1825–1855)
Alexander II. (1855–1881)
Alexander III. (1881–1894)
Nikolaj II. (1894–1917)

Das Massaker in Jekaterinburg zog nicht nur einen Schlussstrich unter ein altes Regime; vielmehr sollte sich das Gewölbe in Ipatjews Keller als Ausgangspunkt politischer Lösungen einer neuen Zeit erweisen.

Die wichtigsten Quellen, die das Ende der Dynastie beleuchten, sind die eigenen Briefe und Tagebücher von Zar und Zarin. Mehrere Menschen in ihrer Umgebung haben ebenfalls ihre Erinnerungen geschrieben, unter anderem: Großfürst Alexander Michailowitsch, Großfürstin Maria Pawlowna, Fürst Roman Romanow, Fürst Felix Jusupow, die Hauslehrer Pierre Gilliard und Sidney Gibbs, die Hofdamen Anna Wyrubowa und Baronin Sophie Buxhoeveden, der Hofmarschall Paul Graf Benckendorff und der Befehlshaber der Leibgarde, Alexander Graf Grabbe. Überdies sind uns Beschreibungen von Minister Alexander Kerenskij, dem Botschafter Maurice Paléologue, dem Dichter Alexander Blok, dem Journalisten Robert Wilton und der Fürstin Catherine Radziwill überliefert. In den letzten Jahren und ganz besonders nach der Öffnung der Archive in Russland sind eine lange Reihe geschichtlicher Bücher veröffentlicht worden, Biografien und Dokumentensammlungen, die den Sturz des Zarentums erhellen. Diese Werke stammen sowohl von russischen als auch westlichen Schriftstellern und Historikern.

Doktor Botkins Tagebuch ist nie gefunden worden.

April 1918

Jekaterinburg, den 17. April

»Zeigt uns den Blutigen!«

Es war unmöglich, die Worte nicht zu hören.

Seine Majestät hatte mit ruhigen Bewegungen das Etui hervorgeholt und eine Zigarette angezündet, als gingen ihn die Rufe von draußen nichts an. Die Zarin saß mit zusammengekniffenem Mund bewegungslos da. Die graublauen Augen von Großfürstin Maria waren weit aufgerissen. Nur Fürst Dolgorukow besaß die Geistesgegenwart, die Stille zu brechen:

»Warum halten wir in Jekaterinburg? Warum geht es nicht weiter?«

»Woher wissen sie, dass wir es sind?«, ließ sich die Zarin vernehmen. »Die Vorhänge sind ja zugezogen.«

Ich spürte plötzlich ein Bedürfnis nach frischer Luft, stand auf und blickte hinaus. Am Ende des Waggons war die Tür geöffnet. Ohne eine Erklärung abzugeben, verließ ich das kaiserliche Abteil und schlängelte mich an den Wachen vorbei zum Ausgang. Die Rufe wurden noch deutlicher. Auf der Plattform zum nächsten Wagen war ein Maschinengewehr postiert. Ein Unteroffizier gab mir durch ein Zeichen zu verstehen, dass ich mich nicht in der Tür zeigen dürfe. Ein Seitenblick vermittelte mir gleichwohl ein Bild von der Situation.

Zwischen uns und dem Bahnsteig, auf dem sich eine große und aufgehetzte Volksmenge versammelt hatte, lagen zwei Gleispaare. Die Menschen wurden von einer Reihe von Gardesoldaten zurückgehalten, die zu unserer Besatzung gehörten. Die Volksmenge blockierte nicht nur den Zugang zum Bahnhofsgebäude, sondern konnte in jedem Moment die Wachen zur Seite drängen und über die Bahnsteigkante hinwegquellen, um auf den Zug zuzustürmen. Weder der Anblick der Maschinengewehrposten noch der des Kommandanten vermochte die Gemüter zu beruhigen.

Mit einem Mal durchschnitt ein schrilles Pfeifsignal die Luft. Alle richteten ihre Aufmerksamkeit sofort zur Seite, wo zwischen uns und dem Bahnsteig ein Güterzug herangedampft kam. Die Menge ließ sich instinktiv zurückdrängen. Die Reihe von Güterwagen hielt an und blieb zwischen uns und dem Bahnsteig wie eine Mauer stehen. Ich begab mich eilig ins Abteil zurück. In dem Moment, in dem ich die Tür öffnete, machte der Waggon einen Ruck, und unser Zug, der die ganze Zeit über unter Dampf gestanden hatte, begann sich zu bewegen. Gleichzeitig nahm das Gedränge im Korridor zu, als die Gardesoldaten einen übereilten Rückzug antraten. Erst jetzt begriff ich, dass es sich nicht um einen Güterzug handelte, der zufällig im richtigen Augenblick in der Bergbaustadt Jekaterinburg angekommen war, sondern um ein taktisches Manöver, das auf Befehl von Kommandant Jakowlew inszeniert worden war.

»Das war knapp«, entfuhr es mir, als ich mich in dem dunklen Abteil auf den Sitz sinken ließ. Der Zar setzte eine fragende Miene auf, doch Fürst Dolgorukow kam ihm zuvor:

»Dann verlassen wir Jekaterinburg also.«

Ihre Majestät atmete schwer.

»Es ist der Telegraf«, sagte sie. »Sie telegrafieren von Station zu Station und hetzen den Pöbel auf, wohin wir auch kommen.«

Großfürstin Maria sah die Mutter mit Entsetzen an.

Das Wort Moskau lag mir schon auf der Zunge, als der Fürst eine Hand hob, um darauf aufmerksam zu machen, dass der Zug schon langsamer wurde. Kurz darauf hielt er ganz. Ich steckte den Kopf aus dem Abteil und erfuhr, dass wir auf einem Güterbahnhof am Rande der Stadt standen.

»Einem Güterbahnhof?«, fragte die Zarin, und ich hatte das Gefühl, tief zu erröten.

»So viel Gepäck haben wir doch gar nicht?«, fragte Seine Majestät.

»Nein, wo sollten wir mit dem Gepäck auch hin«, sagte der Fürst. »Schließlich reisen wir mit 160 Rotgardisten durch die Gegend.« Er überspielte die Ironie mit seinem traurigen schiefen Lächeln.

Die Äußerung hatte die beabsichtigte Wirkung. (Fürst Dolgorukow ist ein sehr erfahrener Hofmann.) Die Zarin gab dem Gedanken an die Rotgardisten den Vorzug vor den Stichwörtern »Güterbahnhof« und »Gepäck«. Es ging um mehr als eine Bahnfahrt zwischen den Provinzstädten Tobolsk und Jekaterinburg. Die Gardesoldaten waren nicht nur unsere Gefangenenwärter, denn sie garantierten nicht nur unsere Sicherheit, sondern auch unsere Bedeutung.

Gleichwohl brachte niemand den Mut auf, die Hauptstadt beim Namen zu nennen. Vor uns lagen die Berge des Ural, und auf der anderen Seite waren es immer noch mehrere Tagesreisen bis zum Zentrum der Macht.

Es verging eine Stunde, vielleicht waren es auch zwei, bevor man uns befahl, den Zug zu verlassen. Offenbar war zwischen unserem Kommandanten Jakowlew und den örtlichen Kommissaren des Ural-Sowjets eine Abmachung getroffen worden. Auf dem Güterbahnhof wimmelte es von bewaffneten Gardisten und mehreren Würdenträgern der neuen Zeit. Überdies waren kein Hund zu sehen und keine Beschimpfungen zu hören.

Man holte uns der Reihe nach ab, erst das Zarenpaar und die Tochter, Großfürstin Maria, in einem offenen Automobil, das von einem mit Maschinengewehren und bewaffneten Gardesoldaten vollgestopften Lastwagen eskortiert wurde. Zwanzig Minuten später wurde ich zusammen mit dem Fürsten und unseren drei Dienern in einen geschlossenen Wagen gedrängt. Wir erhaschten ab und zu einen Blick auf die Stadt, jedenfalls genug, um zu sehen, dass Jekaterinburg bedeutend größer ist als Tobolsk. Es hat mehr hohe Gebäude und recht starken Verkehr auf den Straßen. Schließlich kämpfte sich der Wagen röchelnd einen langen Berg hinauf. Wir hielten auf der Hügelkuppe. Es roch nach Harz und frischem Baumsaft. Man hätte meinen können, man hätte uns in einem Wäldchen hinausgelassen.

Vor uns stand eine dichte, grob behauene Palisade aus schlanken, frisch ausgeästeten Baumstämmen von etwa vier Meter Höhe. Dahinter überragten weiße Dachgesimse und ovale Bodenfenster ein niedriges, gemauertes Haus.

Hierher sollte man uns bringen.

Man führte uns zum Eingang, wo jeder von uns den Passierschein vorzeigen musste, den wir von den Kommissaren in Tobolsk erhalten hatten. Als Arzt wurde ich schnell durchgelassen, Fürst Dolgorukow hielt man dagegen zurück, obwohl die Papiere zeigten, dass er der Hofmarschall des Zaren war.

Oder vielleicht gerade deshalb?

Es ist Mitternacht. Wir lassen den Dienstag nach Palmsonntag hinter uns, den Tag, an dem Nikolaj II. in Jekaterinburg Einzug hielt. Endlich Ruhe nach mehreren Tagen unterwegs, jedoch ohne unseren wirklichen Bestimmungsort zu kennen.

Ich habe zur Feder gegriffen. Vielleicht kann das Schreiben auf dem weiteren Weg als Hilfe und Stütze dienen, als Anhaltspunkt für Daten und Orte, jetzt, wo ich nicht einmal mehr den Fürsten Dolgorukow zum Gedankenaustausch habe.

Diese Entscheidung traf ich, als mir die Bedeutung des Tages aufging, nicht die offenkundige, aber die dahinterliegende. Nicht einmal der Zar erinnerte sich am 17. April daran, dass wir unser neues Gefängnis am 100. Geburtstag des Zaren betraten, den man den Befreier nennt.

Niemand erinnerte sich an den Geburtstag Alexanders II.

An seinen Todestag erinnert sich jeder.

18. April

Der Tag ist das Licht zwischen zwei Nächten.

Dreizehn Tage trennen uns von unseren Bewachern. Sie bewegen sich im Takt mit dem gregorianischen Kalender, wir folgen dem Bindeglied zu der alten Zeit, zu der julianischen Ordnung. Wir befinden uns in der Karwoche, in einem Ritual, das unsere Bewacher längst hinter sich gelassen haben. Den Kalender aufgeben heißt Gott abschreiben.

Ich liege im Salon, einem großen Zimmer mitten im Haus mit zwei Türen, von denen jede zu einem eigenen Universum führt. Das Feldbett steht nur einen Meter von der Doppeltür zum Gang entfernt, von dem eine Tür zur Eingangshalle mit einer Treppe zum Souterrain und eine weitere zum Wachbüro des Kommandanten führt. Auf der anderen Seite liegt das Esszimmer. Hinter diesem düsteren Raum, in dem wir alle unsere Mahlzeiten einnehmen sollen, befinden sich drei helle Schlafzimmer, die für die Zarenfamilie gedacht sind.

Die Lampe habe ich auf einen kleinen Tisch zwischen der Eingangstür und dem Kopfende gestellt. Das Licht fällt direkt auf das Kopfkissen. Von der anderen Seite der Wand höre ich das Rumoren des Kommandanten und von Gardesoldaten, die im Büro ein und aus gehen.

Gegen das Kissen vor dem Eisengitter gelehnt, habe ich Aussicht auf vier hohe Fenster mit schweren Gardinen. Ein Teil des Salons mündet in eine Nische, typisch für die moskowitische Architektur des Hauses, bei der Tapetenornamente und Stuckatur in dunkleren, goldeneren Farbtönen gehalten sind. Direkt in der Wölbung steht ein schwerer Schreibtisch. Von dort habe ich die Lampe geholt.

Was das Leselicht angeht, habe ich beschlossen, auf meine zwei Zimmergenossen keine Rücksicht zu nehmen. Beide haben ihre Betten an der innersten Wand im Zimmer platziert, hinter der Tür zum Esszimmer. Es sind die alternden Kammerdiener des Zaren, die unentbehrlichen Tschemodurow und Iwan Sednjew, der ursprünglich Matrose an Bord des Zarenschiffs *Standart* war, der aber als Diener der Töchter Seiner Majestät nach Sibirien mitgekommen ist. Das Kammermädchen der Zarin, Anna Demidowa (Njuta), hat sich im Esszimmer schlafen gelegt. Das Zarenpaar hat zusammen mit der Tochter, Großfürstin Maria, das helle Eckzimmer eingenommen. Während mich nur eine tapezierte Wand von dem bolschewistischen Kommandanten trennt, liegt zwischen mir und dem Zarenpaar ein großer offener Raum.

So wurden wir gestern bei unserer Ankunft einquartiert, drei Mitglieder der Zarenfamilie, drei Diener und ich, der siebente, die allein das Gefolge bilden, den Hofstaat des Zaren. So begaben wir uns schon am ersten Abend zur Ruhe. Weit weg von unseren Angehörigen in Tobolsk und noch weiter entfernt vom Zentrum der Macht in Moskau.

Wir wurden von Hornbläsern geweckt. Seine Majestät war früh auf den Beinen. Die Töne von Trommeln und Blechbläsern schienen ihn zu beleben. Es waren jedoch keine Zarenmärsche. Der Musik folgte ein grober, unartikulierter Gesang, und als die Meute vor dem Palisadenzaun vorbeizog, wurden sogar die Trompeten von unangenehmen Rufen übertönt, vorzugsweise von fantasievollen Formulierungen, die dem Hass auf die Zarin entsprungen waren, Schmähungen, die nur die Dienerschaft und ich selbst verstehen konnten. In den graublauen Augen der Fürstin Maria erkannte ich das Wort vom Bahnsteig wieder, »den Blutigen«, und ertappte mich dabei, dass ich Fürst Dolgorukows Replik vermisste. Als das Orchester etwas intonierte, worin wir die französische Nationalhymne wiedererkannten, das Revolutionslied, kam mir der Einfall, uns dreizehn Tage weiter zu zählen. Nach der neuen Zeitrechnung war es der 1. Mai.

Niemandem fiel es leicht, die Feiern des Vorjahrs zu verdrängen, als ein ähnlicher Aufzug lärmend vor dem Gitterzaun vor dem Alexanderpalais in Zarskoje Selo vorüberzogen war. Selbst wenn uns in diesem Jahr *der Anblick* der Fahnen und der Menschenmasse erspart blieb, waren die Laute und Rufe erheblich näher gekommen. Es sind vier oder fünf Meter zwischen dem Haus und der Palisade, doch zum Glück waren die Fenster geschlossen. Überdies blieb uns der Trauermarsch erspart. Wir möchten lieber die »Marseillaise« hören oder auch die »Internationale«, selbst in ihren schauerlich russifizierten Versionen, als Chopins Trauermarsch. Dieser hatte vergangenes Jahr zu Ostern durch das Alexanderpalais gedröhnt, als man aus dem Begräbnis der »Opfer der Revolution« vor den Schlossfenstern eine große Angelegenheit machte. Die Prozessionen wiederholten sich so oft, dass am Ende die gesamte Zarenfamilie und der halbe Hof Chopin vor sich hinpfiff. Auch in Tobolsk blieben uns Volksparaden vor der »Zarenresidenz« nicht erspart.

Dies ist unser drittes Gefängnis. Das Imperium schrumpft.

Mein ältester Sohn Mima wurde nie gefunden. Nur der leere Sattel, ein Koffer und ein Datum, der 3. Dezember 1914, kehrten von der Front zurück. Der Zar überreichte mir stellvertretend für meinen Sohn das St. Georgskreuz für erwiesene Tapferkeit. Ein blankes Kreuz, ein leuchtendes Kreuz, aber keine Brust mehr, an die man es heften konnte.

Erst als der Zug aus Zarskoje hinausrollte, stieg ich in den Sattel. Ich saß noch fünf Tage später im Sattel, nachdem wir die Reise von Tobolsk angetreten hatten. Nur wenn ich dem Zaren folgte, nur wenn ich meine überlebenden Kinder verließ, konnte ich als Vater Bedeutung bewahren. Als Seine Majestät den Thron aufgab, wurde ich auf eine neue Weise an ihn gebunden. Die Abdankung machte jede Ausrede ehrlos, und für denjenigen, der einen Sohn auf dem Schlachtfeld verloren hat, ist sie unmöglich. Wenn alle Normen sich in Auflösung befinden, bin ich gezwungen, an dem Begriff

Ehre festzuhalten und ihn zumindest mit Anstand zu erfüllen. Sowohl um der Toten als der Überlebenden willen. Ich vermisse meine Kinder. Die beiden in Tobolsk, das dritte in Petrograd, am meisten jedoch den Erstgeborenen, der für immer nicht mehr da ist. Ihm stehe ich am nächsten.

Jeden Tag ein wenig näher.

In unserem Leben wurde dies der Tag der Revolution, der 13. April 1918. Die Umwälzung ereignete sich im Morgengrauen, als Kommandant Jakowlew unserem Gefolge aus gebrechlichen Bauernkarren den Marschbefehl erteilte. Die Bolschewiken hatten in Brest-Litowsk mit unseren deutschen Feinden das Friedensabkommen unterzeichnet, und damit hatte sich Russland aus dem Weltkrieg verabschiedet. Der Feldzug aus der Vergangenheit setzte sich in Bewegung.

Die Zarenfamilie wurde auseinandergerissen, die Töchter voneinander getrennt. Und ich sah meine eigene Tochter hinter einer Glasscheibe auf der anderen Straßenseite mit erhobener Hand dastehen. Ich schaffte es immerhin, mich vor ihr zu bekreuzigen (und vor Gleb, von dem ich wusste, dass er schlief), denn die Kolonne hatte Tobolsk verlassen, unseren Aufenthaltsort für acht lange Monate.

Bis dahin waren alle Entscheidungen selbstverständlich und schicksalsbestimmt gewesen. Die Privilegien hatten sich aufgelöst, die Leibwache war mit Gefangenenwärtern vertauscht worden, doch das Leben selbst hatte seinen Zusammenhang bewahrt. Unsere familiären Bande, unsere menschlichsten Bindungen waren immer noch unangetastet.

Als der Vormarsch hier in Jekaterinburg zum Stehen gekommen war, richteten sich alle Gedanken zurück nach Tobolsk, zu denen, die wir verlassen hatten, zu den Elternlosen, den Unbeschützten. Den größten Teil des Tages bin ich recht unbesorgt, was meine eigenen zwei Kinder betrifft. Sie befinden sich zum ersten Mal östlich des Ural, aber die Welt ist ihnen nicht unbekannt. Die Straße, die Stadt, ja, das ganze Land, in dem sie aufgewachsen sind, sind etwas anderes geworden, und gleichwohl befinden sie sich in der gleichen Menschenwelt aus Gut und Böse, in der sie immer gelebt haben. Die Kinder des Zaren hingegen haben niemals in dieser Welt aus Gegensätzen und Wahlmöglichkeiten gelebt. Sie sind unter dem allmächtigen Schutz des Zaren aufgewachsen, unter dem Gesetz der Dynastie, unter den allumfassenden Schwingen des Doppeladlers.

In Tobolsk haben der Zarewitsch Alexej und die drei verbliebenen Großfürstinnen immer noch einen Dienerstab und einen Hof von annähernd vierzig Personen um sich. Es sind nicht die Untertanen, sondern das Oberhaupt, das ihnen fehlt. Die Kinder des Zaren haben den Zaren verloren. Meine Gedanken gehen nicht zu dem Schwächsten, dem Jüngsten und Kranken, sie gehen vielmehr zu der Ältesten, die versuchen muss, die Lücke zu füllen und den Thron einzunehmen. Niemand ist so verlassen wie die Großfürstin Olga, die zweiundzwanzig Jahre alte Zarin von Tobolsk.

Die Nacht ist das Versteck der Seele.

Unsichtbar verlaufen die Fluchtlinien des Gedankens, entlang der nächtlichen Gleise. Zurück, immer zurück.

Gründonnerstag, den 19. April

Durch die Fenster können wir ein goldenes Kreuz erkennen. Es gehört zum Zwiebelturm der Himmelfahrtskathedrale auf der anderen Seite des Platzes, an dem das Haus liegt. Wir sahen die Kirche, als man uns von der Bahn herbrachte. Der Turm ist das Einzige, was man über die Palisade hinweg erkennen kann. Wenn das oberste Fenster einen Spaltbreit geöffnet ist, hören wir die elektrische Straßenbahn und die Pferdekarren der Bauern, die über die Pflastersteine des Himmelfahrtsplatzes rumpeln.

Das Haus steht auf einem Hang, es hat ein Dachgeschoss, eine Hauptetage und ein Souterrain. Auf der Rückseite liegt eine Veranda, von der eine recht breite Treppe zu einem kleinen Garten hinunterführt, in den ich Seine Majestät nach dem Mittagessen zu einem einstündigen Spaziergang eskortierte. Nikolaj Alexandrowitsch schlug vor, dass auch die Zarin mitkommen solle, da die Sonne schien und es recht warm war.

»Es weht«, erwiderte Alexandra Fjodorowna mit erschöpfter Miene. »Maria hat mir das Haar hochgesteckt.«

Die Großfürstin erbot sich zugleich, der Mutter Gesellschaft zu leisten, ihr etwas vorzulesen und danach neue Briefe nach Tobolsk zu schreiben. (Gott allein weiß, ob sie jemals ankommen.) Maria Nikolajewna ist zuvor nie von ihren Schwestern getrennt gewesen. Als Nummer drei in der Reihe kann sie sich ein Dasein ohne Olga, Tatjana und Anastasia nicht vorstellen, ebensowenig wie die Zarin ohne den Gedanken an den Zarewitsch existieren kann. Alexandra Fjodorowna war im Übrigen am Vormittag höchst aufgebracht, als sich herausstellte, dass die Gardesoldaten den Samowar völlig leergetrunken hatten.

Der Gefängnishof erwies sich als höchst ungeeignet für Spaziergänge von Damen. Ohne ihre neugierigen Blicke auch nur im mindesten zu verbergen, lümmelten die Wachposten zwischen den Verandasäulen und am Zaun herum. Sie trugen halbmilitärische Requisiten und waren mit Gewehren und Säbeln bewaffnet, einige auch mit einer Pistole im Gürtel. Seine Majestät tat, als bemerkte er die schäbige Aufmachung nicht, und doch weiß ich, dass er an der Kleidung eines Soldaten auch das kleinste Detail registriert. Immerhin ist er jahrzehntelang durch Inspektionen und Paraden gedrillt. Er stellt sofort einen Kontakt her, sobald er bei einem der Gardisten ein freundliches Gesicht oder eine zugängliche Haltung bemerkt. Es dürfte eher meine hochgewachsene, halb grauhaarige Erscheinung sein, die abschreckend wirkt. Die schlanke und zugleich bescheidene Gestalt Seiner Majestät in der schmucklosen Soldatenbluse, mit dem freundlichen Gesichtsausdruck und den stets aufmerksamen Gesten bewegt sich wie der personifizierte Widerspruch des Selbstherrschers in sich.

Als wir die Holztreppe hinaufgingen, erkundigte er sich sehr rücksichtsvoll, ob ich mir um meine Kinder in Tobolsk große Sorgen mache. Das tue ich selbstverständlich, doch ich erwiderte:

»Mit ihren achtzehn und zwanzig Jahren sollten sie auf sich selbst achtgeben können, sofern es überhaupt möglich ist, unter den herrschenden Zuständen auf etwas zu achten.«

Seine Majestät seufzte. Er brauchte nicht zu sagen, dass auch seine Gedanken sich in Tobolsk befanden, wo sie zuerst und zuletzt um das Krankenlager des Zarewitsch kreisten. Ich brachte das Thema nicht zur Sprache, da ich keinerlei Trost zu geben hatte.

Nikolaj Alexandrowitsch kommt ohne den Hofstaat erstaunlich gut zurecht, doch wenn er seine Kinder nicht um sich hat, erweckt er einen bemitleidenswerten Eindruck. Der Alleinherrscher ist für die Einsamkeit nicht geschaffen.

Es sind die Krankheit und seine Stellung als Thronfolger, die dem Zarewitsch in den Augen beider Eltern eine absolute Sonderstellung verleihen. Sowohl für die Mutter als auch für den Vater ist der Sohn der Lebensinhalt, der einzige Mensch, den sie formen sollen, der das Ererbte erheben und weitertragen sollte.

Die Trennung fällt Alexej Nikolajewitsch bestimmt nicht leichter. Er hat eine starke Bindung an seine Mutter und sieht, wie nicht anders zu erwarten, in dem Vater sein Vorbild. Und obwohl Nikolaj Alexandrowitsch alles andere als ein dünkelhafter Mensch ist, räumt er dieser Bewunderung einen sehr hohen Stellenwert ein. Ich glaube, dass er die Sehnsucht des Sohns ebenso stark empfindet wie seine eigene. Vielleicht dem Alter, aber nicht der Reife nach war er erwachsen geworden, als er selbst seinen Vater verlor, den großen, hoch bewunderten Zaren Alexander. Nichts wünscht er seinem einzigen Sohn weniger als einen Vater, der ihm die

Bürde der Macht auf die Schultern legt, wie es sein Vater einst getan hatte.

Alexej Nikolajewitsch blickt zu seinem Vater auf, und Alexandra Fjodorowna blickt zu ihrem Sohn auf. Nikolaj Alexandrowitsch blickt zu seiner Gemahlin auf. Dieses Machtdreieck lässt sich deuten und umdeuten, doch im Verlauf der letzten dreizehn Jahre hat es hinter den Säulenfassaden und unter den Zwiebeltürmen das psychologische Zentrum im Leben des Reiches gebildet.

Um halb sieben wurde endlich Tee serviert. Der Zar las aus dem Buch Hiob. Danach holten die Zarin und Maria Nikolajewna alles, was sie an Ikonen und heiligen Gegenständen mitgebracht hatten, und platzierten sie auf dem Schreibtisch gleich in der Nische.

Auf Nikolaj Nikolajewitsch Ipatjews Schreibtisch wurden zwei Kerzen angezündet. Es ist sein Haus, es sind seine Möbel, seine Bilder und Teppiche; er ist Hauptmann im Ingenieurkorps des Heeres, und wie es heißt, auch Kaufmann. Ich weiß nicht, was er kauft und verkauft, doch hat er seine Geschäfte mit Geschick betrieben. Das Haus ist nicht viele Jahre alt, es ist solide, aufwendig, fast übertrieben und recht geschmackvoll eingerichtet. Alles weist auf einen soliden Bürger hin, einen der bestsituierten Bewohner der Stadt. Er hat es sogar geschafft, auf dem höchsten Punkt Jekaterinburgs zu bauen, aber das Eigentumsrecht musste der Schwerkraft der Geschichte weichen, und so wurde die Villa des Kaufmanns konfisziert, als Gefängnis eingerichtet und in ein Schloss verwandelt.

Heute Abend, zur Zeit der Messe, versammelten wir uns um den Schreibtisch. Die Nische verleiht dem Raum ein eigenartiges, beinahe sakrales Gepräge; das Blattgold, das die Christusköpfe auf dem Tisch schmückt, findet einen Widerschein in den Bilderrahmen der Gemälde an den Wänden und in den vergoldeten Leisten entlang der Brüstung und unterhalb der Decke. Das Fehlen eines Geistlichen, einer Stimme außerhalb von uns selbst als Sprachrohr der heiligen Texte, lastete am schwersten auf uns. Seine Majestät begann mit seiner gedämpften, melodischen Stimme laut aus den Evangelien vorzulesen; danach gab er mir durch ein Zeichen zu verstehen, dass ich fortfahren solle, worauf wir die zwölf Bibelstellen abwechselnd vorlasen. Niemand sang. Mochte der Zar auch als der hohe Beschützer der orthodoxen Kirche gegolten haben, fühlt er sich für diese Aufgabe ebenso wenig geweiht wie ich selbst kraft meines medizinischen Examens.

Wir endeten mit einem Gebet und beteten wie immer für das Vaterland und unsere Kinder, deren Leben in fremde Hände gelegt ist.

Es ist noch keine sechs Jahre her, dass das gesamte Russische Reich auf die Knie fiel und für das Überleben des Thronfolgers betete. Vor der heiligen Ikone in der Kasan-Kathedrale stand die Bevölkerung von St. Petersburg Tag und Nacht im Gebet. Ich habe keine bessere Erklärung gefunden, als dass es die Knienden waren, die ihn retteten, die Tausende und Abertausende gottesfürchtiger Stimmen, die zum Himmel emporstiegen: Herr, lass ihn leben. Dieses Kind ist Russlands Zukunft!

Wenn der Glaube Berge versetzen kann, können Gebete vielleicht Steine für einen Dammbau sein?

Der Oktober 1912 war einer der entsetzlichsten Monate meines Lebens. Er begann mit einem Sturz in einem Ruderboot an der Grenze zwischen Polen und Weißrussland beim Jagdschloss Belowize. Das kaiserliche Gefolge war im September dorthin gereist, weil der Zar auf die Jagd gehen und sich nach den herbstlichen Feiern zum hundertjährigen Jubiläum der Niederlage Napoleons ausruhen sollte. In den gewaltigen Wäldern gab es Hirsche, Elche und Wisente im Überfluss. Die vier Großfürstinnen verbrachten die Tage zu Pferde. Der Zarewitsch durfte nicht reiten, doch an den Tagen, an denen der See glatt dalag, erhielt er die Erlaubnis zu rudern. Hier geschah das Unglück, als er vom Anleger ins Boot springen sollte.

»Au!« Dieser kleine Ausruf war so leise wie nur möglich, um keinen Schrecken um sich zu verbreiten. Doch der Ausruf kam und erregte Schrecken. Alle, die sich in der Nähe des Boots befanden, wussten, dass schon der kleinste Schmerzensschrei des Thronfolgers das Startsignal für eine dynastische Krise sein konnte. Alexej Nikolajewitsch hatte sich an der linken Hüfte gestoßen. Für einen beliebigen Achtjährigen ein harmloser, unbedeutender Stoß; für einen Bluter jedoch dramatisch, unheilverkündend und vielleicht tödlich.

Bei der ersten Untersuchung entdeckte ich eine kleine Beule und verordnete absolute Ruhe. Nach vierzehn Tagen konnte die Verletzung endlich als geheilt gelten. Man brach auf und begab sich weiter nach Polen hinein, nach Spala. Wir reisten in zwei Zügen, dem kaiserlichen Hofzug mit seinen acht glänzenden, dunkelblauen Waggons, die zwischen den Fenstern diskret mit dem goldenen Doppeladler markiert waren, einer Residenz auf Schienen, sowie einem Kaiserzug ohne Kaiser, der dem echten haargenau entsprach. Die Feinde des Zarentums sollten nie wissen, in welchem Zug sich Seine Majestät gerade befand.

Im Gegensatz zu dem prunkvollen und luxuriösen Schloss Belowize ist der Bau in Spala ein düsterer, zweistöckiger Holzkasten ohne romantische Türme oder Ausschmückungen. Aber auch dieser Jagdsitz ist von meilenweiten Wäldern umgeben, in denen das kaiserliche Wild immer dicht steht und geduldig auf sein gekröntes Oberhaupt wartet.

Vom Haus führte ein Kiesweg nach draußen. Alexandra Fjodorowna konnte sich nicht enthalten, den Rekonvaleszenten zu einer Kutschfahrt mitzunehmen. Der Weg war holperig. Kieswege *sind* holperig. Als der Wagen zurückkehrte, war Alexej Nikolajewitsch steif vor Schmerzen. Die Mutter war hysterisch vor Angst. Ich stellte ernsthafte Blutungen sowohl in der Hüfte als auch in der Leiste fest. Die Körpertemperatur begann zu steigen. Unsere führenden Experten, die Ärzte Prof. Fjodorow, Prof. Rauchfuss, Dr.

Ostogorskij und Dr. Derewenko wurden umgehend durch Boten aus St. Petersburg geholt.

Die Jagd war untadelig. Jeden Abend wurden Reihen erlegter Hirsche aufgeschnitten und mit Eichenzweigen im Bauch vor dem langgestreckten Holzgebäude auf der weiten Rasenfläche ausgelegt und im Lichtschein brennender Fackeln bewundert. Ein Militärorchester spielte auf.

Die Krankheit des Thronfolgers war das größte aller Geheimnisse des Reiches, im innersten Kreis der Dynastie verschlossen und versiegelt.

Drinnen im Jagdschloss, im Obergeschoss lag Alexej Nikolajewitsch in einem breiten Messingbett und wand sich vor Schmerzen. Das Gesicht wurde immer weißer und weißer. Wir standen wie gelähmt da, fünf von Russlands besten Medizinern, und beobachteten eine Schwellung am Unterbauch, ebenso oberhalb der linken Leiste. Der zarte Leib krümmte sich immer mehr, als sich das Blut staute und die Schwellung noch mehr wuchs.

Nach fünf Tagen ging der Hofminister zum Zaren und bat ihn um die Erlaubnis, ein medizinisches Bulletin über den lebensbedrohenden Zustand des Patienten zu veröffentlichen. Man könne den acht Jahre alten Thronfolger nicht einfach nur für tot erklären, ohne dass dem eine Krankheit vorangegangen, ohne dass es zu einem Unglück oder einem Attentat gekommen sei. Was werde Russland glauben, was werde das Volk denken?

Dieses erste Bulletin von einem der vielen Krankenlager Alexej Nikolajewitschs trug meine Unterschrift. Die Meldung löste eine momentane Erschütterung bei dem desorientierten russischen Volk aus, als sie am 9. Oktober 1912 in den Zeitungen des Landes kundgetan wurde. Das Kommuniqué ließ keinen Zweifel daran, dass der Thronfolger sich auf der Schwelle des Todes befand, enthielt aber kein Wort über das kranke Blut, über die Schwellung, die Millimeter um Millimeter weiterwuchs, oder über die Tatsache, dass sich der Leib des Knaben unaufhörlich wand. Dennoch ging ein Schrei durch jeden einzelnen gedruckten Buchstaben. Das Zarenhaus krümmte sich vor Schmerz. Die Jagd wurde abgeblasen, die Messinginstrumente eingepackt, und damit kehrte wieder Stille unter den Bäumen ein. Stattdessen wurde vor dem Jagdschloss ein großes grünes Zelt errichtet. Dies war das Feldlazarett der letzten Hoffnung, Vater Wassiljews Hospital, in dem sich das gesamte Gefolge, die Jagdmannschaften, Musiker ohne Instrumente sowie Bauern aus der Gegend versammelt hatten, um mit dem Zaren in ihrer Mitte zu beten, wie es nach der Veröffentlichung in ganz Russland geschah. Gleichzeitig erreichte die Schwellung die Größe einer Pampelmuse. Die Temperatur stieg auf fast 40 Grad.

Am 10. Oktober betrat Vater Wassiljew das Krankenzimmer und spendete das Totensakrament. Der Patient fand zum ersten Mal wieder Ruhe. Er bat um ein Grab im Wald, um ein kleines Monument aus Stein unter den Baumkronen. Die Temperatur sank auf 38,2 Grad.

Am Nachmittag des 11. Oktober wurde von dem westlich von Warschau gelegenen Spala ein Telegramm in das Dorf Pokrowskoje östlich des Ural geschickt. Absenderin war die vertraute Hofdame der Zarin, Anna Wyrubowa. Empfänger war Gregorij Rasputin. Der Gottesmann wurde angefleht, für den Thronfolger zu beten.

Am nächsten Morgen kam eine Antwort an die Zarin, die ständig am Krankenbett des Sohns wachte.

»Gott hat Deine Tränen gesehen und Deine Gebete gehört. Verzweifle nicht. Der Kleine wird nicht sterben. Lass nicht zu, dass die Ärzte ihn zu sehr quälen.«

Der Patient wurde auf ein Sofa gehoben, auf dem er endlich einschlief. Die Ärzte stahlen sich aus dem Krankenzimmer davon. Wir hatten ihn zu sehr gequält.

In der folgenden Nacht legte sich Frost auf die Wälder um das Jagdschloss. Die Schwellung hatte aufgehört zu wachsen, die Blutung war gestillt, das Fieber sank weiter.

Eine solche Blutung ist wie eine Überschwemmung, die gegen einen Damm drückt. Das Wasser steigt und steigt, und die Bevölkerung kann nichts weiter tun, als auf das Eintreten der Katastrophe zu warten. Aber plötzlich, wenn vielleicht nur noch Zentimeter fehlen, hört das Wasser auf zu steigen. Die Menschen hinter dem Damm atmen erleichtert auf und danken Gott dafür, dass von den Berghängen nicht noch mehr Wasser herunterkommt.

Ich erkenne die Machtlosigkeit der ärztlichen Wissenschaft und akzeptiere das Vorhandensein von Kräften außerhalb der Reichweite der physischen Gesetze, ja, ich glaube, dass ein ganzes Volk mit seinen Gebeten eine solche Kraft sein kann, aber nichts kann mich dazu bringen, zu meinen, dass es die Gebete des einen Mannes waren, der an einem Tag im Oktober 1912 den Weg durch die Wolkendecke zu Gott Vater fand und so verhinderte, dass der Damm brach.

Es wurde die ungeheuer anspruchsvolle Aufgabe von mir und meinen Kollegen, das Blut in die Glieder zurückzubringen und dem Körper seine Funktionen zurückzugeben. Erst Mitte Oktober durfte die kaiserliche Familie Spala verlassen. Der ganze Kiesweg vom Jagdschloss bis zur Bahnstation wurde Meter für Meter planiert. Der kaiserliche Zug kroch auf dem Bahnkörper von Warschau nach St. Petersburg, ohne eine Geschwindigkeit von 20 Stundenkilometern zu überschreiten.

Genau während dieses langgezogenen Krankentransports überbrachte man dem Zaren in seinem Waggon ein empörendes Telegramm seines jüngeren Bruders, des Großfürsten Michail. Es war in Cannes aufgegeben worden. Der Großfürst gestand, mit der zweimal geschiedenen Anwaltstochter Natalja S. (der späteren Gräfin Brasowa) die Ehe geschlossen zu haben. Dies war ein direkter Eingriff in die empfindlichste dynastische Frage, da die Ehe mit einer Bürgerlichen den Großfürsten automatisch von seinem Platz nach Alexej Nikolajewitsch in der russischen Thronfolge ausschloss. In seiner Panik wegen der Krankheit des Zarewitsch war Michail Alexandrowitsch außer Landes geflüchtet und hatte sich in Wien in einer abgelegenen Straße von einem serbischen Priester trauen lassen. Da alle Augen auf den Todeskampf in Spala gerichtet waren, entzog sich der Bruder des Zaren seinem kaiserlichen Schicksal, indem er eine zweimal geschiedene Schönheit heiratete.

Niemand hasste Gräfin Brasowa mehr als Alexandra Fjodorowna. (Was der Gräfin in der besseren Gesellschaft von St. Petersburg eine gewisse Sympathie sicherte.) Die Zarin war ohne jeden Zweifel das Gehirn hinter den gnadenlosen Repressalien, die den Großfürsten danach trafen. Überdies förderte sie den Gedanken, dass Olga Nikolajewna auf den Platz nach ihrem Bruder in der Erbfolge nachrücken solle. Dieser Vorschlag wurde zum zweiten Mal geäußert. Das erste Mal geschah es vor der Geburt des Zarewitsch, als der Zar im Jahr 1900 an einem sehr ernsten Anfall von Typhus litt. Leider ist Alexandra Fjodorowna jedes Mal die eifrigste Vorkämpferin für die matriarchialische Änderung der gesetzlichen Erbfolge gewesen. Mit ihrer äußerst distanzierten Haltung zu den übrigen Mitgliedern der Dynastie erhielt sie selbst für einen so naheliegenden Vorschlag keine Unterstützung.

Mir persönlich hat der Gedanke an die Großfürstin Olga als Russlands künftige Zarin immer zugesagt.

Ein ganzes Jahr arbeiteten wir daran, das Bein geradezurichten, das sich im Verlauf der Krankheit bis zum Brustkorb hochgezogen hatte. Am Bein wurde eine Metallschiene befestigt, die wir Zentimeter für Zentimeter streckten, wonach das Bein nach und nach seine Beweglichkeit zurückerhielt. Später machte er auf der Krim eine Kur mit Schlammbädern. Alexej Nikolajewitsch brauchte ein ganzes Jahr, um auf seinem linken Bein wieder annähernd normal stehen zu können.

Zum 300-jährigen Jubiläum der Romanow-Dynastie wurden vom Thronfolger mehrere Fotos aufgenommen, auf denen das krumme Bein getarnt war wie der verkrüppelte linke Arm Kaiser Wilhelms II. Dennoch musste er von einem hünenhaften Kosaken getragen werden, als die kaiserliche Familie am 6. März 1913 während der Prozession im Kreml beim Festgottesdienst in der Kasan-Kathedrale eintraf. Der Anblick des invaliden Thronfolgers löste in der Bevölkerung eine Welle der Unruhe aus.

Nur die Zarin war in der Folgezeit in ihrem Glauben unerschütterlich. Sie war vor dem letzten Bulletin am imaginären Grab ihres Sohnes an der äußersten Grenze ihrer Kraft angelangt. Unter dem frostklaren Himmel von Spala hatte sie ein Telegramm erhalten, das ihr Schicksal für immer mit Sibirien verbinden würde.

Es knarrt, wenn Sednjew sich auf dem Feldbett umdreht. Dafür schläft der Kammerdiener geräuschlos; nur selten einmal ertönt ein trockenes Räuspern. Ab und an ein plötzlicher Laut vom Zimmer des Kommandanten hinter der Wand.

Das Leben ist der Leib zwischen zwei Mysterien.

Karfreitag, 20. April

Sonne, leichter Schneefall.

Klarer als die bescheidene Größe des Hauses, als die beschränkte Größe des Gefängnishofs, ja sogar klarer als die deutliche Sprache der Palisade drückt der Anblick von Kommandant Awdejew den Charakter des neuen Regimes aus. Er ist zwar militärisch gekleidet, besitzt aber offenkundig keinen Rang. Man hat ihn von der Slokasow-Fabrik in der Nähe und dem örtlichen Parteiapparat rekrutiert. Er ist hochgewachsen und mager, trägt einen schmalen Bart in seinem unrasierten Gesicht, einen Revolver im Gürtel und Lederstiefel, die noch nie geputzt worden sind. Alexander Awdejew stinkt nach Wodka und umgibt sich mit einem Hofstaat aus gleichgesinnten, halb militärischen Kameraden.

Durch die Organisation der Gefangenschaft hat er für alle offenkundig den Höhepunkt seiner administrativen Fähigkeiten erreicht. Seine Erscheinung ist eine Provokation gegenüber den kaiserlichen Gefangenen, und darin liegt vermutlich seine vornehmste Qualifikation.

Ich kämpfte meinen Widerwillen nieder und klopfte am Vormittag an der Tür des Kommandanten an. Niemand reagierte, doch drinnen waren Stimmen zu hören, und plötzlich wurde die Tür aufgerissen. Drinnen saßen zwei oder drei »Adjutanten« hingelümmelt und rauchten, während der Kommandant selbst auf einem Stuhl hinter dem Schreibtisch wippte. Die Luft war stickig wie in einer Fabrikhalle ohne Ventilation.

Ich erklärte mein Bedauern wegen der Störung und sagte, ich sei aus Anlass des besonderen Charakters des heutigen Tages gekommen. Awdejew hob eine Augenbraue und schob die Zigarette in den anderen Mundwinkel:

»Der 3. Mai? Haben wir Mittwoch oder Donnerstag?«

»Ich denke an das Osterfest, es ist Karfreitag.«

»Kommen Sie im nächsten Jahr wieder, Doktor.«

Ich hatte mich entschlossen, im Namen der Zarenfamilie diese Anfrage vorzubringen, und ließ mir bei dem Ton des Kommandanten nichts anmerken:

»An einem solchen Tag wäre es von der allergrößten Bedeutung, einen Anlass zu haben, der Messe beizuwohnen.«

»Der Messe?« Awdejews Gesicht war schierer Unglaube.

»Ja, beispielsweise hier auf der anderen Seite des Platzes in der Himmelfahrts-Kathedrale.«

»Sollen wir die Gefangenen freilassen, nur weil Sie behaupten, es sei Freitag? Als Nächstes kommen wohl Purpurmantel und Dornenkrone?«

Die »Adjutanten« grinsten.

»Es ist unzumutbar, die Messe zu entbehren, gerade in der Osterwoche.«

»Aber lassen wir doch ›den Blutigen‹ Karfreitag feiern, soviel er will, solange er dort innerhalb der Mauern bleibt, und keinen Schmutz, wenn ich bitten darf!«

Zum Glück hatte ich nur zwei Schritte in den Raum getan. Somit war der Rückweg kurz. Ich sah keinen Grund für weitere Formalitäten.

Der Zar verlas den Text des Tages. Wie viel hat sich in diesem einen Jahr seit dem vorigen Osterfest ereignet! Damals konnten wir die Schlosskirche noch mit Blumen aus den kaiserlichen Treibhäusern schmücken, und zusammen mit Dr. Derewenko ging ich hinter dem prachtvollen Umhang des Popen und trug das symbolische Leichengewand in einer Prozession durch Säle und Korridore des Palasts. Hinter uns folgten die Lichtträger. Hier, zwischen den Mauern des Ipatjew-Hauses, gibt es weder Klagelieder noch Jubeltöne. Selbst die Beichte hat man uns genommen.

Ich habe versucht, mir vorzustellen, wie der Zar den Hals reckt und unseren neuen Kommandanten küsst, so wie er es gemäß der österlichen Tradition beim Kommandanten Koblinsky und dem wachhabenden Offizier im Alexanderpalais nach der letztjährigen Mitternachtsmesse getan hatte. Die Offiziere Kerenskijs konnten dem Zaren während der Gnadenfrist, die seiner Herrschaft noch blieb, in einer rituellen Geste entgegentreten. Für Awdejew, den Auserwählten der Bolschewiken, wäre das so etwas wie »der Todeskuss« gewesen.

»Elo'i! Elo'i! lama sabaktani?«

Der Zar hat keinen Willen. Nur ein Schicksal. Der Wille ist in der Erfüllung des Schicksals eingekapselt. *Sie* ist diejenige, die den Ehrgeiz auf Herrschaft verwaltet. Für ihn ist die Selbstherrschaft ein gegebener Zustand wie das Gras auf der Erde oder die Wolken am Himmel. Für sie ist sie eine Idee, eine göttliche Institution, würdig, verteidigt zu werden.

Der Zar regiert kraft seines Leibes.

Nur Gott soll dem Zaren die Macht nehmen können, indem er ihm das Leben nimmt. Doch Nikolaj Alexandrowitsch gab sein Amt in dem Moment auf, in dem er seine menschliche Stütze verlor. Das war die historische Trennungslinie am Bahnsteig in Pskow.

Und *sie* war nicht da.

Ich erinnere mich nicht an Seine Majestät während dieses Aufenthalts. Wahrscheinlich werde ich das nie tun können. Wie viele Runden uns noch auf dem Gefängnishof des Ipatjew-Hauses bevorstehen mögen, auf Pskow werden wir wohl mühelos verzichten können. Gleichwohl wurden die 24 Stunden auf dem Provinzbahnhof für alle unsere späteren Umzüge bestimmend, für alles, was danach geschehen ist, mit uns und mit Russland. Seitdem sind meine Gedanken jede Nacht mindestens einmal zu der äußersten Granitkante auf dem Bahnsteig in Pskow zurückgewandert.

Ich war nicht dort, kenne die Stadt in der Nähe der baltischen Provinzen jedoch gut. Während des Krieges wurde sie in ein einziges großes Lazarett verwandelt. Schulen, Internate, alle bewohnbaren Gebäude wurden in Beschlag genommen, um Plätze für Krankenbetten zu schaffen, je nachdem, wie die Kampfhandlungen hin und her wogten. Auch die Zarin ist in Pskow gewesen. Sie reiste dorthin, um die Hospitäler der Stadt zu inspizieren. Sie war als einfache Krankenschwester in Rot-Kreuz-Tracht verkleidet; aufgrund ihres schwachen Herzens musste die Pflegerin in einer Sänfte durch die verschiedenen Etagen des Krankenhauses getragen werden. Die Krankensäle durchschritt sie aus eigener Kraft. Die Zarin von Russland konnte sich davon überzeugen, dass in den Militärlazaretten von Pskow das Blut rot war, die leinene Wäsche weiß und alles in schönster Ordnung.

In der Stadt, die nur 150 bis 200 Werst von der Front entfernt war, hatte überdies das Nordkommando des Heeres seinen Sitz. Von hier gingen die Befehle der Generäle in Form verschlüsselter Telegramme ab, während die Verlustzahlen, für alle ablesbar, an den Zugladungen verstümmelter Körper sichtbar waren.

Ich habe die Lazarette mit ihrem Überfluss an akutem Leiden und ihrem Mangel an Medikamenten und Verbandsstoffen sowohl als Arzt als auch als Vater erlebt. Schon bevor Mima vom Pferd stürzte, machte ich die lange Reise zum Militärhospital in Lemberg, wo Dysenterie ausgebrochen war, um meinen zweitältesten Sohn zurückzuholen, der sich freiwillig zum Dienst an der Front gemeldet hatte. Den angegebenen Krankensaal musste ich mehrmals durchschreiten, ohne ihn zu finden, nicht einmal, als die Pflegerin mir die genaue Lage des Feldbetts nannte, war ich in der Lage, zu erkennen, dass der Kopf auf dem Kissen meinem eigenen Sohn gehören sollte. Obwohl ich wusste, dass er vor mir lag, und er »wusste«, dass ich mich in Zarskoje Selo befand, war er derjenige, der mich entdeckte. Erst als ich tief in den kindlichen Augen des Patienten das Licht des Wiedererkennens leuchten sah, war ich imstande, zu begreifen, dass dieser ausgemergelte, greisenhafte Mensch mein eigener geliebter Sohn Juri war.

Der letzte Tag, an dem Nikolaj II. vom Palast in Zarskoje Selo ausfuhr, war der Morgen des 22. Februar 1917. Ihre Majestät und die Kinder folgten ihm zum Bahnhof. Es war wie immer, wenn unser Alleinherrscher seine Residenz verließ, unter Salut, Flaggenhissen und dem Klang von Kirchenglocken.

Der Platz des Leibarztes befand sich im achten, dem hintersten Waggon. Hier hatte ich mein klinisches Abteil und eine reichhaltige Apotheke. Der Waggon bot überdies Platz für die politischen, militärischen und administrativen Sekretariate, außerdem für den Kommandanten des Zuges. Der siebte Waggon war dem Gepäck und Frachtgut vorbehalten. Während der sechste den Abteilen und einem Gemeinschaftssalon für das Gefolge des Zaren und den diensthabenden Adjutanten Platz bot sowie einem Abteil für auswärtige Würdenträger wie Provinzgouverneure oder entsprechende Größen. Der fünfte Waggon war für den Thronfolger, die Großfürstinnen und die Hofdamen reserviert. Dieser Wagen, der sonst der lebhafteste von allen sein konnte, war während der letzten Reise vollkommen leer; alle Möbel waren weiß. Der vierte Waggon war der private des Zarenpaares; hier verlief ein schmaler Korridor an der Seite, damit keiner, der hier vorbeikam, die Majestäten in ihrer Intimsphäre auf Schienen stören konnte. Dieser Waggon enthielt kein einfaches Schlafabteil, sondern ein Schlafzimmer, ein Bad mit weißen Kacheln und einer speziell konstruierten Badewanne, in der das Wasser nicht überlaufen konnte, wenn der Zug sich zur Seite neigte; außerdem den Arbeitsraum des Zaren mit Schreibtisch und tiefen Ledersesseln sowie das in sanften Farben gehaltene grauviolette Boudoir der Zarin. Von dort konnte sich der Zar direkt in den mahagonigetäfelten Speisewagen begeben, wo der lange Tisch 16 Personen Platz bot (die Zarin nahm ihre Mahlzeiten meist separat ein). Dieser dritte Waggon enthielt zusätzlich noch einen kleinen Salon mit gepolsterten Wänden, Plüschmöbeln und einem Klavier. Nummer zwei war für Koch und Steward mit drei Kochherden, Kühlschrank und »Weinkeller« ausgestattet. Der allererste der acht Waggons mit seinen modernen Ventilationsanlagen und diskreten Doppeladlern war einer Abteilung Kosaken vorbehalten. Sobald der Zug stand und die mechanische kaiserliche Treppe zum Bahnsteig heruntergeklappt worden war, sprangen vier mit Dolch und Gewehr bewaffnete Kosaken hinaus und stellten sich am Haupteingang der rollenden Residenz auf.

Es war lange her, seit ich das Vergnügen hatte, im kaiserlichen Zug mitzufahren, da die Aufgabe, Seine Majestät während seiner Aufenthalte im militärischen Hauptquartier zu begleiten, Prof. Fjodorow überlassen war. Auch diesmal war es mein fünf Jahre jüngerer Kollege, der unseren hohen Klienten auf der Reise begleitete, die zur allerletzten Odyssee des kaiserlichen Hofzugs werden sollte.

Wie stets war die Meldung ergangen, der zufolge man Soldaten an Brücken und anderen kritischen Punkten postieren sollte, die der Zug passieren würde, und ich nehme an, dass in dem parallelen Zarenzug, der zu einem anderen Zeitpunkt von einem anderen

Bahnhof abfuhr, auch diesmal Feuer im Kessel gemacht wurde. Dessen Lokomotive war genauso blankgeputzt und schwarz, die Wagen waren genauso leuchtend kaiserblau; dies war der leere Gespensterzug, den noch niemand hatte in die Luft sprengen können.

Bei der Nachmittagsvisite des Tages, an dem der Zar abgereist war, entdeckte ich einige wenige schwach erhöhte dunkelrote Punkte neben Olga Nikolajewnas rechtem Auge. Als ich eine Haarlocke beiseiteschob, fand ich mehrere weitere Punkte auf der Stirn.

Anfang Februar hatte der Zarewitsch Besuch von einer Handvoll herbeibekommandierter Kadetten gehabt. Sie hatten mit ihren Holzgewehren einen ganzen Nachmittag exerziert. Später erhielt ich die Meldung, dass man bei einem der Kadetten die Masern festgestellt hatte. Es sagt sehr viel darüber aus, unter welch quarantäneähnlichen Bedingungen die Zarenkinder aufwuchsen, dass sich bisher keins von ihnen mit dieser Krankheit angesteckt hatte, die Kinder normalerweise schon trifft, bevor sie fünf Jahre alt sind. Olga Nikolajewna räumte ein, sich schon seit einigen Tagen unpässlich gefühlt zu haben. In ihrer Mundhöhle entdeckte ich Andeutungen weißer, unregelmäßig geformter Flecken. Daraufhin untersuchte ich Alexej Nikolajewitsch und registrierte die ersten Ausschläge am Bein. Keiner der anderen drei wies deutliche Symptome auf, aber Tatjana Nikolajewna klagte über zunehmende Schlappheit.

Am nächsten Tag brachen auf den Straßen Petrograds die Unruhen aus. Der Anlass war Brotknappheit, das heißt eigentlich war es die *Furcht* vor Knappheit. Es hatte sich das Gerücht verbreitet, es stünden neue und strengere Rationierungsvorschriften für Mehl bevor. Dann folgten Schlag auf Schlag die Ereignisse, die später die Bezeichnung »die Revolution« erhielten; Plünderung, Streiks, Straßenbahnblockaden, Brandstiftungen, Totschlag, Meuterei. Die Ereignisse entwickelten sich so rasch wie eine Epidemie in einem Feldlazarett. Das lässt sich, wie es später auch geschah, nur mit zwei Dingen erklären: Erstens mit den ungeheuren Opfern des Krieges, der Schwächung Russlands durch die unfassbaren Blutverluste, und zweitens mit der untergrabenen Autorität des politischen Regimes.

Ich gehöre nicht zu denen, die die Begründung für die Revolution auf den Straßen suchen, in den Schlangen der nach Brot anstehenden Menschen oder in den Fabriken, nicht einmal in den politischen Versammlungen, auch nicht bei der Duma im Tauride-Palais oder, was noch ferner liegt, bei den Marxisten an den Cafétischen in der Schweiz. Lassen Sie mich eine Frage formulieren: Wenn der Thronfolger in Spala gestorben wäre, wäre der Tod dann durch den Sturz im Boot verursacht oder durch die Kutschfahrt auf dem Kiesweg? Vielleicht müsste man die Ursache auch in seinem Körper suchen, den ein heftiger Schlag und eine starke Erschütterung getroffen hatten? Also im Blut der Dynastie?

Als der Ausbruch der Masern festgestellt worden war, beschloss ich, in den Alexanderpalast zu ziehen, der inzwischen in ein kaiserliches Hospital verwandelt worden war, so wie das Soldatenlazarett im Katharina-Palais. Die Zarin legte ihr Lieblingskostüm an, die Rotkreuz-Tracht mit der gestärkten weißen Schürze und der nonnenähnlichen Kopfbedeckung. Olga Nikolajewna (inzwischen ganz mit roten Punkten übersät), Tatjana Nikolajewna und der Zarewitsch begaben sich mit triefenden Nasen, starkem Husten und hohem Fieber zu Bett.

Auch die Hofdame Anna Wyrubowa erwies sich schon bald als angesteckt, und die Zarin verlangte, dass sie aus der Wohnung am Schlosspark aus- und in den Palast umziehen solle, wo man ein eigenes Krankenzimmer für sie eingerichtet hatte. Hier hielt die Dame Hof, umgeben von bis zu sechs Ärzten und einer Reihe von Krankenschwestern, darunter die Zarin. Anna Wyrubowa war nicht nur das wichtigste Bindeglied Ihrer Majestät zu Rasputin gewesen, sondern auch die aus den verschiedenen Kreisen in Petrograd gespeiste Nachrichtenquelle, der sie am meisten vertraute. Solange die Wyrubowa mit 40 Grad Fieber zu Bett lag, war der Grad der Desinformation im Palast noch höher als gewohnt. Die Isolation wurde umso offenkundiger, als ich aus Rücksicht auf die empfindlichen Augen der Patientin angeordnet hatte, in sämtlichen Krankenzimmern die Gardinen zuzuziehen.

Mein Kollege Professor Fjodorow unternahm in dieser Situation einen allerletzten Versuch, die Verfassungskrise zu lösen, die, wie allen inzwischen klar war, anscheinend unaufhaltsam näher rückte. Als die telegrafischen Meldungen vom Ausbruch der Masern Seine Majestät im Hauptquartier erreichten, während etwa gleichzeitig die ersten Bulletins über die nach Brot anstehenden Menschen in Petrograd eintrafen, schlug der Professor vor, die Zarin solle mit ihren Kindern zur Rekonvaleszenz auf die Krim reisen, sobald die Krankheit überwunden sei. Ich konnte nicht anders, als diesen Vorschlag zu unterstützen, als die Zarin die Frage später mit betont gleichgültiger Miene zu Sprache brachte.

»Der Palast muss ja auf jeden Fall gründlich desinfiziert werden«, fügte ich hinzu.

»Das Gleiche schreibt auch Seine Majestät«, erwiderte sie. »Er scheint es für einen ausgezeichneten Vorschlag zu halten.«

Nicht zufällig fiel dieser Plan einer Rekonvaleszenz direkt mit den Vorschlägen zusammen, die schon mehrmals geäußert worden waren, dass nämlich die Zarin in den Sommerpalast Liwadia auf der Krim verbannt werden solle, damit sie sich nicht mehr auf ihre völlig unberechenbare Weise in der Hauptstadt als »Stellvertreterin« des Zaren in staatliche Angelegenheiten einmischen könne. War die Begründung zunächst politisch gewesen, war sie jetzt medizinischer Natur, und da konnte sogar der Zar sie befürworten, und das mit einem Enthusiasmus, den er vor seiner Gemahlin nicht ganz hatte verbergen können.

Am 28. Februar 1917 setzte sich der Hofzug des Zaren von dem militärischen Hauptquartier in Mogilew aus in Bewegung, diesmal in nördlicher Richtung nach Petrograd. Mehrere Tage lang war der Zug ohne Kontakt mit der Umwelt, denn er landete an einem Ort, den niemand erwartet hatte. Warum hielt der Zug des Zaren in Pskow?

Das war die Stadt, in der er abdanken sollte.

Was sollen wir in Jekaterinburg?

In der Nacht zum 3. März um halb vier läutete das Telefon im Alexander-Palais. Es war ein Mitglied der provisorischen Regierung, das mit dem Leibarzt des Zaren zu sprechen wünschte:

»Ist der Thronfolger tot?«

Die Frage war ebenso überraschend wie der Zeitpunkt, zu dem sie gestellt wurde.

»Die Masern sind keine tödliche Krankheit«, entgegnete ich, »es sei denn, es kommt zu Komplikationen.«

Nachdem ich eingehängt hatte und in mein Zimmer zurückgekehrt war, wurde die Frage akut: Der Zar konnte gestürzt und die Umwälzung eine Tatsache sein, aber warum in aller Welt sollte der Thronfolger tot sein?

Spät am nächsten Tag kam Großfürst Paul in die Residenz und erstattete Bericht. (Ganz Petrograd war längst orientiert.) Der Zar hatte am Abend des 2. März abgedankt, nicht zugunsten seines Sohnes, des Thronfolgers, sondern für seinen Bruder, Großfürst Michail, zugunsten des Mannes, der den Versuch gemacht hatte, seinen Platz in der Thronfolge gegen ein Leben in Schönheit zu vertauschen. Wie konnte der Herrscher seine königlichen Insignien niederlegen, ohne dass der Zarewitsch Zar wurde? Nur der Tod konnte dem Volk eine begreifliche Erklärung geben. Aus diesem Grund läutete das Telefon.

Um meine eigene Antwort zu finden, muss ich das am Hof übliche klischeehafte Denken aufgeben und nach ihr selbst draußen auf den nächtlichen Bahnsteigen suchen.

Ostersamstag, den 21. April

Der Zar nahm vor dem Mittagessen ein Bad, die Zarin danach. Säuberung statt einer Beichte. Nach dem Tee wurden die Ikonen hereingetragen und auf den Schreibtisch gestellt. Um acht Uhr war endlich Messe. Meine Demütigungen trugen Früchte, Awdejew hatte allergnädigst einen Popen besorgt und aus der Stadt einen Diakon geholt, doch mussten wir ohne einen Chor auskommen. Alle Gefangenen, der ranghöchste Offizier und einzelne Gardesoldaten nahmen daran teil.

Ich konnte sehen, wie dem Zaren zwischen Bart und Kragen die Adern anschwollen, und auch die Zarin ließ unverkennbar Zeichen eines inneren Drucks erkennen. Nur die Großfürstin Maria ließ den Tränen freien Lauf; sie strömten über ihr ebenmäßiges Gesicht. Bisher hatten sie noch nie die Trennung vom Zarewitsch und den drei Großfürstinnen so stark empfunden wie während des kirchlichen Rituals, bei dem sie immer gemeinsam niederknien, bei dem sie füreinander beten. Auch ich vermisste schmerzlich die klaren Stimmen der Großfürstinnen.

Alexandra Fjodorowna hat meine Treue lange mit einem Anflug von Unglauben betrachtet. Das liegt an mehreren Dingen, ganz besonders aber an einem Umstand, an der Affäre mit der Wyrubowa, die sich an dem Tag ereignete, als Minister Kerenskij zum ersten Mal ins Alexander-Palais kam.

Die Masernepidemie neigte sich ihrem Ende zu, doch Maria und Anastasia Nikolajewna ging es immer noch sehr schlecht. Ich war selbst davon überzeugt, dass Großfürstin Maria wegen der hinzugetretenen Komplikationen die Krankheit nicht überstehen würde. Anna Wyrubowa war ebenfalls stark angegriffen gewesen, doch wie die drei anderen befand sie sich auf dem Weg der völligen Genesung.

Die Hofdame ist die engste Freundin der Zarin. Es ist ein fast symbiotisches Verhältnis, obwohl die Wyrubowa viel jünger ist. Das ihr am äußersten Rand des Schlossparks angewiesene Haus könnte man als Rasputins Botschaft in Zarskoje Selo bezeichnen. Anna Wyrubowa war das Bindeglied zwischen der Zarin, der im Niedergang begriffenen Autokratie und dem Retter aus Sibirien. Wer würde der halb hysterischen Frauengestalt, die nach einem Zugunglück auf Krücken umherwankte, normalerweise irgendeine politische Bedeutung zusprechen? So weit war es inzwischen gekommen, dass gerade diese leicht übergewichtige Figur ein wesentlicher Bestandteil des staatstragenden Systems geworden war.

Schon bei seinem ersten Besuch hatte sich Justizminister Kerenskij vorgenommen, sie festnehmen zu lassen. Sie berief sich vermutlich auf medizinische Immunität. Einer der Adjutanten in dem lautstarken Gefolge des Ministers legte mir die Frage vor, inwieweit die Hofdame in einer Verfassung sei, die es vertretbar mache, sie aus dem Palast zu entfernen. Ich beantwortete die Anfrage absolut klinisch als Arzt. Meiner Einschätzung nach habe sie wie drei der Zarenkinder die Krankheit überwunden und könne sich vom Krankenlager erheben. Folglich machte ich keine medizinischen Einwände geltend. Das löste bei Alexandra Fjodorowna einen flammenden Zornausbruch aus:

»Wie können Sie so etwas sagen, Sie, der Sie selbst Kinder haben!«

Erst im Nachhinein habe ich diesen Hinweis auf die Kinder verstanden. Dass sie die Wyrubowa als ihre Tochter betrachtete. Nicht einmal die Freundin war ihr ebenbürtig. Man brachte die unglückliche Frau direkt vom Alexanderpalais zur Peter-Pauls-Festung. Eine Art von Rekonvaleszenz, mit deren Anordnung ich selbstverständlich nie einverstanden gewesen wäre.

Bei dem gleichen Ministerbesuch und in Gegenwart der Zarin wurde ich gebeten, auch über den Gesundheitszustand Ihrer Majestät Bericht zu erstatten. Selbstverständlich war es äußerst beklemmend, gegenüber einem wildfremden Eindringling im Palast medizinische Einzelheiten über die Frau auszubreiten, die noch wenige Tage zuvor die Herrscherin des Reiches gewesen war. Es machte auch der Umstand nicht leichter, dass sich Kerenskij, obwohl er nicht nur Minister, sondern auch Rechtsanwalt war, aus Anlass der Audienz wie ein Fabrikarbeiter oder ein gemeiner Soldat gekleidet hatte; als er dann noch eine Positur à la Napoleon einnahm, gab mir das das dumpfe Gefühl, in einem historischen Tableau eine Nebenrolle zu spielen. Es kam mir vor, als hätte der Verfasser des Stücks aus schierer Unwissenheit den Sturz der Bourbonen mit dem Eintritt des Korsen in die Geschichte verwechselt. Ich gab nichtsdestoweniger eine möglichst objektive Beschreibung des nervösen Herzens ab, das in allen Jahren die körperliche Leistungsfähigkeit der Zarin verringert hatte, fügte aber hinzu, dass der gegenwärtige Zustand der Patientin so gut sei, wie man unter den besonders belastenden Umständen erwarten könne. Es war nicht schwer zu sehen, dass die nüchterne, undramatische Beschreibung der Leiden Ihrer Majestät ihr sehr hart zusetzte. Gleichwohl hatte ich meine Aussage auf die einzig akzeptable Art und Weise gemacht. Ein Arzt mag im Dienst des Zaren oder des Volkes stehen, doch die allerhöchste Loyalität schuldet er stets seinem Beruf.

Ohne Glaubwürdigkeit kann niemand heilen.

Wie die meisten Ärzte ziehe ich Patienten ohne medizinische Neigungen vor. Wenn Alexandra Fjodorowna sich in die graue Tracht mit dem roten Kreuz auf der Brust kleidet, geschieht es aus einer inneren Neigung heraus, aus Leidenschaft und nicht um der Genesung der Kranken willen. Selbst ihre Freunde hat Alexandra Fjodorowna mit dem Instinkt einer Krankenschwester ausgewählt. Am auffälligsten war dies bei der jungen Hofdame Prinzessin Orbeliani, die ihr ständiges Krankenzimmer im Palast eingerichtet bekam, nachdem sie von einem unheilbaren Rückenleiden befallen wurde. Aber auch auf Anna Wyrubowa wurde die Zarin erst dann aufmerksam, als diese als junges Mädchen schwer an Typhus erkrankt war. Die Zarin begann, sie in regelmäßigen Abständen zu besuchen. Die Patientin ihrerseits bewunderte die hochgewachsene schlanke Majestät, als wäre diese eine Florence Nightingale. Auch während ihrer misslungenen kurzen Ehe verblieb sie in der Rolle der Leidenden, bis hin zu dem Zugunglück, nach dem Rasputin ihr prophezeite, sie werde überleben, jedoch mit Krücken. Vielleicht war ich der Erste, der sie wie einen gesunden Menschen behandelte, als ich zuließ, dass Kerenskijs Männer sie vom Krankenbett in die Gefängniszelle brachten. Ich empfinde immer noch keine sonderliche Reue. Hierin liegt vielleicht meine Sünde, nicht in der Handhabung der Diagnose, sondern in dem Fehlen von Reue?

Nachdem ich Anna Wyrubowa geopfert hatte, hatte die Zarin wohl erwartet, dass ich mich schon recht bald aus dem sinkenden Zarenpalast retten würde. Seitdem habe ich zweimal meine Treue bekräftigt. Falls notwendig, werde ich es auch ein drittes Mal tun, aber niemals dadurch, dass ich meinen Arztberuf verrate.

Die Gefangenschaft wurde am 8. März 1917 eingeleitet, fünf Tage nach der Abdankung in Pskow. An jenem Morgen war die gesamte Belegschaft des Palasts im Audienzsaal des Schlosses zusammengetrommelt und vor die Wahl gestellt worden, zu bleiben oder den Palast zu verlassen, da die Tore zur Umwelt definitiv geschlossen werden würden. Für jeden Einzelnen war dies eine Wahl, entweder den Dienst beim Zaren, der nicht mehr Zar war, fortzusetzen oder hinauszugehen, um sich unter den Parolen der neuen Zeit einen Platz in der großen Umwälzung zu suchen. Die meisten gingen. Exakt um vier Uhr wurden die eisernen Tore geschlossen, und damit war die Zeitenwende endgültig, die Amputation ein Faktum.

Am Morgen danach rollte der kaiserliche Hofzug zum letzten Mal mit dem Zaren an Bord auf das Bahngleis in Zarskoje Selo.

Nach den schicksalsschweren Ereignissen in Pskow war Seine Majestät nicht in die Hauptstadt weitergereist, sondern hatte sich zum Hauptquartier in Mogilew zurückbegeben, um sich vom Generalstab und der Armee zu verabschieden. Deutlicher als alles andere war dies Ausdruck dafür, dass der Entschluss des Zaren militärischer Natur war. In erster Linie hatte er nicht als Herrscher Russlands abgedankt, sondern als Oberbefehlshaber der russischen Armee.

Erst als der Zar den Bahnsteig in Zarskoje betrat, löste sich die Umgebung des Alleinherrschers auf. Auf dem Weg von den blauen Waggons des kaiserlichen Hofzugs bis zu dem wartenden Automobil des Palastkommandanten verlor Nikolaj Alexandrowitsch sein gesamtes Gefolge bis auf den Fürsten Dolgorukow. Ein einziger Mann bildete das Gefolge der einstigen Majestät, als man diese hinter dem Eisengitter einsperrte und mit ihrem reduzierten Hofstaat und ihrer versammelten Familie wiedervereinigte.

Die Epidemie war überwunden, und jetzt musste, soweit möglich, eine Desinfektion der kaiserlichen Gemächer vorgenommen werden. In diesem Zusammenhang mussten auch der Zarewitsch und die Töchter des Zaren geschoren werden. Die prachtvollen Haarmähnen der Großfürstinnen, die normalerweise dick und schwer Schultern und Rücken bedeckten, fielen der Schere zum Opfer. Nach der Typhusepidemie von 1913 hatten wir eine entsprechende Operation durchgeführt, aber da stand die Dynastie noch auf der Höhe ihrer Macht. Jetzt war der Effekt ein ganz anderer: Die Prinzessinnen sahen aus wie Strafgefangene. Sofort fertigte man einige praktische Perücken an, die den ganzen Sommer über die Köpfe der Töchter bedeckten und später durch Kopftücher ersetzt wurden, bis die Großfürstinnen in Tobolsk mit ihren ungewohnten, fast jungenhaften Frisuren auftreten konnten.

Ich habe, glaube ich, schon geschrieben, dass der Zar kraft seines Leibes über Russland herrschte. Nachdem er das allerhöchste

Amt niedergelegt hatte, geschah das Merkwürdige, dass er sich umgehend in einen körperlich arbeitenden Menschen verwandelte, was ganz seiner Natur entsprach. Zunächst nahm er sich vor, Spatenstich für Spatenstich den Schnee von den vielen Wanderwegen im Schlosspark zu entfernen (innerhalb des Radius, in dem er sich unter strenger Bewachung bewegen durfte), worauf er sich über das meterdicke Eis auf dem Kanal um den Palast herum hermachte. Mit Eispickeln bewaffnet sorgte er dafür, dass der Kanal eisfrei wurde, damit die Ruder- und Paddelsaison möglichst schnell beginnen konnte. Als das Eis getaut und die Schneeschmelze vorbei war, ging er daran, die Erde zu bearbeiten, und brachte den anwesenden Hofstaat dazu, einen großen Acker umzugraben, um die Versorgung des Palasts mit Kartoffeln und Gemüse zu sichern. Und als die Pflanzen dann im Boden waren und der Sommer kam, konnte er sich endlich dem Holzfällen widmen.

Diesen Umständen zum Trotz glaube ich sagen zu können, dass diese ersten Monate nach der Abdankung vielleicht zu den glücklicheren Perioden im Leben des Nikolaj Alexandrowitsch gehörten. Er war zwar hinter dem Gitterzaun des Parks eingesperrt, aber gleichzeitig von dem gnadenlosen Druck des Reiches befreit, der auf ihm lastete. Von dem Druck der Minister, der Duma, des Generalstabs, der Großfürsten und der Dokumentenmassen auf seinem Schreibtisch. Jetzt war er auf die Ebene hinabgestiegen, auf der seine natürlichen Begabungen lagen. Er konnte sich den Freuden des Familienlebens widmen, einer einfachen, zielbewussten Muskelarbeit, Spatenstichen, dem Eishacken, Axthieben. Es war vielleicht demütigend, entehrend und ungerecht, aber dennoch eine Wohltat.

Ein entthronter Herrscher konnte seine kaiserliche Residenz nicht mehr bewohnen. Sollte er nach Norden evakuiert werden, nach Murmansk, um von dort nach Westen ins Exil nach England weiterzureisen; sollte man ihn nach Süden schicken auf die Krim, wo schon eine Reihe von Angehörigen der Romanows in ihren Sommerpalästen Zuflucht gesucht hatten; oder nach Osten in das ferne Sibirien, in einen der vielen vergessenen Orte, in die die Zaren selbst so viele ihrer politischen Gegner verbannt hatten?

Ich brachte die Frage bei Kerenskij schon Ende April zur Sprache und legte ihm meine medizinischen Argumente für das günstige Klima auf der Krim dar. Der Justizminister wies den Gedanken nicht zurück, ließ mich aber wissen, dass er nicht imstande sei, eine Deportation nach Süden durchzuführen. Was aus den ersten und in vielerlei Hinsicht naheliegendsten Plänen einer Evakuierung zur Familie der Majestäten in England wurde, habe ich nie in Erfahrung bringen können. Vermutlich konnte es sich weder das parlamentarisch regierte Großbritannien noch die Republik Frankreich leisten, die russischen Verbündeten aus den Tagen der Alleinherrschaft aufzunehmen, denn weder der britische noch der französische Soldat hatte doch sein Blut im Schützengraben für die Wiederkehr der Autokratie geopfert?

Die Ungewissheit schwebte über dem Alexanderpalast, bis der Herbst näher rückte und das Gemüse auf den umgegrabenen Rasenflächen herangereift war. Das Einzige, woran wir uns halten konnten, als wir Zarskoje endlich verlassen sollten, war der Bescheid, wir sollten »reichlich warme Kleidung einpacken«.

Am letzten Tag des Juli kam Großfürst Michail kurz vor Mitternacht in den Palast. Er wurde im Adjutantenzimmer des Zaren von dem Rechtsanwalt »Napoleon« empfangen, der nach einem misslungenen Bolschewikenaufstand einige Wochen zuvor vom Justizminister zum Ministerpräsidenten befördert worden war; er trug immer noch seine schmucklose Soldatenkleidung und versuchte, Russland vom Büro des Zaren im Winterpalais aus zu regieren. Die beiden kaiserlichen Brüder sollten sich zum ersten Mal seit jenem Tag im Februar wiedersehen, an dem Großfürst Michail seinen Bruder vergeblich angefleht hatte, eine verantwortungsbewusste Regierung zu ernennen. Der Ministerpräsident wohnte der Begegnung in der Rolle bei, für die er gekleidet war, als Gefangenenwärter.

Der Palast befand sich im Aufbruch, und ich persönlich war mit eigenen Angelegenheiten beschäftigt, doch man erzählte mir, dass zwischen den beiden Brüdern nicht viele Worte gewechselt worden seien. Wie es hieß, sei das auf die indiskrete Anwesenheit Kerenskijs zurückzuführen. Das glaube ich nicht. Welche Formulierungen hätten ihnen zu Gebote stehen sollen, wenn der Ministerpräsident den Anstand besessen hätte, draußen zu warten? Keiner der beiden war ein Mann des Wortes, Großfürst Michail noch weniger als Seine Majestät. Zwei gutherzige, ein wenig schüchterne Gardeoffiziere, was konnten sie sagen, als sie nur noch ein verlorenes Imperium gemein hatten?

Sie umarmten einander, und zumindest der Großfürst weinte; außerdem soll sich auch Alexej Nikolajewitsch im Adjutantenzimmer gemeldet und darum gebeten haben, seinen Onkel sprechen zu dürfen. Leider wurde das Ersuchen abgelehnt. So nahe war Russland einem letzten Drei-Zaren-Treffen.

Die eigentliche Abreise aus Zarskoje Selo verlief nicht einfacher als an dem Tag, an dem wir von Tobolsk aufbrachen. Die Bahnhofsbediensteten hatten sich geweigert, für die Ausreise der Zarenfamilie die Strecke freizugeben, und so mussten wir die ganze letzte Nacht im Kuppelsaal des Alexanderpalasts auf Kisten und Koffern sitzen, bevor die neue Staatsmacht endlich ihren Willen durchsetzte und die Bahnstrecke freigegeben wurde. Da war es am Morgen des 1. August 1917 schon sechs Uhr geworden.

Zwei Tage zuvor hatten wir den dreizehnten Geburtstag des Zarewitsch gefeiert. Es war das letzte Mal, dass das große Kleinod der Familie Romanow, die Snamenskij-Ikone der Heiligen Jungfrau mit dem Kind im Bauch, zur Genesung von Alexej Nikolajewitsch und zu seinem Segen in den Palast gebracht wurde.

Bis zum Tag vor der Abreise war der Zar damit beschäftigt gewesen, draußen im Schlosspark einige gewaltige Kiefern zu fällen und zu zerhacken, während die Zarin und die Dienerschaft so viel von den Wertsachen des Palasts einpackten, wie überhaupt möglich war. Es war ein großes Gefolge mit gewaltigem Gepäck, das im Licht des Sonnenaufgangs durch die Tore geleitet wurde, um unter Aufsicht von Kerenskijs blutunterlaufenen Augen in die Waggons verfrachtet zu werden, die uns nach Sibirien bringen sollten. Der plombierte Rote-Kreuz-Zug führte die japanische Flagge. Eine vielsagende Tarnung, denn die Niederlage gegen Japan war der Anfang vom Ende gewesen.

Mögen auch Millionen tapferer Soldaten mit Bleikugeln in der Brust gefallen sein, trage ich noch immer die Auszeichnungen, die ich während des Krieges gegen die gelbe Gefahr als Sanitätsarzt empfing. Die Medaillen sind ein Teil der alten Ordnung so wie die Daten in dem abgelegten Kalender. Ich bringe es nicht über mich, sie abzunehmen, denn der Zar würde sofort nach ihnen fragen. Welche Antwort sollte ich geben?

Der Verlust des Krim-Paradieses Liwadia lastete schwer auf uns. Seine Majestät versuchte, sich darüber zu freuen, dass die Großfürstinnen und der Zarewitsch die nordöstlichsten Teile des Reichs ihrer Vorväter kennenlernen würden. Umso größer war die Enttäuschung, als die Vorhänge jedes Mal zugezogen wurden, wenn der schwerbewaffnete Rote-Kreuz-Zug sich etwas näherte, was an Bebauung erinnern konnte. Es fiel dem Zaren schwer, einzusehen, dass es nicht immer die Aussicht war, die verschlossen werden sollte – unsere Wärter wünschten auch, jeden *Einblick* unmöglich zu machen. Obwohl er sein ganzes Leben mit Morddrohungen gelebt hatte, fiel es Nikolaj Alexandrowitsch schwer, zu begreifen, dass seine Umgebung eine Gefahr darstellen konnte. Er glaubte, die Abdankung hätte ihn gerettet, dass er mit dem Verzicht auf die Macht seine Bedeutung als Bombenziel verloren hätte, seinen Sinn als Zielscheibe.

Nach viertägiger Bahnfahrt kamen wir nach Tjumen auf der

anderen Seite des Ural, von wo aus uns der regelmäßig verkehrende Dampfer *Russ* in gut vierundzwanzig Stunden zur Gouvernementshauptstadt Tobolsk brachte, einer Stadt aus Holzhäusern mit weiß verputzten Kirchen jenseits des Eisenbahnnetzes.

Auf halbem Weg zwischen Tjumen und Tobolsk versammelte sich die Zarenfamilie in der Nachmittagssonne auf dem Deck des Flussdampfers. Am linken Ufer lag das Dorf Pokrowskoje, Rasputins Heimatort. Bei diesem Anblick erfüllte sich eine Prophezeiung. Wie zufällig ließ die Zarin eine Bemerkung fallen. Ihre Wege kreuzten sich.

Schon bald läuten die Kirchenglocken. Ich bin endlich müde.

Ostersonntag, den 22. April

Tee und Schwarzbrot zum Frühstück. Die Gerichte vom Vorabend wurden aufgewärmt und zum Mittagessen serviert. Ein paar Stunden Schlaf nach einem schnellen Luftschnappen bei kaltem Wetter. Seine Majestät las aus dem Evangelium. Alle einschließlich der Zarin speisten um acht Uhr gemeinsam. Keine Messe.

Das Zarenpaar und ich selbst blieben noch eine Weile im Salon sitzen und unterhielten uns mit dem stellvertretenden Befehlshaber der Wache, Ukraintsew. Der Zar bot Zigaretten aus seinem mit Smaragden besetzten Etui an. Dieser Ukraintsew hat vom ersten Tag an eine fast aufsehenerregend freundliche Haltung zu den Kaiserlichen an den Tag gelegt. Er ist überdies ein Mann ganz ohne Bildung, recht jung, aber schon jetzt lastet die Bürde auf ihm, eine Familie ernähren zu müssen. Er wurde aus einer der Fabriken in der Nähe rekrutiert. Selbst beim besten Willen kann man die grobschlächtige Figur nicht zu den monarchistischen Offizieren zählen, von denen die Zarin erwartet, sie versteckten sich unter den Gardisten. Obwohl es nicht lange dauerte, bis er von

»gemeinsamen Bekannten« zu sprechen begann. Das Zarenpaar war sehr überrascht zu hören, dass er einmal während einer Jagdgesellschaft zu Ehren von Großfürst Michail als Gehilfe an einer Treibjagd teilgenommen hatte. Noch verwunderlicher war, dass er vor 15 Jahren als kleiner Junge während einer Veranstaltung am Schwarzen Meer mit Großfürstin Olga gespielt haben sollte.

»Seitdem habe ich immer von meiner süßen Prinzessin geträumt«, sagte er mit einer Miene, die an familiäre Vertrautheit grenzte. Sogar die Zarin fand es in schönster Ordnung zu hören, wie von Ihrer Hoheit in Wendungen gesprochen wurde, die in früheren Zeiten nicht einmal beim hochwohlgeborensten Husarenoffizier geduldet worden wären.

»Sie werden dem Traummädchen bald wieder begegnen«, fügte Seine Majestät mit einem fast leutseligen Glitzern im Auge hinzu.

Das Gesicht des Gardisten hellte sich hinter den Bartstoppeln auf wie eine Sonne.

»Haben Sie diese Stellung hier beim Ipatjew-Haus angenommen, um Ihre Familie ernähren zu können?«, fragte ich in dem Versuch, eine natürlichere Distanz wiederherzustellen.

Die Zarin warf mir einen Blick zu, als wollte sie fragen, wie um alles in der Welt ich ein so aufdringliches und unangenehmes Thema anschneiden konnte. Ukraintsew seinerseits fand die Frage alles andere als indiskret und sprach bereitwillig von den elenden Verdienstmöglichkeiten in Fabriken und Gruben, um kurz darauf auch einen grob skizzierten Bericht über den miserablen Gesundheitszustand der Menschen in der Stadt Jekaterinburg zu erstatten.

Der Zar hörte ihn mit seinem freundlichsten Gesichtsausdruck an und merkte sich offensichtlich jede einzelne Auskunft über die Lebensbedingungen des Volkes in diesem speziellen Gebiet östlich des Distrikts Ural, so wie er als Herrscher stets ein besonders Interesse für die Bedeutung von Details an den Tag gelegt hatte. Wie ganz anders wirkte die Unterhaltung auf die skeptische und menschenscheue Zarin. Es zeigte sich zuerst in den roten Flecken am Hals, dass sich hinter der verschlossenen Fassade Alexandra Fjodorownas ein großes und starkes Gefühl aufzubauen begann. Selten ist mir die Verschiedenheit der beiden Majestäten so aufgefallen wie bei dieser Begegnung mit dem Mann, der dazu eingesetzt war, sie zu bewachen, der in seiner Seele aber immer noch ihr treuer Untertan war. Während der Zar ihm wie von Gleich zu Gleich gegenübersaß und sich aufrichtig für alle Einzelheiten interessierte, die dieser Mann ihm erzählen konnte, war die Zarin außerstande, mit Ukraintsew zu kommunizieren. Alexandra Fjodorowna kann die Welt nicht durch greifbare Details verstehen, sondern nur als ganzheitliche Vision. Dieser irregeleitete, aber rechtschaffene Bauernproletarier, der seit seinen unschuldigen Kindertagen das strahlende Bild einer Prinzessin in sich getragen hatte, sprach er nicht im Namen des ganzen russischen Volkes? Lag die Zukunftshoffnung dieses irregeleiteten Gardesoldaten nicht gleich unter der Oberfläche, jetzt wo er sein Herz geöffnet und dem Zaren seine tiefsten Sehnsüchte offenbart hatte?

Genauso hatte sie in ihrer nonnenhaften Schwesterntracht im Lazarett des Katharinapalasts dagesessen. Sie ging nicht von Bett zu Bett, von Soldat zu Soldat, sondern suchte sich immer einen aus, einen, der sie alle symbolisierte, am liebsten einen jungen Offizier mit verstümmeltem Leib und reinen Gesichtszügen. Hier, an diesem einen Bett, legte sie ihr ganzes Engagement an den Tag, all ihr Einfühlungsvermögen, ihr ganzes religiöses und mütterliches Gefühl. Es war keine menschliche Tat der Barmherzigkeit, sondern eine erhöhte Handlung, um den einen Leidenden zu erlösen.

Ihn, der sie alle repräsentierte.

Der Thronfolger war sehr krank, als die Zarenfamilie aus der Gouverneursresidenz in Tobolsk umquartiert werden sollte. Wir wurden Zeugen des ersten besorgniserregenden Ausbruchs der Hämophilie nach dem Sturz des Zarentums. Merkwürdig war nicht die Tatsache, dass die alte Krankheit in der neuen Zeit wieder aufgetaucht war (obwohl der Zarewitsch auffallend lange gesund gewesen war), ebenso wenig, dass es in ihrer ganzen furchteinflößenden Form geschah; erschreckend war, dass Alexej Nikolajewitsch *die Krankheit herbeiwünschte*, dass er sein Krankenlager selbst in Szene setzte.

Die Zarenkinder haben immer gern im Schnee gespielt. Nicht zuletzt der Thronfolger, denn das weiche Element steigert den Grad der Freiheit. Im Schnee kann er fast wie ein gewöhnlicher Junge herumtollen. Auf dem geräumigen Platz, der außerhalb der Gouverneursresidenz von Tobolsk eingezäunt war (und den ich von meinem Fenster im Kornilow-Haus aus direkt überblicken konnte) wurde ein richtiger Berg aus Schnee errichtet. Der Zar war der selbstverständliche Leiter der Arbeit an der topographischen Umformung des Geländes. Der Schneeberg wurde mehrere Wochen lang zum Mittelpunkt vieler Aktivitäten und Strapazen. Unter anderem als Rodelbahn für einen kleinen Holzschlitten.

Eines schönen Tages, immerhin schon am 4. März nach der neuen Zeit (und diese Entscheidung gehörte ausschließlich in die neue Zeit), hatte der Soldatenrat beschlossen, den weißen Berg zu entfernen. Nachdem der Zar dort oben gestanden und dem vierten Regiment zum Abschied zugewinkt hatte, dem Regiment, das die kaiserliche Familie seit der Abreise von Zarskoje treu bewacht und seine Gefangenen schätzen gelernt hatte, war das neue Wachpersonal auf die Idee gekommen, die Gefangenen könnten den Schneehaufen dazu gebrauchen, sich mit fremden Truppen in Verbindung zu setzen. In der Abenddämmerung kamen die Soldaten mit ihren Gerätschaften und machten den Berg dem Erdboden gleich.

Danach konnte der Rodelschlitten nur noch gezogen werden. Ich blieb eines Tages stehen und betrachtete Alexej Nikolajewitsch in seiner Marineuniform, wie er zusammengekrümmt auf dem kleinen Schlitten hockte, während Olga Nikolajewna in ihrem langen Rock vorneweg lief; aus der Ferne sah es aus, als wäre sie mit Zaumzeug angeschirrt, obwohl sie ihren Bruder sicher nur an einem Seil zog. Die Großfürstin lief im Kreis herum, der Zarewitsch ruderte mit den Armen, doch durch das Fenster konnte ich nicht hören, welche Kommandos er ihr zurief. Selbstverständlich war es nur ein Spiel, doch der Anblick gab mir dennoch einen Stich ins Herz.

Ganz allgemein ist es wichtig, dass Alexej Nikolajewitsch sich möglichst ruhig verhält, um der Krankheit nicht Vorschub zu leisten. (In diesem Winter hatte er ein paarmal Husten gehabt, was leicht Blutungen hätte auslösen können.) Dennoch hatte er den Schlitten unbemerkt ins Gouverneurshaus getragen und die Treppe hinaufgeschleppt. Hier saß er nun auf einem der Absätze zwischen dem ersten und dem zweiten Stock. Schon einen einzigen Meter würde ich bei einem Bluter normalerweise so einschätzen: als versuchten Selbstmord.

Vielleicht war die Schlittenfahrt die Treppenstufen hinunter genau das Gegenteil? Ein Auflehnen. Nicht gegen das Leben, sondern gegen den Tod, das heißt gegen die Langeweile, ein verzweifelter Versuch, das Leben in Bewegung zu setzen, ein Zeichen von Gesundheit, das mit Schmerzen endete und ihn ans Bett fesselte. Jeder hätte ihm das Ergebnis nennen können, und jeder X-Beliebige *hat* es ihm auch schon hundert Mal erzählt. Gleichwohl musste es geschehen. Oder: gerade deshalb musste es geschehen.

Der Wunderheiler Gregorij soll außerdem gesagt haben, dass Alexej Nikolajewitsch nach Vollendung des dreizehnten Lebensjahres geheilt sein werde. Diese magische Zahl hat er im letzten Sommer erreicht. Seitdem hatte er keine ernste Blutung mehr gehabt. Wollte er das Wunder auf die Probe stellen?

Ende März (nach alter Zeitrechnung), nur wenige Tage zuvor, war die erste Abteilung reiner Bolschewikensoldaten aus Omsk in das abgelegene Tobolsk gekommen. Ähnlich wie die Rivalen hier in Jekaterinburg hatten sich die Bolschewiken in Omsk mehrere Male bemüht, den Zaren und sein Gefolge unter Kontrolle zu bekommen. Man kann sich unschwer vorstellen, welch revolutionäres Prestige es mit sich brächte, das Leben des letzten Alleinherrschers in Händen zu halten. Jedoch war es die erklärte Absicht unseres damaligen und auch jetzt noch herbeigesehnten Kommandanten Koblinsky gewesen, seine Gefangenen gegen die Drohungen aus Omsk zu verteidigen. Es war davon die Rede, sämtliche Personen vom Gouverneurshaus in die Residenz des Erzbischofs Hermogen zu verlegen, die höher lag und die schwerer einzunehmen wäre. Aus diesem Anlass kam es zu einer Reihe von Konfrontationen mit dem Soldatenrat. Das einzige Resultat bestand darin, dass die Zarin bis auf weiteres mit einem Verbot belegt wurde, auf dem Balkon zu sitzen. Alexandra Fjodorowna war außerdem die Einzige, die den Einzug der Rotgardisten in Tobolsk mit einem gewissen Optimismus betrachtete. Sie war überzeugt davon, dass mehrere zarentreue Offiziere als gemeine Soldaten in das Heer der Roten eingeschmuggelt worden waren.

An diesen ersten, von bösen Vorahnungen erfüllten Frühlingstagen geschah es, dass der Zarewitsch an Bord seines kleinen Holzboots ging und es über die tödlichen Wirbel der Stromschnellen abwärts sausen ließ. Wollte er das Wunder auf die Probe stellen, wollte er sich durch ein Verschwinden retten, wollte er seine Familie von seinem Schicksal befreien? Wie oft erlebt das Kind, das immer im Mittelpunkt der Aufmerksamkeit gestanden hat, seine Bedeutung? War es ein Opfer, ein Sprung von der irdischen Thronfolge auf den himmlischen Thron – ein Martyrium?

»Ich habe keine Angst vorm Sterben«, ertönte es ein paar Tage später vom Feldbett, »ich habe nur Angst vor dem, was sie finden werden, wenn sie den Berg abgetragen haben.«

Zusammen mit Dr. Derewenko konnte ich für den leidenden Knaben in Tobolsk ebenso wenig ausrichten wie bei dem Thronerben von Gottes Gnaden. Wir konnten nur darauf warten, dass der Blutdruck stieg, und Ruhe verordnen, die es nicht gab. Doch es bestand nicht mehr der Druck der Geheimhaltung. Die blauen Schwellungen brauchten nicht mehr wie Staatsgeheimnisse gehandhabt zu werden. Nur der Schmerz war zurückgekehrt, der Schmerz und die Machtlosigkeit.

Nach zwei Wochen mit schlaflosen Nächten, zu einem Zeitpunkt, als wir uns immer mehr von allen Seiten bedrängt fühlten, kam der Vertreter Moskaus, Kommandant Jakowlew, um die Zarenfamilie aus Tobolsk abzuholen. Er war ein hochgewachsener, höflicher und kultivierter Mann, gekleidet wie ein gewöhnlicher Matrose, doch mit den notwendigen Vollmachten ausgestattet. Die Herren in Moskau hatten allerdings nicht mit dem Schlitten des Thronfolgers gerechnet. Der Sendbote der Bolschewiken wurde als erster Außenstehender mit der Tragödie der Dynastie von Angesicht zu Angesicht konfrontiert: mit dem abgemagerten Leib des kranken Dreizehnjährigen in der gestreiften Bettwäsche des Feldbetts. Mit dem matten, kastanienbraunen Haar, den glänzenden Augen in dem schönen, wächsernen Haupt.

Er glaubte nicht, was er sah. Am selben Vormittag kam er wieder und öffnete unangemeldet die Tür zum Zimmer des Thronfolgers. Er wollte sich vergewissern, dass es sich nicht nur um eine Maskerade handelte, nur in Szene gesetzt, um die Revolution hinters Licht zu führen.

Jakowlews Auftrag bestand darin, die kaiserliche Familie abzuholen und an einen unbekannten Bestimmungsort zu bringen. Alexandra Fjodorowna war augenblicklich davon überzeugt, dass dies Moskau bedeutete – das Zentrum der Macht. Fast einen Monat lang waren die Gespräche im Gouverneurshaus um den Friedensschluss in Brest-Litowsk gekreist. Die Zarin konnte sich nicht vorstellen, dass ihr Vetter, Kaiser Wilhelm, einen Friedensvertrag akzeptieren konnte, der von irgendeinem jüdischen Kommissar im Namen des Reiches unterzeichnet worden war. Im Innern konnten die Bolschewiken spotten, soviel sie wollten, aber draußen, in der Welt, besaßen sie keine Anerkennung und konnten ohne die lenkende Hand des Zaren nichts erreichen. Genauso sah sie es. Die Zarin sah einen deutlichen Zusammenhang zwischen der Abreise Seiner Majestät aus der Gouverneursstadt Tobolsk und dem Kniefall des neuen Regimes in Brest-Litowsk. Dass es um die Unterschrift ging. Einen gültigen Namen für einen ungültigen Frieden zu schaffen. Wir mussten nach Moskau. Um zu unterzeichnen.

Niemand dachte an die Nebengleise, an die Güterbahnhöfe, niemand dachte an Jekaterinburg.

Alexandra Fjodorowna hat keinen Augenblick an der Rückkehr der Romanows an die Macht gezweifelt. Sie sah sie als die einzig legitimen Herrscher des Heiligen Russland an. Sie verlässt sich nicht auf die Treue der Generäle, sondern auf die Ergebenheit des Volks und auf Gottes Willen. Aus diesem Grund befindet sie sich mit dem Zaren hier. Sie hat sich eine Reise zurück an die Macht vorgestellt, zur Wiedereinsetzung des Sohnes.

Zunächst musste sie einen inneren Kampf ausfechten, zwischen dem Bett des Thronfolgers und dem Feldzug des Zaren. Als Mutter wäre sie am liebsten am Krankenlager geblieben. Aber was würde das Leben des Sohns ohne die Aufgabe, zu deren Erfüllung er geboren war, noch wert sein? Gibt es ein Leben außerhalb der Bestimmung Gottes? Die Mutter unterwarf sich der Entscheidung der Herrscherin.

Während der letzten eineinhalb Jahre seines Regimes war Nikolaj II. zum Prinzgemahl von Alexandra der Großen degradiert worden, er hatte seinen Nacken einem stärkeren Willen gebeugt und sich dem weiblichen Terrorregime unterworfen, dem die Psychiatrie die Bezeichnung Hysterie gegeben hat. Fast mit einem Achselzucken nahm er auch diese Entscheidung zur Kenntnis. Gleichwohl lag eine tiefe Entmündigung in der Wahl der Zarin, als wäre er, der Zar, das kleinste und gefährdetste all ihrer Kinder.

Am 13. April ließ sich der Zar endlich unter Vormundschaft

stellen, nicht nur durch das Regime in Moskau, sondern auch durch seine eigene Ehefrau. Sie reiste mit ihm, damit er kein zweites Mal seinen Namen aufgab, damit sich die Katastrophe von Pskow nicht wiederholen konnte.

Der Krieg kann noch immer gewonnen werden, solange die Unterschrift des Zaren nicht geleistet ist.

Das ausgesuchte Gefolge umfasste neun Personen. Das Zarenpaar und Großfürstin Maria, aus dem Gefolge Fürst Dolgorukow und ich selbst, außerdem die beiden Diener und das Kammermädchen. Kommandant Jakowlew hatte eine Abteilung von 35 Gardesoldaten zusammengestellt, davon 15 zu Pferde. Die Kolonne bestand aus ein paar gebrechlichen Tarantas, Bauernkarren ohne Sitze oder Federung. Nur der vorderste Wagen war eine Kalesche. Für den Wagen, in dem die Zarin sitzen sollte, wurden etwas Stroh und eine Matratze herbeigeschafft. Ich überließ ihr überdies meinen dicken Pelzmantel.

In einen der Koffer hatte meine Tochter ein paar weiße Tennishosen gepackt. Vielleicht waren wir Teil eines größeren Plans, vielleicht würde die Fahrt nach Moskau gehen und von dort weiter nach Archangelsk und von dort per Schiff zu den Britischen Inseln? Die Tennishosen waren die verwegene Hoffnung in der Dunkelheit, ein Friedenssignal, die Splittflagge einer neuen Ära, die Hoffnung auf eine Wiedervereinigung im Westen und die Wiederaufnahme der profanen Privilegien des Leibarztes. Doch an unserer Abreise war nichts, was an Befreiung erinnerte, von der einen Tatsache abgesehen, dass wir eine Gefangenschaft verließen. Als ich sah, wie meine Tochter im Fenster die Hand hob, kam mir der Gedanke, dass es meine Kinder waren, die auf freien Fuß gesetzt wurden, indem ich sie verließ, dass meine Abreise ihre Freiheit möglich machte. Ich bin derjenige, der die kaiserlichen Auszeichnungen als Leibmedikus und General trägt; allein meine Kinder sind in den Händen der neuen Zeit unbeschützt, aber auch unbesudelt. Niemand stellt für meine Kinder eine größere Bedrohung dar als ich selber. Nur seelisch kann ich ihnen Schutz geben, durch mein Beispiel.

Nachdem unsere Reise hier in Jekaterinburg zu Ende gegangen war, verfestigte sich der Gedanke, dass dies der Schicksalstag war. Dies war der Moment, in dem die Grenzen gezogen wurden, zwischen dem, was eine Zukunft hat, und dem, was für immer der Vergangenheit angehören soll.

In diesem Augenblick hätte der Zar sich losreißen und seinen Kindern die Freiheit schenken können.

Die Nacht war früher Morgen des 13. April geworden. Der Zarewitsch lag weinend in seinem Zimmer. Die drei Großfürstinnen standen alle mit ihren Strickmützen da, hatten sich lange Alpakaschals um den Hals geschlungen und warteten vor der Tür zu dem bescheidenen Eingang der Gouverneursresidenz. Die Befehle des Kommandanten ertönten aus dem vordersten Wagen, in dem er neben dem Zaren Platz genommen hatte. Der Feldzug der Vergangenheit setzte sich in Bewegung, in Richtung Moskau. Zur Schlacht um die rechte Hand des Zaren.

Es ist zwar spät, aber wir haben noch immer einige Stunden vor uns, bevor wir das erste Morgenlicht erblicken oder bis die Glocken über dem Himmelfahrtsplatz zu läuten beginnen. Meine Erwartungen an den Ostersonntag liegen im Dunkeln. Ich opfere die Nacht und rekonstruiere lieber die Reise von Tobolsk. Die Alternative ist eine durchwachte Nacht mit den Zurückgebliebenen, mit Gedanken, die immer bei der Zarin von Tobolsk enden werden.

Meine eigene Tochter stand gleichsam beschützt hinter dem Fenster im Kornilow-Haus, wo wir unseren Wohnsitz gehabt hatten, gegenüber der Residenz. Meinen Sohn hatte ich selbst ins Bett beordert, weil er am nächsten Tag ein Examen ablegen sollte. Über den drei Töchtern des Zaren lag etwas anderes, denn sie waren zum ersten Mal ihrer eigenen Obhut überlassen. Im Hause wartete das Schmerzgestöhn des Bruders. Wo sollten sie irgendwann einmal eine Zuflucht im Leben finden? Vielleicht ist es dennoch am besten, dass sie herkommen, dass sie nachkommen. Das würde zumindest eine Sehnsucht erfüllen, bei ihnen, ihren Eltern, bei mir selbst.

Sibirien befand sich im Frühjahrstauwetter, in der hoffnungslosen Phase zwischen Kufe und Rad, zwischen Schneeschmelze und Frost. Die kaiserliche Karawane hatte 260 Werst zurückzulegen, bevor wir die nächste Bahnlinie erreichten. Der Fluss war noch nicht eisfrei, deshalb musste die Reise über Land erfolgen. Doch mussten wir in der Zeit der Eisschmelze drei Flüsse überqueren, Irtysch, Tobol und Tura. Allein am ersten Tag wurden die Pferde vier- oder fünfmal gewechselt, und das Rumpeln in den gefrorenen Radspuren war entsetzlich.

Die Flüsse waren angeschwollen, und das Wasser reichte den Pferden bis unter den Bauch, als wir den Irtysch überquerten. Am Ufer des Irtysch hatte der verbannte Dichter die Bürde seiner Ziegelsteine geschleppt. Ich erinnere mich an die Passage in *Aufzeichnungen aus einem Totenhaus*, weil er dort trotz der Zwangsarbeit Freiheit fühlte; nur am Flussufer konnte er den Blick von der Festung und den Palisaden abwenden, die ihn sonst zu jeder Stunde des Tages umschlossen. Der Irtysch fließt nach Nordosten und passiert als erste größere Stadt Omsk, wohin Dostojewskij als Strafgefangener verbannt worden war, nachdem er gegen den Zaren konspiriert hatte.

Die erste Nacht verbrachten wir in dem Dorf Jewlewo, in dem wir in einem stillgelegten Landhandel auf die primitivste Weise untergebracht wurden. So reisten die Verbannten in der Zeit vor der Eisenbahn, so zogen die Karawanen aus Mördern, Trunkenbolden und Oppositionellen durch dieses unendliche, trostlose Land. Unendlich und trostlos nicht aufgrund der Landschaft, sondern wegen der Gefangenschaft, aufgrund des Zwangs inmitten der Unendlichkeit.

Bevor es hell geworden war, hatten wir Jewlewo verlassen. An solchen vergessenen Orten geschah es, dass die Bauern ihren Arzt aus reinem Aberglauben erschlugen. Wenn das Land von einer Cholera- oder Typhusepidemie getroffen wurde, konnte es geschehen, dass ein freiwilliger oder abkommandierter Mediziner auch in den abgelegensten Dörfern auftauchte, um den Schaden zu begrenzen. Die Bauern kombinierten die beiden Ereignisse, die tödliche Epidemie und den merkwürdigen Fremden mit seinen noch merkwürdigeren Instrumenten und Flakons. Folglich zogen sie daraus den unglückseligen Schluss, dass es der Doktor war, der die Krankheit gebracht hatte. In einer betrunkenen Nachtstunde konnte es geschehen, dass die Bauern von dem Gedanken besessen waren, das Lazarett in Brand zu stecken, die teuflischen Instrumente zu zerschmettern und den Arzt zu ermorden. Den russischen Bauern hat es schon immer zum Feuer hingezogen, zu der verzehrenden Macht der Flammen, zu der flackernden Schönheit des Lichts.

Wir erreichten den Tobol, bevor die nächtliche Kälte ihren Höhepunkt erreicht hatte, trotzdem wurde die Karawane aus Furcht vor einem Aufbrechen des Eises aufgelöst. Uns wurde befohlen, einzeln über einen schmalen Pfad aus ausgelegten Planken zu gehen. Der Zar bot seiner Gemahlin die Hand. Sie hatte den Pelzmantel abgelegt und trug einen dünnen Persianer. Gleich dahinter folgte Fürst Dolgorukow. Der Hofmarschall stützte Großfürstin Maria mit seiner rechten Hand, ganz Weltmann, als führte er sie bei der Polonaise über das Parkett des Winterpalais. Unter der spröden Eisdecke strömte der Tobol dahin; im Verlauf von Tagen, vielleicht nur Stunden, würde das Eis aufbrechen und mit den Wassermassen stromabwärts verschwinden. Nachdem die Frauen hinübergebracht worden waren, folgten die Diener und Soldaten mit Taschen und Koffern; die Kavalleristen führten ihre Pferde bei der Hand, und am Ende zogen die Soldaten die leeren Karren hinüber.

Gegen zwölf kamen wir in Pokrowskoje an, wo ein Teil der Gardesoldaten abgelöst werden sollte. Im August hatten wir das Dorf auf dem Fluss aus der Ferne passiert, jetzt blieb die Karawane direkt vor einem zweistöckigen Haus stehen, einem herrschaftlichen Wohnsitz, der in starkem Gegensatz zu den nachlässig zusammengezimmerten Holzbauten stand, die diesen Typus von Orten kennzeichnen. Der Fürst kam schnell zu dem Schluss, dass dies Rasputins Wohnhaus sein musste. Nein, man kann nicht zählen, wie viele Prophezeiungen entweder telegrafisch aus diesem schmutzigen Dorf im Gouvernement Tobolsk oder telefonisch von der stets ebenso überfüllten Wohnung in Petrograd ausgegangen waren, Prophezeiungen von Tod und Genesung, von Untergang und Auferstehung. Von hier stammte die Zeile, die Ärzte sollten den Patienten in Spala nicht »quälen«.

Während der Kommandant neue Mannschaften organisierte, saß die Zarin auf dem Boden ihres Bauernkarrens. Damit befand sie sich, für alle gut sichtbar, unzweifelhaft an einer erhöhten Stelle. Hinter den Fensterscheiben in dem niedrigen Erdgeschoss und der hochgelegenen ersten Etage standen Menschen, alte und junge, und starrten uns stumm an; Vater Gregorijs nächste irdische Angehörige. Man hatte einen hohen, soliden Zaun errichtet, der den Blick auf das übrige Grundstück versperrte; von den Nebengebäuden des Hofs waren nur die Dächer zu sehen. Am allerwenigsten konnten wir einen Blick auf Rasputins heiligen Keller erhaschen, den er in seinen jungen Jahren unter dem Kuhstall gegraben haben soll und der später so vielen Gerüchten und obszönen Fantasien Nahrung gegeben hat.

Hier wurde mir die unheimliche Parallele bewusst: Auch Marie-Antoinette wurde auf einem Bauernkarren zum Schafott gefahren. Das war mein letzter klarer Gedanke auf der ganzen Reise. Als wir unseren Weg fortsetzten und immer mehr durchgeschüttelt wurden, bekam ich fürchterliche Nierenschmerzen, die so schlimm waren, dass ich mich kaum an die weitere Fahrt erinnere, nur daran, dass wir um Mitternacht den Zug in Tjumen erreichten. Ich hatte mich die ganze Zeit gefragt, wie Alexandra Fjodorowna die Strapazen aushalten würde, doch wie sich zeigte, war der Arzt das schwächste Glied des Transports. Von Tjumen (Palmsonntag) konnten wir mit der Bahn weiterfahren, während der ganzen Fahrt von schwerbewaffneten Soldaten umgeben. Der Zug fuhr zwischen den Bahnhöfen hin und her, erst nach Westen, dann nach Omsk im Osten und wieder zurück. Der Fürst nahm an, wir seien Opfer eines Tauziehens geworden.

Persönlich hatte ich keine bestimmte Vorstellung vom Reiseziel, wenn ich von der einen absehe, dass hinter allem eine Absicht stecken musste. Alle, auch ich, waren dennoch von dem Befehl überrascht, die Gardinen herunterzuziehen, als der Zug vor fünf Tagen im Hauptbahnhof von Jekaterinburg angekommen war.

Was denkt die Zarin heute Nacht über die Unterschrift des Zaren? Wie hat es die Sowjetmacht geschafft, auf die Hand des Selbstherrschers zu verzichten?

Weiß die Welt, wo wir uns befinden? Gibt es überhaupt jemanden, der diese Frage stellt, so wie wir nach Fürst Dolgorukow fragen?

Nikolaj Alexandrowitsch hat mir erzählt, dass der Name Ipatjew zu Beginn der Geschichte der Romanows schriftlich festgehalten worden sei. Der Stammvater des Zaren, Michail I., sei in einem Kloster gleichen Namens zum Zaren gekürt worden. Der Unterschied zwischen einem Kloster und einem Gefängnis ist vielleicht gar nicht so groß?

Er ist auferstanden! Zeit, das Licht auszumachen.

23. April

Es ist unmöglich, länger zu schlafen als bis neun Uhr, selbst wenn es nachts spät geworden ist. Badezimmer und Toilette sind oft besetzt, und so begebe ich mich spät dorthin, nachdem die Kaiserlichen wieder in ihren Zimmern sind. Um zehn Uhr bekommen wir Tee und Schwarzbrot mit oder ohne Butter (der Zufall bestimmt darüber, ob es Fett gibt oder nicht). Danach ist Inspektion beim Kommandanten. Mittagessen um zwei Uhr.

Wir gingen eine Stunde spazieren. Das Thermometer zeigt ständig Minusgrade an. Noch immer liegt ein wenig Schnee. Sonne. Später las der Zar seiner Familie vor, ich schlief. Der Rhythmus ist der gleiche wie im Alexanderpalast, oder, wenn man so will, wie am englischen Hof. Wir haben kaum noch Fleisch auf den Knochen, und das Skelett schimmert durch. Tee um fünf Uhr, warmes Essen um acht (heute schon um sieben). Oft essen wir mittags und abends das gleiche Gericht. Noch in Tobolsk war die Zusammenstellung der Gerichte ein Thema, das der Zarin täglich vorgelegt wurde, obwohl die Zutaten schon sehr knapp geworden waren. Die Speisekarten verschwanden erst in Jekaterinburg zusammen mit den Gedecken und der Tischwäsche.

Es ist vielleicht ein Zeichen von Gesundheit, wenn ich die Arbeit mehr vermisse als das Essen. Durch die acht Monate in Tobolsk erhielt ich Gelegenheit, als gewöhnlicher Dorfarzt zu praktizieren. Vormittags Sprechstunde, nachmittags Krankenbesuche in der Stadt. Ich hielt im Kornilow-Haus gegenüber der Gefängnisresidenz der kaiserlichen Familie meine Sprechstunde ab. Zum ersten Mal in zehn Jahren besaß ich keine Privilegien mehr. Darin lag der Unterschied. Nicht in der äußeren Würde des Patienten oder seinem Stand, und so spielte es keine Rolle, ob die Konsultation in einem Schloss stattfand oder einem Krankenhaus. Der Unterschied bestand vielmehr darin, dass ich, der Leibarzt des Zaren im Generalsmantel, durch die schmutzigen, von Schnee schweren

Wege waten und an den bettelarmen Häusern anklopfen und eintreten musste. Ich musste mich den Leiden des Patienten unterwerfen, nicht der Krankheit, sondern der Armut. Kein Schreibtisch, kein Assistent, kein Titel konnte mich länger schützen. Im Gegenteil, die Bezeichnung »Leibarzt des Zaren« hatte meine Person gebrandmarkt, mich vogelfrei, fast aussätzig gemacht wie einen General der kaiserlichen Armee, den man selbst dem einfachsten Fußsoldaten untergeordnet hatte. Nur meine Kenntnisse, meine Fertigkeiten und vielleicht meine Menschlichkeit bewirkten, dass ich immer noch ein gerngesehener Mann war, ja, gelegentlich sogar zu einem Lichtträger in den Kammern der Dunkelheit wurde. Niemals zuvor, nicht einmal in den stinkenden, überfüllten Lazaretten der Kriege ist mir mein eigentliches Privileg so klar geworden; nie zuvor habe ich es so gut verstanden, Menschen zu heilen.

Jetzt diene ich nur dem Zaren. So tief bin ich gesunken. Ich bin nicht mehr würdig, außerhalb des Gefängnisses tätig zu sein, ich bin ein vom Leben abgeschnittener Arzt, so wie der Zar bei seiner Abdankung zu einem Herrscher wurde, der von seinen Untertanen abgeschnitten ist.

Die äußerste Pflicht des Arztes besteht darin, sich selbst am Leben zu erhalten. Aus diesem Grund werde ich auch damit fortfahren, mich durch die Nächte hindurchzuschreiben. Die Tage gehören der Geschichte, sie werden die Städte Tobolsk und Jekaterinburg einmal zu Namen machen, an die sich die Menschheit erinnern wird, wie an Elba oder St. Helena.

Die Nächte gehören mir.

Von Zeit zu Zeit schneit es.

Weiß wie der Bart meines Vaters, weiß wie sein Gesicht an dem Sonntag, an dem er mit frisch gewaschenen Händen vom Winterpalais zurückkehrte, aber mit dunklen Flecken überall auf dem abgetragenen Anzug. Prof. Dr. Sergej Petrowitsch Botkin hatte soeben den Tod eines Zaren verkündet. Als er endlich zu Hause war, ließ er sich in den nächsten Stuhl fallen und schnappte nach Luft.

Es war ein klarer früher Sonntagnachmittag, als im Abstand weniger Minuten zwei starke Explosionen zu hören waren. Kurz darauf wurde der Leibarzt des Zaren in den Palast gerufen. Ein roter Läufer aus Blut wies den Weg über die Marmortreppe ins Obergeschoss, bis zum Arbeitszimmer des Monarchen. Hier herrschte die Panik, wie so oft, bevor der Arzt am Ort der Katastrophe angekommen ist.

Der uniformierte Oberkörper Seiner Majestät lag neben dem Schreibtisch auf einem Diwan. Die unteren Körperteile ließen sich nicht mehr identifizieren. Wo soll ein Arzt ansetzen, wenn der halbe Mensch schon die Form anatomischer Makulatur angenommen hat? Soll er die Blutungen stillen, Sauerstoff zuführen? Zusammen mit drei Kollegen und einer Sauerstoffflasche kämpfte mein Vater, nur unterbrochen vom Eindringen des Metropoliten mit der letzten Ölung, verzweifelt darum, die Regentschaft Seiner Majestät Alexanders II. zu verlängern. Sie verlängerten sie um fünfundvierzig Minuten.

Das siebte Attentat tötete ihn. Die Equipage des Zaren war nicht nur geschlossen, sie war gepanzert; wie eine rollende Eisenzelle, umkränzt von sechs Kosaken zu Pferde, gefolgt von den Schlitten der Gendarmen, wurde sie von zwei Pferden gezogen, die auf dem Weg zum Winterpalais am Katharinakanal entlang dahintrabten.

Da wurde ein Schneeball geworfen.

Zur Verblüffung des Gefolges detonierte der Ball in dem Moment, als er auf der Anhöhe vor dem Wagen des Zaren einschlug. Die Explosion traf Menschen und Tiere, aber nicht Seine Majestät. Schockiert, aber unverletzt öffnet der Zar die Tür, trotzt den Warnungen des Kutschers und steigt in dem Moment, als sich der Rauch verzieht, von seiner gepanzerten Equipage herab. Er will sich um seine verwundeten Untertanen kümmern, um einige Kosaken und einen Bäckergesellen, der gerade vorbeigekommen war.

In dem Augenblick wird noch ein Schneeball geworfen.

Irgendwo im Menschengewimmel um das Sterbebett des Großvaters herum stand der 13 Jahre alte Prinz Nikolaj in seiner blauen Matrosenjacke, unbeweglich, doch bis ins Mark seiner Seele erschüttert. In dem Augenblick, in dem mein Vater den Pulsschlag am Handgelenk des Zaren nicht mehr spürte, wurde Nikolaj Alexandrowitsch zu Russlands Zarewitsch erhoben.

Der neue Zar, der Hüne Alexander Alexandrowitsch, und die gesamte kaiserliche Familie fielen auf die Knie. Gleichzeitig stürzte eine junge Frau in einem blutüberströmten Negligé zu Boden. Erst in diesem Augenblick, als sie im Blut ihres Mannes lag, wurde die dem Autokraten ehelich angetraute Geliebte als rechtmäßige Ehefrau ihres Mannes anerkannt.

Drei Tage später hätte der Ministerrat unter Leitung Alexanders II. zusammentreten und Russlands neue Verfassung verabschieden sollen, die Abschaffung der Autokratie; zwanzig Jahre nach Aufhebung der Leibeigenschaft sollte der Zar, der Befreier, sein Volk zum ersten Schritt in die Epoche der Mehrheitsentscheidungen führen. Es war diese historische Umwälzung, die mein Vater am 1. März 1881 um fünf nach halb vier mit klarer Stimme verkündete, als der Tod seines Patienten eingetreten war. Im selben Augenblick wurde die Alleinherrschaft in die mächtigen Hände Alexanders III. gelegt, und die neue Verfassung wurde damit ebenso ungültig wie der Kalender des Vorjahres.

Dazu brauchte es drei Tage.

24. April

Bis jetzt Plusgrade. Ihrer Majestät wurde das Mittagessen von Sednjew in ihrem Zimmer serviert, eine Portion Makkaroni, als

Wiedergutmachung für die mangelnde Spezialverpflegung des gestrigen Tages. (Es war der Namenstag der Zarin, der Tag der heiligen Märtyrerin Alexandra.)

Spaziergang mit dem Zaren, 40 Schritt vor, 40 zurück.

Man hat nach dem Essen begonnen, Karten zu spielen. Wir sind so wenige, und es ist hier schwieriger als im Gouverneurspalast, die Gespräche in Gang zu halten. Sobald die fehlenden Ereignisse des Tages kommentiert sind, kehren die Gedanken nach Tobolsk zurück. Wir haben zwar genügend Fragen, aber immer noch keine Antworten. Das Hauptthema ist selbstverständlich der Gesundheitszustand des Zarewitsch. Heute wie in all den Jahren, in denen ich dem Zaren gedient habe.

Auf Aufforderung Ihrer Majestät unternahm ich einen neuen Versuch, mir darüber Klarheit zu verschaffen, was mit Fürst Dolgorukow geschehen ist.

»Da mischen Sie sich besser nicht ein, Doktor«, entgegnete Awdejew recht brüsk, als ich durch die Tür getreten war.

Im Büro hängen ein Edelhirsch und einige andere von Ipatjews Jagdtrophäen. Außerdem fielen mir einige Gruppenbilder auf, die etwas mit den Jahren des Ingenieurs in der russischen Armee zu tun hatten. Awdejew hat sich nicht die Mühe gemacht, diese Reminiszenzen an die Zarenzeit zu entfernen, genauso wenig, wie er daran gedacht hat, das Bett zu machen, den Aschenbecher zu leeren oder die Flaschen vom Schreibtisch wegzuräumen.

»Herr Kommandant«, sagte ich, »der Fürst hatte in seiner Eigenschaft als Hofmarschall des Zaren …«

Im Nachhinein sehe ich ein, dass dieser Satz oder vielmehr der Anfang dessen, was ein Satz werden sollte, nicht weniger als drei unverhüllte Provokationen enthielt, die sich direkt gegen Seine Hoheit den Kommandanten richteten. Awdejew zögerte denn auch keinen Augenblick, in die Offensive zu gehen:

»Der Fürst?! Wir leben in einer Republik, bester Mann, haben

Sie das nicht gewusst? Und in einer Republik gibt es weder Fürsten noch einen Hof, und ohne Hof gibt es auch keinen Hofmarschall. All das sind wir losgeworden!«

»Nun ja«, versuchte ich es erneut.

»Und noch eine Kleinigkeit: In einer Republik gibt es keinen Zaren. Man hat uns aufgetragen, auf einen gewissen Oberst aufzupassen, Oberst Nikolaj Romanow, und diese Aufgabe werden wir auch ohne Einmischung Ihres Freundes, des Hofmarschalls, voll und ganz erfüllen.«

»Wie Sie wollen«, erwiderte ich. »Könnte der Herr Kommandant mich in dem Fall über Herrn Wassilij Alexandrowitsch Dolgorukow aufklären?«

»Das war schon besser, Doktor, das war wirklich schon besser. Nein, ich kann Ihnen keine Auskünfte geben. Sind Sie eigentlich so sicher, dass es einen Mann mit diesem Namen gibt?«

»Nein.«

Ich verbeugte mich förmlich und zog mich zurück. Äußerst unangenehm berührt. Darauf ein möglichst kurzer Bericht bei Ihren Majestäten: »Keine neuen Auskünfte.«

»Wie ich mir dachte«, sagte die Zarin.

Der Zar rauchte eine Zigarette und blickte aus dem Fenster.

Haben Sie ihn freigelassen oder eingesperrt? Beides ist möglich. Doch über den Fürsten Dolgorukow lässt sich keine Antwort geben, es ist unmöglich, eine Antwort zu erhalten. Nur Fragen, die man unmöglich stellen kann.

Ich bin mehr und mehr davon überzeugt, dass es mir nicht gelingen wird, alle Gedanken und alle Erinnerungen in den neuen Kalender zu übertragen. Der Verlust der Assoziationen wird unerträglich sein. Wir sind die Geiseln des Julianischen Kalenders. Wenn wir hier nur sitzen blieben, zwischen den Mauerwänden, hinter dem Zaun. Vergessen. Auch Nikolaj Alexandrowitsch hat sich von der Zeit abgekoppelt.

Es geschah am 19. März nach der alten Ordnung. Erst hatte er sich einer doppelten Tagebuchführung zugewandt, autoritätsgläubig, wie er nun mal ist. 47 Tage lang hielt der Zar den Kontakt mit der neuen Zeitrechnung aufrecht. Dann erhielten wir (ziemlich verspätet) die Meldung, das Bolschewikenregime habe die Friedensbedingungen der Deutschen in Brest-Litowsk akzeptiert. Das Reich befand sich in Auflösung, und das stolze Zarenwort »Kein Friede, solange ein feindlicher Soldat auf russischer Erde steht« hatte seine Bedeutung verloren. Die Kapitulation war eine Tatsache, das war noch das Wenigste; Russland hatte seine Ehre verloren, der Zar sein Wort, das war das Entscheidende.

Das Handeln Nikolaj Alexandrowitschs wurde weder durch die Macht noch durch den Thron bestimmt, sondern durch den Krieg, nicht durch die Existenz der Dynastie, sondern durch das Überleben des Vaterlandes, Russlands Erde. Erst als Kommissar Lenin Land abtrat (nicht weniger, wie ich glaube, als ein Drittel vom Territorium des Reichs), um sein eigenes Regime zu retten, hatte der Zar seine historische Rolle verloren. Die Abdankung war als heroische Tat gescheitert, als Strategie für eine Fortsetzung des Krieges. Von diesem Datum an gab »Oberst Romanow« seine parallele Zeitrechnung auf.

Er fuhr mit seiner Arbeit fort, Holz zu sägen, auch an jenem Tag in Tobolsk, als der 19. März *nur noch* der 19. März war. Er genoss diese Arbeit, schlanke Birkenstämme in annähernd gleich große Teile zu zersägen, meist stand Fürst Dolgorukow auf der anderen Seite des Sägebocks, eine mechanische Bewegung, keine individuelle Leistung; die schwarz gefleckten Holzklötze, die in den Schnee fielen, von denen jeder einzelne eine Garantie gegen den kommenden Frost war. Jetzt hatte er nur seine Zigaretten, solange man sie ihm lässt, ebenso lange, wie sich schlanke Birkenklötze halten, ebenso lange wie der Tagesanbruch.

Ich mag es nicht, Parallelen zur Französischen Revolution zu ziehen. Dazu war das Schicksal von Ludwig XVI. allzu grauenvoll, aber auch die französischen Aufrührer führten eine neue Zeitrechnung ein und schafften es so, die Vergänglichkeit der Revolution zu demonstrieren.

Der Tag, an dem der König abdankte, der 22. September 1792, wurde als Tag eins im Jahr eins verkündet – welch eine fabelhafte Egozentrik! Die neue Ordnung konnte natürlich nichts anderes mit sich bringen als Chaos und Anarchie, in der weltlichen Welt wie im kirchlichen Leben. Die Zeitrechnung währte 14 Jahre. Dann folgten die Napoleonischen Kriege, bis schließlich die Bourbonen wieder auf den Thron gesetzt wurden. Das eröffnet eine Perspektive, wirft ein Licht weit in das undurchsichtige Gestrüpp künftiger Daten.

Es *ist* eine Frage von Zeit. Aber Fürst Dolgorukow wird wohl nie zurückkehren, weder zum Gregorianischen noch zum Julianischen Kalender.

25. April

Plusgrade, starker Wind, Sonne, Schneefall mitten am Tag.

Als wir uns abends zu Tisch setzten und versuchten, das Essen in uns hineinzukauen (gekochtes Fleisch), hörten wir von unten Geschrei und schnelle Schritte auf der Küchentreppe (die zu der Anrichte zwischen Speisezimmer und Küche führt), und plötzlich stand Ukraintsew in der Tür. Er hatte einen Zettel in der Hand.

»Telegramm aus Tobolsk«, sagte er. »Von meiner lieben Prinzessin!«

Er überreichte das Papier dem sichtlich bewegten Zaren, der es einmal für sich las und dann laut: »Alles wohlauf. Der Kleine schon im Garten. Olga.« (Ungefähr so.) Ein Seufzer der Erleichterung. Ukraintsew grinst.

Sowohl der Zar als auch die Zarin dankten dem Chef der Wache, der bedauernd erklärte, er müsse sich gleich wieder in das Souterrain zurückziehen.

»Bald werden wir sie hier haben«, konnte er sich nicht verkneifen zu sagen, während er sichtlich vergnügt die Treppe hinunter verschwand.

Ich war der Einzige, der sich das Wort gemerkt hatte: Er sagte nicht »alle vier«, er sagte nur »sie«. Olga.

»Alles wohlauf« war das Wichtigste. Das schloss alle ein, die Großfürstinnen, meine eigenen Kinder. »Der Kleine schon im Garten.« Also ist der Zarewitsch auf dem Weg der Besserung. Die Abreise rückt näher.

Erst muss das Eis verschwinden, damit es möglich wird, den Fluss zu befahren. Den Thronerben in einen Bauernkarren zu verfrachten, wie man das Zarenpaar transportiert hatte, würde ihm schon nach ein paar Kilometern den Tod bringen. Ich beneide Dr. Derewenko nicht um seine gegenwärtige Verantwortung, nicht die für die Zukunft Russlands, sondern die für das Leben des Kindes. Wer hätte geglaubt, dass Alexej Nikolajewitsch einmal das Zarentum überleben, dass der Erbe das Erbe überleben würde?

Niemals zuvor ist der Zarewitsch ohne seine beiden Eltern gewesen. Die Töchter auch nicht. Die chaotische Reise macht mir wegen der Großfürstinnen mehr Angst als wegen »des Kleinen«.

Möge ihre Schönheit sie beschützen.

Ich befürchte das Gegenteil.

Alexandra Fjodorowna hat den ganzen Tag Kopfschmerzen gehabt. Zum Mittagessen brachte Sednjew ihr Makkaroni mit Brot und Butter ins Zimmer. Um sich nicht mit Stickereien oder anderer Handarbeit anzustrengen, ruht sie mit geschlossenen Augen auf dem Bett. Dennoch schafft sie es nicht, den Schmerz zu besiegen. Er liegt auf der Innenseite der Augenlider. In den Fensterrahmen hat sie ein Hakenkreuz geritzt, das gleiche Symbol, mit dem Großfürstin Tatjana den Umschlag ihres Tagebuchs bestickt hat. Es soll wohl Glück bringen.

Nikolaj Alexandrowitsch hat Kontakt aufgenommen, nicht mit Ukraintsew, dem »Freund der Familie«, sondern mit mehreren der Wachen. Er fühlt sich unter Männern in Uniform automatisch zu Hause, und ein schäbiger Soldat ist ihm lieber als ein geschniegelter Zivilist. Mag die Zeit auch vorbei sein, in der er noch glaubte, die Soldaten gehorchten Befehlen aus Überzeugung, dass sich in der militärischen Hierarchie die Liebe zum Zaren widerspiegelte. Dennoch fühlt er sich unter Uniformen immer noch am geborgensten. Dem Zivilstaat haftete in seinen Augen immer der Keim von etwas Unvorhersehbarem an, etwas Demokratisches.

Seine glücklichsten Monate (seit der Verlobungszeit) erlebte Nikolaj Alexandrowitsch, wie ich glaube, als der blutige Krieg am heftigsten tobte. Da hatte er den Thronfolger in relativer Gesundheit bei sich, und im Hauptquartier teilten sie ein Zimmer. Am Tage folgte ihm der Sohn wie die Miniaturausgabe eines Adjutanten. Alexej Nikolajewitsch hatte im Herbst 1915 und im Frühjahr 1916 gute Perioden. Jeder konnte sehen, dass der Zar einen Nachfolger hatte. Einen Jungen, der gehen und sprechen, eine Uniform tragen und wie ein ordentlicher Soldat grüßen konnte (die Haltung war untadelig). Kein Krieg konnte den Zaren brechen, solange der Sohn an seiner Seite im Feldbett schlief. Kein Blutverlust an der Front konnte die Geduldsgrenze des Herrschers übersteigen, solange der Thronfolger nur gesund war.

Was dachten die Soldaten, wenn der Zar sie mit einem Elfjährigen an seiner Seite musterte? Stärkte sie der Gedanke an die Aufrechterhaltung der Dynastie, daran, dass das Zarenhaus Bestand haben würde, selbst wenn sie fielen? Oder wurden sie in ihrer Todesbereitschaft geschwächt beim Anblick von etwas, das sie verdrängt hatten, beim Gedanken an ihre eigenen Kinder, an Töchter, die sie nie wiedersehen würden, an Söhne, die ihre Bürden als Versorger übernehmen mussten, ihren Platz hinterm Pflug auf den Feldern? Vielleicht fragten sie sich: Was hat ein Kind hier draußen an der Front zu suchen? Ist dieser unwirkliche Anblick vielleicht doch nur ein Spiel?

Für den Zarewitsch war es eine Reise in die Ursprünge der Selbstherrschaft. Er konnte in einer Welt aus Zinnsoldaten herummarschieren, in der die Waffen neu waren, während alles andere sich so bewegte, wie es Ururgroßvater Nikolaj I. einmal bestimmt hatte. Als die Inspektion zu Ende gebracht und die Abteilungen in den Krieg gezogen waren, konnte Alexej Nikolajewitsch wieder zu dem neutralen Schweizer M. Gilliard und den anderen zivilen Lehrern im Hauptquartier hinübergehen. Bevor der Zar und der Thronfolger sich für die Nacht in ihren Feldbetten niederlegten, standen die Spezialisten Doktor Derewenko und Professor Fjodorow bereit, um sich zu vergewissern, dass nach den Strapazen des Tages alle Blutgefäße noch intakt waren.

Es *war* ein Spiel. Und der Zar glaubte, es würde von Dauer sein. Das Zarentum hat immer auf dem russischen Bauern geruht, ob nun mit oder ohne Uniform. Ein Fundament, ebenso beständig wie die Straßen im Frühjahr in einem sibirischen Dorf. Eine russische Nation hat es nie gegeben, nur eine slawische Ordnung, die zwischen Oberhaupt und Untertanen unterschied. Das Zarentum war das einzige strukturierende Prinzip dieses Volkes. Den Zar zu entfernen ist so, als würde man auf den russischen Steppen den Schnee schmelzen lassen. Dann gibt es keine Möglichkeit mehr voranzukommen, weder mit Wagen noch Schlitten, alles fährt sich fest, und andere Verbindungsmöglichkeiten gibt es nicht.

Die Propagandabilder von Vater und Sohn an der Front ließen zwangsläufig an die vielen Bilder von Zar Nikolaj und Nikolaj Nikolajewitsch aus den ersten Jahren des Krieges denken, als der alte Großfürst der oberste Kriegsherr war. Neben seinem zwei Meter großen Verwandten sah der Zar aus wie ein Kind. Erschreckend waren die unmittelbaren Eindrücke der Bilder. Sie enthielten eine Wahrheit. Die gesamte Autorität war in der Gestalt des weißbärtigen Hünen verkörpert. Er war ein absoluter Monarch, und in diesem Mann erhielt das System seine Glaubwürdigkeit. Nikolaj Alexandrowitsch war zwar gut gewachsen, doch offenbarte sich im Schatten des kolossalen Vetters seines Vaters seine richtige Dimension. Dass dies so deutlich sichtbar war, machte Alexandra Fjodorowna rasend und führte zu mehreren ernsten Ausbrüchen von Hysterie, danach zum Sturz des obersten Befehlshabers und zur Beförderung des »Kindes«.

Das Geschlecht der Romanows hat viele Hünen hervorgebracht. Ich habe selbst bemerkt (bevor meine Kilos schwanden), wie ein großer Körper Autorität verleiht. Entscheidend ist aber nicht die Größe des Körpers, sondern die Stärke des Willens. Der Wille zu herrschen muss aus Körperhaltung und Gesichtszügen des Autokraten sprechen. Nikolaj Alexandrowitsch ist schon beim ersten Blick entlarvt. Der Körper nimmt zwar die vorgeschriebene militärische Haltung ein, doch wirkt sie einstudiert, wie bei einem beliebigen Pagenkorps. Das Gesicht drückt keine Tatkraft aus. Ihn umgibt eine Aura von Ruhe. Die Augen sind von tiefblauer Schönheit. Er kann Sympathie und Liebe wecken, wie man sie für eine Frau oder ein Kind empfindet. Der Zar wirkte auf die Menschen alles andere als furchteinflößend. Das war das Erschreckende.

Der Zarewitsch steht im Begriff, das Herrschertemperament zu entwickeln. Das hat er von der Mutter, das und die Krankheit. Ihn prägt das Leiden, angefangen bei den unerträglichen Schmerzen, dem Verbot jeglicher Bewegung, der Isolation im Krankenbett, dem Gefühl, anders zu sein, bedeutend zu sein. Muss der Selbstherrscher eine ähnlich ungewöhnliche Kindheit und Jugend durchleben, um ein Weltbild zu formen, ein Selbstverständnis als Alleinherrscher? Kann er nur so zum Herrscher werden, entweder als Menschenfreund oder als Despot?

Die Antworten liegen in Alexandra Fjodorownas Psychologie verborgen, hinter den Augenlidern der Zarin, begraben im Herzen meiner Patientin. Ich habe ihr die Diagnose gestellt, ein vergrößertes Herz, ein gesprengtes Organ, das lähmend auf die übrigen Funktionen des Körpers wirkt. Überdies: Hysterie und Kopfschmerzen. Niemand kann sie länger gegen das abschirmen, was sie genötigt ist zu sehen.

Heute ist das Erbe seiner kaiserlichen Gewänder entkleidet. Die Nachkommen stehen wieder mit ihren körperlichen und psychischen Eigenheiten da, mit Krankheit und Gesundheit, Intelligenz und Schönheit. Als Erstgeborene wurde Olga Nikolajewna zur Trägerin der glänzenden Augen ihres Vaters, der unsterblichen Juwelen in dieser dynastischen Konkursmasse.

26. April

Etwas kälter; die Zarin hatte eine schlechte Nacht, immer noch Kopfschmerzen. Der Zar nach dem gestrigen Telegramm in gehobener Stimmung.

Alexandra Fjodorowna wurde ihr Makkaroni-Essen im Zimmer serviert, doch nachdem Maria Nikolajewna und das Dienstmädchen ihr geholfen hatten, die Haare zu waschen, nahm sie das Abendessen um acht Uhr zusammen mit uns anderen im Esszimmer ein. Nach einer ausgeprägt leichten Mahlzeit lud ich das Zarenpaar zu einer Plauderstunde im Salon ein.

Die Dunkelheit hatte ihren Schleier zwischen die Fenster und die sonst so aufdringlichen Palisadenstämme gelegt, doch trotzdem kamen die Gespräche nur schwer in Gang. Nach mehr als einem Jahr Internierung gibt es unzählige Fragen, ja hier in Jekaterinburg noch mehr als jemals zuvor, aber kaum sitzen wir beisammen, kommt es mir vor, als könnten nur die alltäglichsten Themen die Berührung durch Worte dulden. Nach den üblichen Bemerkungen über Fürst Dolgorukows Verschwinden und dessen erwartete Rückkehr erhob sich Seine Majestät und schlug vor, ich solle am Bésiguespiel des Abends teilnehmen. Kurz darauf kam er mit drei abgenutzten Kartenspielen wieder. In der Zwischenzeit hatte ich überlegt, ob ich der Zarin wegen ihres hübsch aufgesteckten Haars ein Kompliment machen sollte, doch sie kam mir einer oft wiederholten Bemerkung über das Verhältnis ihrer Schwiegermutter zu »Doktor Botkins Tropfen« zuvor, den Tropfen meines Vaters, mit denen sie meinte, selbst den rätselhaftesten Leiden beikommen zu können.

Nikolaj Alexandrowitsch zählte routiniert die Karten nach und kontrollierte, dass die Karten mit den niedrigsten Werten bis zur Sechs (und außerdem eine Acht aus dem dritten Kartenstapel) entfernt waren. Das Zarenpaar hatte eine Vorliebe für Bésigue, was Seiner Majestät zufolge ursprünglich »Küsschen« bedeuten soll, wahrscheinlich, weil es von Vorteil ist, das Spiel mit nur zwei Teilnehmern zu spielen. Ich persönlich ziehe Schach oder notfalls eine Art Whist vor, ein Spiel, das mit Bésigue einige Züge gemeinsam hat, mir aber die Assoziation erspart, dass das Zarenpaar um seine vier bald heiratsfähigen Töchter spielt. Bésigue ist ein Spiel um eheliche Verbindungen. Die höchste erreichbare Kombination (Bésigue) ist die von Karo Bube und Pik Dame. Mit drei Kartenspielen ist es möglich, diese Kombination dreimal in einer Hand zu erreichen (1500 Punkte).

»Das ist wirklich eine bemerkenswerte Kombination«, sagte ich, während der Zar austeilte, »Karo Bube und Pik Dame, ob Puschkin dabei wohl seine Finger mit im Spiel gehabt hat?«

»Es soll aus Spanien stammen«, sagte seine Majestät. »Aber ich gebe Ihnen Recht, es sollte mehr Punkte geben, wenn man statt eines Buben einen König heiratet.«

»Ganz und gar nicht«, warf Alexandra Fjodorowna mit einem leicht säuerlichen Lächeln ein. »Versuch mal, es von der Seite der Dame zu sehen, denn aus einem Buben kann sie einen König erschaffen, ihren eigenen König.«

»Da hören Sie es, Jewgenij Sergejewitsch«, sagte der Zar gutmütig. »Keine Dame will sich damit zufriedengeben, dass ein Bube ein Bube ist. Den König muss sie haben.«

Damit war das Spiel in Gang. Wer als Erster 2000 Punkte erreicht, hat gewonnen. Der Zar notiert.

Mitten auf dem schmutzigen Hofplatz stand eine einsame Kuh. Sonst ließen sie sich unmöglich voneinander unterscheiden, die Hinterhöfe in Tobolsk. Das Tier starrte mich stumm an, und das Gleiche tat eine schwerhörige Frau, die ich bald wiedererkannte. Sie hatte das Kornilow-Haus einmal wegen irgendeines unheilbaren Leidens aufgesucht. (Nach zwei bis drei Monaten in der Provinzstadt konnte ich einen bedeutenden Anteil der Einwohner zu meinen Patienten rechnen.)

Sie wusste, wohin ich sollte, und zeigte auf eine Tür in der niedrigen Galerie, die zu der Wohnung eines ehemaligen Amtsgehilfen führte, wohin man mich geschickt hatte, um einen nicht näher bezeichneten Patienten zu untersuchen. Es war still in der Wohnung. Doch nachdem ich angeklopft hatte, kam schnell Antwort von einer deutlichen Männerstimme.

Die Wohnung bestand aus einem einzigen großen Zimmer, einer schäbigen Bauernstube mit einzelnen, recht kostbaren Möbeln. Quer durch den Raum war ein Seil gezogen, auf dem Kleidungsstücke und Lumpen in der Wärme eines gemauerten Ofens zum Trocknen aufgehängt waren. Die Luft war nasskalt, die grünen kleinen Fenster gut verschlossen. Vor den Betten waren Vorhänge angebracht, die vor Einsicht schützen sollten. Auf einem unbearbeiteten Holztisch stand eine eiserne Pfanne mit Resten eines Omeletts.

Der Familienvater hatte sich vom Tisch erhoben. Er war ein Mann in den Vierzigern, mittelgroß, mager, mit dünnem, rotbraunem Haar und Bart. In dem Moment, in dem er den Mund aufgemacht und die Augenbrauen hochgezogen hatte, kam mir der Gedanke, dass auch ein schwacher Hauch von Schnaps in der Luft lag. Außerdem befand sich eine schwer zu beziffernde Anzahl von Gestalten im Raum. Am Tisch saß eine schlanke Frau mittleren Alters. Das Gesicht war gelb mit eingefallenen Wangen, der Mund verkniffen, und die Augen hatten einen arroganten und zugleich fragenden Ausdruck. Die Frau war unzweifelhaft kränklich, aber ich hatte schon den wirklichen Patienten erspäht. Auf einem Kissen an einer der dunklen Rundholzwände entdeckte ich ein Jungengesicht, das matt war wie eine nicht brennende Wachskerze.

Noch bevor der ehemalige Amtsgehilfe seine Begrüßung beendet hatte, hatte ich die Tasche abgestellt, die Jacke aufgeknöpft und am Krankenbett Platz genommen. Halb an den Vater, halb an eine ältere Schwester gewandt, die offensichtlich für den Bruder zu sorgen hatte, nannte ich meine Verschreibungen für den nur allzu ersichtlichen, völlig hoffnungslosen Fall von Lungenkrankheit. Der Junge schaffte es gerade, sich so weit aufzurichten, dass er am Inhalt meiner schwarzen Arzttasche herumfingern konnte. Noch einmal kam mir die Erkenntnis, wie armselig und fast rührend in ihrer Unzulänglichkeit sich die Requisiten der ärztlichen Wissenschaft in den Händen eines kranken Kindes ausnehmen können.

Die Familie hatte sich offenkundig mit der Trostlosigkeit der Krankheit abgefunden. Der Vater folgte meinen Anweisungen mit fast abwesendem Gesichtsausdruck. Erst als ich mich erhob und Miene machte, die Uniformjacke zuzuknöpfen, sah er mich mit wachem, verschrecktem Blick an. Ohne mich aus den Augen zu lassen, ging er ein paar Schritte und zog vor einem anderen Bett den Vorhang zur Seite. Dort lag die älteste Tochter der Familie. Sie war wach und hatte alles mitbekommen, was über den unheilbaren Fall ihres Bruders gesagt worden war. Zu meiner Verwunderung konnte ich nicht sofort eines der charakteristischen Merkmale der Schwindsucht in dem bleichen und völlig ausdruckslosen Gesicht registrieren. Der Kopf lag direkt auf der Strohmatratze, ohne Kissen. Er war von aschblondem Haar eingerahmt. An der Wand dicht am Bett hing eine winzige, schlichte Ikone. Hinter mir begann die Schwester plötzlich zu wimmern. Die Mutter stand von dem leichten Holzstuhl am Tisch auf. Der Vater sagte mit einer ans Melodramatische grenzenden Stimme:

»Dunja.«

Die Patientin verdrehte fast unmerklich den Kopf, ohne den Blick auf einen von uns zu heften. Im selben Augenblick wurde der Stuhl vom Bett des Sohnes geholt, und der Vater gebot mir mit einer Handbewegung, Platz zu nehmen, bevor er mit dem begann, was offenbar die Krankengeschichte der Tochter sein sollte:

»Dunja war das frömmste Mädchen, das man sich nur denken kann. Oft brachte sie Waren ins Kloster oder von dort. Vielleicht wollte sie eines Tages selbst in den heiligen Orden eintreten, was weiß ich als Vater schon? Sie wünschte sich nichts Höheres, als dem Herrn zu dienen. Eines Abends vor mehr als drei Jahren, als sie sich gerade in dieses Bett legen wollte, wurde sie ins Kloster gerufen. Vom Bischof, vom Bischof in Tobolsk. Ich sagte, bleib hier, es ist dunkel draußen. Sie erwiderte, ja, es ist dunkel und auch kalt, aber der Bischof hat mich gerufen. Bischof Warnawa ist kein ordentlicher Bischof, er hat nie die Schrift studiert und sich noch weniger darum gekümmert, deren Geboten zu folgen, sagte ich. Doch Dunja entgegnete: Es steht uns nicht zu, die Diener Gottes zu verurteilen. Und damit ging sie.«

Der Vater schwieg. Die Mutter setzte sich. Die Patientin lag immer noch reglos da, während die Schwester dagegen von der Situation immer mehr ergriffen zu sein schien, obwohl sie die Tränen getrocknet hatte und das Schluchzen tapfer zurückhielt. Da der Vater mit seiner Erzählung nicht weiterkam und die Mutter offenbar nicht die Absicht hatte, etwas zu sagen, war sie es, die Schwester, die den Mund aufmachte:

»Warnawa war nicht im Kloster. Doch ihr begegnete ein wandernder Gottesmann aus Pokrowskoje, ein Mann, den alle hier in der Gegend kennen, und wie ich glaube, wissen auch alle in St. Petersburg und in Moskau, wer er ist. Er sagte: Ich habe dich Waren ins Kloster bringen sehen. Und ich sagte zum Bischof, die werde ich brauchen. Als ich dich kommen sah, wurde mir klar, dass der Bischof meinem Gebot gehorcht hatte. Alle Bischöfe gehorchen meinen Befehlen. Sie folgte ihm zu der Zelle hinter den Mauern des Klosters. Der Gottesmann setzte sich auf die Bettkante, strich sich den Bart, starrte sie mit seinen stechenden Augen an und sagte ohne Umschweife: Zieh dich aus. Sie gehorchte.«

An dieser Stelle hielt die Schwester inne. In einer momentanen Verwirrung fuhr ihr eine Röte übers Gesicht, als suchte sie nach einer Erklärung oder einer Ablösung. Doch sie begriff schon bald, dass nur sie die Erzählung zu Ende führen konnte:

»Da sagte er: Komm her und leg dich zu mir. Sie fragte: Weiß der Bischof, worum du mich bittest? Ja, erwiderte er. Der Bischof weiß alles. Da legte sie sich bebend an seine Seite, und er legte sich auf sie. Sie fragte: Vater, was tust du da? Nichts, entgegnete er, ich tue gar nichts. Vater, weiß der Zar, was du tust?, fragte sie. Ja, erwiderte er, der Zar weiß alles, was ich tue. Aber Vater, weiß es die Zarin?, wollte sie wissen. Ja, erwiderte er, die Zarin weiß besser als jeder andere, was ich tue.

Und er machte es die halbe Nacht, vier ganze Stunden lang. Nur der, der sündigt, kann Vergebung erlangen, sagte er. Nur der Sündige kann rein werden.«

»Das ist mehr als drei Jahre her«, rundete der Vater den Bericht ab. Die Stimme war bewegt, aber gefasst. »Seitdem ist Tobolsk von dem unwürdigen Bischof Warnawa befreit. Und den Gottesmann hat man ermordet und in die Newa geworfen, wieder aufgefischt, begraben, wieder ausgebuddelt, verbrannt und in alle Winde zerstreut. Aber Dunja, Dunja lebt.«

»Sie sind der Leibarzt des Zaren.«

Ich fuhr herum und sah die Frauengestalt an, die sich zum zweiten Mal erhoben hatte. Mit insistierender Stimme stellte die Mutter ihre Frage:

»Hat sie es gewusst?«

27. April

Heute verlangte der Kommandant die Herausgabe des Geldes. Geld? Der Blick des Zaren suchte automatisch nach dem Hofmarschall. Ihr Leben ist über Rubel und Kopeken erhaben gewesen. Die Mittel sollten vom Ural-Sowjet in Verwahrung genommen werden. Es wurde kein großer Beitrag zur Revolutionskasse. Die Wertsachen der Familie, die Reminiszenzen an die unfassbaren Reichtümer der Romanows, befinden sich noch immer in Tobolsk.

Außerdem nahm man bei uns allen bei unserer Ankunft in Jekaterinburg eine gründliche Leibesvisitation vor. Sie beschlagnahmten (außer dem Hofmarschall) Maria Nikolajewnas Fotoapparat. Ich kann die Reaktion der Großfürstin unmöglich beschreiben, nachdem die Wachen ihr den Apparat weggenommen hatten. Für den, der ihre Persönlichkeit kennt, bedeutet dieser Übergriff viel mehr.

Großfürstin Maria ist ein wenig bequem, aber gleichzeitig offen, neugierig und begegnet jedem mit selbstverständlichem Vertrauen. Sie ist eigentlich kein aristokratischer Typus und kommuniziert ausgezeichnet mit ganz einfachen Menschen, wahrscheinlich, weil sie selbst so unkompliziert ist. Ihre Schönheit springt in die Augen. Sie ist groß und sanft, blond, stark und wohlproportioniert. Von den Großfürstinnen ist sie diejenige, die einem als Erste auffällt, obwohl es einem gleichwohl schwerfällt, sich an sie zu erinnern. Während die beiden älteren Fürstinnen sich ihrer hohen Stellung bewusst sind und sich folglich gegenüber der Umwelt reservierter verhalten, und die jüngste, Anastasia, eine so ausgeprägte, wenn auch noch unfertige, aber gleichwohl selbstständige Persönlichkeit ist, macht Maria Nikolajewna den Eindruck, noch geformt werden zu können. Dieses Weiche und Nachgiebige übt auf die meisten Männer eine große Anziehungskraft aus. Von Kerenskijs Kommissar in Tobolsk, einem langjährigen politischen Gefangen, dem Kerenskij voll vertraute, hieß es, er sei ernsthaft in sie verliebt, was niemanden verwundern kann.

In den düstersten, bedrohlichsten aller Nachtstunden der Revolution, während der Zar noch immer abwesend war, musste Alexandra Fjodorowna den Alexanderpalast verlassen und sich vergewissern, dass der Schlosshof bereit war, das Gebäude zu verteidigen. Sie zog sich einen schwarzen Pelz über die Schwesterntracht und nahm die Großfürstin Maria mit, die einzige der Töchter, die sich noch nicht mit den Masern angesteckt hatte. Ihre Majestät erinnerte die Gardesoldaten daran, dass das Leben des Thronfolgers in ihren Händen liege, dass sie um Russlands willen jedweden Angriff von Seiten der revolutionären Truppen zurückzuschlagen hätten, von denen man wusste, dass sie im Begriff waren, sich dem Palast zu nähern. Mit dieser Botschaft ging sie von Mann zu Mann und wiederholte den Appell in ihrem gebrochenen Russisch, dicht gefolgt von Maria Nikolajewna, die die Kerze trug, deren Licht auf sie fiel. Ich glaube, die Soldaten hätten die Zarin, den Zarewitsch und das im Augenblick so undefinierbare Russland in dieser chaotischen Nacht opfern können, aber für das blonde Mädchen mit den sanften Gesichtszügen, für sie, die die Kerze trug, hätten sie lange und verbissen gekämpft.

Es gibt selbstverständlich kein Bild von der nächtlichen Szene vor dem weißen Palast, ebenso wenig hat jemand den Zaren in seiner Kosakenuniform auf dem Bahnsteig in Pskow fotografiert, aber sonst kenne ich niemanden, der so häufig fotografiert worden ist wie die Zarenfamilie, wie unsichtbar sie für das russische Volk auch gelebt haben mag. Die Familienmitglieder haben einander unablässig fotografiert und unzählige Stunden mit ihren Alben verbracht, sie mit Blumenornamenten geschmückt und so jede Seite ihres Lebens in eine Idylle verwandelt.

Keine hohe gesellschaftliche Stellung, auch nicht Rubel oder Paläste vermögen es, das Leben eines jungen Menschen in einen dornenfreien Rosengarten zu verwandeln. Die Kindheit ist immer schmerzhaft. Erwachsen zu werden ist eine Wanderung aus einer irrealen Welt zur Wirklichkeit, aus den idyllischen Illusionen zu den nackten Wahrheiten. Wie soll das Mädchen sich eine Vorstellung machen von einem Leben, das es nicht kennt, wenn es nicht dichtet, sich nicht eine Welt zurechtdichtet, eine Welt, wie Maria Nikolajewna sie am liebsten hätte? Der Verlust von Illusionen ist bereichernd, wenn er sich über einen längeren Zeitraum erstreckt, ruinierend, wenn er über Nacht erfolgt. Für uns alle, die wir diese Zeit erlebt haben, den Krieg und die Revolution, ist die Wahrheit zu schnell gekommen. Allzu schnell.

Aber hier, Maria Nikolajewna, soll nicht dein Leben dokumentiert werden. Dein Leben ist schon Geschichte. Solange du nur weiterlebst. In einer Welt, in der nichts ewig ist, nur verändert werden soll.

Maria Nikolajewna ist zum Glück eine geschickte Malerin. Die weiße Farbe ist ihr inzwischen ausgegangen. Ich hoffe, dass die Schwestern aus Tobolsk eine neue Flasche mitbringen.

28. April

Als wir beim Mittagessen versammelt saßen, nachdem wir nur eine halbe Stunde im Sonnenschein spazieren gegangen waren, kam Ukraintsew mit einem neuen Telegramm von Olga Nikolajewna. Es war natürlich von höchster Stelle, vom Kommandanten, kontrolliert worden, wahrscheinlich auch vom Sowjet-Komitee, und als nun Ukraintsew feststellen konnte, dass alle anwesend waren (auch die Zarin), sah er keinen Grund, warum er nicht selbst den Text laut vorlesen sollte. Die Spannung am Tisch war so groß, dass es niemandem einfiel, gegen die Unverschämtheit zu protestieren.

Die Großfürstin bestätigte, Postkarten aus Jekaterinburg erhalten zu haben (die Zarin hat insgesamt 16 Briefe und Karten abgeschickt), und als Nächstes stand dort, dass es »dem Kleinen« ständig besser gehe. Das Telegramm endete mit den Worten: »Küsse euch herzlich. Olga.«

»Glückspilze!«, rief Ukraintsew mit einem Lächeln aus, das das Fehlen der hintersten Backenzähne enthüllte.

Das Zarenpaar war über die Meldung so erleichtert, dass selbst Alexandra Fjodorowna an dem Wortgebrauch keinen Anstoß nahm. Ukraintsew gab eine erhebende Schilderung der Situation zum Besten:

»Der Junge wird wieder munter, und das Eis auf dem Fluss schmilzt, und jetzt haben wir sie bald alle zusammen im Haus. Ich freue mich wirklich für Sie – und für mich!«

Ich glaubte zunächst nicht, was ich sah, aber um sein persönliches Interesse an der Wiedervereinigung der Familie zu unterstreichen, warf er einen Blick auf die Zarin und blinzelte ihr zutraulich zu! Ihre Majestät schien das Unerlaubte der Situation gar nicht zu registrieren, im Gegenteil, sie lehnte sich mit einem fast sakralen Lächeln um die schmalen Lippen zurück, als Ukraintsew die Verandatreppe heruntergetrampelt kam. Ist der grobschlächtige Gardist dabei, idealisiert zu werden, hat Ihre Majestät einen neuen Repräsentanten des wahren Russland gefunden?

Großfürstin Olgas »Spielkamerad« ist sicher nur ein weichherziger Bauernjunge, ein Träumer ohne Bildung, dennoch missfällt mir die Freundlichkeit. Ich glaube, dass sie uns verwirren kann, besonders Alexandra Fjodorowna, die für scharfsichtige Menschen so leicht zu durchschauen ist und der auch das elementarste Verständnis der Wirklichkeit fehlt.

Die Gedankenwelt der Zarin ist den Sterblichen verborgen. Nur gelegentlich lichtet sich dieser Nebel ganz kurz über dieser Landschaft voller dunkler Gestalten und erhöhter Vorstellungen. Ich erhielt einen Einblick an den Tagen, als Alexandra Fjodorowna ihre schicksalsschwangere Stellung als Stellvertreterin des Zaren in der Hauptstadt erobert hatte. Das war Ende August 1915. Der Zar war gerade an die Front abgereist, um Großfürst Nikolaj abzusetzen und das Amt des Oberbefehlshaber des Heeres selbst zu übernehmen. Alexandra Fjodorowna hatte das starke Bedürfnis, sich zu rechtfertigen, um verstanden zu werden. Es war leicht zu sehen, dass sie es war, die hinter dem schwerwiegenden Schritt des Monarchen stand, sich zu den Schützengräben zu begeben.

Ich erschien zu meiner gewohnten Nachmittagsvisite im Alexanderpalast. Der Zarewitsch war auf dem Weg der Besserung nach einer Schwellung im rechten Arm, außerdem waren sowohl die Großfürstinnen als auch die Zarin wohlauf. (Alexandra Fjodorowna war in den ersten Kriegsjahren bei besserer Gesundheit als jemals zuvor.) Sie empfing mich stehend in ihrem Boudoir. Alles in diesem Raum mit der hohen Decke war violett, die Gardinen, die Seidentapeten, die Holzpaneele und die Doppeltüren, die englischen Lehnstühle. Überall standen oder hingen eingerahmte Fotos und andere Erinnerungsstücke. In diesem Zimmer hatte Russlands junge Zarin große Teile ihres Lebens zugebracht, auf einer Chaiselongue liegend, von weichen Kissen gestützt, mit einer seidengefütterten kleinen Spitzendecke über den Füßen, durch einen beweglichen Schirm vor Zug von den großen Fenstern geschützt. In den Schirm war kunstvoll eine Glasplatte eingelassen, die den Blick auf eine üppige Blumenpracht freigab, die auf einem gediegenen, freistehenden Blumentisch arrangiert war.

Nachdem ich wie gewöhnlich den Puls gemessen und die Herztöne abgehört hatte, machte sie ein paar Schritte zu den Fenstern hin, wirbelte herum und sah mich mit ungewöhnlich herausfordernder, fast begeisterter Miene an.

»Gehören Sie auch zu den Skeptikern, Jewgenij Sergejewitsch?« Die Frage kam vollständig unerwartet. Ich verstand nicht einmal, worauf sie abzielte.

»Ich kenne Sie doch. Sie teilen das Misstrauen der Minister gegenüber dem großartigen Beschluss Seiner Majestät.«

»Es steht niemandem zu, die Entscheidungen des Zaren zu kritisieren«, erwiderte ich, ohne zu bemerken, dass meine Worte in ihrer passiven Untertänigkeit gerade als Kritik gedeutet werden konnten.

»Obwohl Sie es gern getan hätten«, sagte die Zarin säuerlich. Nach einer kleinen Pause fuhr sie in einem anderen Tonfall fort:

»Jewgenij Sergejewitsch, Sie sind ein treuer Diener. Ich möchte so gern, dass Sie, der Sie so eng mit unserem Leben verknüpft sind, all die erforderlichen Entscheidungen verstehen könnten, die wir in dieser Zeit treffen müssen, in der von uns allen Übermenschliches verlangt wird.«

Etwa so drückte sie sich aus:

»Feindliche Truppen stehen auf russischem Boden. In einer historischen Schicksalsstunde ist es nur der Zar selbst, der das Kommando über seine Männer übernehmen kann. Die Soldaten wollen ihn *sehen*, den Zaren in ihrer Mitte sehen, nicht als ein Porträt oder ein Symbol, sondern als einen Menschen aus Fleisch und Blut, als einen von ihnen, als einen der Verteidiger des heiligen Russland, der bereit ist, ihr eigenes, ihr großes Opfer für das Vaterland zu teilen.«

»Das ist unzweifelhaft eine sowohl edelmütige als auch selbstlose Handlung seiner Majestät«, erwiderte ich, »und ich hege den innigen Wunsch, dass sowohl das Volk als auch das Heer dieses Opfer zu schätzen wissen werden.«

»Aber Sie sind ohne Glauben, Doktor?«

Mochte ich auch mit meinen Äußerungen sowohl innerhalb als auch außerhalb des höfischen Rahmens äußerst vorsichtig gewesen sein, war doch deutlich zu sehen, dass die Zarin sich meine Neigung zu einfachen liberalen Anschauungen gemerkt hatte. Vor dem Krieg war es möglich, eine abweichende Bemerkung fallen zu lassen, ohne dass sie gleich als Drohung gegen die Existenz der Dynastie aufgefasst wurde. Aber da der Krieg sich immer länger hinzog, ohne zu einem Abschluss zu kommen, wurden die Toleranzgrenzen der Zarin immer enger. Selbst ein loyales Mitglied des Hofs konnte zu einer Bedrohung werden, wenn es nicht jederzeit darauf achtete, seine absolute Begeisterung für die allerhöchsten Entscheidungen zum Ausdruck zu bringen.

»Wenn Eure Majestät erlauben, werde ich meinen Standpunkt gern darlegen?«

Die Zarin nickte hochmütig und nahm zwischen den Kissen auf der Chaiselongue Platz. Sie hatte schon viel länger gestanden, als sie es zu tun pflegte.

»Ich betrachte die militärische Tätigkeit in erster Linie als ein Fach, etwa so wie die Medizin, in einem gewissen Sinn mit umgekehrten Vorzeichen. Sowohl der Arzt als auch der Offizier kämpfen gegen starke Kräfte. Beide sind genötigt, nicht nur von Zeit zu Zeit, sondern oft, ja sogar außergewöhnlich oft, Niederlagen zu erleiden. Ob zu Recht oder zu Unrecht, müssen die beiden auch für die Triumphe des Gegners die Verantwortung tragen. Sowohl für den Arzt als auch für den Offizier ist *das* ein Teil seiner Profession. Beim Zaren ist es anders. Sein hoher Auftrag ist es, zu regieren, im Krieg wie im Frieden. Deshalb muss er vor den Fehlgriffen seiner Generäle ebenso geschützt werden wie vor der Artillerie des Feindes.«

Alexandra Fjodorowna hatte zugehört, ohne zu unterbrechen. Statt zu widersprechen, überrumpelte sie mich mit einer Frage:

»Ist es einfacher, für die Untauglichkeit der Minister die Verantwortung zu tragen als für die der Generäle?«

»Nein, Eure Majestät.«

»Sie schließen sich also denen an, die eine von der Duma ausgehende Regierung wünschen, die das Recht des Alleinherrschers auf die Regierungsgewalt einschränken will.«

»Eure Majestät, ich würde mir wünschen, der Zar würde den Druck auf seine Person sowohl politisch als auch militärisch lockern. Dies auszusprechen, erlaube ich mir nicht als Privatperson, sondern nur als Arzt.«

Mit diesen Worten hatte Alexandra Fjodorowna mich dahin bekommen, wo sie mich haben wollte. Damit konnte der Angriff einsetzen. Sie sprach mit dem neu gewonnenen Selbstgefühl des Triumphators. Noch nie zuvor hatte ich sie so glühend offensiv erlebt. In diesem Herbst hatte sie ihren großen Rivalen niedergekämpft, den verabschiedeten Nikolaj Nikolajewitsch, den Giganten, der seinen langen Schatten über ihren geliebten Gemahl geworfen hatte. Sie hatte nicht nur den Zaren in das Zentrum der Ereignisse zurückgebracht, denn in diesem Augenblick stand auch sie selbst an der Schwelle zur Macht, am Portal zu ihrer kurzen Phase als Russlands wirkliche Herrscherin.

»Glauben Sie an Gott, Jewgenij Sergejewitsch?«

»Ja.«

»Glauben Sie trotzdem, dass die Bemühungen der ärztlichen Wissenschaft stärker sind als der Wille Gottes, wenn es um Krankheit, Leben und Tod geht?«

»Unser Wissen ist wie ein leerer Handschuh, wenn man es mit der lenkenden Hand des Allmächtigen vergleicht.«

»Genau, Jewgenij Sergejewitsch. Wenn Gott jedem Mediziner überlegen ist, sollte er dann nicht auch jeden Feldherrn mit seinen Strategien übertreffen können, sollte er nicht jeden beliebigen Minister mit seinem klaren Blick überstrahlen? Wir sind alle nur Figuren in dem großen Spiel des Herrn um das irdische Leben des Menschengeschlechts. Jeder hat seinen Platz, und jeder hat seinen Zug zu vollenden. Recht und Macht des Alleinherrschers beruhen nicht auf einer zufälligen und ewig wechselnden sogenannten parlamentarischen Mehrheit, sie ruhen auf der beständigen Position des Herrn. Der Zar hat ein gottgegebenes Recht zum Herrschen, eine Pflicht, die Taten des Allmächtigen auf Erden umzusetzen.«

»Aber Eure Majestät, die Wege Gottes …«

»Er braucht keine Winkelzüge, Jewgenij Sergejewitsch. Er

braucht kein Parlament, um die Stimme des Volkes aus den Steppen und draußen aus den Wäldern zu holen. *Eine* Stimme ist genug, wenn sie die Sehnsüchte des Volkes trägt und das Ohr des Monarchen erreicht.«

Mir war klar, dass wir an dem springenden Punkt angekommen waren, bei dem ewig wiederkehrenden Thema aller politischen Diskussionen im Russland dieser Zeit: bei dem Wundertäter aus Sibirien.

»Aber«, sagte ich, »wie können wir feststellen, *wer* der Abgesandte des Herrn ist, wer unter Millionen mit der Stimme des Allmächtigen spricht?«

»Die Zeit der Wunder ist nicht vorbei, Jewgenij Sergejewitsch.«

Genau in diesem Moment wurde das Gespräch unterbrochen, als Anastasia Nikolajewna gegen alle Etikette den Kopf durch die Tür steckte und fragte, wie lange die Schwestern und sie noch auf die Arztvisite warten sollten. Gleich darauf war sie bei mir und kniff mich in den Arm. Die Großfürstinnen haben sich immer ungeduldig nach jeder Form von Abwechslung in dem eintönigen Tagesrhythmus gesehnt. Selbst meine täglichen Visiten hatten sie inzwischen als einen Hauch von Leben in ihrem goldenen, aber abgesperrten Dasein schätzen gelernt.

Die Zarin ließ zu, dass Anastasia Nikolajewna mich entführte. Sie wusste wohl, was vielleicht kommen würde, falls die Diskussion weitergehen sollte: Sie wusste um die Vorbehalte gegen Vater Gregorij als den Abgesandten Gottes, die immer wieder das Ohr des Zaren erreichten. In der Flut von Gerüchten, die in beiden Hauptstädten florierten, musste ich nicht nur alte Geschichten aufrühren. Ich musste darauf hinweisen, dass von politischer, kirchlicher wie juristischer Seite umfassende Berichte über Rasputins Lebensstil vorgelegt worden seien. Es war mehr als ausreichend belegt, dass der sogenannte »Gottesmann« ein Leben führte, das selbst den gewöhnlichen Russen in einen Zustand der Empörung versetzte. Dass ein ungehobelter Sibiriak, der täglich auf den höchsten Tugenden herumtrampelte, das Vertrauen des Zaren genießen sollte, erfüllte die Untertanen Seiner Majestät mit tiefer Entrüstung. Dass diese Gestalt auf politische, kirchliche und sogar militärische Ämter einen entscheidenden Einfluss erreicht hatte, hatte die Nation in ein Stadium drohenden Aufruhrs gebracht.

Auf all das hätte ich hinweisen müssen. Mit dem einzigen Ergebnis, dass ich noch tiefer in Ungnade fallen würde. Die Zarin hatte schon gegenüber einer Reihe von Audienzsuchenden von höchster Geburt und in den höchsten Positionen klar geäußert, was sie über Vater Gregorijs Sündenregister dachte: Heilige würden immer verleumdet.

Mit einem Gefühl der Erleichterung, davonzukommen, ließ ich mich daher in die hellen, von klingendem Gelächter erfüllten Zimmer der Großfürstinnen geleiten. Alexandra Fjodorowna stand wieder mit einer Miene da, in der sich eine gewisse Nachsicht spiegelte, die aber in erster Linie Triumph erkennen ließ. Sie hatte unleugbar das letzte Wort bekommen:

Die Zeit der Wunder war nicht vorbei.

Sonntag, den 29. April

Kommandant Awdejew inspiziert jeden Morgen nach dem Frühstück, gegen zehn Uhr, sämtliche Zimmer. Er ist etwas zugänglicher geworden, aber immer noch das, was ich einen sehr unangenehmen Mann nennen möchte, offenbar Alkoholiker.

Heute ist er ungewöhnlich mürrisch gewesen. Gestern Abend hat er sich mehrere Stunden von der Wache entfernt, nahm wohl an einer Tanzveranstaltung draußen in der Stadt teil. Seinen Kater ließ er an der kaiserlichen Familie aus.

Die Zarin kocht innerlich beim Anblick des ungepflegten, unhöflichen und ungebildeten Mannes, der das Haus anscheinend als absoluter Alleinherrscher regiert. Die Reaktion ist verständlich, aber ungesund. Wenn ich den Salon hinter der Nische betrete, kann ich Laute hören, die mir sagen, dass sie nachts wach liegt. Die Kombination aus innerer Anspannung und mangelnder Bewegung ist ungünstig. Heute saß sie unbeweglich auf der Bank, während wir anderen abseits unsere Spaziergänge im Garten machten. Das Wetter war kühl, aber klar.

Der Zar betrachtet den Kommandanten eher mit Verwunderung; er reagiert nicht sichtbar, wenn Awdejew ihn indirekt, gegenüber seinen Gardisten, als »den Blutigen« oder, noch schlimmer, als »den Blutsauger« oder »den Blutsäufer« bezeichnet (wahrscheinlich begreift er nicht, wer damit gemeint ist). Hingegen machte es deutlich Eindruck auf Nikolaj Alexandrowitsch, als ihm aufging, dass der Kommandant die Wache verlassen hatte, um an einem lokalen Fest teilzunehmen, dass es möglich war, unter kriegsähnlichen Umständen, die in der Region offenbar herrschen, zu tanzen, und ganz besonders, dass sich ein »Offizier« im Dienst einfach davonmachen konnte.

Trotz des kaiserlichen Verbots gegen den freien Verkauf von Wodka wurde auch während des großen Krieges etliches konsumiert. Es ist zu vermuten, dass Seine Majestät von Zeit zu Zeit Berichte über das ausschweifende Leben der Aristokratie erhielt, dass in den Palästen Petrograds Bälle abgehalten wurden und dass seine eigenen Verwandten zu den eifrigsten Lebensgenießern gehörten, während an der Front der Tod seine besten Männer forderte und das Land ausbluten ließ. Eigentlich hat Nikolaj Alexandrowitsch sich nie sonderlich um das Tun und Lassen anderer Menschen gekümmert. Man könnte ihn beinahe tolerant nennen. Nur die Pflicht (und die Zarin) haben ihn dazu gebracht, mit seinen kaiserlichen Direktiven in private Anliegen einzugreifen. Alexandra Fjodorowna hingegen benutzt jeden Anlass, sich über die Unmoral der Aristokratie zu ereifern. Sie sah sie alle, Großfürsten wie Fürstinnen, mit ihrem schärfsten Blick. Nur gegenüber den Ausschweifungen eines Menschen war sie blind. Wo liegt der menschliche Unterschied zwischen Vater Gregorij und Kommandant Awdejew? Der eine hatte seine religiösen Redensarten, so wie der andere sich einen revolutionären Jargon angewöhnt hat, doch ich bin überzeugt, dass auch Awdejew es versteht, sich gegenüber dem, was *sein* Zarenhaus sein muss, gegenüber dem Ural-Sowjet und der Bolschewikenpartei, wie ein kriecherischer Untertan auszudrücken. Beide sind sie amoralische Trunkenbolde, und beide haben sie durch Fügung des Schicksals die Zarenfamilie in ihre Gewalt gebracht. Der Wundertäter hatte sie psychisch im Griff, der Kommandant übt physische Gewalt aus.

Wie bei einem Spatenstich hat Russland sich gewendet. Blumen, Gras und Nutzpflanzen sind nach unten gekehrt, zuoberst und für alle sichtbar liegt das schwarze, rohe Erdreich. Die Bauern herrschen über den Adel, der Fabrikarbeiter herrscht über den Zaren. Wo gibt es Felder, auf denen Licht und Dunkel ineinandergreifen, wo Nacht und Tag, wo der Gang der Jahreszeiten ihre Wechselwirkung ausüben können? Wurde vor sieben Jahren mit Peter Arkadjewitsch Stolypin, dem Minister, der Russland ein Zentrum, eine Mittelklasse, einen Balancepunkt geben wollte, dem Mann, der die Erde des Vaterlandes reformieren wollte, wirklich jede Hoffnung begraben?

Staatsminister Stolypin war von der ersten Stunde an klar, dass seine Stellung als gemäßigter Reformer einen heroischen Charakter erforderte. Indem er sich in den Mittelpunkt stellte, erweiterte er nicht seine Befugnisse, sondern verdoppelte nur die Anzahl seiner politischen Feinde. Peter Arkadjewitschs persönliches Manifest lautete wie folgt: »Begrabt mich dort, wo ich erschlagen werde.« So gut kannte er Russland, dass selbst ein gemäßigter Politiker ein extremes Ende finden musste. Er wusste, dass ein Ministerpräsident, der sein Amt nach den Erschütterungen von 1905 antrat und der die Gesellschaft auf der Grundlage des brüchigen

Kompromisses zwischen Duma und Dynastie entwickeln wollte, irgendwann sterben musste. Weder Garderegimenter noch gepanzerte Wagen konnten das Leben des Reformers retten, und deshalb überließ er sich dem Russischen Roulette auf Gedeih und Verderb und verzichtete auf Leibwachen und schusssichere Westen.

Der Ministerpräsident war ein Jahr vor mir in den Dienst des Zaren getreten, und wir empfanden Sympathie füreinander. Es gelang ihm, Rasputin aus St. Petersburg verbannen zu lassen, was den Weg für seinen eigenen Untergang ebnete. Die Zarin hasste Stolypin wegen zweier Dinge, der gleichen, die ihr bei Großfürst Nikolaj auf die Nerven gingen: Er verdammte Vater Gregorij und stellte den Zaren in der Schatten seiner mächtigen Erscheinung.

Es geschah während einer Opernvorstellung in Kiew am 1. September 1911, in der Pause zwischen zwei Akten. Die Staatsführung befand sich in der Stadt, um der Enthüllung eines Denkmals von Alexander II. beizuwohnen, fünfzig Jahre nach der Abschaffung der Leibeigenschaft. Der Saal leerte sich gerade. Der Ministerpräsident in weißer Uniformjacke hatte sich erhoben und lehnte seine voluminöse Gestalt gegen die Brüstung des Orchestergrabens, als ein junger Mann im Leibrock zwischen den Sitzreihen hindurchschlenderte. Es wurde, wenn ich mich recht erinnere, nie aufgeklärt, ob der Attentäter von rechts oder von links kam, doch der eine von zwei Schüssen traf eine Medaille an Stolypins Brust, trat von dort in den Körper ein und traf die Leber.

Der Zar, der die Schüsse gehört hatte, kehrte eilig in seine Loge zurück, dicht gefolgt von den Töchtern Olga und Tatjana Nikolajewna. Stolypin schaffte es noch, zum Platz des Zaren hinauf das Kreuzzeichen zu machen, bevor er zwischen den Sitzreihen zusammenbrach. Als das Theaterpublikum begriff, was geschehen war, warfen sich die Menschen auf den Täter, und nur das resolute Eingreifen der Polizei hinderte den festlich gekleideten Pöbel daran, kurzen Prozess mit ihm zu machen.

Peter Arkadjewitsch war dorthin gekommen, wohin er kommen sollte. Er wurde in Kiew begraben. Acht Pferde zogen den Minister zu Grabe. Eine gehäkelte Decke lag wie eine dünne Schneeschicht auf den schwarzen Pferden. Der Wagen war unter einem weißen Dach verborgen, der Sarg mit Lilien bedeckt.

Die Zarin war erleichtert. Olga und Tatjana Nikolajewna litten während des ganzen Herbstes unter Schlafstörungen.

Damit war die Pause zwischen zwei blutigen Akten gefüllt, zwischen zwei Kriegen und zwei Revolutionen. Genau zwischen den Revolutionsjahren 1905 und 1917 wurde Stolypin ins Grab gesenkt, der Mann, der Russlands Erde reformieren wollte. Ich rechnete ihn zu meinen Freunden, aber es war eine Freundschaft, die nicht von Dauer sein konnte. Stolypin ist bei Hofe nie mehr ein Thema gewesen, und den Namen auszusprechen wäre das Gleiche, als wollte man ein Gespräch über Politik einleiten. Unaussprechlich.

Alexandra Fjodorowna lenkte die Aufmerksamkeit auf ein ganz anderes Attentat; indem sie sich sehr deutlich, fast demonstrativ zögernd bekreuzigte, sagte sie:

»Der Jahrestag von Otsu.«

Kaum war das Wort gefallen, war Maria Nikolajewna aufgesprungen und umarmte Seine Majestät. Auch ich reichte ihm die Hand. Wäre es ohne den Säbelhieb in Otsu zu einem Krieg mit Japan gekommen? Die Frage ist zu interessant, um nur selten gestellt zu werden.

»Das war doch damals, als Eure Majestät Anlass sahen, das Imperium an der neugebauten Eisenbahnlinie von Wladiwostok zu besichtigen?«, fragte ich, wohl wissend, dass der Zar gern von seiner einzigen Reise durch das Reich von Ost nach West erzählte.

»Ja, das ist 26 Jahre her. Man denke, wie die Zeit dahinfliegt? Vieles muss sich ja notwendigerweise verändert haben«, fügte er fast nachdenklich hinzu.

»Notwendigerweise, Eure Majestät. Die große Veränderung war

wohl schon mit der Eisenbahn gekommen. Welch eine weitblickende Initiative Ihres Vaters.« (In Abwesenheit des Hofmarschalls war ich derjenige, der auch diese Replik von sich gab.)

»Ja, er war sehr vorausblickend, in so vielen Dingen«, erwiderte Nikolaj Alexandrowitsch, ohne weitere Beispiele der Weitsicht seines hochbewunderten Vaters zu nennen, des tief reaktionären Zaren Alexander.

Das Gespräch verebbte von selbst. Die Reise durch das ferne Sibirien hat seit dem letzten Mal wohl etwas von ihrem exotischen Glanz verloren. Das Ereignis in Otsu wurde von niemandem näher berührt. Die Narbe ist immer noch sichtbar und bedarf keines Hinweises.

Noch als Zarewitsch hatte Nikolaj Alexandrowitsch seinen ersten und letzten Besuch in Japan gemacht. In Otsu wurde er völlig überraschend von einem Polizisten angegriffen. Bevor es ihm gelang zu fliehen, erhielt er einen Säbelhieb über dem rechten Ohr. Die japanische Eskorte war vor Schreck wie gelähmt, und niemand rührte auch nur einen Finger, um den Attentäter an der Verfolgung seines Opfers zu hindern. Es war am Ende unglaublicherweise der Vetter und Reisebegleiter des Thronerben, Prinz Georg von Griechenland, der eingreifen und den Desperado mit einem Bambusstock niederschlagen musste. Erst als er auf der Straße lag, stürzte sich die Menge auf ihn, genau wie der Theaterpöbel in Kiew. Unterdessen konnte der begleitende Arzt, Dr. Rambach, den Kopf des Thronfolgers verbinden. Der Schnitt war zum Glück nur oberflächlich, hätte aber beinahe tödlich sein können.

Das Motiv wurde nie geklärt, doch Nikolaj Alexandrowitsch wurde umgehend nach St. Petersburg zurückgerufen. Das geschah also am 29. April, und wenn Seine Majestät sich richtig erinnert (was er immer tut), zwei Jahre vor der Thronbesteigung und zwölf Jahre vor dem Krieg gegen Japan.

Ich konnte den Reflex eines seligen Lächelns auf den Lippen der

Zarin ahnen, als sie das Wort Otsu nannte, den Ort der wundersamen Rettung, an dem die Hand Gottes für den künftigen Zaren einen Bambusstab erhoben hatte.

30. April

Ich glaube, dass der alte Tschemodurow davon gequält wird, dass das Licht nachts anbleibt. (Sednjew schläft dessen ungeachtet.) Zum Glück hat er nicht gewagt, sich zu beklagen. Hier drinnen leben wir immer noch in der Zeit, in der ein Lakai eine Exzellenz nicht bitten kann, so freundlich zu sein und das Licht auszumachen. Ich habe viel geopfert, aber die Nacht lasse ich mir nicht nehmen. Die Diener sind die Einsamkeit nicht gewohnt, sie kennen nur die aufdringlichen Geräusche in der Dunkelheit, das Schnaufen und Herumwälzen fremder Männer. Sonst machen die Wachen genügend Lärm. Doch sie gehören einer anderen Welt an, einem anderen Hof mit eigenen Lampen und ihrer eigenen Dunkelheit.

Ich wechsle nicht viele Worte mit Alexandra Fjodorowna, obwohl wir fast jeden Abend Karten spielen. Wenn wir so eng zusammenleben, wird klarer, wie groß der Abstand zwischen uns geworden ist. Ich habe eingesehen, dass ich in Wahrheit nicht mehr als persönlicher Arzt der Zarin fungiere. Der übergeordneten Verantwortung zum Trotz war ich dabei, durch meine an und für sich ausgezeichneten Kollegen in den Hintergrund gedrängt zu werden. Während Prof. Fjodorow den Zaren auf den Reisen zum Hauptquartier begleitete, suchte die Zarin zunehmend Rat bei Dr. Derewenko, der zusammen mit Fjodorow auch die besondere Verantwortung für Alexej Nikolajewitsch hatte. Die Zarin ließ sich von Derewenko unter anderem mit einem elektrischen Massagegerät gegen Schmerzen im Gesicht behandeln. (Alles deutet darauf hin, dass es ein gewöhnlicher Zahnschmerz war.) In der Praxis war ich am Ende nur für die kerngesunden Großfürstinnen zuständig, was keine besonderen Herausforderungen bot, bevor die Masernepidemie ausbrach. Außerdem gab es in den Soldatenlazaretten genug zu tun.

Doktor Derewenko ist keine chirurgische Kapazität wie Prof. Fjodorow, aber ein tüchtiger Spezialist. Er hat seine Charakterstärke dadurch bewiesen, dass er seinen Patienten nach Tobolsk gefolgt war. Ihre Majestät drückte ihn an die Brust, nachdem sie den größten Teil ihres Vertrauens in die Medizin als Fach verloren hatte. Diese konnte ihr zwar gewisse Dienste leisten, aber nie ihre tiefsten Bedürfnisse und innerlichsten Gebete erfüllen.

Ich bin überzeugt, dass die Zarin von dem tibetanischen Quacksalber Badmajew mit seinen allerlei gelben, weißen und grünen Pülverchen Medikamente empfing. Das Zarenpaar hatte immer äußerste Angst davor, dem Zarewitsch Morphin zu geben, und zwar aus Furcht vor der Entwicklung einer Abhängigkeit, doch mit Rasputins Segen wurden jedenfalls dem Zaren narkotische Mittel zugeführt, um »Gottes Ruhe« zu erreichen, und das während der Ängste des Krieges. Ja, hätte das Zarentum noch ein halbes Jahr weiter bestanden, ist nicht ausgeschlossen, dass Seine Majestät durch Badmajews Medikamente so gut wie gelähmt gewesen wäre. Welchen Kräften hätte eine solche Entwicklung gedient? Ich weiß nicht, ich weiß nur, dass die Zarin es geschehen ließ, dass das Pulver bei Russlands höchster Krankenschwester zum Medizinschrank gehörte.

Nicht die Kollegen in Petrograd und Zarskoje, sondern die Wundertäter aus Tibet und Pokrowskoje waren meine eigentlichen Rivalen. Bei Zauberern und Spiritisten suchte sie ihre Heilung, und das tat sie im Verborgenen, vielleicht aus Angst vor der schrecklichsten aller Diagnosen, die das Ende des Patienten bedeutet hätte.

Erst nach der Verbannung habe ich begonnen, meine Position als unbestrittener Medikus der Zarenfamilie zurückzuerobern.

Bin ich dennoch feige gewesen?

Die Wahrheit und das Leben sind die beiden Größen, die der Arzt stets am höchsten bewerten muss. Innerhalb dieses Rahmens mag sich seine Menschlichkeit entfalten. Ein Arzt, der diese Anforderungen an sich selbst erfüllt, wird nicht nur geliebt, sondern auch gefürchtet werden, auch von dem Mächtigsten, ja gerade von ihm.

König Ludwig II. von Bayern nahm seinen Psychiater, Dr. Gudden, mit in den Ertrinkungstod. Ich habe für Dr. Gudden stets Bewunderung empfunden. Er tat seine Pflicht als Arzt, erstens, weil er die Diagnose unter besonders schwierigen Bedingungen stellte, und zweitens, weil er dem abgesetzten König in den Tod folgte, wahrscheinlich in einem verzweifelten Versuch, den Kranken vor dem Selbstmord zu bewahren.

Ludwigs II. wahnwitziger Ehrgeiz bestand darin, das verlorene Königtum der Bourbonen in der modernen Zeit zu verwirklichen, wenn auch nur auf einer einzigen Insel in einem vergessenen See. Nur eine Frau fand vor seinen Augen Gnade, Marie-Antoinette, die Königin, deren Kopf für das neue Zeitalter fallen musste. Deshalb habe ich Alexandra Fjodorownas Salon nur selten besuchen können, ohne an Dr. Guddens Ertrinken denken zu müssen. An der Wand im Alexanderpalast hing ein großes Gemälde von Marie-Antoinette und ihren Kindern. Das mit den Kindern hat mich immer berührt. König Ludwig hatte keinen Nachkommen (auch sein Bruder wurde geisteskrank), aber wie kann eine Frau, die fünf Kinder geboren hat, ihr Leben der Vorzeit zuwenden, wie konnte sie Steine für ein neues Versailles sammeln und sich zur Alleinherrschaft bekennen, als die Wogen des zwanzigsten Jahrhunderts über Russland hereinbrachen?

War es der Wahnsinn, der uns zu Fall brachte?

Einmal besaßen wir den Mut, den Zaren zu erschlagen, bevor das Volk sich selbst ausrottete. Und gleichwohl, wie unethisch war doch Dr. Wylies Mitwirkung!

Vielleicht werde ich noch verstehen, weshalb wir hier sind, in welcher Lage ich mich befinde, bevor wir diesen Ort verlassen. Dass ich in der Tradition meines Vaters stehe, so wie der Zar den Fußstapfen seiner Väter gefolgt ist, versteht sich von selbst, aber die Zusammenhänge sind vielleicht größer, die Linien länger und die Perspektiven breiter. Es kann möglich sein, von der Geschichte mehr zu begreifen als sein eigenes Leben.

Der Sohn und Nachfolger Katharinas II., Paul I., war 1801 47 Jahre alt. Da waren acht Jahre vergangen, seit die Republik Ludwig XVI. und Marie-Antoinette geköpft hatte. Zar Paul war Alleinherrscher und nach klinischen Begriffen wahnsinnig. Die Kombination ist natürlich gefährlich, ist sie aber in ihrer Konsequenz nicht geradezu vorhersagbar, muss die Alleinherrschaft die Grenzen des menschlichen Verstandes nicht notwendigerweise sprengen?

Zu den wenigen rationalen Taten Pauls gehörte das Gesetz über die Erbfolge. Es wurde schon 1797 proklamiert, im Jahr nach der Thronbesteigung. Posthum war es gegen die Mutter gerichtet (die zweimal gegen das Erbrecht des Sohnes verstoßen hatte), und folglich legte es nicht nur strenge Regeln für die Legitimität der Thronfolge fest, sondern schloss auch alle Frauen von Russlands Thron aus, bis sämtliche männlichen Mitglieder des Zarenhauses ausgestorben waren. Dieses Gesetz, das später schicksalsschwere Konsequenzen haben sollte, wurde von ihm selbst mit voller Absicht als Erstem verletzt, indem er Schritte unternahm, einen 13 Jahre alten preußischen Prinzen zum Thronfolger zu ernennen. Damit setzte er seinen dem Gesetz zufolge rechtmäßigen Erben und Sohn Alexander Pawlowitsch zurück.

Der Verfolgungswahn fand seinen wohlbegründeten Platz im mentalen Habitus des Zaren Paul. Der Zarenmord war ein Teil des väterlichen Erbes, denn auch Zar Peter III. war vom Thron gestoßen worden. Deshalb hatte Paul Petrowitsch den Michailowskij-Palast bauen lassen, ein Schloss, das so uneinnehmbar war wie eine Festung, dem man ebenso wenig entkommen konnte wie einem Gefängnis (oder einem Asyl), dazu feucht wie ein Keller. Dort wurden sie untergebracht, eine Handvoll betrunkener Offiziere aus der höchsten Aristokratie. Ihr Auftrag bestand nicht darin, den Zaren zu beschützen, sondern Russland zu retten. Es war nach ein Uhr in der Nacht, als sie die Tür aufbrachen. Im Schlafzimmer brannte nur eine Stearinkerze. Als er sich den bekannten Männern in den unbekannten Rollen von Angesicht zu Angesicht gegenüber sah, wusste Zar Paul nicht, ob er träumte oder wachte, doch er begriff, dass er nicht länger Zar von Russland sein würde, wenn er sich in die Hände der Offiziere begab. Was sollte er tun? Er begann, um den Schreibtisch der Autokratie herumzulaufen, immer wieder, bis er über die eigenen Beine stolperte. Da stürzten die Männer sich auf den Wahnsinnigen, erstickten ihn mit dem, was gerade zur Hand war, und ein Briefbeschwerer machte dann dem wahnwitzigen Regime Pauls I. ein Ende.

Mit dem Tageslicht kam der Arzt. Er bestätigte die Diagnose der Mörder. Der Zar habe einen Schlaganfall erlitten. Doktor James Wylie gehörte nicht zum Hof Pauls I., er war vielmehr der Leibarzt des Thronfolgers, von Alexander Pawlowitsch.

Niemand glaubte ihm.

24 Jahre später lag Alexander I. im Sterben. Er hatte das Alter seines Vaters erreicht. Vieles hatte sich in Russland geändert, aber der Leibarzt war derselbe Dr. Wylie. Noch keine 48 Jahre alt, hatte der Zar sich Erysipel zugezogen sowie Krankheiten von Galle und Leber. Er starb nach kurzem Krankenlager weit weg von der Hauptstadt, in Taganrog am Asowschen Meer. Dr. James Wylie stellte den Tod fest, bevor er sich um Autopsie und Einbalsamierung kümmerte. Bald verbreitete sich in Russland das verwunderliche Gerücht, Zar Alexander sei nicht tot, er habe nur sein Amt niedergelegt und sei somit seinen Amtspflichten entschlüpft, habe über seine Schuld nachgegrübelt, um jetzt als Eremit in Sibirien weiterzuleben. Die Legende vom Zaren östlich des Ural existiert

noch heute. Auch diesmal schenkte man Dr. Wylie keinen Glauben. Warum sollte der eine Totenschein mehr wert sein als der andere?

Der Arzt muss immer einen weißen Kittel tragen und darf sich nie von den Untaten der Macht und der Politik besudeln lassen. Aus dem Grund kann ich auch Dr. Lazowert nicht entschuldigen, mag er auch Mittäter des Mordes an meinem letzten Endes schlimmsten Feind sein.

In einer Winternacht vor erst eineinhalb Jahren wurde Gregorij Rasputin in seiner Wohnung in Petrograd von einem Fürsten abgeholt, den er für seinen Freund hielt …

An dem Komplott gegen den Wunderheiler waren fünf Männer und eine Frau beteiligt: Fürst Felix Jusupow, der Erbe des größten Privatvermögens des Reiches, Großfürst Dimitrij, der junge Vetter des Zaren, ein erzreaktionäres Mitglied der Duma, ein Leutnant und schließlich der unentbehrliche Arzt Dr. Lazowert. Die Frau war die Ehefrau des Fürsten Felix, die ungewöhnlich schöne Fürstin Irina, Nichte des Zaren.

Ihre ersten Lebensjahre verbrachte die Fürstin oft in Gesellschaft ihrer gleichaltrigen Cousine Olga Nikolajewna. Irina wurde als erstes Kind der Schwester des Zaren geboren, der Großfürstin Xenia und ihres Mannes Großfürst Alexander. Der Zar und seine Schwester heirateten beide 1894 und nahmen ihr jeweils erstgeborenes Mädchen im Jahr darauf auf den Arm. Irina kam am 3. Juli zur Welt, Olga am 3. November. Danach gebar die Schwester sechs Jungen hintereinander, während der Zar weitere drei Töchter bekam, bis schließlich der Zarewitsch als einziger Sohn das Licht der Welt erblickte. So wurde Irina zum einzigen Mädchen in der zahlreichen Kinderschar der Schwester.

Fürstin Irina entwickelte sich zu einer der umschwärmtesten Schönheiten Russlands, dunkel, unnahbar, hochgewachsen und schlank. Typmäßig war sie Tatjana Nikolajewna ähnlicher als der Großfürstin Olga. Ein halbes Jahr vor Kriegsausbruch heiratete sie im Alter von nur 18 Jahren den Fürsten Felix. Der Zar führte seine einzige Nichte zum Altar. Das Gesicht der Braut war hinter einem feinmaschigen Spitzenschleier verborgen, der an einem Diadem aus Diamanten befestigt war. Der Schleier hatte der Königin von Frankreich gehört, Marie-Antoinette. Unter den Männern, die bei dieser Hochzeit trauerten, war auch Großfürst Dimitrij, der hartnäckigen Gerüchten zufolge bei diesem Anlass nicht nur seinen höchsten Brautwunsch verlor, die Fürstin Irina, sondern auch seinen innigsten Liebhaber, den Fürsten Felix.

Am 16. Dezember 1916 hatte Felix Jusupow Rasputin versprochen, ihm einen großen Wunsch zu erfüllen. Er sollte nämlich die junge Ehefrau des Fürsten kennenlernen, die schönste Frau Russlands. Der Wunderheiler war ihr nie begegnet, doch er würde alles dafür geben (wie sich später zeigen sollte), um sie seiner unwiderstehlichen hypnotischen Kraft aussetzen zu können. Deshalb war er unter dem Biberpelz wie zu einer Hochzeit in ein blumenbesticktes Seidenhemd gekleidet, als der Fürst ihn in dieser Nacht ungesehen die Hintertreppe hinunterführte und in ein wartendes Automobil komplimentierte. Hinter dem Lenkrad saß ein Mann in Livree. Das war Dr. med. Stanislaw Lazowert.

Der Arzt war Sanitätsarzt an der Front, wo er sich kaiserlicher Auszeichnungen verdient gemacht hatte. Aber in dieser Nacht in Petrograd war er nicht zu einem Krankenbesuch unterwegs. Er fuhr die beiden zu Fürst Felix' Palast am Moikakanal. Hier zog sich der Chauffeur für die bevorstehenden Taten der Nacht um.

Als der späte Gast in der Wohnung des Fürsten eintrifft, ertönt Grammophonmusik aus dem Inneren des Palasts. Der Gastgeber fordert ihn auf, in den Keller hinunterzugehen und den Aufbruch der Gesellschaft abzuwarten, damit Fürstin Irina ihn ohne unwillkommene Zuschauer empfangen könne, so wie der Gast ihr am liebsten begegnen möchte.

Rasputin zieht den Biberpelz aus und betritt einen niedrigen Raum mit gewölbter Decke. Noch vor ein paar Tagen war dies ein unbenutzter Weinkeller gewesen. Jetzt sieht der Raum aus wie eine gemütliche Trinkstube mit bequemen Stühlen und Perserteppichen auf dem Fußboden. Sogar ein Kruzifix hängt an der einen Wand unter goldgerahmten Bildern, und in einer Ecke liegt ein Eisbärenfell, das auffällig glänzt. In dem gedämpften Lichtschein der Lampen ist es nicht möglich zu ahnen, dass es gar keine Fenster gibt, sondern nur graue Mauerwände hinter den dicken Gardinen. Auf dem Tisch stehen ein Samowar, Wein und Gebäck.

Der grobschlächtige Bauer in dem Seidenhemd der Zarin und der zart gebaute Fürst in der Kadettenuniform des Zaren setzen sich an den Kamin, um zu warten. Der eine sieht die Fürstin vor sich; wie sie im Stockwerk über ihnen zu den schmachtenden Melodien tanzt. Der andere weiß, dass seine Frau in diesem Augenblick im Palais der Familie auf der Krim in tiefem Schlaf liegt und dass der Wein und das Gebäck auf dem Tisch vor ihnen vergiftet sind.

»Warum glauben Sie, dass Vater Gregorij sie unbedingt kennenlernen wollte?«, fragte Olga Nikolajewna mich später.

»Ihre Cousine ist ja eine sehr ansprechende junge Frau«, erwiderte ich so diplomatisch wie möglich.

»Meinen Sie, es war wegen ihrer Schönheit?«

Ich wich dem Blick aus:

»Das wage ich nicht zu sagen.«

»Aber, Dr. Botkin, glauben Sie, Irina könnte damit einverstanden gewesen sein, glauben Sie, dass sie um das Furchtbare wusste, was Felix und Dimitrij geplant hatten?«

»Ich weiß nicht.«

»Für dem Fall, dass sie es gewusst hat, dass die beiden sie benutzten, ist sie genauso schuldig wie sie. Selbst wenn sie sich auf der Krim befand.«

Die Worte kamen heftig, dann machte sie eine Pause:

»Sie ließ sie von der Vorstellung Gebrauch machen, wer sie

war« – Großfürstin Olga blickte zu Boden –, »ich meine, wie sie gebaut war.«

Rasputin nahm das Gift in sowohl fester als auch flüssiger Form zu sich. Doch es hatte keinerlei Wirkung auf den großen Körper (der Chauffeur hatte schlechte Arbeit geleistet). Es endete damit, dass der Fürst den Revolver ziehen und seinen Gast kaltblütig erschießen musste. Rasputin stürzte zu Boden und blieb auf dem Eisbärenfell liegen. Nachdem sie den Schuss gehört hatten, rannten die Mitverschwörer die Treppe hinunter. Der Arzt nahm den Puls und erklärte den Wunderheiler für tot.

Bald sitzt Dr. Lazowert wieder hinterm Lenkrad. Das Fahrzeug verlässt den Palast mit hoher Geschwindigkeit. Auf dem Rücksitz sieht man einen Herrn in Biberpelz. Livree und Pelz sind die gleichen, aber die Männer sind nicht die, als die sie sich ausgeben. Der Chauffeur und der Gottesmann sind in Wahrheit ein Arzt und ein Leutnant. Der Gast in dem Seidenhemd liegt noch in Fürst Felix' Weinkeller. Der Tod war festgestellt worden. Aber wie schon angedeutet, sind Chauffeure schlechte Ärzte. Kurz darauf hat sich das Opfer von dem weißen Fell erhoben. Rasputin rennt die Kellertreppe hinauf und stürzt in die Winternacht hinaus. Während der Fürst vor Schreck wie gelähmt dasteht, ist es der Vertreter der Duma, der hinterherlaufen und Rasputin in den Rücken schießen muss.

Drei Tage später wurde Rasputins tiefgefrorener Leichnam aus der Newa gefischt. Bei der Obduktion konnte Prof. Kosorotow feststellen, dass der Tod weder durch das Gift des Arztes noch durch die Schüsse aus den Pistolen der Herren verursacht worden war. Schuld sei Wasser in den Lungen.

Schon bald würde sich zeigen, dass der Mord an Rasputin trotz des Jubels, der unmittelbar darauf auf den Straßen Petrograds ausbrach, den Gang der Geschichte nicht änderte. Er war nur einer dieser Versuche, die Probleme des Landes durch den Tod eines Menschen zu lösen. Dieser Mord hatte für mich einen ekelhaften Beigeschmack, denn ein Arzt in Livree ist wie Zyankali in Konfekt.

Ich weiß nicht, ob es Fälle geben kann, bei denen ein Mord notwendig ist, aber zwei Dinge weiß ich: Der Arzt darf nie dem Tod dienen. Und: Morde müssen aufgeklärt werden, und seien sie noch so notwendig. Wenn Leben verlorengeht, muss die Wahrheit gerettet werden.

Nur die Wahrheit kann Heilung bringen.

Mai 1918

1. Mai

Die Temperatur ist um fünf Grad auf plus 10 gestiegen.

Ich muss dem Zaren eine entmutigende Mitteilung des Kommandanten überbringen. Unsere Spaziergänge an der frischen Luft sind auf zweimal eine halbe Stunde pro Tag begrenzt worden, »damit es einem Gefängnisregime ähnelt«. Ich hatte den Eindruck, dass dies schon der Fall war. Wir sind zu jeder Zeit von zehn Wachposten umgeben – innerhalb und außerhalb der Mauern. Außerdem sind Mitrailleusen aufgestellt worden, eine auf der Terrasse und eine in einem Dachfenster, die offensichtlich für Feinde von draußen gedacht sind, für »die Konterrevolution«.

Selbst in den hektischsten Zeiten seiner Herrschaft fand Nikolaj Alexandrowitsch Zeit für stundenlange Spaziergänge und Fahrradtouren. In Tobolsk sägte er Holz, in Zarskoje fällte er Bäume, schippte er mit dem Spaten entweder Schnee oder Erde. Hier fühlte er sich zum ersten Mal absolut nutzlos. Er biss sich auf die Unterlippe, als er von den Einschränkungen erfuhr. Er beschloss, während der Spaziergänge das Tempo zu steigern, außerdem will er im Haus mit gymnastischen Übungen beginnen.

Heute Nachmittag hat der Zar die Geschwindigkeit schon gesteigert. In militärischer Haltung schreitet er in einiger Entfernung an den Holzsäulen vorbei, welche die Terrasse stützen, und geht unangefochten am Palisadenzaun weiter, hin zu den Schuppen, und dann wieder zurück. Maria Nikolajewna folgt ihm mühelos, lässt sich aber schnell ablenken, sobald auf dem Hof etwas »Spannenderes« passiert. Die Zarin geht nie aus. Wenn sie sich überhaupt draußen aufhält, sitzt sie auf der Gartenbank, die unter der Terrasse steht, so wie sie auch auf der langen Veranda vor dem Alexanderpalast und auf dem Balkon über dem Eingang zum Gouverneurshaus saß, mit zusammengezogenen Augenbrauen und über eine Stickerei gebeugt. Ich glaube, es macht keinen großen Unterschied, ob sie sich im Haus oder im Freien aufhält.

Als eine Art Ersatz für unsere eingeschränkte Freiheit händigte man uns heute einen eigenen Samowar aus. Das war eine bedeutende Erleichterung. Bisher haben wir ihn mit den Wachen geteilt, die zu jeder Tages- und Nachtzeit hereingetrampelt kamen, oft so häufig, dass der Samowar schnell leer war, was besonders schlimm war, weil wir zeitweise gar kein Wasser hatten. Ich habe mehrmals gesehen, wie Alexandra Fjodorowna das Blut in den Kopf stieg. Sie hat jedoch gelernt zu schweigen; sie weiß, dass jeglicher Protest die Zarenfamilie unter diesem Regime in der Teegesellschaft an die hinterste Stelle rücken würde. Für Alexandra Fjodorowna ist die uneingeschränkte Herrschaft über den Samowar von größerer Bedeutung als die beiden halben Stunden an der frischen Luft.

Der Zar brachte mir Grüße aus Tobolsk. Jeder hatte einen Brief erhalten.

»Selbstverständlich lesen wir auch die Briefe der anderen«, sagte er sichtlich belebt, »also wurden es drei Briefe für alle. Nur Alexej hatte nicht geschrieben. Aber er macht Fortschritte.«

»Schritte?«, hakte ich nach.

»Nein, nein, aber er ist jeden Tag draußen, im Rollstuhl.«

»Es ist wirklich gut, das zu hören.«

»Ja. Ihre Majestät war auch sehr erleichtert.«

Der Zar verließ mich erhobenen Kopfes. Was bedeutet am meisten, die Fortschritte des Sohnes oder die Erleichterung der Zarin?

Kein Wort über die Töchter.

Nebenfiguren, vier Großfürstinnen und der Zar selbst, Nebenfiguren in ihrem eigenen Familienkreis. Die Gesunden spielen keine Rolle, die Gesundheit hat keine Replik. Es war nicht das Leben, sondern der Tod, der uns lockte, nicht Kavaliere mit klirrenden Sporen und roten Biesen an den Reithosen, sondern dafür immer mehr gelehrte Herren in weißen Kitteln, nicht der Lebenstanz mit den Großfürstinnen, sondern der Todestanz um den Zarewitsch.

Wer trägt die Schuld?

Alexander Pawlowitsch konnte sich nie von seiner Schuld am Tod seines Vaters freimachen, Pauls I. Deshalb musste die Geschichte verfälscht, durfte die Lüge nie aufgedeckt werden. Der Thronfolger ist in einem Rollstuhl gesehen worden, wie er von Kosaken getragen wurde, aber die Krankenblätter durfte niemand sehen, sie waren geheim bis zum Tod. Alexandra Fjodorowna, als Krankenschwester mit einem Kreuz auf der Brust getarnt, war die Trägerin des kranken Bluts ihres Sohnes. Deshalb durfte die Diagnose nie aufgedeckt werden. Nicht bevor das Zarenhaus in den Staub gestürzt worden war.

Die »englische Krankheit« ist in der Familie seit drei Generationen bekannt. Sie hat den Onkel der Zarin getötet, ihren Bruder und ihren Neffen. Die beiden Letztgenannten wurden nicht einmal vier Jahre alt. Der Bruder fiel aus einem Fenster (der Residenz in Darmstadt) und starb an inneren Blutungen. Der Neffe verstarb nur einige Monate vor der Geburt des russischen Thronfolgers. Er blutete im Kopf. Beide fielen zu Boden wie unbeschriebene Blätter. Nur die Familie und die nächsten medizinischen Vertrauten haben sich die Symptome gemerkt, die blauen Schwellungen, das Blut, das nicht gerinnen will.

Die Zarin *musste* an ihrem Schicksal erkranken. Vier gesunde Töchter ohne ein Erbrecht auf den Zarenthron zu gebären. Einen vom Tod gezeichneten Thronfolger großzuziehen.

Wie die japanische Flagge über Port Arthur. Die Angst, die das Zarenpaar lähmte, als sich in den Windeln des Thronfolgers die ersten Blutspuren zeigten. Vielleicht ist die medizinische Erklärung ebenso naheliegend wie die politische und militärische? Historisch treten die Ereignisse etwa gleichzeitig ein, die Geburt und die Blutstropfen, »der Blutsonntag« im Januar 1905. Da war der Thronfolger ein halbes Jahr alt. Im Inneren des Palasts herrschten keinerlei Zweifel, was die Diagnose betraf, als die Kosaken das Feuer eröffneten und die Opfer des Proletariats den Schnee rot färbten.

Über zwei Generationen haben zwei Schwestern die Krankheit an ihre Söhne weitergegeben. Es ist entsetzlich, an die vier Töchter der Zarin zu denken. Wenn ich von der Masern-Epidemie absehe, gibt es keine gesündere Schwesternschar. Dennoch: Zwei von ihnen werden statistisch gesehen vom Tod gezeichnete Söhne zur Welt bringen. Von aller Logik ist die Erblehre die erschreckendste.

2. Mai

Nach dem Frühstück entdeckte Maria Nikolajewna, dass die Soldaten an einem der Fenster eine Leiter aufgestellt hatten. (Sogar auf der Vorderseite des Hauses liegen die Fenster wegen des Souterrains ziemlich hoch.) Es erschien ein bärtiger Mann, der nicht zur Wache gehörte. Er kletterte mit einem Eimer in der einen Hand und einem Besen in der anderen hinauf. Wir trauten zunächst unseren Augen nicht, als er den Besen in den Eimer tauchte und mit weißer Farbe direkt auf die Fensterscheibe zu streichen begann. Schon bald war der ganze Mann verschwunden.

Das Letzte, was wir registrierten, war das bärtige Gesicht, das einen neugierigen Blick durch die Fensterscheibe warf, als wäre es das letzte Mal, dass er uns sah. Das war leider nicht der Fall. Der Vorgang wiederholte sich vor jedem einzelnen der Fenster. Am Ende waren wir von einem undurchdringlichen Nebel umgeben. Nur ganz oben ist ein schmaler Streifen geblieben, durch den wir blauen Himmel sehen können, und bei den Fenstern, die zum Platz hinausführen, immer noch das goldene Kreuz auf der Himmelfahrtskathedrale.

Es war, als hätte man uns auf den Meeresboden versenkt oder mit Eis auf allen Seiten eingesperrt. Das Licht ist halbiert.

Als man uns um Viertel nach drei endlich hinausließ, sahen wir, dass Haus und Grundstück von einer Gruppe aus Kommissaren oder örtlichen Parteileuten inspiziert wurden. Die Wachen standen unbeweglich wie in Habtachtstellung da, einer auf dem Balkon, einer in jeder Ecke des Gartens. Keiner sprach mit einem der anderen. Es herrschte strahlendes Wetter.

Sonderbar, ins Eisschloss zurückzukriechen, während die Vögel hinter uns immer noch zwitscherten. Die Rückkehr wurde uns allerdings erleichtert. Seit wir hergekommen sind, sind die Verandatür und das Fenster im Esszimmer mit Decken verhängt gewesen. Das wurde damit begründet, dass dieses Zimmer (ebenso wie die Anrichte und die Küche) eine Aussicht auf die Stadt haben. Jetzt sind Fenster und Glas in der Tür weiß bemalt, die Decken abgenommen. Damit erhält das Zimmer nicht nur elektrisches Licht von oben, sondern auch Tageslicht von der Seite, wenn auch gedämpft.

Alexandra Fjodorowna machte mich auf den Diener Sednjew aufmerksam, der sich nicht gesund fühlte. Das Thermometer zeigt Fieber an, ich verordnete Bettruhe.

Es war der zweite Kriegsherbst. Ihre Majestät hatte den Onkel des Zaren besucht, Paul Alexandrowitsch (den Vater von Großfürst Dimitrij), der plötzlich ernsthaft erkrankt war. Man hatte Röntgenaufnahmen gemacht, aber Prof. Fjodorow war mit seinen Analysen noch nicht fertig.

Ich kam bei der Nachmittagsvisite zur Zarin. Wie so oft wurde sie von Herzflimmern gequält und empfing mich im Boudoir, das zu allen Jahreszeiten mit frisch geschnittenen Blumen überladen war. Nach der Konsultation kam sie auf die Leiden des Großfürsten zu sprechen und stellte mir folgende Frage:

»Wie kann ein Mann so plötzlich krank werden?«

»Die eigentliche Krankheit hat sich im Lauf der Zeit entwickelt«, erwiderte ich, »es sind die Symptome, die so schnell und unerwartet zum Vorschein gekommen sind.«

»Aber warum zeigen sie sich gerade jetzt?«, fuhr sie fort, und etwas in ihrem Gesichtsausdruck sagte mir, dass die Zarin nicht auf eine umfassende medizinische Erklärung aus war.

»Das kann viele Ursachen haben«, erwiderte ich, »aber ich nehme an, dass Professor Fjodorow der Erklärung näher kommen wird, wenn er seine Röntgenuntersuchungen beendet hat.«

»Der Großfürst hat ein Leben voller Sünden geführt«, fuhr Alexandra Fjodorowna fort, während sie den Blick wandern und auf einem der unzähligen Nippsachen in dem blau-rosa Interieur ruhen ließ. »Mag er auch nicht zu den Schlimmsten gehören. Dennoch, die Krankheit kann sehr wohl damals begonnen haben, als er gegen das Gebot des Zaren verstieß und eine Geschiedene heiratete.«

»Aber Ihre Majestät meinen doch wohl nicht, dass es sich um eine *solche* Krankheit handelt?«

»Jewgenij Sergejewitsch«, sagte sie und fügte einen winzigen Seufzer hinzu, »ihr Ärzte macht euch oft allzu einfache Gedanken. Mit Röntgenbildern und Obduktionen glaubt ihr, auf die kompliziertesten Fragen von Leben und Tod Antworten zu finden. Die Gedanken sind einfach, aber nicht einfach genug. Ist Ihnen nie eingefallen, dass eine Krankheit auch ein Zeichen sein kann oder sogar eine Strafe?«

»Doch, Eure Majestät, eine Krankheit ist immer ein Zeichen, ein Signal des unbewussten Körpers an das menschliche Bewusstsein …«

»Setzen Sie sich, Doktor Botkin«, unterbrach mich die Zarin. Dies hätte eine recht interessante Argumentation werden können.

»Jetzt werde ich Ihnen die Wahrheit über Großfürst Pauls Krankheit erzählen.«

Ich nahm in einem mit großgeblümtem Stoff bezogenen Lehnstuhl Platz. Die Möbel waren bequem, doch ich schaffte es nie ganz, mich mit der Art und Weise zu versöhnen, mit der die Zarin die Privatgemächer im Alexanderpalast eingerichtet hatte. Der Stil gehörte eher in eine englische Villa als in ein von Katharina II. für den Enkel Alexander Pawlowitsch erbautes Schloss. Vielleicht gar nicht verwunderlich, da die Zarin bei der halbbürgerlichen englischen Königsfamilie aufgewachsen ist. Aber wenn dies ihren Stil und ihre Lebensweise geprägt hat, ebenso wie die Strukturierung des Tages und die Zusammenstellung der Menus, hatte Königin Viktorias eingeschränkte Monarchie in der Denkweise der Zarin kaum eine einzige Spur hinterlassen.

»Am selben Tag, an dem der Großfürst erkrankte, hatte er ein Gespräch mit seinem Vetter Georgij Michailowitsch. Es fand im Hauptquartier statt, und ich habe meine sicheren Informationen darüber, was dabei gesagt wurde. Der Vetter deutete an, dass Paul von der Familie zu den Anhängern Vater Gregorijs gezählt werde. Dies führte zu einem Wutausbruch, bei dem Paul Alexandrowitsch mit den stärksten Worten jede Sympathie leugnete. Am selben Abend brach die Krankheit aus, um es mit Ihren Worten zu sagen.«

Alexandra Fjodorowna sah mich mit einer Miene an, als wäre jeder weitere Kommentar überflüssig. Ich blieb dann auch stumm sitzen und sog nur den Veilchenduft durch beide Nasenlöcher ein.

»Glauben Sie wirklich, der Allmächtige lässt seinen Sendboten im Hauptquartier des Zaren mitten im großen Krieg, in dem Millionen für das heilige Russland in den Tod marschieren, alles leugnen, ohne einmal den Gotteslästerer zu erwähnen, ohne ihm ein Zeichen zu geben, ohne die Gräuel an die Oberfläche zu bringen?«

»Aber Eure Majestät können doch wohl nicht meinen«, sagte ich in einem Versuch zu mäßigen, »dass alle Krankheiten Strafe sind?«

»Nein, sie sind, wie Sie selbst sagen, immer ein Zeichen. Die Krankheit enthält ein Gebot, dass wir uns unter Seinen Willen zu beugen haben. Mal ist die Krankheit eine Strafe, mal eine Prüfung, und in den höchsten, den allerhöchsten Fällen stellt sie das Tor zum Märtyrertum dar. Niemals kann der Fluch der Krankheit aufgehoben werden, ohne dass Sein Wille geschieht.«

Hier wandte sie den Blick ab, bevor sie mit leiserer Stimme fortfuhr:

»Vater Gregorij zeigte sich tief berührt, als er von dem Schicksal hörte, das den Großfürsten ereilt hatte. Er sah das Ganze so klar, nicht nur die Strafe, die Paul Alexandrowitsch zuteil wurde, sondern auch die Auserwähltheit, die er, Rasputin, sich selbst anmaßte.«

»Ist das *seine* Diagnose?«

Alexandra Fjodorowna wich dieser letzten Frage aus, die mir entschlüpft war. Gleichzeitig ging mir auf, dass das Gespräch an seinem Endpunkt angelangt war. Oder, anders gesagt, es hatte zu dem Vakuum zurückgefunden, zu jenem Punkt, an dem alles Wissen seine Gültigkeit verliert.

Aus Mangel an Ärzten haben alle sibirischen Dörfer einen Medizinmann, einen gottbegnadeten Landwirt, der mit Hilfe von Gebeten und Ermahnungen angeblich heilende Taten vollbringen soll. Selbst wenn sowohl Naturmedikamente als auch verschiedene wohlerprobte Ratschläge benutzt werden, ist und bleibt der Glaube das wichtigste Mittel bei dieser Art ärztlicher Wissenschaft. War es wirklich der Wunsch Ihrer Majestät, Zarskoje Selo in medizinischer Hinsicht in ein sibirisches Dorf zu verwandeln?

Nach diesem Gespräch hatte Gregorij Rasputin noch ein Jahr zu leben. Paul Alexandrowitsch ist wahrscheinlich immer noch unter uns, obwohl, wenn ich Professor Fjodorows Röntgenergebnisse richtig deute, nur wenig Grund zu dem Glauben besteht, dass er gesund geworden ist.

Sednjew ist morgen vermutlich wieder auf den Beinen.

3. Mai

Es ist ein Paket angekommen, nicht per Post, sondern per Kurier von einer Adresse hier in Jekaterinburg. Es enthielt Kaffee, Schokolade und Eier.

Absenderin war Elisabeth Fjodorowna, die Schwester der Zarin. Das Paket ist das einzige Lebenszeichen der Großfürstin, nicht seit der Deportation oder der Revolution, sondern seit man ihr im Herbst 1916 im Alexanderpalast die Tür gewiesen hatte – vor dem Mord an Rasputin. Alexandra Fjodorowna konnte ihre erste Tasse Kaffee trinken, nachdem wir Tobolsk verlassen hatten. Sie behauptet, es helfe gegen die Kopfschmerzen.

In einigen alten Lokalzeitungen haben wir gelesen, dass Großfürstin Elisabeth vorigen Monat aus ihrem Heim in Moskau ausgewiesen und nach Perm gleich westlich des Ural verbannt worden sei, und zwar zusammen mit Sergej Michailowitsch und einigen kaiserlichen Prinzen. Auch der Bruder des Zaren, Großfürst Michail, soll nach Perm übersiedelt sein. Unter welchen Verhältnissen sie leben, wissen wir nicht. Das Paket deutet darauf hin, dass das Gefolge oder zumindest Großfürstin Elisabeth weiter nach Osten geschickt worden ist, hierher, nach Jekaterinburg. Aufgrund eines seltsamen Zufalls oder wie Spielsteine in einem kalkulierten Spiel hat das Schicksal die beiden hessischen Prinzessinnen hier in der sibirischen Bergbaustadt zusammengeführt.

Alexandra Fjodorowna war über diese unerwartete Sendung selbstverständlich ebenso verblüfft wie wir, doch sie ließ sich das ganz Besondere der Situation nicht anmerken, sondern konzentrierte sich nur auf den Inhalt des Pakets, Kaffee, Schokolade, Eier.

Großfürstin Elisabeth ist sehr religiös geworden, seit ihr Mann, der Generalgouverneur von Moskau, Großfürst Sergej, am 4. Februar 1905 in die Luft gesprengt wurde. Die Explosion war noch stärker als die, der sein Vater zum Opfer gefallen war, Zar Alexander. Der ganze Wagen flog in die Luft, der Großfürst wurde regelrecht pulverisiert, und seine Überreste sanken wie ein blutiger Schneeschauer zur Erde. Merkwürdigerweise überlebte der Kutscher, obwohl die Ärzte an seinem Körper nicht weniger als 79 Wunden feststellten. Nicht verwunderlich, dass er nach kurzer Zeit starb.

Es gab wohl einige, die den Tod des Kutschers aufrichtiger beklagten als den des Großfürsten. Neun Jahre zuvor hatte der Generalgouverneur die Verantwortung dafür getragen, dass während der Krönungszeremonie in Moskau annähernd 2000 Menschen totgetrampelt wurden. Unter seiner Regie wurde die Prachtentfaltung der Dynastie in eine Leichenbeschau der Untertanen verwandelt. Wie die meisten Romanows war er ein glühender Antisemit. Nichtsdestoweniger wussten Gerüchte zu berichten, dass er jüdische Mädchen und Jungen zu sexueller Unterwerfung gezwungen habe.

Das Herz des Großfürsten wurde auf einem von Moskaus Dächern gefunden.

Elisabeth Fjodorowna verblüffte alle Schichten des Volkes, als bekannt wurde, dass sie den Mörder ihres Mannes in der Gefängniszelle besucht hatte. Die Unterhaltung zwischen dem Nihilisten und der Großfürstin regte zu Fantasien an. Wollte sie ihm ihre Vergebung schenken? Das Problem war, dass der Mörder nicht bereute. Damit konnte er auch keine Vergebung erhalten. Und ein Dank? Ein Dank war selbstverständlich undenkbar. Gleichwohl hatte die Großfürstin ein Geschenk erhalten. Nachdem sie in der Gefangenschaft der Konformität gelebt hatte, nachdem sie jeden einzelnen Tag mit Stunden vor dem Frisiertisch, im Umkleidezimmer oder an Mittagstafeln zugebracht hatte, nach fast zwanzig Jahren einer kinderlosen Ehe mit Moskaus tyrannischem Generalgouverneur, hinter den Türen der Paläste und der Kremlmauern, war sie plötzlich und unerwartet auf freien Fuß gesetzt worden und konnte sich ihrem Leben widmen. Sie hatte ein ganz selbständiges Schicksal erhalten, das sie jetzt bewältigen musste. Welch ein Unrecht es war, dass derjenige, der ihr all dies geschenkt hatte, sterben musste. Ihr höchster Wunsch war zweifellos eine Begnadigung. Aber Gnade setzt Reue voraus. Und die wollte er nicht zeigen, denn das war ihm nicht gegeben.

Der Mörder des Großfürsten wurde im Gefängnis von Schlüsselburg gehängt, und wenn ich mich nicht falsch erinnere, erwies sich das Seil als zu lang. Drei Gendarmen mussten ihn ein zweites Mal hochhieven. Zweimal wurde der Attentäter gehängt, zweimal ging sein Wunsch in Erfüllung.

Nach dem Mord in Moskau lebte die Großfürstin in einer Art Klosterdasein, als »Nonne«, und niemanden hat der sibirische »Mönch« so stark provoziert wie sie. Der letzte Besuch bei der Zarin löste am gesamten Hof ein Echo aus, obwohl niemand die Stimme erhob. Es war der letzte Versuch der Schwester, zu warnen und die Wahrheit hinter dem Wandschirm im Boudoir zu verstecken. Sie soll es nicht unterlassen haben, die Schwester an das Schicksal von Marie-Antoinette und Ludwig XVI. zu erinnern.

Ich konnte deutlich sehen, wie Alexandra Fjodorowna das goldbraune Getränk genoss, und räume ein, dass ich mich versucht fühlte, zu fragen, wie es schmeckte. Ich begnügte mich damit, mich für ein Stück der Schokolade zu bedanken. Die Eier haben wir vorläufig nicht angerührt.

Am Abend spielten wir im Salon Karten. Die weißbemalten Fenster machten es früh dunkel. Die elektrische Anlage funktioniert nur manchmal. Meist müssen wir sie durch Stearinkerzen ergänzen.

Beim Weißtünchen schaffte es der Mann mit dem Bart, auch das Thermometer anzustreichen. Dieser eine Fehlstrich hat uns fast ebenso viel Ärger bereitet wie die weißen Glasfenster insgesamt. Früher konnten wir den Schwankungen der Temperatur folgen und zumindest dadurch am Dasein draußen teilhaben. Jetzt sind wir völlig abgeschnitten, ausgenommen die Spaziergänge an der frischen Luft, die immer zu verschiedenen Zeiten stattfinden müssen, wahrscheinlich um unsere »Befreier« irrezuführen. Dieses Unberechenbare hat einen deprimierenden Effekt, nicht zuletzt auf den Zaren, der Routine anbetet und sein ganzes Dasein auf das Voraussagbare gegründet hat. Er ist auch derjenige, der am meisten unter dem Verlust des Thermometers leidet.

In Tobolsk konnten wir die Bürger der Stadt vom Balkon des ersten Stocks aus beobachten. Alexandra Fjodorowna saß unter dem Baldachin und registrierte jedes Mal genau, wenn ein Passant sich aus Vorsicht verneigte. Wenn dies nicht geschah, war sie überzeugt, dass er von den Wachen daran gehindert worden war. Ihre Majestät hat durch den hohen Palisadenzaun und die weiß bemalten Fenster am wenigsten verloren. Sie braucht keine Aussicht, um ihre Ansichten zu korrigieren.

Sednjew ist so gut wie fieberfrei.

4. Mai

Maria Nikolajewna hatte an dem Konvolut geschrieben, das dem Kommandanten übergeben wurde, um der Großfürstin Elisabeth überbracht zu werden. Die Beobachtung grenzt an Indiskretion, aber ich habe unweigerlich an das Verhältnis der beiden kaiserlichen Schwestern denken müssen. Was konnte der Brief enthalten, um die Kluft zu überbrücken, die zwischen ihnen liegt, den Abgrund, in den eine ganze Welt zu stürzen droht?

Es war Maria Nikolajewna, die den Empfang durch ihn bestätigen musste. Die Tochter des Zarenpaares ist von allen Taten der Geschichte unbefleckt, sie hat nichts zu verbergen, ein Lebenszeichen von ihr wird ebenso willkommen sein wie der Genuss von Kaffee. Die Zarin kann keine Botschaften mehr in die Vorzeit zurückschicken, keine Erklärung an die Dynastie, die von den

Zinnen herabgestürzt ist, von den Palästen der Privilegien, um jetzt im Ural in der Gefangenschaft zu schmachten. Einst thronten die beiden hessischen Prinzessinnen über ihrer jeweiligen russischen Hauptstadt, Moskau und St. Petersburg. Jetzt sind sie in abgelegene Außenposten wie Jekaterinburg und Perm verbannt. Ihre Männer wurden zu Opfern ihrer jeweiligen Revolution. Der eine wurde in die Luft gesprengt, der andere in einen Eisberg gesperrt.

Es gibt niemanden, der Alexandra Fjodorowna den Kaffee missgönnt. Sie nimmt fast keine feste Nahrung zu sich. Das Essen, das wir erhalten, ist äußerst primitiv. Es kommt von einer öffentlichen Einrichtung ins Haus und wird von Sednjew in der Küche aufgewärmt. Ich glaube übrigens nicht, dass es nur das Essen ist, was Alexandra Fjodorowna daran hindert, Nahrung zu sich zu nehmen. Die Mahlzeiten sind für uns alle zu einer ziemlich ungewohnten Séance geworden. Es wird direkt auf die Tischplatte gedeckt, ohne Tischtuch, und wir müssen das Essen zusammen mit den Dienern einnehmen, etwas, das nicht nur die Zarin, sondern auch die Zofe, Sednjew und den alten Tschemodurow in Verlegenheit bringen kann. Dass ihre Treue sie bis an die Tafel des Zaren führen würde, hatte sich niemand vorstellen können. Ihre große Ergebenheit macht es nicht einfacher, sich diesem ungewohnten Grad von Intimität anzupassen. Was die Zarin wirklich stört, sind die Wachen. Mit ihren groben Manieren und ihrem absoluten Mangel an Takt neigen sie dazu, sich gerade während der Mahlzeiten einzufinden. Es ist jedes Mal eine Demütigung, das Essen unter Aufsicht bewaffneter Fabrikarbeiter einnehmen zu müssen, die sich an den gleichen Gerichten schon satt gegessen haben.

Das ist mehr, als Alexandra Fjodorowna hinnehmen kann.

Der Strom fällt immer wieder aus. Obwohl sich herausstellt, dass der Vorsitzende des Exekutivkomitees des Ural-Sowjets von Beruf sogar Elektriker ist. An der Spitze einer Handvoll Gardisten hat er sich den ganzen Tag im Haus zu schaffen gemacht, um den Fehler zu finden.

Die Stearinkerzen lösten während der Abendmahlzeit eine gewisse Heiterkeit aus. Hinter den Unterbrechungen der Stromversorgung ahnt das Zarenpaar einen Kurzschluss im politischen System.

Bésigue im Salon.

Als Alexandra Fjodorowna ihre 2000 Punkte erreicht und damit gesiegt hatte, erdreistete ich mich, eine Frage zu stellen:

»Glauben Eure Majestät, dass Großfürstin Elisabeth, wenn sie sich tatsächlich hier in Jekaterinburg befindet, vielleicht um eine ... Audienz nachgesucht hat?«

Die Zarin sah mich düster an:

»Selbstverständlich, selbstverständlich hätte sie das Paket am liebsten eigenhändig überbracht.«

Mit keiner Zuckung verriet sie den Abgrund, den nicht wieder gutzumachenden Bruch, der sich drei Monate vor der Revolution ereignet hatte.

»Sie hätte sicher eine Menge Neues erzählen können«, sagte Nikolaj Alexandrowitsch.

»Das war wohl der Grund dafür, weshalb sie nicht kommen durfte«, entschied die Zarin.

Seine Majestät nickte und gab Karten für eine neue Runde aus.

Es gibt, glaube ich, wenn wir den Zaren und den Thronfolger mitzählen, 16 Großfürsten in Russland. Nach den Auskünften, die wir haben, hat es den Anschein, dass die Romanow-Dynastie sich hauptsächlich auf drei geografische Gebiete verteilt: den Ural, Petrograd und die Krim.

Die Ural-Gruppe ist die kleinste, aber dafür die prominenteste und folglich die am stärksten gefährdete. Wir sind bis vor wenigen Monaten die einzigen, die regelrecht gefangengesetzt oder zumindest verbannt wurden, und verteilen uns auf die drei Zarenstädte Tobolsk (Alexej Nikolajewitsch), Perm (Michail Alexandrowitsch) und Jekaterinburg (Nikolaj Alexandrowitsch).

Danach kommt eine aus mehreren Großfürsten bestehende Gruppe, die immer noch in ihren Palästen in der ehemaligen Regierungsstadt Petrograd sitzen und in dem noch ehemaligeren Zarenparadies Zarskoje Selo. Sie müssen sich in einem historischen Niemandsland befinden, ihrer Privilegien beraubt, von Lakaien und Leibwächtern verlassen, ihrem Schicksal preisgegeben.

Am günstigsten gestellt ist zweifellos die Kolonie auf der Krim, nicht nur in klimatischer Hinsicht, sondern auch mit den besten Aussichten auf Flucht oder Befreiung. So gut wie alle Mitglieder des Hauses Romanow unterhalten eine Sommerresidenz am Schwarzen Meer. Dort befinden sich jetzt wahrscheinlich sowohl die Zarenmutter als auch ihre zwei Töchter mit ihren Familien, darunter auch Felix Felixowitsch und der Lockvogel Prinzessin Irina. Außerdem der ehemalige Heerführer Nikolaj Nikolajewitsch mit seinem Teil des großfürstlichen Klans.

Wenn ich näher darüber nachdenke, würde diese Gesellschaft die Krim für Alexandra Fjodorowna kaum zu einem bleibenden Aufenthaltsort machen.

Bei der zweiten Runde schaffte es der Zar, ein dreifaches Bésigue auf die Hand zu bekommen.

»Glück beim Kartenspiel …«, kam es ein wenig säuerlich von der Zarin.

5. Mai

Draußen regnet es. In den Öfen wird mit Koks geheizt, und die Luft im Haus ist stickig und feucht. Die Stimmung kann in keiner Bedeutung des Worts spannungsgeladen genannt werden. Dennoch liegt ein Anflug von nervöser Erwartung in der Luft. Man hat gesagt, die Zarenkinder bereiteten ihre Abreise aus Tobolsk vor. In dem Fall sollten wir sie in ein paar Tagen zusammen mit dem Rest des Gefolges und der Dienerschaft hier haben.

Selbst wenn es unmöglich ist, einen klaren Bescheid zu erhalten, sind das Zarenpaar und Großfürstin Maria bei diesem Gedanken aufgeräumt. Sie sind lange Trennungen nicht gewohnt. Für mich dagegen ist dies fast ein normaler Zustand. Es konnten Monate vergehen, ohne dass ich meine Familie zu sehen bekam, wenn ich die Zarenfamilie entweder ins Ausland, auf die Krim oder in die finnischen Schären begleitete. Die ständige Abwesenheit kostete mich meine Ehe, aber nicht die Ergebenheit meiner Kinder. (Es ist unglaublich, welche Trennungen ein Kind ertragen kann. Wenn die Zeit doppelt so lang zu sein scheint, ist die Vorstellungskraft von Kindern zehnmal stärker.) Ich bin darauf gekommen, dass meine Frau eifersüchtig war, nicht auf meine Arbeit, die zu langer Abwesenheit und vielen durchwachten Nächten führte, wenn ich endlich zu Hause war, sondern auf die Zarenfamilie direkt, darauf, dass es eine andere Familie gab, die ich nicht nur formell höher stellen musste, die ich aber (in ihren Augen) wirklich höher stellte als unsere eigene. Ihre Antwort fand sie in der Wahl eines anderen Mannes, den sie höher schätzen konnte als mich.

Ukraintsew, der Chef der Wache, hat sich mehrere Tage nicht blicken lassen. Das Zarenpaar hat ihn offensichtlich vermisst, und heute griff Seine Majestät die Frage beim Tee auf.

»Es wäre doch schade«, sagte er, »wenn der Mann nicht hier wäre, wenn Olga kommt. Stellt euch vor, wie amüsant es für ihn wäre, sie nach all diesen Jahren wiederzusehen.«

»Eure Majestät meinen doch wohl nicht, dass sich die Großfürstin noch an die Begegnung erinnert?«, fragte ich.

»Nein, sie hat auf ihn vielleicht einen stärkeren Eindruck gemacht? Obgleich«, fügte er hinzu und strich sich mit einem Zeigefinger über den Bart, »es für sie wohl letztlich genauso etwas Besonderes war, mit einem Bauernjungen zu spielen, wie für ihn, mit einer Prinzessin zusammen zu sein. Wäre es nicht am besten, Jewgenij Sergejewitsch, wenn Sie sich bei Gelegenheit beim Kommandanten erkundigten?«

»Ich glaube«, entgegnete ich, »dass es unklug wäre, wenn Eure Majestät ein besonderes Interesse an einem der Wachposten zeigen würde.«

»Jewgenij Sergejewitsch hat recht«, warf Alexandra Fjodorowna ein, die, über ihre Handarbeit gebeugt, der Unterhaltung genau gefolgt war. »Dann werden sie ihn uns nur wegnehmen.«

Der Zar nickte, und ich war froh, dass der Vorschlag aus der Welt war. Die Wiedersehens-Szene zwischen Großfürstin Olga und dem Rotgardisten Ukraintsew gehört zu den Auftritten, denen ich nicht mit freudiger Erwartung entgegengesehen habe. Sowohl weil das Zarenpaar oder zumindest die Zarin schon jetzt unrealistische Hoffnungen mit diesem Kontakt verbinden, und ganz besonders, weil Olga Nikolajewna sich selbst peinlich berührt fühlen würde.

Alexandra Fjodorowna scheint der Meinung zu sein, dass die Wiedervereinigung der Familie einen baldigen Aufbruch mit sich bringen könnte, dass die Reise endlich nach Moskau weitergeht. Man kann sich allmählich darüber wundern, wie die ganze Gesellschaft, die in Tobolsk zwei große Häuser bewohnte, in dieses bescheidene Einfamilienhaus gepfercht werden kann, und dennoch ist es ein klares Zeichen, das darauf hindeutet, dass wir *nicht* weiterfahren sollen. Zur Veranda hin liegt ein abgeschlossener Raum, hinter dem Esszimmer. Er ist eins der Zimmer, die sich noch immer abschließen lassen, nachdem mehrere Türen ausgehängt worden sind, damit die Wachen die Gefangenen im Auge behalten können, ohne etwas anderes zu bewegen als den Blick. Dem Kommandanten zufolge ist dieses Zimmer Alexej Nikolajewitsch vorbehalten, es ist das »Krankenzimmer« des Thronfolgers.

Das Zarenpaar sieht das bevorstehende Ereignis ausschließlich von einer Seite. Dass es eine drastische Beschneidung von Freiheit und Komfort für die vier Kinder bedeuten wird, verschwindet ganz hinter dem Gedanken an das Wiedersehen. Tatsächlich hatte ich eine schwache Hoffnung gehegt, man könnte die Gefangenen in Tobolsk ziehen lassen oder befreien. Keiner von ihnen hat ja eine politische Bedeutung, niemand kann wegen etwas, das in der Vergangenheit geschehen ist, angeklagt werden. Niemandem kann man etwas zur Last legen. Warum sollen sie hier zwischen die Mauern gezwängt werden, in diesem Gebäude, das jetzt schon überfüllt ist? Vielleicht muss man Alexandra Fjodorowna doch darin recht geben, dass es nur eine Zwischenstation ist?

Aber, Herr im Himmel, wenn jemand in Moskau mit Seiner Majestät noch ein Hühnchen zu rupfen hätte, hätte man uns doch nach Moskau geschickt! Wer, welcher rotglühende Revolutionär, welcher bolschewistische Kommissar würde sich in diesen Zeiten, in denen alles auf den Kopf gestellt wird, um die Wiedervereinigung einer auseinandergerissenen Familie Sorgen machen?

Vielleicht gibt es keine Rücksicht mehr? Die Pferde sind erschöpft, und die Räder der Tarantas sind im Schlamm der Landstraße versunken. Bald wird die nächste Karawane uns einholen. Wir haben nur den Antrieb verloren, unser St. Helena gefunden.

Sonntag, den 6. Mai

Der 50. Geburtstag Seiner Majestät des Zaren. Er ist ein alter Zar geworden, älter als sein Vater, älter als Alexander I., älter als Zar Paul. Und noch immer gesund. Es gibt keinerlei medizinischen Hinweis darauf, dass Nikolaj Alexandrowitsch nicht auch ein alter Mann werden sollte. Genetisch sieht es schon schlimmer aus. Die Romanows werden nur selten älter als 60 Jahre. Und es sind nicht nur die Bomben, die das Leben verkürzt haben. Alexander II., der in die Luft gesprengt wurde, ist nach Katharina der Großen mit seinen 62 Jahren der älteste der Zaren.

Der Jubilar feiert den Tag damit, dass er in Gesellschaft von Maria Nikolajewna auf der Bank unter den Verandasäulen in der Sonne sitzt. Ich glaube nicht, dass er das Winterpalais vermisst, die Abordnungen von nah und fern, die diplomatischen Abgesandten, die Gratulationsprozession der Großfürsten. Er ist für die Sonnenstrahlen und ein paar zusätzliche Minuten im Freien dankbar. (Die Wachen nehmen es plötzlich nicht mehr so genau damit, die Zeit an der frischen Luft zu überwachen.) Zum zweiten Mal in Jekaterinburg wurde um 11.30 Uhr mit einem Popen und einem Diakon die Messe abgehalten.

Das Erscheinen eines Geistlichen ist so etwas wie eine Offenbarung. Unter den herrschenden Umständen gab es keinen besseren Rahmen für das Ereignis des Tages als einen Gottesdienst.

Das Zarenpaar hegte wohl die schwache Hoffnung, die Kinder würden genau zu diesem Tag ankommen. Das Geschenk der Trennung war das Letzte, was er sich gewünscht hatte.

Wenn das Zarenreich weiterhin bestanden hätte, würden wir heute zum zweiten Mal in einem Monat ein großangelegtes Jubiläum feiern, zuerst den 100. Geburtstag Alexanders II. und jetzt den 50. des Zaren. Bei beiden Anlässen wären unendlich viele Worte gesprochen und geschrieben worden.

Über den Großvater des Zaren ließe sich eine Menge sagen. Nach seiner Thronbesteigung (26 Jahre alt und wesentlich jünger als der Enkel, der mit 37 Jahren den Thron bestieg) ergriff er eine bedeutende Initiative, die zur Aufhebung der Leibeigenschaft führte. Das gigantische Versprechen raubte ihm alle Kraft und führte in allen Schichten der russischen Gesellschaft zu großen Schwierigkeiten. Es brachte dem Vaterland sowohl in ökonomischer wie politischer Hinsicht einen Rückschlag ein, war dessen ungeachtet aber ein notwendiger Schritt, der den Gang der Geschichte änderte.

Schon Alexander II. und sein Bruder, Großfürst Konstantin, hatten verstanden, in welche Richtung sich die Welt bewegte. Sie hatten aber noch nicht begriffen, dass Freiheit und Menschenwürde unweigerlich zur Demokratie führen mussten, dass die Aufhebung der Leibeigenschaft der erste Schritt zum Selbstbestimmungsrecht des Volkes war, zu der Freiheit, nicht nur über sich selbst und den eigenen Körper zu bestimmen, sondern auch über den Boden und das Land.

Der Vater Seiner Majestät, Alexander III., konnte ein Hufeisen mit bloßen Händen auseinanderbiegen, und es wäre ihm beinahe gelungen, den Lauf der Geschichte umzukehren. Mit seiner hünenhaften Gestalt, seiner Willenskraft, seiner Mischung aus Grausamkeit, Weisheit und Einfalt war er sozusagen der geborene Autokrat. Es waren die Nieren, die ihn umbrachten.

Kein Selbstherrscher kann in unserer modernen Zeit ein hohes Alter erreichen. Entweder trifft ihn eine Bombe, oder er geht an einer Überbeanspruchung von Seele und Körper zugrunde. Die Ärzte sahen keinen Ausweg für Zar Alexander, aber am allerwenigsten wollten sie dem Tod des Selbstherrschers ins Auge blicken. Aus Mangel an Medikamenten musste man sich wie so oft in der Chronik der Unzulänglichkeiten der ärztlichen Wissenschaft auf klimatische Lösungen verlassen. Der gelbliche, zugleich abgemagerte und geschwollene Kämpferleib wurde im Zarenreich nach Osten und Westen, nach Nord und Süd befördert. Um nicht den Zorn des Zaren auszulösen, hatten die Professoren allzu optimistische Diagnosen gestellt. Man sollte sie nicht zu streng verurteilen, denn in einem gewissen Sinn wird ein Hof immer eine Fälschungsmaschinerie sein, in der alle Pinsel den Himmel über dem Haupt des Herrschers blau malen. Der Tod holte ihn schließlich auf dem Blinddarm des Schwarzen Meeres ein, auf der idyllischen Krim.

Meinem Vater blieb bei seinem eigenen Tod dieses Krankenlager erspart. Auch er hätte das Leben Alexanders III. nicht verlängern können, aber er hätte die Leidenszeit abkürzen können.

Alexander III. starb im Alter von nur 49 Jahren, in einem Stuhl sitzend, mit dem gesamten vaterlosen Zarenhaus um sich. Im Schatten des Todeskampfs hatte Alexandra Fjodorowna die erste sanfte Kritik gegen ihren Verlobten gerichtet, den künftigen Zaren. Sie galt den Berichten der Ärzte. Nikolaj Alexandrowitsch müsse einsehen, dass *er* vor jedem anderen die Bulletins über die Entwicklung der Krankheit erhalten müsse. Diese Forderung war wohlbegründet, da der klinische Zustand des Zaren in einem direkten Verhältnis zur Übernahme der Regentschaft durch den Thronfolger stand.

Bis dahin hatten alle Thronwechsel einen politischen Umschwung gebracht, seit Zar Paul beim Tod Katharinas der Großen vor der Reaktion darauf gewarnt hatte. Alexander I. wollte Russland reformieren, nachdem die Tyrannei des Vaters beendet war. Nikolaj I. behinderte den Fortschritt, während Alexander II. die Reformen in Gang setzte und Alexander III. damit antwortete, dass er die liberale Verfassung stoppte und die Entwicklung zurückschraubte. Ein ganzes Jahrhundert lang schlug das politische Pendel geradezu verblüffend gleichmäßig, bis Nikolaj II. den Thron bestieg. Ganz Russland erwartete ein liberales Manifest. Und was kam? Ein Treueschwur gegenüber der reaktionären Politik des Vaters. Nur 26 Jahre alt, jung, unerfahren, unreif, legte Nikolaj Alexandrowitsch das feierliche Gelübde ab, stets im Geist des Absolutismus zu regieren. Der Autokrat war tot, die Autokratie sollte bestehen bleiben. Das war das erste Krankheitszeichen, der Energieverlust des Pendels, das Fehlen von Persönlichkeit.

Nikolaj Alexandrowitsch ist während seiner ganzen Regierungszeit ein treuer Träger ererbter Grundsätze gewesen. Einer davon, ebenso wichtig wie die Prinzipien der Autokratie, ist der militärische Ehrenkodex, der aktiviert wurde, als er vor seinem Volk und seinen Verbündeten schwor, bis zum bitteren Ende gegen Deutschland zu kämpfen. Dieses Gelübde entsprach nicht nur der militärischen Einstellung Nikolaj Alexandrowitschs, sondern seiner gesamten fatalistischen Lebenshaltung. Solange die Kämpfe tobten, brauchte er keinen neuen Entschluss zu fassen, ausgenommen die Entscheidungen, die für die Weiterführung des Krieges nötig waren, und um das russische Volk (das die Ausdauer des Zaren keineswegs teilte) hinter der Kriegsmacht zu sammeln.

Unter diesen Voraussetzungen entstand ein Gegensatz zwischen dem Krieg und dem Zarentum. Um die Nation zusammenzuhalten, musste der Zar der modernen Zeit Konzessionen machen und der Duma entgegenkommen. Der Krieg zwang den Selbstherrscher zur demokratischen Anpassung. Hier lag ein weiterer Keim der Spaltung. Für die Zarin war nicht der Krieg heilig, sondern die Autokratie, und *ihr* Wille war unbeugsam, ihre Macht unüberwindlich für den, der unter den Einfluss dieses drückenden Regimes geraten war. Immer wieder suchte sie das militärische Hauptquartier auf, ausschließlich in der Absicht, die Standpunkte der Mäßigung niederzukämpfen.

Gleichwohl verrechnete sie sich. Nikolaj II. hatte den Krieg gegen den deutschen Kaiser zur entscheidenden Schlacht seines Lebens gemacht. Sein größter Feind in dieser Auseinandersetzung wurde schließlich der Mensch, an den er gefühlsmäßig gebunden war. Der unabänderliche Absolutismus der Zarin war auf die Dauer nicht mit der Kriegsteilnahme des Volkes zu vereinen, mit dem Blutverlust der Millionen. Deshalb war das, was Nikolaj opferte, nicht seine eigene Position, die er schon durch den Gehorsam gegenüber den verblendeten Anweisungen der Zarin verspielt hatte, sondern sein letzter Trumpf: die Thronfolge des Sohnes.

Erst als der eingeborene Sohn von der dynastischen Ordnung ausgeschlossen worden war, war Russland von dem unglückseligen Einfluss Alexandra Fjodorownas befreit, und damit konnte der Krieg seinem ebenso unerbittlichen wie ehrenhaften Ende entgegentreiben.

Der Zar besiegelte seine Entscheidungen bei seiner allerletzten Amtshandlung im Eisenbahnwaggon und setzte Nikolaj Nikolajewitsch erneut als Oberbefehlshaber des russischen Heeres ein. In demselben Moment, in dem der Thron auf dem Altar des Krieges geopfert wurde, wurde der große Feind der Zarin (und Rasputins) in die mächtigste aller Positionen wieder eingesetzt.

Ich glaube, Alexandra Fjodorowna lernte zunehmend, ihren Gemahl als eine Übergangserscheinung zu sehen. Es war Zar Alexej, der das Erbe Alexanders III. weiterführen sollte, des letzten großen Autokraten. Nikolaj II. hatte einen Eid geleistet, ihn aber nicht mit eigenem Willen erfüllt, mit Persönlichkeit. Schließlich hatte er nur noch eine Aufgabe – nicht die Macht zu verlieren.

Der Geburtstag Seiner Majestät wurde nicht erwähnt, da man nichts als Unannehmlichkeiten erwartete, wenn die Wachen erfahren hätten, dass sie Gäste während der Feiern zum 50. Geburtstag des »Obersten Romanow« gewesen waren.

»Es ist der Tag des Märtyrers Johannes«, bemerkte Alexandra Fjodorowna vor Beginn des Gottesdienstes. Wir alle wechselten freundliche Blicke mit Seiner Majestät Hiob.

Das Martyrium rückt im Bewusstsein der Zarin näher. Wenn der Zar nicht nur seine irdische Stellung verloren haben soll, sondern auch seine Position als Auserwählter, als der von Gott Gesalbte, muss er doch wenigstens hier, hinter dem Palisadenzaun, auch weiterhin das Zentrum der Geschichte bleiben. Er muss die Rolle als Träger der Leiden des ganzen Volkes erfüllen. Wenn er nicht zu einem gewöhnlichen politischen Strafgefangenen degradiert werden soll, einem hilflosen Oberhaupt einer Familie ohne Sicherheitsgarantien, ist er von *ihrem* idealistischen Überbau völlig abhängig.

Der Mond wird immer deutlicher sichtbar, während Nikolaj

Alexandrowitsch niederkniet. Wer, wenn nicht Alexandra Fjodorowna, sieht immer noch, wie sich im Gefängnis des Bürgers Ipatjew ein himmelblauer Baldachin über dem Mann mittleren Alters erhebt?

7. Mai

Wechselnde Wolkendecke. Unseren Beschwerden ist Folge geleistet worden. Heute wurde die weiße Farbe vom Thermometerglas weggekratzt, und damit kamen die Zahlen wieder zum Vorschein, und wir können uns ungehindert in die Fieberkurve des Tages vertiefen. Der Kommandant kletterte hinauf und tat es eigenhändig. Schade, dass es nicht gestern geschah. Was für ein Geschenk wäre das am 50. Geburtstag Seiner Majestät gewesen!

Der Kaffee ist getrunken, Eier und Schokolade verspeist (das letzte Stück stellte den Geburtstagsschmaus dar), doch andererseits – das Licht ist wieder auf den Esstisch zurückgekehrt, und die Temperaturen haben das Thermometer zurückerobert. So sehen die kleinen Umschwünge des Daseins aus. Die großen Sehnsüchte bleiben dieselben. Der Zar vermisst den Sägebock, Maria Nikolajewna vermisst ihre Schwestern, Alexandra Fjodorowna vermisst den Sohn – das heißt seine historische Position.

Ich vermisse meine ärztliche Tätigkeit.

Wie die Kirchengeschichte ist auch die Entwicklung der ärztlichen Wissenschaft mit Lügen und verborgenen Absichten belegt, ganz besonders dann, wenn sie sich hinter den Mauern der Macht abspielte. Die meisten Mediziner in der Umgebung des Herrschers sind somit selbstverständlich ganz gewöhnliche, wohlmeinende und wohlgenährte Männer, die ihr Fach ausüben und nie in die Nähe der Autorität kommen, die eine Voraussetzung dafür ist, dass man in den Gemächern des Hofs offen einer fremden Macht dient. Ich sehe im Sinn des hippokratischen Eids nur zwei Vorbilder, meinen Vater und Doktor Mandt. Ich kann jedoch Doktor Wylie eine gewisse persönliche Stärke nicht absprechen. Hingegen kann ich ihm den Titel eines Doktors der Medizin ganz absprechen.

Der Schotte James Wylie war nichts anderes als ein gewöhnlicher Feldscher, als er gegen Ende der Regierungszeit Katharinas der Großen nach St. Petersburg kam. Es ist ihm aber gelungen, seinem jungen Patienten Alexander Pawlowitsch etwas ganz anderes einzureden, um in den Hofdienst zu gelangen. Dass Wylie die brutale Kaltblütigkeit des Feldschers in Ehren hielt, demonstrierte er einmal in einer schlichten Bauernhütte, indem er seinen eigenen linken Zeigefinger amputierte. Für diese Operation erhielt er aus der rechten Hand des Zaren den Wladimir-Orden.

James Wylie litt an einem unstillbaren Hunger, dem Hunger nach Reichtum. Er kam mit nur einigen Kupfermünzen in der Tasche ins Land und starb sehr alt als Baron und Präsident der Militärmedizinischen Akademie in St. Petersburg. Da hatte er die Todesursache (mindestens) eines Zaren verfälscht und ein Vermögen von unfassbaren drei Millionen in Assignaten verdient. Selbstverständlich liegt es nahe, zwischen dem Totenschein Pauls I. und dem immer mehr anwachsenden Goldschatz des Arztes einen Zusammenhang zu sehen. Doch er hat seinen Reichtum nie genossen. Das Merkwürdige ist, dass Wylie im Alter die gewaltigen Früchte seiner Geldgier testamentarisch nicht armen Verwandten vermachte, auch keinem kirchlichen oder sonstwie erbaulichen Zweck, sondern dem damals herrschenden Zaren von Russland. Als er auf der Schwelle des Todes seine verfälschten Totenscheine sühnen sollte, sah er keinen höheren Himmel über seinem Lebenswerk als den Baldachin des Zaren. In der Begriffswelt des Gierigen war für einen Gott kein Platz. Folglich schenkte er seine Millionen Nikolaj I. Näher ist der Feldscher dem ewigen Leben nicht gekommen.

Das Unbehagen über »Dr.« Wylie findet nur bei der Erinnerung an Dr. Mandt Linderung. Der Deutsche Martin Mandt wurde der erste Arzt, der einen Zaren von Russland bat, sich zu entkleiden und seinen Körper der ärztlichen Wissenschaft zu entblößen. Im Jahr 1841 drückte er das Stethoskop gegen den gewaltigen Brustkasten Nikolajs I. Damit öffnete sich eine neue Welt: das Innere des Selbstherrschers.

Das Stethoskop war am russischen Hof keine Neuheit, keineswegs, aber Dr. Mandt hatte ein ganz eigenartiges Verhältnis zu seinem Instrument entwickelt, eine Fertigkeit, welche die Bezeichnung »Zauberer des Stethoskops« rechtfertigte. Wie viele Töne enthält ein Klavier ohne Pianisten? »Dieses Instrument spricht nicht zu jedem Ohr«, soll Dr. Mandt über sein Stethoskop gesagt haben.

Nikolaj I. hatte kein großes Vertrauen zur ärztlichen Wissenschaft. Als er beschloss, dem kaiserlichen Medikus den Titel eines Geheimrats zu geben, der dem Generalsrang gleichgestellt war, wurde dies einer festgegründeten Überzeugung zugeschrieben, dass das zivile und akademische Leben uniformiert und nach militärischen Grundsätzen eingerichtet werden müsse. (Deshalb habe ich das Gehalt eines Geheimrats bezogen und trage immer noch Generalsuniform, wenn ich im Dienst des Zaren stehe.)

Bevor der Alleinherrscher Dr. Mandts Stethoskop an seiner nackten Brust spürte, ahnte er nicht, dass zwischen dem kaltblütigen Messer des Feldschers und dem allergnädigsten Willen Gottes eine ganze Wissenschaft untergebracht war. Hier hatte Martin Mandt eine breite Skala entdeckt. Mit seiner umgedrehten Trompete lauschte er in das Innere des Herrschers, folgte dem Ton durch die Blutgefäße, durch Luftröhre und Verdauungsorgane. So konnte er zu jeder Zeit die Umschwünge in der Gesundheit des Zaren registrieren und einen exakten Bericht abgeben, nämlich als zuverlässigste Ordonnanz direkt vom Schlachtfeld.

In seiner neuen Begeisterung über die Medizin drängte Nikolaj

Pawlowitsch den Arzt, ein Gelübde abzulegen, dass er auch an dem Tag, an dem sich das Ende näherte, über Leben und Tod die Wahrheit und nichts als die Wahrheit sagen solle. Schließlich musste er den Ton hören, der unwiderruflich darauf hinwies, dass die Schlacht verloren war.

Es war eine eiskalte Nacht in den Tagen des Krimkriegs, im 59. Lebensjahr des Zaren. Doktor Mandt kam mit seinem Instrument in der Tasche im Winterpalais an. Draußen wehte und pfiff der Schneesturm und hallte in dem zugigen Inneren des Schlosses wider. Die gewaltige Gestalt Nikolajs I. lag auf einem dünnen Strohsack auf dem Feldbett. Zugedeckt war er nur mit dem grauen Militärmantel. Er befand sich allein in dem Raum. Nur eine Uhr tickte auf dem Kaminsims. Er hatte sich eine Erkältung zugezogen, und später, nach der Inspektion einer winterlichen Parade, auch noch eine Lungenentzündung.

Am untersten Ende des rechten Lungenflügels fing Doktor Mandt nach geduldigem Lauschen einen schwachen Ton auf, der auf das Ohr den gleichen Eindruck machte wie der Anblick einer erlöschenden Flamme auf das Auge. Mit diesem kaum hörbaren Pfeifen in der Brust des Zaren verblasste und verschwand jede Hoffnung auf Heilung. Als der Arzt den Feldmantel wieder über den Patienten legte, kam über dessen Lippen die ruhig gestellte Frage:

»Sagen Sie mir, Doktor, werde ich sterben?«

Die Szene war mit einem Mal historisch geworden. Mandt erinnerte sich an sein Gelübde. Die Wahrheit sollte offenbart werden. Der Wintersturm zog durch das Fenster herein. Auf dem Kaminsims schlug die Uhr.

»Ja, Eure Majestät«, erwiderte Doktor Mandt.

Und der Zar starb.

Eine Abmachung ist für beide Teile verpflichtend. Es war der 18. Februar 1855. Im vergangenen Jahr wurde Russland an das Datum erinnert.

Eine weitere Generation musste vergehen, bevor ein Arzt es wagte, eine Zarin zu bitten, für die ärztliche Wissenschaft die Bluse zu öffnen. Nur mein Vater hatte die Nerven, eine solche Aufforderung zu äußern.

Die Gemahlin Alexanders II., Maria Alexandrowna, hatte schwache Lungen. Erst als mein Vater ihr das Stethoskop an die Brust setzte, trat er aus der Hierarchie des Hofes aus und nahm die Stellung des freiberuflichen Arztes ein, als ein Diener des Lebens außerhalb von Stand und Geburt. Diese klassenlose Medizin kann selbstverständlich nicht buchstäblich verstanden werden. Je nachdem, wie stark Maria Alexandrowna aufgrund ihrer Tuberkulose unter Atemnot litt, wurden ihre Räume im Winterpalais künstlich belüftet, und zwar durch speziell montierte Sauerstofftanks. Aber was hatte sie nun von ihrem künstlichen Atem, da sie miterleben musste, dass die Geliebte des Zaren in der Etage über dem Krankenzimmer vier Kinder zur Welt brachte?

Ich glaube, wir sollten uns freuen, dass die ärztliche Wissenschaft in Russland dank solcher Gestalten wie meines Vaters und des großen Chirurgen Pirogow so weit gekommen ist, dass sie kompetente Mediziner hat stellen können, auch im allerhöchsten Dienst. Die vielen ausländischen Ärzte am Hof der Romanows hatten es nicht leicht, weder der Engländer Dr. Rogerson bei Katharina II. noch der Schweizer Gruber bei Paul I., ebenso wenig der Schotte Wylie bei Alexander I., der deutsche Mandt bei Nikolaj I., oder, um auch das nicht zu verschweigen, der preußische Jude Dr. Leyden, der das Leben Alexanders III. retten sollte. Sie alle wurden aus politischen oder religiösen Gründen verdächtigt, Repräsentanten fremder Mächte zu sein, die dem Lebensnerv des Reiches am nächsten waren. Sowohl mein Vater als auch ich haben Intrigen und Ränkespiele des Hofs zu spüren bekommen, doch niemand hat je an unserem russischen Willen gezweifelt, den Monarchen am Leben zu erhalten.

Der Arzt hat den Auftrag, dem Tyrannen als Reformer zu dienen, dem Autokraten als Demokrat. Deshalb muss er sich zu einer Macht außerhalb von Hof und Staat bekennen. Er muss unter einer anderen Führung stehen. Das Fach muss seine eigene Verfassung haben. So wie Gott und die Heilige Jungfrau im geistlichen Universum den prachtvollsten Hof überstrahlen, müssen Leben und Tod für den Arzt ein Herrscherpaar sein, das höher steht als Zar und Zarin.

Und dennoch:

Den Herrscher zu heilen ist eine politische Tat, das Gegenstück zum politischen Mord.

8. Mai

Heute durften wir das Krankenzimmer des Zarewitsch inspizieren, ein sauberes Eckzimmer mit Zugang vom Esszimmer her. In Erwartung von Zuzug aus Tobolsk hat man eine größere Umorganisation vorgenommen. Die Wachen ziehen sich aus den beiden Zimmern zwischen Esszimmer und Eingangshalle (der Küche und der Anrichte) zurück. Damit ist ein freier Zugang zu Badezimmer und Toilette eröffnet. Alexandra Fjodorowna beschäftigt die Frage sehr, wie der erweiterte Hof sich auf die vorhandenen Räume verteilen soll, Damen und Herren, Mädchen und Diener. Die Soldaten tragen ihre Siebensachen hinunter und nehmen das ganze Souterrain in Beschlag. Voller Rückzug aus den hinteren Gemächern. Große Erleichterung. Hier oben werden die Bolschewiken nur das Zimmer des Kommandanten besetzt halten.

Es hat in Strömen geregnet. Das Ipatjew-Haus liegt, wie schon erwähnt, auf einem Abhang. Der Erdboden an den Kellerwänden und der Garten auf der unteren Seite verwandeln sich in eine Flut von Schlamm. Die untere Etage muss notwendigerweise sehr feucht werden. Unsere Zimmer sind zum Glück einigermaßen trocken. Der Zar und Maria Nikolajewna trotzten dem Wetter und standen draußen unter der Terrasse.

Einer der Wachposten latschte herein, ohne sich die Stiefel abzutrocknen. Alexandra Fjodorowna deutete an, dass er unmöglich an der Front gewesen sein könne. Sie versäumt es nie, darauf hinzuweisen, dass ein Qualitätsunterschied besteht zwischen den Soldaten, die am Krieg teilgenommen haben, und denen, die man direkt vom Acker oder den Fabrikanlagen rekrutiert hat. Sie meint, der Frontsoldat habe zum Vaterland und damit auch zum Zaren eine andere Haltung verinnerlicht.

Durch unzählige Aussagen von Verwundeten in den Lazaretten und durch eigenen Augenschein auf dem Schlachtfeld habe ich einen anderen Eindruck gewonnen. Die Frontsoldaten haben weder zum Vaterland noch zum Zaren ein intensives Verhältnis, dafür aber eine stärkere Beziehung zu Blut und Schlamm. Mangelnde Drainage verwandelte die kaiserlichen Schützengräben oft über Nacht in trostlose Sümpfe aus Moder, Kloaken und versunkenen Leichen. Ich fürchte, dass gerade die heimgekehrten Soldaten die moralische Basis des neuen Regimes bilden. Was für ein Niveau können wir von Bauernjungen erwarten, die dieses Schlammbad von Krieg lebend überstanden haben, indem sie sich selbst nicht als kämpfende Soldaten mit der Waffe in der Hand erlebten, sondern als ein lebender Festungswall gegen den Schneematsch der Natur und gegen den Stahlregen des Feindes?

Ich hatte mit der Organisation von Lazaretten sowohl innerhalb als auch außerhalb der kaiserlichen Paläste etliches zu tun. Wir empfingen Zugladung auf Zugladung mit Verwundeten von der Front. Doch nicht alle hatten Schusswunden. Ich erinnere mich an einen Soldaten mit Erfrierungen, nicht weil seine Krankengeschichte aufsehenerregender war als die von anderen, sondern weil sie mir das beunruhigende Gefühl eingab, dass Russland den Krieg verlieren würde.

»Wie hast du dir solche Erfrierungen zugezogen«, fragte ich, »hattet ihr nicht genug warme Kleidung?«

»Doch«, erwiderte er. »Unsere Kompanie hatte Kleidung, aber weder Waffen noch Munition.«

Die Logik verwunderte mich.

»Die anderen hatten Waffen«, fuhr er fort.

»Die Deutschen sind immer gut ausgerüstet«, entgegnete ich.

»Nicht der Feind«, sagte er, »eine andere von unseren Kompanien. Seitdem *die* Waffen und Munition hatten, wurde uns befohlen, ihnen unsere Jacken und Stiefel zu geben, sogar Hosen und Mützen.«

»Aber warum denn das um alles in der Welt?«, wollte ich wissen.

»Der Zar sollte kommen. Unser Regiment konnte für die Inspektion nur ein klägliches Bataillon ausrüsten.«

»Aber als der Zar abgereist war?«, hakte ich nach.

»Dann kam der Schnee«, erwiderte er. »Da gab es niemanden, der die Uniformen zurückgeben wollte.«

Ich starrte den Soldaten ungläubig an.

»Sie waren ja bewaffnet«, sagte er.

Bei einem Schützengrabenkrieg geht es in erster Linie nicht um Fragen wie Patriotismus, Furchtlosigkeit und Mut, sondern um Organisation. Eine mangelhafte Organisation führt zu einer sinkenden Moral, so wie eine fehlende Drainage es mit sich bringt, dass das schlammige Wasser in den Schützengräben steigt.

Arme Soldaten. Ihre erste Forderung nach der Abdankung war, dass die Offiziere sich ihr herabwürdigendes »du« abgewöhnen und die Soldaten mit der höflichen Form »Sie« anreden sollten. Bei niemandem war das Defizit an Würde größer als bei ihnen, den kleiderlosen, waffenlosen Schlammgrabenkriegern.

Maria Nikolajewna wrang einen Lappen aus, lächelte etwas verlegen und wischte den Fußboden trocken.

9. Mai

Die Stimmung ist nervös. Kann auf dem Weg von Tobolsk etwas passiert sein?

Die Angst um Alexej Nikolajewitsch ist berechtigt. Umzüge sind immer das Schlimmste; ein Rückschlag kann schon bei der kleinsten Unvorsichtigkeit oder Erschütterung eintreten. Meine Gedanken verweilen dennoch am meisten bei Olga Nikolajewna, denn sie trägt die Verantwortung.

Selbst wenn es notwendigerweise enger werden wird, freue ich mich auf die bevorstehende Erweiterung des Hofs. Der Verlust von Fürst Dolgorukow ist nicht leicht zu ersetzen gewesen. Nikolaj Alexandrowitsch ist im Umgang ungewöhnlich angenehm, ja, man könnte sich kaum einen besseren Gefängniskameraden denken, doch er ist immer verschlossen oder, anders gesagt, er verspürt nur selten das Bedürfnis, über kompliziertere Fragen zu sprechen, und sein Bedürfnis nach Spekulation, Dinge zu problematisieren, ist auffallend gering. Er nimmt alles so, wie es kommt, was natürlich in einer Situation wie der, in der wir leben, das einzig Richtige ist. Doch auch die Ruhe und das Fehlen jeglicher Forderungen können mir auf die Nerven gehen.

Ich bin immer noch zu sehr Hoflakai, um Seiner Majestät aufdringliche oder unangenehme Fragen zu stellen, von der Zarin ganz zu schweigen. Es ist unmöglich, ein anderes Thema anzusprechen als das, was zum jeweiligen Tagesablauf gehört, den täglichen Gesundheitsbericht, das Menü des Tages, den Bibeltext des Tages, die Temperatur des Tages. Die Vorzeit ist ein Thema, bei dem man alle Grenzen überschreitet, und die Zukunft ist undenkbar.

Ich schlafe zum ersten Mal allein. Sednjew und Tschemodurow haben ihre Sachen gepackt und die Feldbetten in die freigeräumten Zimmer auf der Rückseite des Hauses hinübergetragen. Sie haben sich wohl ausgerechnet, dass dies die Domäne der Diener sein wird, und wollen sich ihre neuen Plätze sichern. Das bedeutet, dass ich zumindest eine Nacht für mich habe. Ich glaube, ich möchte sie in Pskow verbringen.

Als der kaiserliche Zug im Bahnhof eingerollt war, stand keine Ehrenkompanie auf dem Bahnsteig. Seine Majestät wurde von General Russkij empfangen, dem Oberkommandierenden der Nordfront. Die Stiefel des Generals waren ungeputzt. Er wurde der Letzte, der den Zaren bat, eine verantwortliche Regierung mit Unterstützung der Duma zu ernennen. Er wurde der Letzte, der den Zar vor der Abdankung in seiner wohlbekannten Positur sah, kettenrauchend, den Blick zum Fenster gewandt, und der die Antwort erhielt: Die Verantwortung für Russland müsse auf den Schultern des Alleinherrschers ruhen.

In der Nacht vom 1. auf den 2. März 1917 schlief Nikolaj II. in seinem blauen Zug, ohne zu ahnen, dass er in dieser Nacht, während die Lokomotive völlig still stand, von der Geschichte ausrangiert und auf ein Abstellgleis geschoben wurde. General Russkij schlief nicht. Er telefonierte mit dem Präsidenten der Duma in Petrograd und wechselte Telegramme mit dem Stabschef des Zaren in Mogilew, General Alexejew. Die Drähte glühten zwischen den politischen und militärischen Machtzentren, und ein unsichtbares Netz legte sich um die einsame Gestalt des Autokraten in seinem Doppelbett.

Als der Kammerdiener am nächsten Morgen die Gardinen zur Seite zog, wurde der Zar durch eine strahlende Sonne über weißem Schnee geblendet. Der General bestieg den Wagen. Die Stiefel waren immer noch ohne Glanz, doch die Brillengläser blitzten. In der Hand hielt er die Depeschen der Nacht, auf den Lippen trug er die sich daraus ergebenden Forderungen des Tages. Später trafen sieben Telegramme ein, von jedem einzelnen Armeechef an der Front, und alle (auch Nikolaj Nikolajewitsch) gaben dem Zaren den gleichen Rat: Tritt zugunsten deines Sohnes, des Kinder-Zaren, zurück und setze deinen Bruder Michail Alexandrowitsch als Regenten ein.

Es waren die Generäle, die Nikolaj II. zu Fall brachten. Sie taten es in der Nacht und in der Morgendämmerung, nachdem der Zar zu Bett gegangen war. So war auch Paul I. von seinen eigenen Offizieren im Schlafzimmer »abgesetzt« worden. Noch vor drei Uhr am 2. März war die Entscheidung gefallen (ich glaube, es muss im sechsten Waggon gewesen sein, im Salon des Gefolges). Bevor die beiden zivil gekleideten Reisenden der Duma in Pskow angekommen waren, hatte erst der Stabschef an der Front, danach der Dumapräsident in der Hauptstadt das Telegramm erhalten, das die Thronbesteigung des Sohnes unter der Regentschaft des Bruders verkündete.

Es lag eine Hoffnung für Russland in dieser Botschaft, in der unschuldsreinen Gestalt, in der Erhebung des Kindes zum Zaren.

Der Zar hatte verwunderlich leicht dem Druck der nach Brot anstehenden Massen und den Forderungen der Generäle nachgegeben, hatte in seiner Entscheidung aber keine Ruhe gefunden. Nikolaj Alexandrowitsch schritt ruhelos am Bahngleis auf und ab. Die Schwellen lagen in die Erde genagelt wie Sprossen einer Leiter. Noch waren die Abgesandten der Revolution nicht angekommen, noch hatte die Erklärung nicht ihre offizielle Form erhalten. Nach einer halben Stunde ging er wieder in den privaten Waggon zurück, Nummer drei, und schickte einen Boten nach hinten zu Nummer acht, zum Abteil des Arztes.

Kurz darauf wurde der massiven uniformierten Gestalt meines Kollegen Sergej Petrowitsch Fjodorow ein Platz im Arbeitszimmer des Zaren angewiesen. Sie befanden sich in der schicksalsschweren Phase zwischen der Absendung des Abdankungstelegramms und der Unterzeichnung der Erklärung unter Oberhoheit Alexejs II.

Schwache rote Flecken breiteten sich auf der Haut des Patienten aus, der mit fieberglänzenden Augen hinter den vorgezogenen Gardinen des Alexanderpalasts in seinem Bett lag, nichts ahnend von der medizinischen Konsultation, die viele Reisestunden vom Krankenbett entfernt stattfand.

»Wird mein Sohn irgendwann geheilt werden können?«

Dies war die Schicksalsfrage, die der Vater seinem Arzt in der Stunde stellte, in der Abteilung um Abteilung, Regiment um Regiment dem Zaren den Rücken kehrte und sich dem zügellosen Marsch der Aufrührer durch die Hauptstadt anschloss, als alle Generäle der Frontlinie und die Politiker Petrograds einen verzweifelten Kampf zur Rettung von Russlands Einheit führten, zum Überleben des Vaterlandes. Der Vater legte die Frage nach der Zukunft des Sohnes weder in die Hände der Politiker noch in die der Generäle, des Volkes oder des Herrn. Er wandte sich an den nächsten Doktor *medicinae.* Er bat nicht um ein Wunder, er bat um Gewissheit. Die Frage Nikolajs II. erinnert an die, die Nikolaj I. Dr. Mandt gestellt hatte. Nur mit umgekehrtem Vorzeichen, nicht »Werde ich sterben?«, sondern »Wird er am Leben bleiben?«.

Sergej Petrowitsch musste wie Dr. Mandt die einfache, aber schwere Antwort geben. Es sei keine Heilung in Sicht, und das neue Staatsoberhaupt werde weiterhin immer in Lebensgefahr schweben. Die größte Bedrohung werde nicht von Attentätern und Nihilisten ausgehen, von Generälen oder Menschenmassen, die nach Brot anstünden, sondern von dem Defekt in seinem eigenen Blut.

Hätte der Zar dennoch die Last des Imperiums auf die Schultern des Kindes abwälzen können?

Ja, weil er die neue Herrscherrolle begriff, die Verwandlung des Monarchen in ein Symbol. Jetzt sollten die Politiker, die Duma, verantwortlich sein, und der Regent, Großfürst Michail, sollte die verfassungsmäßigen Funktionen ausüben. Alexej Nikolajewitsch würde noch in dreieinhalb Jahren, bis zu seinem 16. Geburtstag, nur das Bild eines bleichen Jungen mit glänzenden Augen sein, den jeder lieben musste, ein gekröntes Porträt an der Wand hinter

Bürokraten und Bediensteten in den Kontoren der Öffentlichkeit, der erste Name im Kirchengebet und sonst …

»Der abgedankte Monarch wird sich vielleicht von seinem Nachfolger trennen müssen.«

»Wie bitte?«

Äußerst schonend hat Sergej Petrowitsch vielleicht weitergesprochen, um das Einleuchtende zu erklären:

»Weder auf dem Territorium des Reiches noch in dessen Verfassung wird es für den abgedankten Monarchen einen Platz geben. Dem entthronten Herrscher wird es selbst mit seinen väterlichen Händen nicht erlaubt sein, das neue Staatsoberhaupt anzurühren.«

Diese zweite Vorhersage, die Dr. Fjodorow sich zu äußern genötigt sah, war das, was alles änderte. Es stand keinem Arzt zu, keinem Professor der Chirurgie, sich über Verfassungsfragen zu äußern, über regierende Fürsten und abgesetzte Herrscher. Seine einzige Aufgabe bestand darin, die Dynastie lebendig zu erhalten, lebendig in der elementarsten und grundlegendsten Bedeutung des Wortes. Aber Sergej Petrowitsch war Vater und Sohn in den Monaten an der Front gefolgt. Er wusste, dass das Leben des einen an das des anderen geknüpft war, dass diese Bemerkung über *Trennung* die Frage des Überlebens erweiterte.

Dies war das neue Moment – der Zar konnte vom Heer getrennt werden, vom Thron, von Russland, aber nicht vom Sohn, nicht von dem Kind, das nie geheilt werden konnte.

An die Lokomotive der Duma war nur ein einziger Wagen gekoppelt. Er kam nach Anbruch der Dunkelheit gegen zehn Uhr in Pskow an. Die beiden noch immer völlig desorientierten Repräsentanten der Revolution meldeten ihre Ankunft beim Hofminister im sechsten Wagen des erleuchteten Zarenzuges. Kurz darauf trat der Zar ein. Er trug seine graue Kosakenuniform ohne Auszeichnungen, doch in dem schwarzen Ledergürtel mit der Silberspange stak noch der Dolch. Er hatte schon vor den Generälen abgedankt, jetzt sollte er den Politikern die Erklärung wiederholen.

Der eine der Abgesandten der Duma begann mit einer hochtrabenden Erklärung, wurde aber bald unterbrochen. Die Erleichterung war groß, als General Russkij sie wissen ließ, dass die Schlacht schon geschlagen sei, dass der Zar sich entschlossen habe abzudanken. Die zweite, die neue Abdankung war jedoch sowohl für die Duma-Vertreter als auch für General Russkij wie ein Schock. Nur der Arzt war unterrichtet.

Nikolaj II. verkündete seine Abdankung nicht nur für sich selbst, sondern auch für seinen Sohn, den Thronerben. Michail Alexandrowitsch, der Bruder des Zaren, sollte nicht zum Regenten, sondern zum neuen Staatsoberhaupt ausgerufen werden.

Sieben Stunden lang hatte Alexej II., ohne es zu wissen, über Russland geherrscht.

Der Zug des Zaren verließ Pskow am 3. März nach Mitternacht. Es war in dieser Nacht, in der das Telefon im Alexanderpalast läutete und ich als Leibarzt seiner Majestät an den Apparat gerufen wurde. Ein Vertreter der provisorischen Regierung in Petrograd meldete sich am anderen Ende:

»Ist der Thronfolger tot?« Nicht einmal die Nachtwachen der Demokratie konnten sich die Ernennung Großfürst Michails anders erklären als durch den Tod von Alexej Nikolajewitsch. Nur ein »Ja« aus meinem Mund hätte die Ordnung Russlands wiederherstellen und dem Großfürsten das Recht geben können, das er brauchte, um den Thron als Russlands legitimer Herrscher zu besteigen. Davon ahnte ich nichts, als ich erwiderte:

»Nein, die Masern sind keine tödliche Krankheit, sofern es nicht zu Komplikationen kommt …«

Die Republik, wie wir sie von Frankreich kennen, beruht auf dem Individuum, der Person, die kraft ihrer geistigen Eigenschaften gewählt und erhört wird. Die Monarchie dagegen ist leiblich, es ist die Verwandtschaft, das Blut, das unverbrüchliche Band, worauf es ankommt. Zar Paul wurde von eigenen Offizieren ermordet, Alexander II. von politischen Feinden, aber keiner dieser Morde hat das Überleben der Dynastie ins Wanken gebracht. Beim Eintritt des Todes wurden sie durch den nächsten Namen in der Erbfolge ersetzt, ebenso unausweichlich bei Mord wie beim Krankenlager. Der Zarenmord ist keine Revolution, sondern vielmehr ein Teil der Einrichtung der Alleinherrschaft. Nur so können Volk und Dynastie sich von dem defekten Körper lösen, von dem geistesschwachen Alleinherrscher. Der Mord bedroht nur das Individuum.

Es war *die zweite* Abdankung, der Bruch der Erbfolge, der das Zarenhaus zu Fall brachte.

Mit welchem Recht konnte Michail Alexandrowitsch den Thron entgegennehmen? Diese Frage wurde nicht nur in der Duma und im Volk gestellt, sondern auch dem Großfürsten Michail selbst. Wie konnte Nikolaj II., der sich den Bestimmungen der Autokratie so sklavisch unterworfen hat, plötzlich gegen das tragende Prinzip seines ganzen Lebenswerks verstoßen? Wie konnte er, der so streng über die gnadenlosen Anforderungen der Dynastie gewacht hat, die »Gefühle eines Vaters« (er soll diese Worte im Eisenbahnwaggon geäußert haben) höher stellen, so dass sie bedeutungsvoller werden als die Forderungen des kaiserlichen Hauses? Ich kann es nur mit einem tiefen historischen Impuls erklären, der nicht im Volk, sondern in der Autokratie verborgen war, in der Bewusstheit von dem *uneingeschränkten* Recht des Herrschers.

In dem entscheidenden Augenblick, als der Zar vom Thron hinabstieg, zerbrach das Gesetz Pauls I., und Nikolaj II. erstand in neuer Gestalt: höher als sein Recht, mehr Vater als Monarch, voll und ganz Selbstherrscher.

Der Morgen graut. Die Erwartungen steigen. Irgendwo auf der Strecke zwischen Tobolsk und Jekaterinburg befinden sich der Sieben-Stunden-Zar Alexej II. und seine drei Schwestern.

10. Mai

Sie sind gekommen. Als wir aufwachten, lag Schnee.

Gegen elf Uhr hörten wir Lärm vor dem Zimmer des Kommandanten. Plötzlich ging die Tür auf, und herein kamen: Olga Nikolajewna, Tatjana mit Alexej Nikolajewitsch im Rollstuhl und Großfürstin Anastasia mit dem winzigen Hund Jim auf den Armen. Nach vier Wochen war das Wiedersehen beinahe unwirklich. Die lieben Gesichter müde und aufgeregt zugleich. Der Zarewitsch noch magerer, als ich ihn in Erinnerung hatte. Er trug seinen zugeknöpften grauen Militärmantel. Alle vier lächelten matt, von der neuen Umgebung völlig unbeeindruckt, erleichtert wie Schiffbrüchige, die auf eine bewohnte Insel gerettet worden sind. Während Alexandra Fjodorowna den Sohn willkommen hieß, fiel Olga Nikolajewna dem Zaren um den Hals. Endlich konnte sie ihre große Verantwortung ablegen, das Fürstentum Tobolsk war Geschichte. Zum Glück blieb ihr das überhebliche Lächeln Ukraintsews erspart. In diesem Moment, in dem sowohl die Diener wie der Leibarzt zwei Schritte zurücktraten, wäre es äußerst fehl am Platze gewesen.

Sie hatten ausschließlich Handgepäck bei sich. Der Rest des Gefolges fehlte, nur der Koch Karitonow und der Küchenjunge Sednjew (der Neffe des Dieners) wurden später hereingelassen.

Meine Kinder sind in Tobolsk geblieben. Zum Glück. Es ist für mich eine Erleichterung, da mir die Stadt im Lichte der Trennung mehr und mehr wie eine Idylle vorkommt. Die Zarenkinder empfinden ausschließlich Freude über das Wiedersehen und haben nicht registriert, dass für sie eine neue und strengere Phase ihrer Gefangenschaft begonnen hat.

Ich werde ihre Erlebnisse, wie sie über den Tag und den Abend hinaus immer wieder erzählt worden sind, in einem Resümee zusammenfassen.

Schon eine Woche vor der Abreise waren auch die Gefangenen in Tobolsk einem reinen Bolschewikenregime überlassen worden. Der neue Kommissar, ein gewisser Rodjonow, hatte den Großfürstinnen verboten, die Tür nachts abzuschließen; außerdem führte er einen herabwürdigenden Namensappell ein. Die drei Mädchen mussten jeden Morgen in einer Reihe antreten und auf die Frage nach ihren Namen antworten.

Vor drei Tagen (7. Mai) verließen die Zarenkinder Tobolsk an Bord des Flussdampfers *Russ*. Das Gefolge bestand aus insgesamt 25 Personen, davon 13 Diener, sowie selbstverständlich einem ganzen Heer von Rotgardisten. Bei der Abreise war der Himmel wolkenlos, und sogar der Zarewitsch konnte gut eingepackt im Rollstuhl an Deck sitzen. Die Soldaten hatten ihn damit erschreckt, eine Gewehrsalve in die Luft zu schießen. Später amüsierten sie sich damit, auf vorbeifliegende Möwen zu schießen, die ins Wasser stürzten.

Als der Abend kam, wurde Alexej Nikolajewitsch zusammen mit seinem persönlichen Diener, dem Matrosen Nagorny, in einer Kabine eingeschlossen. Das Gefolge protestierte, und vor allem protestierte Nagorny selbst. Wahrscheinlich war es nicht der Zarewitsch, sondern der Matrose, den die Gardisten unter Kontrolle haben wollten. Klementy Nagorny stellte in seiner Person den letzten Rest der militärischen Macht des Zaren dar. Der Schlüssel blieb im Schloss stecken.

Die Kabinen der Großfürstinnen hingegen durften von der Innenseite nicht verschlossen werden. Damit waren sie ihren Wächtern preisgegeben, jungen Rotgardisten, ungehobelten Arbeitern und Bauernjungen, von denen viele nach Jahren an der Front abgestumpft waren. Nur eines konnte sie beschützen – die Direktive aus Jekaterinburg: Die Gefangenen sollten dem Sowjetkomitee unangetastet überantwortet werden.

Die Furcht erwies sich als stärker als die Lust. Nichts war geschehen, als die *Russ* am nächsten Morgen am Kai anlegte, wenn ich den Großfürstinnen glauben darf. Keine von ihnen und ganz besonders nicht Olga Nikolajewna, die zum großen Teil das Wort führte, möchte ihren Eltern dadurch Kummer machen, dass sie ihre eigenen Leiden enthüllen.

Während das Schiff in Tjumen lag, wo die Bewohner sich um die Gangway scharten, hatte Großfürstin Anastasia ein bekanntes Gesicht entdeckt. Es war Maria Gregorijewna, die Tochter des Wundertäters. Alle wandten den Blick zur Mutter, als der Name genannt wurde. Alexandra Fjodorowna bekreuzigte sich:

»Er folgt uns, wohin wir auch gehen.«

Ich weiß nicht, wen sie damit meinte, Gott oder Vater Gregorij?

Sie erwartete ein langer Aufenthalt in Tjumen. (Vielleicht hatten auch diesmal lokale Gruppierungen versucht, die Kontrolle über den Gefangenentransport zu erlangen.) Schließlich war es dem Kommissar gelungen, für die Weiterreise nach Jekaterinburg einen Zug auf die Schienen zu bekommen. Die Waggons waren extrem schmutzig gewesen, einzelne selbst für einen Gütertransport kaum geeignet.

»Sie verfrachten uns ja wie Tiere«, brach es aus der Zarin heraus, »als wären wir Ochsen und Esel.«

Tatjana legte die Hand beruhigend auf den Arm der Mutter, während Olga Nikolajewna in ihrem Bericht fortfuhr, ständig unterbrochen durch die Ergänzungen der Schwestern und des Bruders. Sie drückte sich so nüchtern aus, wie sie konnte. Dass es ein Transport großer Strapazen gewesen war, ließ sich dennoch nicht verbergen.

Im Zug wurde das Gefolge auf verschiedene Abteile verteilt und zwischen den Wachen isoliert. Sie waren ausgehungert, hatten aber nichts zu essen, sie waren müde, fanden aber keine Ruhe, sie hatten Angst, hatten aber nur Rotgardisten zum Schutz. Ihre einzige Sehnsucht, ihre einzige Hoffnung waren die Eltern, das Zarenpaar, das man zu den schlimmsten Feinden des Volkes erklärt hatte, die jeder beliebige Bauernjunge mit dem Gefühl schmähen kann, seinem Volk einen Dienst geleistet zu haben. So sahen die Realitäten hinter Olga Nikolajewnas mit leiser Stimme gesprochenem Bericht aus.

Der Zug erreichte Jekaterinburg um zwei Uhr nachts. Doch er setzte sich noch mehrmals in Bewegung, um schließlich irgendwo auf den Gleisen zwischen den Bahnhöfen zu halten. Es waren mindestens sechs Stunden vergangen, bevor man sie ins Schneegestöber hinausließ. Nur die Großfürstinnen und zuallererst der Matrose Nagorny mit Alexej Nikolajewitsch auf den Armen durften den Zug verlassen. Das Gefolge wurde zurückgehalten. Die Mädchen hatten ihre liebe Not damit, die Koffer zum Pferdetransport hinüberzuschleppen, der auf sie wartete. Die Gardisten griffen erst ein, als Nagorny den dreien zu Hilfe kommen wollte.

Dies war gewiss die schwerste Strecke, als sie nach dreitägigem Albtraum ermattet ihr Gepäck schleppten, während das Heer des neuen Regimes hingelümmelt dastand und jede von ihnen in ihren neuen Reisekostümen musterte, die unter ganz anderen Umständen genäht worden waren. Sie hatten die Koffer ohne einen Gedanken daran gepackt, dass sie sie selbst würden heben müssen, ohne eine Vorstellung davon, dass der pappige Schnee im Sonnenschein schmelzen würde. Sie fühlten sich wie elternlose Kinder. Die Gardisten betrachteten sie als Frauen, Frauen, bei denen sie nicht mal einen Finger zu heben brauchten, um sie herabzuwürdigen, die aber gerade deshalb herabgewürdigt wurden, weil die Gardisten keinen Finger rührten. Sie waren hilflose Töchter einer Dynastie, die andere durch Generationen hindurch terrorisiert hatte. Selbst Tatjana Nikolajewna räumte ein, geweint zu haben. Den ganzen Tag warteten wir vergebens auf das notwendige Gepäck, unter anderem auf die Feldbetten, die aus Tobolsk hätten mitkommen sollen. Nichts wurde geliefert, und die Großfürstinnen mussten sich auf dem Fußboden des Zimmers, das zwischen dem Raum des Zarenpaars und dem Esszimmer lag, ein notdürftiges Lager herrichten. Maria Nikolajewna strahlte vor Freude, ihre Schwestern endlich wieder geborgen um sich zu haben. Der Koch legte sich auf einem Sofa hin, der Küchenjunge auf zwei Stühlen.

Dann geschah das Unglück.

Nachdem er die Reise mit dem Schiff, mit Zug und Wagen überstanden hatte, sollte Alexej Nikolajewitsch endlich zu Bett gehen. Großfürstin Maria hatte ihm ihr Bett abgetreten. Es war nicht gepolstert wie seins, und so schlug er mit dem Knie gegen die Metallkante. Ich wurde gerufen und konnte schnell feststellen, dass eine schmerzvolle Nacht bevorstand, ungeheuer verdrießlich, jetzt, wo er nach dem Transport endlich ausruhen sollte.

Etwa jede Stunde kann ich hören, wie er aufwacht, stöhnt und sich lautstark beklagt. Das Bett steht im Zimmer des Zarenpaars. Ich erbot mich, aber sie wollten sich seiner in dieser ersten Nacht selbst annehmen. Alexandra Fjdorowna hat vier Wochen lang unter ihrem schlechten Gewissen gelitten und ist froh, endlich ihren einzigen Sohn pflegen zu können.

11. Mai

Die Zarin erzählte, sie habe nachts oben in der Fensterscheibe den Lichtschein eines großen Brandes gesehen. Ich sah ihr an, dass sie diesem Anblick große Bedeutung beimaß. Natürlich ist es nicht ausgeschlossen, dass der Brand mit Kriegshandlungen verbunden gewesen sein *kann,* vielleicht sogar etwas mit monarchistischen Aufrührergruppen zu tun hatte. Sie hat ein großes Bedürfnis nach einem Hoffnungsschimmer.

Die Schmerzen des Zarewitsch im Kniegelenk waren furchtbar gewesen und schienen nicht geringer zu werden. Alexandra Fjodorownas Herz hatten die Belastungen der Nacht auch nicht gutgetan. So geschwächt, wie er nach den Belastungen der letzten Wochen ist, fürchte ich, dass Alexej Nikolajewitsch vor einem der gefährlichsten Ausbrüche der Krankheit steht. Und wir sind äußerst schlecht gerüstet, der Krise zu begegnen, nicht nur medizinisch (wie immer), sondern auch menschlich. Ich bat den Kommandanten sofort, Wladimir Nikolajewitsch Derewenko holen zu lassen, der aus Tobolsk mitgekommen ist, damit er die Kompressen erneuert und um selbst nicht völlig allein mit der ärztlichen Verantwortung dazustehen. Zu meiner großen Freude tauchte der Doktor kurz darauf auf, doch es wurde kein glückliches Wiedersehen.

Hinter der immer noch recht rundlichen Gestalt Wladimir Nikolajewitschs folgte Kommandant Awdejew, hochgewachsen und mager, übelriechend, unheilverkündend. Es war offenkundig, dass man Derewenko streng ermahnt hatte, mit keinem Bewohner zu reden. Die stumme Vorstellung beim Anlegen der Verbände war sowohl für ihn als auch für uns nicht ganz einfach, die wir das bärtige Gesicht des Doktors seit der Abreise aus Tobolsk nicht mehr gesehen hatten. Ich bin noch nie so froh gewesen, einen Kollegen zu erblicken, und so enttäuscht, nicht mit ihm sprechen zu können.

Nach dem Mittagessen kam es in den inneren Gemächern zu einem Wachwechsel. Der Diener des Zaren, der alte ehrliche Tschemandurow, wurde in ein Krankenhaus in der Stadt verlegt. Er ist entschieden nicht gesund gewesen (der Fall ist schwer zu diagnostizieren) und hat große Mühe gehabt, sich den neuen Verhältnissen anzupassen, was an und für sich ein Zeichen von Gesundheit sein kann. Das ist bei einem 70 Jahre alten Mann auch nicht verwunderlich, der sein ganzes erwachsenes Leben in den vornehmsten Palästen verbracht hat. Die Verlagerung der exakt eingelernten persönlichen Dienste an dem Monarchen in eine Kaufmannsvilla in Sibirien überstieg die Fähigkeit des Mannes, sich umzustellen. Es geschah mit schwerem Herzen und feuchten Augen, dass der alte Kammerdiener seinen Zaren verließ. Sein zehnjähriges Wirken im Spannungsfeld zwischen alltäglicher Nähe und dynastischer Unnahbarkeit wurden mit einer tief empfundenen russischen Umarmung abgeschlossen.

Als neuer Kammerdiener wurde dem Zaren Alexej Jegorowitsch Trupp zugeteilt, einer der dreizehn, die aus Tobolsk mitgekommen waren (und der ebenfalls kein junger Mann mehr ist). Außerdem kam der Matrose Nagorny. Beide mussten ein Formular unterschreiben, in dem sie sich dem Sowjetkomitee gegenüber bereit erklärten, die Umstände der Gefangenschaft freiwillig mit »Nikolaj Romanow« und dem Rest der »Familie Romanow« zu teilen.

Der Matrose hatte die Erlaubnis erhalten, den kleinen Hund des Zarewitsch mitzunehmen, den langhaarigen, langohrigen Joy mit der langen Zunge. Das war für den Kranken ein Lichtblick und insoweit für uns alle. Der Einzige, der sich nichts daraus machte, war Jim. Ich nehme an, er war der Meinung, das Haus ähnele jetzt zu sehr einem Hundezwinger. Vielleicht hat die Wache das Schoßhündchen Jim nicht für einen richtigen Hund gehalten, denn er ähnelt eher einer überfressenen Fledermaus ohne Flügel.

Niemand vom Gefolge, auch nicht die Lehrer, weder Monsieur Gilliard noch Mr. Gibbs, die beide nach Jekaterinburg mitgekommen sind, wurde hereingelassen. Eine Gefangenschaft ohne Lehrkräfte wird für die Großfürstinnen zu einer neuen Belastung. In Tobolsk waren die Tage wie Schultage organisiert. Was sollen sie jetzt machen, da sie noch weniger Platz und nur minimale Möglichkeiten zu Bewegung haben – ohne neu erlernte Kenntnisse?

Ich setzte mich hin und schrieb einen Brief an das Exekutivkomitee des Ural-Sowjets, in dem ich mit eindringlichen Worten darum bat, man möge Monsieur Gilliard und Mr. Gibbs Zugang zum Haus ermöglichen. Ich versuchte, die Art der Krankheit zu beschreiben, die Unzulänglichkeit der Medizin und die Notwendigkeit, den Patienten Anregung oder Möglichkeiten zu geben, sich abzureagieren. Die Lehrer und besonders Monsieur Gilliard, der um die Krankheit des Thronfolgers herum ein ganzes pädagogisch-psychologisches Konzept entwickelt hat, können immer dann, wenn die Schmerzen nicht allzu intensiv sind, eine heilende Wirkung haben, indem sie nämlich dem Zarewitsch geistige Anregung bieten. Ich unterstrich meine Pflicht, diese Bitte um Verständnis vorzubringen, denn es handele sich darum, die Schmerzen eines unheilbar kranken Kindes zu lindern.

Die Belastung der einen Toilette und des Badezimmers hat zugenommen. Der Warmwassertank muss mit Holz geheizt werden. Deshalb wird ein Bad so selten werden, wie es hygienisch noch zu vertreten ist, und zwar nach genau festgelegten Zeitplänen und mit geringen Wassermengen. Der Zar meint, neun Liter seien genug. Der Zarewitsch kann in überschaubarer Zukunft weder an einen Besuch des Badezimmers noch an Aufenthalte an der frischen Luft denken.

Die Großfürstinnen haben die Feldbetten noch immer nicht erhalten. In dem Raum, der an das Krankenzimmer des Bruders grenzt, haben sie sich mit Decken und Kleidungsstücken direkt auf dem Fußboden eingerichtet. Mir gefällt das nicht, da das Haus feucht ist. Sie leben noch immer in der Freude über das Wiedersehen und nicht zuletzt in der Erleichterung darüber, die Verantwortung für den Thronfolger von sich abgewälzt zu haben. Wie bodenlos absurd ihre Internierung auch ist, vertreten sie am »Hof« eine Normalisierung der Verhältnisse. Sie haben im ganzen Haus eine hellere Stimmung mitgebracht (richtiger auf unserer Etage).

Eine Neuigkeit, die sie aus Tobolsk mitbrachten, war die Festnahme von Bischof Hermogen. Von seinem Bischofssitz aus hatte er den aufsehenerregenden Schritt getan, über das Regime der Bolschewiki den Bann zu verhängen. Die Nachricht hat auf das Zarenpaar einen gewissen Eindruck gemacht.

In dieser Nacht hat sich Matrose Nagorny bei Alexej Nikolajewitsch schlafen gelegt. Es gibt nur wenig, was er Seiner Hoheit außer seiner Treue und seinen körperlichen Diensten bieten kann. Wenn doch jetzt wenigstens noch Monsieur Gilliard Zugang erhielte, nicht nur wegen des Patienten, sondern auch unseretwegen. Der lebhafte Schweizer mit dem Spitzbart ist belesen, erfinderisch und in allen Fragen bewandert. Er wäre genau der richtige Mann für eine mentale Injektion bei allen Patienten. Ich bin für diesen Teil der Aufgabe nicht spirituell genug. Vielleicht bin ich auch zu alt, um unter den herrschenden Verhältnissen den nötigen Zukunftsglauben aufzubieten.

Die Frage ist eigentlich nicht, ob man imstande ist, die Bedeutung des kultivierten Französischlehrers für den Gesundheitszustand des Thronfolgers zu erkennen, vielmehr geht es darum, ob die Gesundheit des Thronfolgers überhaupt eine Angelegenheit für das Exekutivkomitee des Ural-Sowjets ist?

12. Mai

Dichte nasse Schneeschauer. Der Patient hat eine Tasse Tee und ein wenig Milch getrunken. Die Schwellung ist eine Spur zurückgegangen; immer noch starke Schmerzen.

Dr. Derewenko war heute Nachmittag hier und gab zusammen mit dem Kommandanten seine stumme Vorstellung. Der Kommandant sah keinerlei Grund, etwas zu sagen. Stattdessen steckte er mir ein Papier zu, das die Antwort wegen Monsieur Gilliard enthielt.

Das Komitee schreibt, ich sei mit der Anfrage zu weit gegangen, und hält fest, dass »schon *ein* Diener zu viel ist«. Das klingt wie eine marxistische Parole. Ich bat umgehend um die Erlaubnis, dem Leiter des Komitees, Beloborodow, einen mündlichen Appell vorzutragen. Dieser sollte gerade heute anwesend sein, um das endlich angekommene Gepäck zu inspizieren. Der Kommandant schien den Vorschlag fast zu begrüßen, denn er wollte die Freude haben, zu sehen, wie ich einen weiteren Schritt »zu weit« ging.

Es wurde schnell klar, dass mit einer weiteren Schilderung des schönen und liebevollen Verhältnisses, das sich durch Jahre des Leidens und der Gelehrsamkeit zwischen dem russischen Thronerben und seinem schweizerischen Lehrer entwickelt hatte, wenig zu gewinnen war; und damit, dass Monsieur Gilliard einen der unverlierbaren Werte repräsentierte, die Alexej Nikolajewitsch die nötige Kraft gaben, weiterleben zu wollen. Wie befürchtet zeigte das Exekutivkomitee erheblich größeres Interesse an den kaiserlichen Kisten und Koffern als für die Frage der Gesundheit des Thronfolgers, geschweige denn für seine geistige Entwicklung. Diese prinzipienfesten, ungehobelten Männer sehen keinerlei Grund dafür, dass das russische Volk auch weiterhin »einen importierten Französischlehrer ernährt«.

»Am russischen Hof wird nicht mehr Französisch gesprochen«, entgegnete einer von ihnen.

»Am russischen Hof wird überhaupt nicht mehr gesprochen«, sagte der Militärkommissar, den die anderen nur als Genosse Filipp ansprechen. Die Replik löste bei den anderen Gelächter aus.

Alle vier Komiteemitglieder starrten mich an. Ihre Blicke ließen erkennen, dass sie mich nicht für eine fachliche Autorität hielten, mit Examina von den führenden Universitäten Europas, dessen Worten Gewicht beigemessen wurde, sondern als wäre ich eine Art Spiritist, ein Geisterbeschwörer oder zumindest ein reiner Quacksalber. Der Vorsitzende, der Genosse Elektriker, der glattrasiert ist und insgesamt einen recht blassen Eindruck macht, sagte kurz, der Beschluss des Komitees sei endgültig.

Damit war die Angelegenheit erledigt, und das Komitee wandte sich wieder dem Studium des kaiserlichen Gepäcks zu.

Da niemand aus dem Gefolge, weder die Lehrer, die Hofdamen, der Doktor noch General Tatistjew Zutritt erhalten haben, kann ich meine nächtliche Einsamkeit im Salon auch weiterhin genießen. Alles in allem ist die »Strafkolonie« um drei Großfürstinnen, einen Zarewitsch und drei Diener erweitert worden, insgesamt um sieben Personen und zwei Hunde (Jim mitgerechnet). Trotz des Rückzugs des Wachpersonals und drei neuen Zimmern ist die Etage von mehr Menschen bewohnt.

Die Großfürstinnen können heute Nacht in dem Zimmer, das allmählich Gestalt annimmt, in ihren Feldbetten schlafen. Das Zimmer glänzt mit einer geblümten Tapete, einem Kachelofen, einem hohen Spiegel und an der Decke einer ungewöhnlich kunstfertigen gläsernen Lampe aus roten Lilienblüten.

Im Alexanderpalast lagen sie zu zweit und hatten gemeinsam einen großen Umkleideraum. Die Zimmer waren mit großgeblümtem Kretonne tapeziert, und die Möbel bestanden aus Zitronenholz. Was sie am meisten vermissen, ist nichts davon, ebenso wenig die Badewanne aus reinem Silber, sondern die Wasserhähne, aus denen warmes und kaltes Wasser in unbegrenzten Mengen fließt.

Alexej Nikolajewitsch schläft. Wir anderen liegen wie auf Kohlen.

13. Mai

Die Bergketten geben Jekaterinburg notwendig ein kaltes Klima. Nach dem neuen Kalender beginnt der erste Sommermonat in ein paar Tagen, und dennoch erlebten wir heute neuen Schneefall, am oberen Ende der Fensterscheiben und unten im Garten.

Doktor Derewenko stellte fest, dass die Schwellung abzunehmen scheint. Das hätte ich ihm selbstverständlich erzählen können, doch ich habe beschlossen, mich möglichst wenig in die Visiten meines Kollegen einzumischen, da man diese sonst für überflüssig halten könnte. Damit würden wir von diesen Visiten abgeschnitten, obwohl uns seine Besuche willkommen sind. Zusammen mit Wladimir Nikolajewitsch kamen der Komiteevorsitzende Awdejew und ein Mann in einer schwarzen Lederjacke, der nicht vorgestellt wurde, der uns aber gleich auffiel. Er hatte dunkles dichtes Haar und einen Bart (à la Lenin) sowie blutunterlaufene Augen. Das Zarenpaar war sich darin einig, dass er sowohl Jude als auch Arzt sein müsse. Es ist denkbar, dass das Exekutivkomitee den Krankheitsfall hat überprüfen wollen, und zwar mit einem eigenen Sachverständigen. Das lässt sich nicht absolut ausschließen, wie Alexandra Fjodorowna andeutete, was mit einem möglichen Weitertransport nach Moskau zusammenhängen könnte.

Der Schwarzgekleidete ließ Dr. Derewenko seine Untersuchung durchführen, dann setzte er sich auf die Bettkante und sprach ein paar beruhigende Worte zu Alexej Nikolajewitsch. Dann nahm er das kranke Bein in Augenschein. Es ist das erste Mal, dass ein »Arzt« von draußen oder überhaupt ein nicht Eingeweihter die Schwellungen des Thronerben hat befühlen dürfen, die wundesten Punkte der Dynastie.

Während des Spaziergangs an der frischen Luft nahm uns der Kommandant mit in einen Schuppen, in dem das kostbare Gepäck aus Tobolsk in großen Mengen gelagert war. Zusammen mit einem »Adjutanten« ist Awdejew ständig damit beschäftigt, sich durch sämtliche Wertsachen der kaiserlichen Familie und ihre persönlichen Habseligkeiten hindurchzuwühlen. Es ist erst neun Monate her, dass all dies im Alexanderpalast sorgfältig verpackt worden war, um der Existenz der Familie wenigstens eine materielle Basis zu sichern. Niemand hatte sich vorgestellt, dass Seine

Majestät im Verlauf so kurzer Zeit nicht nur seiner Freiheit beraubt sein würde, sondern auch seiner privaten Habseligkeiten.

Der Zar und die Großfürstinnen blieben einen Augenblick stehen und starrten die offenen Koffer mit den glitzernden Bruchstücken ihres früheren Lebens an, bis Nikolaj Alexandrowitsch die Aufmerksamkeit auf ein paar Kisten lenkte, die er nicht wiedererkannte.

»Das ist das gestrandete Hab und Gut von Ipatjew«, sagte Awdejew bereitwillig, »Silbersachen, Porzellan, Kristall, alles, was er zusammengerafft hat, als wollte er die Dinge gleichsam retten und beiseiteschaffen, als das Haus vom Sowjetkomitee requiriert wurde.«

Da liegt also die Erklärung dafür, dass es unmöglich ist, in diesem sonst so wohlausgerüsteten Gefängnis einen Tisch zu decken.

Ich habe die Schreibutensilien mitgenommen und mich bei Alexej Nikolajewitsch schlafen gelegt. Nagorny braucht dringend eine Nachtruhe. Das gleiche tut Alexandra Fjodorowna. Der Junge jammert von Zeit zu Zeit, aber sonst stört er nicht. Ich glaube, er sträubt sich dagegen, mich ebenso herumzukommandieren wie den Matrosen. Letzte Nacht schlief er im Zimmer der Eltern. Er hat schmerzhafte Krämpfe im Bein, lag den ganzen Tag im Bett. Alle vermissen Monsieur Gilliard.

Während des Abendessens (das allzu schnell nach dem verspäteten Mittagessen aufgetragen wurde) fiel eine Bemerkung über die »Medikamente« der Großfürstinnen. Da ich keiner der vier Großfürstinnen Medikamente, in welcher Form auch immer, verordnet hatte, wurde ich ein wenig nachdenklich. Meine Gedanken streiften unwillkürlich den tibetischen Quacksalber Badmajew und seine narkotischen Pulver. Die Großfürstinnen haben keinerlei Symptome gezeigt, keine Anzeichen des fast gleichgültigen, schlafwandlerischen Ausdrucks mit dem unmotivierten Lächeln, das Monate vor der Abdankung das Gesicht Seiner Majestät prägte.

Dennoch machte es mich besorgt, dass ich, so eng ich auch mit der Familie zusammenlebe, vielleicht von einem medizinischen Anliegen ferngehalten werde.

Heute Abend gelingt es mir, im Esszimmer mit Olga Nikolajewna ein Gespräch unter vier Augen zu führen. Der Raum ist der dunkelste der Wohnung; er hat vier Türen, aber nur ein Fenster und wird von schweren Eichenmöbeln und dunklen Brüstungen mit einem Kamin aus dunklem Topfstein beherrscht. Hinter der Großfürstin hing ein Ölgemälde, auf dem ein ruhiges Gewässer zwischen den Silhouetten von Baumstämmen zu sehen war.

»Keine der Großfürstinnen nimmt doch wohl Medikamente?«, wollte ich wissen.

Olga Nikolajewna sah mich mit ihrem prüfenden Blick an, ein wenig fragender als gewöhnlich. Sie ist magerer geworden. Die Schönheit der Großfürstinnen war zum großen Teil ihrem Haar zu verdanken, denn alle vier hatten prachtvolle Frisuren. Dass man ihnen die Haare geschoren hatte, war ein brutaler Angriff auf die Prinzessinnenwürde. (Bemerkenswerterweise hat keine von ihnen protestiert. Ich glaube, sie erlebten es fast als eine Befreiung.) Jetzt ist das Haar wieder gewachsen, fast schulterlang, und ist damit für die reduzierten hygienischen Gegebenheiten gut geeignet. Olga Nikolajewna hat die blonden Schläfenlocken zur Seite gekämmt. Ihre ungewöhnliche Schönheit beruht in noch höherem Maß als früher auf den Augen. Sie verstand nicht, was ich meinte.

»Keine Art von Medikament?«, wiederholte ich.

»Oh«, sagte sie leise, »Dr. Botkin!«, fügte sie fast flüsternd hinzu.

Olga Nikolajewna sah sich in dem dunklen Zimmer um. Wir standen ein wenig verdeckt hinter dem schweren Schrank mit den Schnitzereien. Sie nahm meine Hand in ihre beiden und legte sie zu meiner Verblüffung an sich. Dann drückte sie sie gegen den Körper und sagte:

»Fühlen Sie mal.«

Eine Sekunde blieb ich stehen und sah sie an. Doch die Augen drückten keinerlei Verwirrung, keine narkotisierte Abwesenheit aus, ganz im Gegenteil, sie lächelten.

»Schnell.«

Ich sah sie noch einmal an. Und fühlte. Vorsichtig, ohne die Hand zu bewegen.

Unter der dünnen Bluse befand sich das Korsett. Die Stahlstäbchen waren anders, dicker und biegsamer. Als ich sie zwischen den Fingerspitzen presste, fühlte es sich an wie eine Reihe glatter Kugeln, die einander knirschend berührten. Olga Nikolajewna nahm meine Hand fort, während sie mich unverwandt ansah. Ihre Augen leuchteten, so dass ich das Gefühl hatte, dass es im Verlauf von Sekunden um uns herum dunkler geworden war.

»Pillen«, sagte sie.

»Sind Medikamente in die Korsette eingenäht?«, fragte ich ungläubig.

Noch einmal sah Olga Nikolajewna sich um. Aus dreien der vier Zimmer um uns herum waren Laute zu hören. Dann zog sie mich an sich, so dass ich das Ohr direkt an ihren Mund halten musste:

»Es sind Edelsteine. Perlen und Smaragde.«

Damit drehte Olga Nikolajewna sich um und verließ mit federleichten Schritten den Raum. Die ärztliche Visite war vorüber. In der Tür zum Zimmer der Großfürstinnen drehte sie sich nochmals um und schenkte mir das tapferste Lächeln, das ich je auf den Lippen von Großfürstin Olga gesehen habe.

Alexandra Fjodorowna hat ihre Töchter nie ohne Handarbeit auf dem Schoß sehen wollen. Jetzt haben sie ihre wertvollsten Schmucksteine in das Futter ihrer Unterwäsche eingenäht, eine umfassende Operation mit komplizierten Stichen, ausgeführt während der langen Wartezeit in Tobolsk.

»Die Medikamente« – ein heimlicher Code im Kampf für Freiheit. In ihren doppelten Korsetts tragen sie eng am Körper einen Traum von Flucht. Doppelt ängstlich, doppelt mutig.

Meuterei. Der Matrose Nagorny hat sich empört.

Der Kommandant hat darauf bestanden, dass Alexej Nikolajewitsch nur ein Paar Stiefel haben soll. Nagorny hat entrüstet darauf hingewiesen, dass der Thronfolger nicht imstande sein werde, ohne Stiefel an den Beinen aufrecht zu stehen, und deshalb brauche er ein zusätzliches Paar zum Wechseln, falls das andere feucht werden sollte. Doch das Regime hat kein Verständnis für diese Art von Sonderwünschen.

»Der Junge ist nicht besser als andere«, wie der Kommandant es so präzise ausdrückte, »selbst die Leitung des Sowjetkomitees begnügt sich mit einem Paar.«

Diese Einstellung hat dem Matrosen schwer zu schaffen gemacht und bildet den Hintergrund für die Ereignisse des Tages.

Alexej Nikolajewitsch verbringt die meiste Zeit im Bett, und zwar im Zimmer des Zarenpaars, wohin Nagorny ihn trägt. Ohne Monsieur Gilliard hat der Patient sich zu einem großen Teil mit einfachen Mitteln selbst beschäftigen müssen, unter anderem mit einem kleinen Boot, das er mehr oder weniger allein gebaut hatte und das er auf der Bettdecke hin und her zieht. Vielleicht fantasiert er von den Segeltörns mit der *Standart,* als das kaiserliche Boot noch frei im Schwarzen Meer und in der Ostsee kreuzen konnte, oder seine Gedanken kreisen um ein Gefährt, in dem er sich in seinem teuer erkauften Freiheitsrausch die Stromschnellen hinabstürzte.

Heute hatte er über dem Bett eine Goldkette aufgespannt, an der er eine Sammlung kleiner Heiligenbilder und andere glücksbringende Amulette befestigt hatte. Der Matrose saß wie gewöhnlich ganz in der Nähe, jederzeit bereit, dem Thronfolger auf den kleinsten Wink hin zu helfen, immer zufrieden, wenn der Kranke an der einen oder anderen Beschäftigung Freude gefunden hatte, etwa bei einem Spiel, das ihn für eine armselige Weile dazu brachte, seine Schmerzen und seine Unbeweglichkeit zu vergessen. Dieser friedliche Anblick hatte den Matrosen mit der verlorenen Schlacht um die Stiefel fast versöhnt.

Nagorny muss die treueste Seele in Russland sein. Ursprünglich war er nur Assistent des Matrosen Derewenko (mit dem Arzt nicht verwandt), der ebenfalls von der *Standart* rekrutiert worden war. Derewenko war im Gegensatz zu dem athletischen Nagorny eher dick, aber flink und geschmeidig wie eine Katze. Er hatte eine ganz besondere Fähigkeit entwickelt, sich dazwischenzuwerfen, wenn der Thronfolger auf den einen oder anderen harten oder kantigen Gegenstand Kurs nahm. In dem vorbeugenden Kampf gegen die Krankheit wurde Derewenko bald so unentbehrlich, dass er einen Assistenten brauchte, um alle lebensbedrohenden Stunden des Tages abzudecken. Das wurde Nagorny.

Als die Revolution kam, gab der Matrose Derewenko plötzlich seiner Neigung zur Bequemlichkeit nach, sank in einen Lehnstuhl, stellte das Universum auf den Kopf und begann, dem Zarewitsch Befehle zu erteilen. Matrose Nagorny hingegen blieb der Alte. Er folgte nicht der Revolution, er hielt an seiner Aufgabe fest, den Thronfolger zu beschützen. Nagorny ist ein wortkarger, aber gutaussehender Mann mit einem kräftigen Schnurrbart. Man könnte sich sogar fragen, ob nicht er der Zarewitsch war, aber den Großfürstinnen zufolge, die er in die Verbannung begleitet hat, hat er sich dahingehend nie geäußert. Nagorny ist immer korrekt aufgetreten, loyal und aufopfernd. Dass er überdies Mut hat, zeigte er heute Nachmittag, kaum eine Stunde nachdem der Tee serviert worden war.

Plötzlich tauchte einer der Wachposten in der Türöffnung auf und sah es in der Goldkette blitzen. Ich weiß nicht, warum, ob er vielleicht glaubte, dass Alexej Nikolajewitsch ein Drahtseilbahnmodell konstruierte, um damit vielleicht zu fliehen, ob es nun die Heiligenbilder waren, die ihn ideologisch provozierten, oder ob die pekuniäre Versuchung schlicht und einfach zu groß wurde, jedenfalls ergriff der Wachposten die Kette und wollte sie losreißen. Da sprang Nagorny auf wie ein Löwe, packte den Mann am Kragen und schimpfte ihn aus, weil er ein krankes und hilfloses Kind terrorisiere.

Für den letzten Matrosen des Zaren war diese Attacke nicht weniger unheilverkündend als die zu ihrer Zeit so aufsehenerregende Meuterei auf dem Panzerkreuzer *Potemkin*. Der Wachposten schlug Alarm, und kurz darauf war ein ganzes Bataillon mit dem Kommandanten an der Spitze zur Stelle. War der Aufruhr erst einmal niedergeschlagen, konnte man gleich auch den Diener Sednjew festnehmen (der in der Küche beschäftigt war). Auch er hatte der Mannschaft des Zarenschiffs *Standart* angehört und soll die eine oder andere Bemerkung gemacht haben, durch die sich das äußerst empfindliche Gefängnisregime beleidigt fühlte. Unter erheblichem revolutionärem Geschrei wurden die Meuterer zum Verhör abgeführt.

Dies waren Alexandra Fjodorownas letzte Getreue aus dem Volk. Sie hoffte, sie würden noch vor dem Abend wieder zurück sein.

Gegen zehn Uhr öffnete Anastasia Nikolajewna eines der weiß gestrichenen Fenster im Zimmer der Eltern. Plötzlich gab es einen Knall, und ein Projektil schoss durchs Fenster an die Decke. Das Erschrecken war total.

Hatte der Gardist wirklich versucht, eine der Großfürstinnen zu töten? Der Zar meinte, der Schuss habe sich unabsichtlich gelöst, da kein Wachposten seiner Erfahrung nach der Versuchung widerstehen könne, mit der Waffe herumzufummeln. Nikolaj Alexandrowitsch hatte schon immer die Neigung, Konfrontationen aus dem Weg zu gehen. Ich glaube, dass wir das Ereignis im Zusammenhang mit den übrigen Begebenheiten des Tages sehen müssen, dass die Gardisten sich nämlich Respekt verschaffen wollen. Die Handgreiflichkeiten des Matrosen und die Goldkette mit den Heiligenbildern haben ihnen einen Vorgeschmack von der »Konterrevolution« gegeben.

Ich bin nach Nagornys Abmarsch im Zimmer des Zarewitsch eingezogen. Die Schmerzen haben im Lauf des Abends nachgelassen, und bevor er einschlief, hatten wir ein recht interessantes Gespräch. Es begann mit einer Frage:

»Warum haben sie auf Anastasia geschossen?«

»Sie haben doch gehört, was Ihr Vater sagte. Die Wachen spielen immer mit ihren Waffen.«

»Aber warum ging der Schuss genau in dem Augenblick los, als Anastasia am Fenster stand?« Alexej Nikolajewitsch setzte den Finger auf den wunden Punkt in der Argumentationskette des Vaters.

»Ich weiß nicht, Eure Hoheit – aber warum sollte er auf Anastasia Nikolajewna schießen. Sie hat ihnen doch nie etwas getan?«

»Sie machte das Fenster auf.«

»Kann das so gefährlich sein?«, fühlte ich vor.

»Seitdem sie die Fenster weiß angemalt haben, muss es wohl gefährlich sein, dass wir hinaussehen.«

»Aber da gibt es ja nichts zu sehen, Eure Hoheit.«

»Wir sehen die Stämme des Palisadenzauns«, sagte er und ließ den Kopf auf das Kissen fallen. »Wir sehen, dass wir gefangen sind. Vielleicht wollen sie, dass wir etwas anderes glauben?«

»Was denn, Alexej Nikolajewitsch?«

»Dass wir vielleicht die Familie Ipatjew sind.«

Was sollte ich zu einem so merkwürdigen Gedanken sagen? Ich hatte noch keine Antwort, als schon eine neue Frage kam, und diesmal hörte sich der Tonfall munterer an:

»Jewgenij Sergejewitsch, welche Nummer werde ich in der Herrscherreihe der Romanow-Dynastie sein?« (Er gebrauchte tatsächlich diese Formulierung.)

»Tja, Eure Hoheit …«

Er sah mich gespannt an, da er merkte, dass ich nicht ganz sicher war.

»Kann es Nummer achtzehn werden?«

»Falsch, neunzehn!«

»Eure Hoheit sind wohl besser unterrichtet als ich.«

»Ja, aber dafür können Sie so vieles andere. Ich habe fast nur Religion und Geschichte gelernt, Gebete, Psalmen, Herrscher, Krieger, Generäle, Regimenter, all das kann ich mühelos herunterleiern.«

»Halten Sie es für amüsant, so viel auswendig zu lernen?«

»Nur wenn Vater mich abhört. Dann fühle ich mich wie ein Teil des Buches. Am meisten vermisse ich die Französischstunden.«

»Oh, ich habe gar nicht gewusst, dass Eure Hoheit Französisch so mögen?«

»Das habe ich auch nicht, bevor Monsieur Gilliard wegblieb.«

Zwei Dinge hasse ich genau gleichermaßen: Hoffnung zunichte zu machen und falsche Hoffnungen zu wecken. Ich blieb lange schweigend sitzen, bis der Thronfolger eingeschlafen war und ich leise das Tagebuch hervorgeholt hatte.

Es regnet stark. Der Schlaf ist unruhig.

15. Mai

Durch das Esszimmer kann ich ab und zu hören, wie die Tür zum Zimmer des Zarewitsch aufgeht und leises Schmerzgestöhn zu hören ist. Die Zarenfamilie wechselt sich darin ab, bei ihm zu sitzen.

Alexej Nikolajewitsch hat den Tag im Zimmer der Eltern verbracht. Sie dankten mir, weil ich mich in dieser Zeit so sehr aufgeopfert hätte, »bevor Nagorny wiederkommt«. Ich weiß nicht, ob sie ihren eigenen Worten glauben.

Trotz des gemeinsamen Schicksals ist unsere Situation recht

verschieden. Ich habe den Sprung schon getan, weg von den Meinen, weg von allem, was mir gehörte. Sie leben immer noch unter ihren eigenen Leuten, mit eigenen Dingen, erleben aber jeden Tag neue Einschränkungen, spüren, dass die Bolschewiken ihnen ständig näher auf den Leib rücken.

Nach dem Gespräch mit dem Zarenpaar am Vormittag ging ich in die Küche, um ein paar Worte mit dem jungen Lenka Sednjew zu wechseln. Er ist ein fleißiger und gutmütiger Junge mit leicht abstehenden Ohren.

»Es ist schade, dass Ihr Onkel nicht mehr da ist«, sagte ich.

»Oh, er wird wohl bald wiederkommen«, erwiderte der Junge mit einem kleinen gezwungenen Lächeln. »Wie können die Großfürstinnen sonst zurechtkommen, ohne Diener?«

»Das wird schon gehen«, sagte ich. »Jetzt muss sich jeder selbst helfen, müssen Sie wissen.«

»Oh, soll ich Karitonow nicht mehr in der Küche helfen?« Der Junge sah plötzlich aus wie ein Fragezeichen.

»Doch, doch, wir sind alle dankbar für die Arbeit, die Sie leisten.«

Diese Aussage brachte ihn noch mehr in Verwirrung.

»Ja, auch die Zarenfamilie ist Ihnen dankbar«, präzisierte ich und sah ihn so freundlich an, wie ich konnte: »Wir hoffen alle nur, dass Ihr Onkel keine Gewalt erleidet.«

Er versuchte, die unbegreifliche Botschaft von der Dankbarkeit der Zarenfamilie in sich aufzunehmen. Gleichzeitig arbeitete sich in ihm eine Frage ans Licht:

»Doktor …«

»Ja?«

»Wie geht es Alexej Nikolajewitsch … steht es schlimm um ihn?«

»Es geht ihm etwas besser, Lenka, jeden Tag ein bisschen mehr.«

Er nickte ein wenig erleichtert, drehte sich um und machte sich rasch wieder an die Arbeit.

Wir gingen eine ganze Stunde spazieren (der Zar ist fast indigniert, weil die Wachen nicht imstande sind, die verschärften Vorschriften aufrechtzuerhalten). Nach dem Mittagessen kam Derewenko, der gestern nicht hereingelassen wurde, zusammen mit Awdejew. Die Zarin protestierte heftig gegen die Entfernung des Matrosen Nagorny:

»Wer soll nachts beim Kind bleiben, wenn weder der Lehrer noch der Matrose kommen darf?«

Awdejew zuckte nur unmerklich die Schultern. Während der Visite wendet er sich ausschließlich an Wladimir Nikolajewitsch.

Ich wurde Zeuge von etwas, wovon ich nie geglaubt hätte, es zu erleben, und dennoch ist es die natürlichste Sache von der Welt. Ich sah es durch einen Türspalt und spürte mit einem Stich, dass dies etwas war, was ich nicht hätte sehen sollen, etwas äußerst Intimes, etwas fast Entwürdigendes: Die Zarin schnitt dem Zaren die Haare.

Sie sind schnell voneinander abhängig geworden, weniger von all den fremden, oft gleichgültigen Menschen, die sie immer umgaben. Alexandra Fjodorowna hat bei all ihrem Hochmut praktische Dinge gut im Griff. Das hat sie sich während des Aufwachsens am englischen Königshof angeeignet. Es ist verwunderlich, dass eine Frau, welche die Strümpfe ihrer Kinder stopfen und ihrem Mann die Haare schneiden kann, in ihrem autokratischen Glauben so unerschütterlich sein kann.

Etwas ist wirklich entwürdigend: die Toilette. Sie liegt am anderen Ende des Hauses beim Badezimmer. Davor befindet sich die Haupttreppe, die direkt ins Souterrain hinunterführt, in dem die Gardisten hausen. Im Gang steht immer ein bewaffneter Soldat postiert. Dieses kleine Zimmer dient der Zarenfamilie als Abtritt und zugleich als Kunstgalerie der Revolution. Die Ausstellung wird erweitert, wenn Awdejews Truppen im Wodka Anregung gefunden haben. Wenn sie sich wenigstens mit den teils schlüpfrigen, teils kampflüsternen Liedern begnügen würden, die vom Souterrain nach oben dringen, sondern sie müssen um jeden Preis auch noch die Wände bekritzeln und vollmalen. Es sind zwei Themen, die sie beschäftigen: Sexualität und Alkohol. Näher definiert: die Zarin und Rasputin, der Zar gern in der Rolle des Hahnreis, als abgestumpfter Zeuge der Ausschweifungen der Herrscherin.

Niemand in der Zarenfamilie hat auch nur ein einziges Mal diese giftige Schmiererei kommentiert. In Zarskoje Selo hatte einer der Wachposten unanständige Worte in den Sitz der von den Zarenkindern benutzten Schaukel geschnitzt. Nikolaj Alexandrowitsch sorgte unbemerkt dafür, dass der Sitz gegen ein neues und unbesudeltes Stück Holz ausgewechselt wurde. Die Wände kann er aber nicht herausschneiden, und sollte er versuchen, die »Dekorationen« zu übermalen, weiß er nicht, ob das nicht eher zu neuen und noch fantasievolleren Ausdrücken inspirieren würde. Wir müssen alle nur so tun, als sähen wir die Schrift an der Wand nicht.

Diese Art von Fantasien trug nicht wenig dazu bei, die Stellung des Zaren im Volk zu untergraben. Und, noch schlimmer: Nur 50 Prozent waren Fantasien. Als Gregorij mit entblößtem Geschlechtsorgan im Moskauer Restaurant Jar herumtorkelte, was sollte das Volk glauben und meinen, wenn das Staatsoberhaupt gleichzeitig seine schützende Hand über ihn hielt? Jede Nation, deren Volksinstinkte noch intakt waren, musste notwendigerweise seine Fantasie an Rasputins unantastbarem Zepter entwickeln und über Macht und Format der Genitalien nachdenken.

Die Zarin hat unter einem vollständigen Mangel an Vorstellungskraft gelitten. Erst jetzt erhält sie einen ungeschminkten Einblick in die Gedankenwelt der Untertanen. Es ist, was furchtbar genug ist, ein Augenblick der Wahrheit, wenn Alexandra Fjodorowna, hart geprüft durch die Verstopfung, unter der wir alle leiden, das kleine Zimmer mit den dicken Wänden und dem hohen Fenster betritt. Ich bin sicher, dass sie auch jetzt die Augen schließt, sobald sie sich gesetzt hat. Die Großfürstinnen müssen den tiefsten Fall empfinden, da die Perversion und die Revolution sie in einem Raum bedrängen, den sie unbedingt aufsuchen müssen. Dazu noch unter den Zurufen und dem Hohngelächter der Wachen, die sich draußen vor der Tür versammeln.

Ich habe mich auf die Hygiene des Sitzes konzentriert, auf den Kampf gegen die Darmbakterien. Leider hat es den Gardisten nicht genügt, nur die Wände zu besudeln. Nachdem ich für eine Waschgelegenheit und Desinfektion gesorgt hatte, befestigte ich einen Appell an der Wand: »Hinterlassen Sie den Sitz freundlicherweise so sauber, wie Sie ihn vorgefunden haben.« Du sollst an deinem Nächsten so handeln, wie du es auch von ihm wünschst.

16. Mai

Wenn Wladimir Nikolajewitsch sich blicken lässt, richtet der Patient einen zusätzlichen Blick zur Tür. Er hofft jedes Mal, dass der Arzt den Sohn Kolja mitbringt. Der junge Derewenko gehört zu den wenigen gleichaltrigen Freunden des Thronfolgers. Er ist nach Tobolsk mitgekommen, und ich nehme an, dass er sich in Jekaterinburg befindet. Doch es ist immer der hochgewachsene, ungehobelte Kommandant, der hinter dem Doktor hereinkommt. Je stärker die Schmerzen dem Zarewitsch zusetzen, umso dringender wird die Frage nach Kolja.

Nach einer kurzen Beratschlagung legte Derewenko heute am Bein des Patienten eine Schiene mit Gipsverband an, damit die Schwellung in der Kniekehle mehr Ruhe erhält. Es ließ sich nicht vermeiden, dass es wehtat. Alexej Nikolajewitsch versuchte, den Schrei zu unterdrücken, und sein Gesicht verfärbte sich.

»Kommt Kolja nicht!?«, brach es plötzlich aus ihm heraus.

Derewenko sah hoch. Der Kommandant zuckte zusammen.

»Ich kann von Lenka grüßen«, warf ich ein.

»Von welchem Lenka?«, kam es scharf vom Kommandanten.

»Nur der Küchenjunge.«

»Während der Arztvisite dürfen interne Dinge nicht angesprochen werden!«

Derewenko und ich fühlten uns unter Awdejews Tadel verlegen wie zu groß geratene Schuljungen. Die Zarin konnte kaum noch an sich halten.

»Au!«, kam es endlich von Alexej Nikolajewitsch.

»Das geht vorbei«, sagte der Kommandant mit etwas sanfterer Stimme. Doktor Derewenko legte an den Verband letzte Hand an, bevor er sich erhob, warf dem Thronfolger einen bedauernden Blick zu, verabschiedete sich mit einem stummen Gruß und ging. Awdejew folgte ihm auf den Fersen. Alexej Nikolajewitsch ließ den Tränen freien Lauf.

Nach einiger Zeit half ich dem Zaren, dem der unwürdige Auftritt zum Glück erspart geblieben war, den Zarewitsch vom Zimmer der Eltern ins Krankenzimmer zurückzutragen. Er bekommt seine Mahlzeiten im Bett und speist (das Wenige, das er zu sich nimmt) in Gesellschaft Alexandra Fjodorownas.

Im Übrigen hat die Zarin den Tag zusammen mit ihren Töchtern verbracht. Sie nähen. Wenn die Großfürstinnen mit der Mutter nähen und nicht mit dem Dienstmädchen Strümpfe stopfen, geht es nur selten um das Flicken von Kleidungsstücken. Am liebsten trennen sie Nähte auf und nähen sie wieder zu, Arbeiten an Unterwäsche und Korsetts, Knöpfen und Kissen. Sie wissen, dass alles, was funkelt, ihnen weggenommen werden kann. Stich für Stich nähen sie ihre Hoffnungen ein, und jeder Edelstein, jeder Diamant blitzt wie ein Stern an einem fernen, fernen Himmel.

Alexej Nikolajewitschs Schmerzen nahmen im Lauf des Abends ab. Ich saß bei ihm, bevor er einschlief. Es entspann sich folgender kleiner Dialog (so wie ich ihn in Erinnerung habe):

»Jewgenij Sergejewitsch, wer war der Vergessene? Was glauben Sie?«

»Der Vergessene?«

»Ja, wenn Sie sich nur an achtzehn Zaren erinnern?«

»O nein, ich habe doch keinen der Zaren vergessen, sondern nur die Zahl vergessen, dass es neunzehn waren.«

»Aber Doktor Botkin, jede Zahl ist ja ein Zar.«

»Ja, das ist richtig.«

»Ich glaube, Sie haben Iwan VI. vergessen.«

Ich sah ihn an, nicht ohne eine gewisse Verwunderung verbergen zu können:

»Warum gerade ihn?«

»Weil er nur ein Jahr geherrscht hat, weil er ein Kind war und weil er den Rest seines Lebens im Gefängnis gesessen hat.«

»Nun …«

»Aus dem Grund erinnere *ich* mich an ihn«, unterbrach er mich. »Aber da gibt es etwas, worauf ich nicht komme: Saß er im Gefängnis, nachdem er Zar geworden war, oder vorher?«

»Wahrlich, wenn ich das sagen könnte, Eure Hoheit.«

»Ich hoffe, er war erst Zar.«

»Warum das?«

»Da hatte er vielleicht etwas Unartiges getan, so dass es einen Grund gab, ihn ins Gefängnis zu sperren. Wenn er nur ein Kind und nicht einmal Zar war, weshalb sollten sie ihn dann einsperren?«

Darauf hatte ich keine Antwort. Doch zum Glück hatte Alexej Nikolajewitsch eine neue Frage:

»Doktor Botkin, welche Nummer bekomme ich nach dem Namen?«

»Sie werden Alexej II., Eure Hoheit.«

»Richtig.« Er lächelte und fügte hinzu: »Genau wie Sie.«

»Wie ich?«

»Ja, Sie sind doch Botkin II. nach Ihrem Vater.«

Jetzt war es an mir zu lächeln. Er fuhr fort:

»Wie lange war Alexej I. Zar?«

»Nein, das wage ich wirklich nicht zu sagen, aber es war wohl recht lange?«

»Ja, 30 Jahre! Wissen Sie, was ich ausgerechnet habe? Wenn ich Zar geworden bin, beispielsweise letztes Jahr …«

Mich fror leicht, als er ohne weiteren Nachdruck die Zeit ein Jahr zurückschraubte und seine Thronbesteigung auf »letztes Jahr« datierte, genauer, auf den Bahnsteig in Pskow.

»Dann würde ich bis 1947 Zar sein und doch noch nicht so alt sein wie Papa. Können Sie mich so lange am Leben halten, Doktor Botkin?«

»Aber ja, aber können *Sie* mich am Leben halten? Dann wäre ich, lassen Sie mich sehen … 84 Jahre!«

»Vielleicht Ihr Sohn. Vielleicht wird Gleb auch Arzt, Doktor Botkin?«

»Das glaube ich nicht, Eure Hoheit, ich glaube eher, ich werde der letzte Doktor Botkin sein, vielleicht wird Gleb Maler.«

»Hofmaler!«

»Das bleibt Ihnen überlassen, Eure Hoheit«, sagte ich, indem ich aufstand, um den Thronfolger zu verlassen, jetzt, wo er inmitten seiner bedrohlichen Gedankenwelt auf einer idyllischen Insel gelandet war.

17. Mai

Alexandra Fjodorowna hat zu Bett gelegen. Schwindel und Kopfschmerzen.

Seit ich in den Dienst des Zaren trat, habe ich versucht, ihre Qualen zu lindern. Ich habe Kosaken angefordert, die sie hochheben sollten, Rollstühle, um sie zu fahren, habe sie von öffentlichen Pflichten befreit. Aus Rücksicht auf ihr schlechtes Herz wurde sie schließlich eine Fremde für ihr Volk, ein Mensch, den niemand sehen durfte. Dennoch findet sie immer Gründe zur Beunruhigung, immer einen Anlass zu Aufregung und Qualen. Die Spannung ist seelischer Natur, sie gründet in einem Bedürfnis, *alles zu ertragen.*

Erst brachte die Zarin vier ebenso wohlgestaltete wie unnütze Mädchen zur Welt, dann trug sie einen Knaben. Ein Kind, das noch immer getragen werden muss.

Alexej Nikolajewitsch ist das einzige Enkelkind von Zar Alexander III., das ein Erbrecht auf den russischen Thron hat. Die weibliche Erbfolge tritt erst in Kraft, wenn alle männlichen Linien des Hauses Romanow ausgestorben sind. So ist das Gesetz Pauls I. in Fleisch und Blut umgesetzt. In dieser unheilschwangeren Kombination totaler Willkür mit dem absolut Gesetzmäßigen hat das Leiden seinen Ursprung. Der medizinische Begriff Hysterie stammt von dem griechischen Wort Hystera ab, was Gebärmutter bedeutet.

Im August 1902, im Jahr nach der Geburt der Großfürstin Anastasia, wurde vom Hof ein Bulletin veröffentlicht, das mein Vorgänger Dr. Girsh und der kaiserliche Geburtshelfer Prof. Ott unterzeichnet hatten. Man bedaure, bekannt geben zu müssen, dass die Zarin einen Abortus spontaneus erlebt habe, der übrigens ganz ohne Komplikationen verlaufen sei. In Wahrheit hatte nur die Menstruation wieder eingesetzt.

Die Meldung von Alexandra Fjodorownas fünfter Schwangerschaft ist einer der merkwürdigsten Vorfälle in der medizinischen Geschichte der Zarenfamilie. Sie erlaubte keinem Arzt, weder Dr. Girsh noch Prof. Ott, ihr während der Schwangerschaft nahe zu kommen. In diesen Jahren konsultierte sie ihren eigenen speziellen »Hofarzt«, einen gewissen Dr. Philippe aus Lyon. Der Zar hatte dafür gesorgt, dass er die nötigen Papiere erhielt, und bezeichnete ihn als Medikus aufgrund kaiserlichen Dekrets. Er behauptete, ein Mann mit übernatürlichen Fähigkeiten zu sein.

Dr. Philippe Nizier-Vachod versprach, Russland einen Erben zu schenken, der Zarin einen Sohn. Gerüchte wollten wissen, der Wundertäter habe sich während der Befruchtung im kaiserlichen Schlafzimmer aufgehalten und gebetet. Dr. Philippe konnte schon bald eine Schwangerschaft feststellen, eine erhabene Empfängnis, die jedem Einblick von Seiten der profanen Medizin entzogen war.

Dr. Girsh und Prof. Ott waren für vier gelungene Niederkünfte verantwortlich gewesen, von denen keine die Forderungen der Dynastie auf Männlichkeit erfüllt hatte. Wenn ich mich nicht irre (Alexej Nikolajewitsch möge es mir verzeihen!), gibt es in Russlands Geschichte genau vier Zarinnen. Bevor Zar Paul das Erbfolgegesetz von 1797 in seinem blinden, aber alles andere als unbegreiflichen Hass auf Katharina die Große schrieb. Es war der Hass auf die Mutter, der Russlands Zukunft diktierte und dem Quacksalber aus Lyon den Weg in die kaiserlichen Gemächer öffnete.

Der Glaube hielt sich genau neun Monate lang. Da mussten die Doktoren vortreten, die heilige Empfängnis torpedieren und eine Scheinerklärung erfinden. Aber Dr. Philippe blieb. Er war so nahe, so nahe daran gewesen, Russland einen Erben zu verschaffen.

Das Einzige, was fehlte, war die Leibesfrucht.

Der Quacksalber verspürte ein verzweifeltes Bedürfnis nach einem neuen Heiligen. Er fand Serafim aus Sarow, einen sogenannten Starez, einen Gottesmann mit übernatürlichen Fähigkeiten, der sich mit einer Gemeinde junger Frauen umgab. Seine Majestät beugte sich dem Wunsch des »Hofarztes« und kanonisierte den Heiligen Serafim, der seit 70 Jahren tot war, unter den heftigen Protesten der Synode.

Das Zarenpaar zog bei der Zeremonie in Sarow persönlich in das Kloster ein, gleichzeitig kamen Tausende von Pilgern, und Kranke wurden zum Altar gebracht, um geheilt zu werden. Die Atmosphäre soll wie »in den Tagen Christi« gewesen sein. Die gesamte Dynastie hatte sich zu den Feierlichkeiten eingefunden und nahm an der Prozession teil, die den Sarkophag des Heiligen und eine Auswahl von Reliquien bei großer Hitze durch die Wüstenlandschaft trug. Das Zarenpaar legte in der Klosterzelle des Heiligen Serafim die Beichte ab, bevor beide am späten Abend, heimlich und im Schutz der Dunkelheit, sich zum Keller St. Serafims begaben, wo der Heilige gebadet hatte. Hier, in dem eiskalten Wasser, sollten die Leiber der Liebenden den Segen erhalten, und Gott sollte Russland den Samen zu einem neuen Zaren schenken.

Ein Jahr später konnten Dr. Girsh und Prof. Ott bekanntgeben, dass die Zarin einen Sohn geboren hatte.

Es hat zu regnen begonnen. Der Thronfolger schläft.

18. Mai

Alexandra Fjodorowna hat auch heute gelegen. Mit geschlossenen Augen. Sie meint, das Sehen verstärke den Kopfschmerz, etwas, das ich weder als falsch abtun noch bestätigen kann. Die Großfürstinnen lesen laut. Der Zarewitsch hat sich besser gefühlt, bekam im Lauf des Abends aber Krämpfe im Bein. Dr. Derewenko wurde nicht eingelassen, da der Kommandant anderweitig beschäftigt war und ihn nicht begleiten konnte. Das Regime fürchtet offensichtlich, dass Wladimir Nikolajewitsch als Kurier fungieren soll. Er ist der Einzige im kaiserlichen Gefolge, der im Haus aus und ein geht – so wie ein Rote-Kreuz-Zug im Krieg die Front in beiden Richtungen passiert.

Den ganzen Tag Regen, Nieselregen und Hammerschläge.

Sollte Dr. Philippe der letzte Wundertäter am russischen Hof geworden sein, da der Thronfolger ohne die Krankheit zur Welt gekommen war? Gregorij Rasputin hätte an die Schlosstür geklopft, wie es Gottesmänner zu allen Zeiten getan haben, und seine Gebete gesprochen, aber man hätte ihn vielleicht nicht in die Säulenhallen eingelassen, nach oben in die privaten Gemächer, in die Schlafzimmer der Kinder, zum großen Entsetzen der weißgekleideten Kinderschwestern. Vielleicht hätte in dem kranken Herzen der Zarin zwischen Zar und Zarewitsch kein freier Platz auf ihn gewartet?

Nur eine kleine Minderheit von Russlands Bevölkerung kann man als aufgeklärte Menschen bezeichnen. Die Mehrzahl, mehr als 120 Millionen, sind reine Analphabeten, Bauern, die jenseits aller Kommunikationsmittel leben und ohne jeden Kontakt mit der Zivilisation. Sie haben keine Vorstellung davon, wie das Land geführt werden wird oder soll. Sie wissen kaum, dass sie einer Nation angehören. Ihren einzigen geistigen Impuls empfangen sie durch die orthodoxe Kirche, wo sie auch gelernt haben, für den Zaren zu beten.

Die Bauernbevölkerung hat für die Front im Westen Millionen auf Millionen Soldaten gestellt, und zugleich machte sie das beständige Fundament des Zarentums aus. Zwischen den Bauern und dem Zaren standen die aktiven, problematischen Klassen und Stände, das Bürgertum, das Proletariat, die Bürokratie, die Intellektuellen, der Landadel und die höchste Aristokratie. Sollte das Selbstherrschertum aufrechterhalten werden, musste diese gesamte Schicht, die trotz allem an die 20 Millionen Menschen zählte, einfach ignoriert werden. Man musste eine direkte Verbindungslinie zwischen dem obersten Punkt und den tiefsten Schichten in der russischen Gesellschaft ziehen. Diese Linie zog Gregorij Rasputin. Diesen Weg legte er mindestens einmal im Jahr zurück, zwischen dem Bauernhof in Pokrowskoje und der Wohnung in St. Petersburg. Das ist die gleiche Route, auf der wir vor drei Jahreszeiten unterwegs waren, wenn auch in entgegengesetzter Richtung.

Rasputin wurde in der Hauptstadt umgebracht, der Zar sitzt in Sibirien gefangen.

Warum musste ausgerechnet der Bauer, der es bis zum Hof

schaffte, ein Scharlatan und Schwindler sein. Oder: Wie sollte er sonst bis zum Hof gelangen? Rasputins Position beruhte nicht nur auf dem Vertrauen der Zarin zu ihm, dem Bauern, sie beruhte in ebenso hohem Maße auf Misstrauen gegenüber der Aristokratie. Alexandra Fjodorownas Entfremdung von ihrem eigenen Stand und ihrer eigenen Verwandtschaft reduzierte die Herrscherdynastie zu einer Kernfamilie. Diese sonderte die eigene kleine Familie des Zaren vom Romanow-Geschlecht ab und trieb das wachsende Heer aus Großfürsten und kaiserlichen Prinzen in die Reihen der Oppositionellen.

Am Ende saß die Familie wieder allein im Alexanderpalast mit einer Handvoll Hoflakaien (einschließlich des Leibarztes), einigen treuen Dienern, den Töchtern und dem kranken Thronfolger. Während der letzten Besuche der Zarin im Hauptquartier hatte sie große Probleme damit, ihr Gefolge zusammenzustellen. Selbst in ihrem eigenen Hofstaat gab es nicht genügend Personen von Rang, die das nötige Vertrauen besaßen. Eine Zarin konnte mit ihren Dienern und Kindern nicht allein reisen. Damit hätte sie sich dem Volk gleichsam nackt gezeigt. Die Zeit war vorbei, in der beispielsweise der kaiserliche Leibarzt zu Alexandra Fjodorownas engster Umgebung gehörte. So wurde die einst so mächtige russische Herrscherdynastie gleichsam Kleidungsstück für Kleidungsstück bis auf die nackte Haut ausgeplündert.

Nach Westen gingen die Bahnladungen mit den Blutopfern des Krieges. In östlicher Richtung ging die eine Linie nach Pokrowskoje, bis sie durchschnitten wurde. Die Dynastie Romanow applaudierte nicht nur dem Mord an Rasputin, sie war sogar durch einen ihrer Söhne, Großfürst Dimitrij Pawlowitsch, direkt daran beteiligt, und indirekt durch eine ihrer Töchter, Prinzessin Irina. Der Mord an dem Bauern war ein desperater Versuch, nicht Russland von Rasputin zu befreien, sondern in politischer Hinsicht den Zaren von der Zarin zu befreien, so dass Nikolaj Alexandrowitsch auf ihre Seite hinübergezogen werden konnte, um

Russlands einzige Rettung zu ermöglichen, die konstitutionelle Monarchie.

Doch der Zar ging den entgegengesetzten Weg. Moralisch blieb die Zarin in den Augen ihres Gemahls die Siegerin. Auf absonderliche Weise stellt Seine Majestät Moral über die Macht. »Niemand hat das Recht zu töten«, war die Antwort, die er den Großfürsten und Großfürstinnen gab, die für den »Mörder« Großfürst Dimitrij um Gnade flehten. Die Antwort mag für einen Autokraten aufsehenerregend scheinen, den Verwalter der Peter-Pauls-Festung, der Gefängnisinseln Schlüsselburg und Sachalin, für den Oberbefehlshaber eines Heeres, das zehn Millionen Gefallene zählen kann. Wirklich merkwürdig daran ist, dass er es ernst meinte. Niemand, selbst ein Großfürst nicht, besaß das Recht, einen einfachen Muschik zu töten oder einen der Bauern des Zaren hinzurichten. Das war das ausschließliche Recht des Autokraten, und zwar im Namen der Autokratie. Der Moralkodex des Zaren ist genauso undurchdringlich wie Hindenburgs Stacheldrahtverhaue für die, die sie von außen einnehmen wollen. Für den Zaren selbst ist er so selbstverständlich wie ein Abendgebet.

Mit dem Mord an Rasputin hatte Alexandra Fjodorowna ihre illusorische Verbindung zum heiligen Russland verloren. Die Romanows hatten definitiv ihre Verbindung mit dem Oberhaupt der Dynastie verloren, mit dem Zaren. Nikolaj II. trauerte nicht um Rasputin, er trauerte um den Verlust seiner Verwandten, die sich das Recht zu töten angemaßt hatten, das alleinige Recht des Herrschers.

Nikolaj Alexandrowitsch repräsentiert wirklich eine moralische Kraft. Es braucht Zeit, bevor sie sich zeigt, aber sie lässt sich an der Einstellung der Wachen ablesen. Es dauert immer länger und länger, bis wieder eine höhnische Bemerkung fällt. Der Kommandant hat nicht aufgehört zu trinken, doch er versucht, nüchtern aufzutreten.

Dem Wesen Nikolajs II. liegt eine große Demut zugrunde, sowohl im Verhältnis zu anderen Menschen und nicht zuletzt im Verhältnis zu seiner eigenen Stellung. Er hat Russland in der Zeit der Autokratie regiert, ist aber nie ein Alleinherrscher gewesen. Er hat den Thron nur körperlich bestiegen, aber seine Seele hat sich nie in den Purpurmantel gehüllt, und deshalb hat seine Stellung ihn in moralischer Hinsicht auch nicht korrumpieren können.

Angenommen, dass es einen Gott gibt, ich meine, angenommen, dass Gott den Zaren auf den Platz des Zaren setzte, angenommen, dass Er wirklich seine Wahl unter den Seelen der Erde traf, weshalb suchte Er sich unter den Millionen Russlands gerade Nikolaj Alexandrowitsch aus, um ihn auf den Thron zu setzen?

Zwei Türen werden auf- und zugemacht, vom Zimmer des Thronfolgers und dem des Kommandanten. Gibt es einen einsameren Ort für meine Gedanken?

19. Mai

Ein trüber Tag. Kopfschmerz der Zarin, Knie des Thronfolgers (Temperatur 37,6). Die Großfürstinnen waschen. Auf der Terrasse hängt eine lange Reihe weißer Taschentücher zum Trocknen, die meisten davon mit gekrönten Initialen bestickt – wie Flaggen. Wir ergeben uns, wir haben die Waffen gestreckt, haben unsere dekorativen Säbel abgeliefert, der Zar hat seine Epauletten abgegeben, und die Taschentücher der Großfürstinnen sind weiß gewaschen, rein für die Tränen der Nacht.

Niemand nimmt dieses Signal aus dem Palast Ipatjews zur Kenntnis. Nicht einmal der Kommandant, wie sehr er sich auch vor allen Versuchen fürchtet, Meldungen an die Umwelt zu senden. Seinen konspirativen Instinkten zum Trotz hat er entschieden, dass es sich hier nur um Taschentücher handelt, die zum Trocknen hängen. Wenigstens dieses eine Mal hat er recht.

Ohne einen einzigen Kuss sind vier Prinzessinnen in arbeitende Frauen verwandelt worden. Sie waschen ihre eigene Kleidung. Aber wenn es wirklich Signale waren? Auf dem Signalmast der Großfürstinnen hieße das: Kommt her, seht unsere Taschentücher – kommt her, holt uns ab!

Die Antwort ist naheliegend. Sie überragt den Palisadenzaun um 1500 Meter. Die Antwort ist der Ural, die Bergkette, die uns von der Welt abschließt, die uns im Griff der Geografie festhält.

Abstand und Ohnmacht. Die Wörter hängen zusammen wie Herrscher und Hauptstadt. Weder der Zar noch Lenin befanden sich in Petrograd, als die Revolution ausbrach. Nur der Statist »Napoleon« war im Zentrum der Macht zur Stelle. Aber Lenin war nur eine Bahnreise entfernt, schnell wie ein Telegramm durchquerte er die Länder und stieg mit drei Worten auf den Lippen aus: Brot, Friede, Erde!

Endlich, in dem politischen Vakuum Kerenskijs, das von hohlem Pathos geprägt war, eine Botschaft, die das alte »Gott, Zar, Vaterland« ersetzen konnte.

Gott ist vergessen, der Zar in Sibirien, das Vaterland zerstört. Friede herrscht nur an der Front, Brot ist Mangelware, und die Erde werden wir noch zeitig genug schlucken.

Soviel wir wissen, ist Lenin im März aus Petrograd geflüchtet, nur ein paar Tage nach dem ehrlosen Friedensabkommen mit Deutschland. Er soll die Hauptstadt mitgenommen haben. Nach Moskau.

Lenin ist nicht in der Hauptstadt. Die Hauptstadt ist in Lenin.

In dem entscheidenden Augenblick stand der Zar allein auf dem Bahnsteig in Pskow, verloren zwischen den beiden Stationen der Macht, Petrograd und Mogilew.

Abstand und Ohnmacht.
Die Taschentücher hören nicht auf, zum Abschied zu winken.
Wo ist die Hauptstadt jetzt?

Sonntag, den 20. Mai

Es ist jedes Mal gleich verwunderlich zu sehen, wie der Schreibtisch des Kaufmanns in einen Altar verwandelt wird. Ein junger Pope erschien dementsprechend mit einem Diakon. Das Gefängnis wurde zu einer Kirche, das Zimmer hinter dem Bogen diente als innerer Kirchenraum, während die Gemeinde im Salon saß.

Alle waren anwesend, auch Alexej Nikolajewitsch, der in dem Feldbett mit der gestreiften Bettdecke hereingetragen wurde, die Zarin im Rollstuhl. Ich glaube, die Zeremonie hat der Familie Trost gegeben. Wie viel würden wir dennoch dafür geben, in die wirkliche Kirche unter dem Goldkreuz hinübergehen zu können. Wir sind seit dem ersten Weihnachtstag nicht mehr in einem geweihten Raum gewesen.

Bis zu dem Tag durfte die Zarenfamilie ihre Gefängnis im Haus des Gouverneurs verlassen und spazierte unter strenger Bewachung zu dem Bau, der rund hundert Meter weiter in derselben Straße lag. Das schmutzige Stück Weg verband den Zaren noch immer mit der orthodoxen Kirche.

Als die Messe am 1. Weihnachtstag zu Ende war, brach der Diakon plötzlich die Stille in der überfüllten Kirche und sang mit kräftiger Bassstimme das traditionelle Gebet für den Zaren und sein Haus. Es war, als hätte er die bösen Mächte angerufen. Danach wurden alle Gottesdienste in der Residenz abgewickelt, wo man im Ballsaal des Gouverneurs Ikonen aufhängte, und dorthin kam der Pope mit einem kleinen Nonnenchor. Das Gebet für den Zaren hatte das letzte Stück Freiheit aus dem Dasein der Familie ausradiert.

Der erste Anblick des Popen versetzte mir einen Stich. So tief ist das Gefühl des Gefangenseins eingedrungen, dass das Erscheinen des Geistlichen instinktiv vom Ende kündet, vom letzten Gebet. Das beklemmende Gefühl löste sich erst beim Gesang der Großfürstinnen. Alle vier trugen schwarze Röcke und weiße Blusen, doch ihre Haare haben alle ihre eigene Farbe, angefangen bei Tatjana, der dunkelsten, bis zu Maria, der hellsten. Olga Nikolajewna ist nur eine Spur dunkler als Maria und Anastasia einen Ton heller als Tatjana.

Strahlender Sonnenschein und Wärme im Garten. Durch den Gottesdienst oder den Wetterumschwung gehobener Stimmung hat der Zar sich erdreistet, den Kommandanten um Arbeit zu bitten. Am allerliebsten möchte er Holz sägen, hat sich aber auch erboten, im Garten und um die gefällten Bäume herum Unkraut zu jäten. Gern würde er wohl auch einen Graben zur Drainage am Palisadenzaun graben, wie er es in Tobolsk getan hat. Seine Majestät versucht, den Tagen einen Sinn zu geben, zumindest hofft er, durch die Arbeit einen häufigeren Zugang zum Leben im Freien zu finden. Er ist der Einzige von uns, der keinerlei Aufgabe mehr hat, seitdem die Großfürstinnen eine Partnerschaft mit dem Dienstmädchen geschlossen haben.

Das ist eine kräftige Frau von etwa vierzig Jahren. Sie hat praktisch eine Mutterrolle übernommen. Die Zarin ist immer noch die geistige Wegweiserin, hat aber eigentlich mit ihrer Gesundheit genug zu tun. Der Koch und Lenka sind vollauf mit der Küchenarbeit beschäftigt, und schlechte Lieferungen bedeuten nicht weniger Arbeit. Der Kammerdiener des Zaren, Trupp, schafft es mit seinen 61 Jahren auf bewunderungswürdige Weise, den Tag damit zu füllen, die jeweils stark begrenzte Garderobe seiner Majestät und seine Habseligkeiten in Ordnung zu halten. Nikolaj Alexandrowitsch ist selbst ein Ordnungsmensch bis in die Fingerspitzen. Strenggenommen ist der Kammerdiener absolut fehl am Platz und nimmt dem Zaren etwas von seinen Möglichkeiten zur Beschäftigung, und ginge es auch nur um seine persönlichen Habseligkeiten. Sollte Nikolaj Alexandrowitsch tatsächlich sein Gesuch, Holz sägen zu dürfen, bewilligt werden, wäre die Absurdität auf die Spitze getrieben – ein Holzsäger mit einem Kammerdiener, der die Holzblöcke stapelt.

Alexej Jegorowitsch Trupp kämpft aufs Ganze genommen einen heroischen Kampf für sein Weltbild, er hatte den höchsten, den schwindelerregenden Punkt auf der plüschbelegten Karriereleiter seines Berufs erreicht, nämlich als Kammerdiener beim Zaren von Russland, König von Polen, Großherzog von Finnland etc. Was hat es ihn nicht gekostet, dorthin zu gelangen? Seinen selbstverständlichen Platz in einem Dasein aus Glockenzügen, Kleiderbürsten, glänzenden Stiefeln, blankgeputzten Uniformknöpfen, blitzenden Taschenmessern und wohlgeordneten Toilettentischen. Niemand ist länger aus der Bahn geworfen worden als der altehrwürdige Trupp.

Als »Hofchef« und Arzt darf ich nicht so tun, als hätte ich mich um eine Praxis zu kümmern. Im Verhältnis zu dem Bedarf, der sich außerhalb der Palisade mit Sicherheit finden ließe, bin ich unbedeutend. Für meine beiden Patienten kann ich nicht viel ausrichten. Ich absolviere noch immer die täglichen Konsultationen mit der gesamten Zarenfamilie und verteidige meinen Platz als Anachronismus, ganz genauso wie der Kammerdiener Trupp.

Wenn der Zar etwas zu tun bekäme, dieses oder jenes Territorium für seinen körperlichen Tätigkeitsdrang, hätte die Stimmung viel zu gewinnen. Trotz seiner großen Bescheidenheit und selbst wenn er sich äußerst selten beklagt, orientieren wir uns alle mehr oder weniger an der Gegenwart Seiner Majestät. Er übt keine aktive Leitung aus und wird von den Wachen etwa nach dem gleichen Reglement behandelt wie wir anderen, und dennoch ist er der eigentliche Gefangene, der unser gemeinsames Schicksal verkörpert, das verlorene Imperium, unser schiffbrüchiges Leben und unseren unbezahlbaren Stolz. Ohne ihn sind wir *nur* Gefangene, Verbrecher, kleine Gauner, Räuber oder Mörder.

Alles, worum er bittet, ist eine Säge.

21. Mai

Am helllichten Tag löste sich im Souterrain eine Gewehrsalve. Kurz darauf stürzte der Kommandant herein, um sich zu erkundigen, ob der Schuss den Fußboden durchschlagen habe. Aber leider sind sowohl Wände, Fußböden und Decken in diesem Haus undurchdringlich, nur die Geräusche lassen sich nicht vermeiden.

Unter dem Echo der heutigen Schusssalve und des gestrigen Gottesdienstes muss ich wieder an das Krankenlager in Spala denken, als ganz Russland für die Genesung des Thronfolgers auf die Knie fiel. Gestern, während der Messe, lag er auf seinem Feldbett, aller Gebete des Reiches entkleidet. Heute löste sich ein Schuss, der jeden von uns hätte erledigen können. Nur das Dienstmädchen erhob ein Wehgeschrei.

Warmer Wind, zwei Spaziergänge von je einer halben Stunde, später Regen.

Als wir heute Abend bei Tisch saßen, hämmerte jemand auf dem Klavier herum. (Die Wachen haben das Instrument hinuntergetragen, das früher einmal, unter Ipatjews sorgloser Herrschaft, seinen festen Platz im Salon gehabt hatte.) Olga Nikolajewna ließ einen tiefen Seufzer hören:

»Stellt euch vor, wir hätten das Klavier behalten dürfen!«

»Dann könnten wir zum Tanz aufspielen«, sagte Maria Nikolajewna.

Die Zarin warf ihr einen Blick zu:

»Das würde sich nicht schicken.«

»Warum das denn?«, wollte Anastasia wissen. »Der Krieg ist ja vorbei.«

Der Zar ließ sich durch diese äußerst delikate Aussage nicht beeindrucken, doch die Zarin sah auch ihre jüngste Tochter streng an:

»Der Krieg ist erst dann zu Ende, wenn der Frieden unterzeichnet ist.«

»Außerdem haben wir niemanden, mit dem wir tanzen können«, warf Tatjana Nikolajewna ein.

»Wir können doch miteinander tanzen«, entgegnete Anastasia.

»Das wird nicht das Gleiche sein«, sagte Maria Nikolajewna.

»Vielleicht nicht für dich?«, erwiderte die kleine Schwester.

»Es war bestimmt am besten, dass der Kommandant das Klavier hat entfernen lassen«, sagte der Zar in einem Versuch, der Diskussion ein Ende zu machen.

»Ich wollte doch nur Tschaikowsky spielen«, kam es leicht erschöpft von Olga Nikolajewna.

»Doktor Botkin«, sagte Großfürstin Anastasia und machte jetzt eine sehr wichtige Miene, »ist es wirklich wahr, dass Tschaikowsky an einem Glas Wasser gestorben ist?«

»Wie Ihre Hoheit sicher wissen«, begann ich, »ist das Wasser in St. Petersburg nie das gesündeste gewesen ...«

»Hatte er sich verschluckt?«

Gelächter. Es ist wirklich lange her. Tschaikowsky ist seit mindestens 25 Jahren tot.

Wie gern würde ich Olga Nikolajewna spielen hören.

22. Mai

Um fünf Uhr heute Nachmittag zog ein erfrischendes Gewitter am Himmel auf, aber da es verboten ist, die Fenster zu öffnen, half das wenig gegen die Wärme im Haus. (Das Unwetter setzte gegen zehn Uhr erneut ein.) Das Donnergrollen und das Zucken der Blitze ganz oben in den Fenstern gaben dem Zaren einen ungewohnten, etwas abwesenden Ausdruck, als er die Teetasse an den Mund setzte.

»Wie an der Front«, sagte er.

Ich registrierte kein Grauen, vielmehr einen Anflug von Wehmut im Tonfall. Die Zarin sagte nichts. Persönlich ziehe ich es vor, die Front als Konversationsthema zu vermeiden. Seine Majestät hat zehn Millionen Russen verloren, ich meinen ältesten Sohn. Für ihn ist es einfacher.

Der Kommandant gab heute Abend ein Dekret von weitreichender Bedeutung bekannt. Seine Majestät Lenin befiehlt, alle Uhren zwei Stunden vorzustellen. Um Strom zu sparen.

Als zivilisierte Menschen haben wir die Gewohnheit, bis gegen elf Uhr aufzubleiben, entweder zu lesen oder Karten zu spielen. Dies würden wir jetzt nur bei Tageslicht tun können, und allen Berechnungen zufolge würden wir bei Anbruch der Dunkelheit im Bett liegen. Leider befindet sich das Ipatjew-Haus nicht in der gleichen Zeitzone wie das übrige Russland. Durch die bemalten Fenster ist die Helligkeit schon so stark verringert, dass man auch am Tag schon Licht machen muss. Zum Glück hat niemand darauf hingewiesen, dass meine Lampe die ganze Nacht über brennt. Die Gardisten betreten unsere Zimmer normalerweise nicht in den Nachtstunden. Awdejew hält sich in seinem eigenen Zimmer auf, und die Wachen, die um das Haus herum patrouillieren, haben offensichtlich keine Anweisung, einen Lichtschein aus dem Haus zu melden.

»Da bleibt uns wohl nichts anderes übrig«, sagte der Zar und zog seine goldene Uhr hervor.

Trupp warf ihm einen langen Blick zu, aber Seine Majestät hat nur über dieses eine Uhrwerk die Befehlsgewalt. Er behält sich das Recht vor, die Uhr jeden Morgen und Abend eigenhändig aufzuziehen. Für uns, die wir immer noch dem Julianischen Kalender folgen, wird es ein wenig paradox sein, uns auf leninistische Zeit einzustellen. In unserer astronomischen Isolation behalten wir also die Kontrolle über das Datum, nicht aber über die Stunden.

Selbst wenn die Zarenfamilie versammelt ist, hat der Zar die Tradition des abendlichen Vorlesens nicht wieder aufleben lassen. Es wird nur sporadisch gelesen, am liebsten aus religiösen Texten. Als ich heute Abend durch die offene Tür ins Zimmer der Großfürstinnen blickte, saß Olga Nikolajewna allein da, in ein Buch vertieft. (Die Schwestern waren der Zarin ins Badezimmer gefolgt, und der Zar saß bei Alexej Nikolajewitsch.)

»Mit dem Vorlesen ist es wohl vorbei?«, sagte ich.

Olga Nikolajewna blickte hoch und lächelte:

»Ja, ich glaube, wir haben alles gelesen, was gelesen werden kann.«

»Alles?«

»*Krieg und Frieden, Anna Karenina, Die toten Seelen, Der Revisor, Ein Held unserer Zeit, Tagebuch eines Wahnsinnigen, Der Morgen eines Gutsbesitzers* sowie alles von Puschkin.«

»Da fehlt doch noch einer?«

»Einer.«

»Nur einer?«

»Dostojewskij.«

»Warum will Seine Majestät nicht Dostojewskij lesen?«

»Vater hat alles von Dostojewskij gelesen. Aber er scheint zu meinen, dass er sich nicht für die Jüngsten eignet, für Alexej und Anastasia.«

»Aber Tolstoi ist doch genauso grausam?«

»Nein.«

»Wirklich nicht?«

»Jewgenij Sergejewitsch, haben Sie *Aufzeichnungen aus einem Totenhaus* gelesen? War das nicht ein grausames Buch?«

»Ja, das ist es vielleicht. Ich erinnere mich nur … hatte er nicht eine Leberkrankheit?«

»Ich dachte an Lisa, die sich in einen Medizinstudenten verliebt hatte. Sie hatten als Kinder zusammen gespielt und sollten heiraten. Sie musste nur erst nach St. Petersburg fahren, um sich den Lebensunterhalt zu verdienen, so wie Sonja in *Verbrechen und Strafe* …«

»Ja, jetzt erinnere ich mich.«

»Aber dann ist es so, dass dieser Kellermensch, der mit der Leberkrankheit die Hoffnung zunichte macht, den Traum vernichtet, den sie hegte.«

Olga Nikolajewna machte eine Pause:

»Aber trotzdem, trotzdem kommt sie zu ihm, hinunter in das Kellerloch. Und als sie sieht, wie unglücklich er dort unten ist, will sie ihn … trösten. Doch er zieht sie an sich, auf den Diwan. Und sie lässt es geschehen. Und als es geschehen war … gab er ihr Geld. Aus Bosheit. Dennoch hatte sie … hatte sie sich ihm aus Liebe hingegeben.«

Wir hörten Nikolaj Alexandrowitsch im Nebenzimmer dem Thronfolger gute Nacht sagen.

»Ja, Sie haben vielleicht recht«, sagte ich. »Das Kellerloch ist schlimmer als *Krieg und Frieden*, grausamer als die Napoleonischen Kriege.«

Nachdem ich Olga Nikolajewna verlassen hatte, habe ich über Dostojewskijs Erzählung nachgedacht. Ich erinnerte mich an die Formulierung: »Jede Erkenntnis ist eine Krankheit«. Der denkende Mensch ist ein Patient, der eine Behandlung ablehnt, so wie die Hauptperson sich auch nicht von ihrer kranken Leber heilen lassen will. Er sagt überdies voraus, dass wir uns eines Tages schämen werden, aus Fleisch und Blut geschaffen zu sein, dass der Mensch der Zukunft von Ideen gezeugt werden wird, von reinen, unbestechlichen Ideen.

In Dostojewskijs Universum ist die Krankheit geistig produktiv, und die Disharmonie des Körpers befruchtet das Denken. Die Gehirntätigkeit lässt sich ablesen wie eine Fieberkurve. Möchte gern wissen, ob Olga Nikolajewna die Erzählungen von der Verurteilung des Dichters und vom Narrenspiel des Selbstherrschers kennt? War die Begnadigung durch Nikolaj I. nicht grausamer als selbst die Liebesrubel des Kellermenschen?

Hören Sie, liebe Olga, welch großen Dichter Sie in Ihrem Großvater hatten, einen Poeten nicht mit Gedanken und Worten, sondern mit lebenden Menschen aus Fleisch und Blut, Menschen mit eigenen Gedanken, eigenen Gefühlen und eigenen Worten.

An einem Vorweihnachtstag vor 70 Jahren ließ er Fjodor Dostojewskij und dessen Gesinnungsgenossen zum Tod verurteilen und zum Schafott führen, wegen Konspiration gegen den Zaren, gegen das alleinherrschende Oberhaupt dieser Dichtung. Er ließ die Männer in Leichenhemden kleiden und das Kreuz küssen. Er ließ das Erschießungspeloton aufmarschieren und die Gewehre laden. Der große Dichter Nikolaj Pawlowitsch ließ eine Handvoll junger Menschen zur äußersten Schwelle des Todes führen. Er ließ sie mit Kapuzen über den Köpfen an die Pfähle binden. *Dann* schickte er den Wagen hinein.

Es stieg aus: der Sendbote Seiner Majestät mit goldenen Schnüren und dem Rollenheft in der Hand! Er verkündete den Verurteilten die Begnadigung durch den Herrscher und schenkte ihnen die Gabe des Lebens: keine Gewehrsalven und Tod, sondern Ketten und Sibirien.

Ein wohlberechnetes Wunder, bei dem die Akteure nichts wussten, bei dem der große Schriftsteller Dostojewskij in eine kleine sprachlose Puppe verwandelt war. All dies war grausam, aber erklärlich, ja sogar in dem Ausgedachten, Durchkalkulierten liegt die Grausamkeit des Stücks. Das Unerklärliche ist, wie der verurteilte Dostojewskij später, in seinen Fußketten, lernen konnte, den Zaren zu lieben. Das ist das wirkliche Wunder und setzt einen Dichter voraus, der größer ist, als wir begreifen können.

Liebe Olga Nikolajewna. Nichts wünsche ich Ihnen inständiger als Gnade. Möge Ihnen die gnadenlose Dichtung der neuen Selbstherrscher erspart bleiben.

Alexej Nikolajewitsch geht es etwas besser. Er liegt allein im Krankenzimmer, wo ich oder der Zar oder eine der Großfürstinnen im Lauf der Nacht nach ihm sehen.

Jeden Morgen trägt Seine Majestät ihn mit großer Sorgfalt und Vorsicht in das Zimmer des Zarenpaars, in dem er den Tag verbringt. Alexandra Fjodorowna versuchte Dr. Derewenko zu erklären, dass der Patient nachts nicht in ihrem Zimmer schläft, wurde aber sofort vom Kommandanten unterbrochen.

Es wundert mich ein wenig, dass Wladimir Nikolajewitsch überhaupt als persönlicher Arzt des Thronfolgers Zugang zum Haus hat, da ich mich trotz allem jederzeit in der Nähe des Patienten aufhalte. Dieser doppelte medizinische Haushalt bürgt dafür, dass wir nicht reine Zuchthäusler sind, dass es immer noch die eine oder andere – für uns unbekannte – Bedeutung hat, dass wir leben.

23. Mai

Heute Vormittag zog man Alexej Nikolajewitsch sein weißes Nachthemd aus und kleidete ihn zum ersten Mal seit der Ankunft in Jekaterinburg in seine Matrosenbluse. Nachdem Seine Hoheit angekleidet war, hob ich ihn vorsichtig hoch und trug ihn durch das Esszimmer und den Salon, vorbei am Zimmer des Kommandanten, hinaus durch die Halle und die wenigen Treppenstufen zum Haupteingang hinunter. Hier wurde er in den Rollstuhl an der Wand gesetzt, unter den zwei Fenstern des Kommandanten mit Aussicht auf den vier Meter entfernten Palisadenzaun. Es herrschte strahlendes Wetter. Die Zarin (die sich sonst fast nie im Freien zeigt) und Großfürstin Tatjana leisteten ihm Gesellschaft.

Ihre Majestät ist zutiefst entrüstet darüber, dass der Kommandant es abgelehnt hat, dem Thronfolger einen uneingeschränkten Zugang zu Aufenthalten an der frischen Luft zu gestatten, jetzt, wo er das Versäumte endlich nachholen könnte. Jedoch meldeten sich schon nach kurzer Zeit wieder die Schmerzen im Bein. Wladimir Nikolajewitsch hatte am Tag zuvor den Stützverband entfernt. Das kranke Knie vertrug die Strapazen des Ankleidens, des Hochhebens und Tragens nicht. Die Zarin setzte dennoch ihre Ehre darein, die zugestandenen anderthalb Stunden in der Sonne auszuhalten, bis ich erschien und ihn ins Krankenzimmer zurückbrachte. Der Thronfolger ist nicht schwer zu heben, obwohl er sich immer mehr der Größe des Vaters nähert (1,72 m). Seine Majestät hat darauf bestanden, den Sohn selbst zu tragen, nachdem Nagorny nicht mehr zurückgekommen ist. Doch er fühlte sich nicht wohl und war während der Runden im Garten später am Tag ungewöhnlich mürrisch. Natürlich wurde ihm die Bitte um eine Säge abgeschlagen, mit den Worten des Kommandanten:

»In russischen Gefängnissen sind weder Hacken, Äxte noch Sägen erlaubtes Spielzeug. Wie naiv darf man sein? Beim nächsten Mal ersucht er wohl um ein Gewehr, um auf Scheiben zu schießen oder in der Umgebung auf Hasenjagd zu gehen.«

Ich sah keinen Grund, über diesen Kommentar Bericht zu erstatten, sondern bat den Zaren, darin Trost zu finden, dass das Winterholz für das gegenwärtige Gefängnisregime vielleicht eine zu langfristige Perspektive war. Das Zweideutige an der Bemerkung ging mir erst auf, nachdem sie gefallen war.

Die Wärme und die Luft in den Zimmern sind ein zunehmendes Problem. Awdejew beruhigt uns damit, dass die Fenster in dem Augenblick geöffnet werden können, in dem die neue Einfriedung fertig ist. Die Gardisten sind längere Zeit damit beschäftigt gewesen, etwa einen Meter außerhalb des alten Palisadenzauns einen noch höheren zu errichten. Nichts würde Seine Majestät mehr erfreuen, als an der Arbeit mitzuhelfen. In jedem Stamm steckt Brennholz für einen Wintertag.

Wladimir Nikolajewitsch kam um sechs Uhr (leninistischer Zeit) zusammen mit dem Kommandanten. Er konnte nur bestätigen, dass die Schmerzen des Thronfolgers auf zunehmende Schwellungen zurückzuführen seien, und legte einen Stützverband ums Knie an.

Am Abend herrschte eine gewisse zeitliche Verwirrung. Nachdem wir Bésigue gespielt hatten, gingen wir um neun Uhr zu Bett (nach alter Zeit), in einem untertänigen Versuch der Anpassung. Der Zar seufzte tief, als er sich erhob:

»Wie kann einem nur einfallen, die Zeit anzurühren, nur um Strom zu sparen? Wenn wenigstens Krieg gewesen wäre.«

Ich frage mich, was man bei dieser Reform an mentaler Energie verliert? Kerenskij hätte sich vielleicht mit einer Verschiebung um *eine* Stunde begnügt, die leninistischen zwei Stunden sind eine Provokation der biologischen Uhr des Menschen – eine Direktive, die jeden Zeitbegriff durcheinanderbringt.

Die Großfürstinnen haben im Uhrenspiel eine Art Unterhaltung gefunden. Früher am Tag schlug Anastasia Nikolajewna Folgendes vor:

»Jetzt wo sie die Tage vor- und die Stunden zurückdatiert haben, könnten sie da nicht auch die Jahreszahlen verschieben?«

»Nur ein Jahr zurück, und wir würden immer noch zu Hause im Alexanderpalast wohnen«, sagte Maria Nikolajewna.

»Zwei Jahre, und Papa wäre immer noch Zar von Russland!«, rief Anastasia aus, bevor Alexandra Fjodorowna der Gedankenflucht ein Ende machte, nicht mit einem vernichtenden Blick, sondern mit einem tiefen Luftholen. Niemand schlug vor, die Jahreszahlen vorzuverlegen, wie es für junge Menschen natürlich wäre, beispielsweise bis zu den Tennisplätzen der Freiheit außerhalb von London.

»Heute sind wir hergekommen«, sagte Olga Nikolajewna. Die Schwestern starrten sie an. »Es ist der 23. Mai.«

»Sag mir«, schaltete sich Alexandra Fjodorowna fast drohend ein, »welchen Kalender benutzt du eigentlich?«

»Ich sagte nur, dass wir seit genau 13 Tagen hier sind. 13 Tage, die nicht existieren.«

Die Familie war über dieses Rechenkunststück so verblüfft, dass sich niemand die Ergänzung der Großfürstin merkte:

»Genau wie wir.«

Natürlich hat keiner schlafen können. Die Tür zum Zarewitsch ist mehrere Mal auf- und zugegangen. Endlich ist es vollkommen dunkel. Ich hoffe, dass er nach seinem ersten, nicht ganz gelungenen Tag an der frischen Luft endlich zur Ruhe kommt.

24. Mai

»Ich gratuliere zum heutigen Tag, Eure Majestät.« Ich habe mir beim Frühstück erlaubt, Alexandra Fjodorowna zu ihrem Geburtstag zu gratulieren.

»Vielen Dank, Jewgenij Sergejewitsch, dies ist mein wirklicher Geburtstag«, erwiderte Ihre Majestät.

»Und das Wetter ist strahlend«, sagte ich und warf dem obersten blauen Streifen in einem der Fenster einen versuchsweise optimistischen Blick zu. Dies war strenggenommen die Replik des Zaren, doch der lächelte nur matt und hatte offensichtlich nicht die Absicht, den Mund aufzumachen.

»Was meinst du mit ›wirklicher Geburtstag‹?«, fragte Anastasia

Nikolajewna, indem sie eine schnelle Handbewegung machte, die sowohl den dünnen Tee als auch den Korb mit Schwarzbrot umfasste.

»Mama denkt natürlich an den Kalender«, sagte Tatjana Nikolajewna mit einem der zurechtweisenden Blicke der Mutter an die kleine Schwester.

»Kein gedeckter Tisch kann einem Geburtstag wirklichen Inhalt geben«, fügte die Zarin in einem Ton hinzu, der deutlich erkennen ließ, dass wir uns alle über die Frage der armseligen Geburtstagstafel erheben sollten. Die Großfürstinnen, die Meisterinnen darin sind, das Mienenspiel ihrer Mutter zu deuten, begriffen alle, dass dies die abschließende Replik im Disput um die Geburtstagsangelegenheiten der Zarin war.

Die schlechte Laune Seiner Majestät erhielt später am Tag ihre Erklärung. Der Zar leidet an Hämorrhoiden und hat erhebliche Schmerzen. Ich legte eine Kompresse an. Danach hielt er Bettruhe. (Er findet Ablenkung in Saltykows satirischen Werken.) Aufgrund des warmen Wetters und der unerträglichen Hitze im Haus kam er trotzdem auf die Beine und war mit uns eine Stunde draußen. Auch Alexej Nikolajewitsch, der im Gegensatz zum Vater in der Nacht gut geschlafen hatte, bekam eine halbe Stunde an der frischen Luft. Wir trugen den Liegestuhl der Zarin hinaus, auf dem das Bein ausgestreckt gehalten werden konnte. (Dieser Stuhl hat uns den ganzen Weg von der Terrasse des Alexanderpalasts bis hierher begleitet.) Maria Nikolajewna imponierte damit, dass sie den Bruder trug. Obwohl er weniger als 40 Kilo wiegt, ist es einfach keine leichte Aufgabe, den schlottrigen Körper auf Treppen und durch Türöffnungen zu bugsieren, ohne ein einziges Mal gegen harte Kanten zu stoßen. Die Zarin folgte. Sie weicht dem Thronfolger nur ungern von der Seite.

Dr. Derewenko wurde nicht eingelassen. Soweit ich es beurteilen kann, findet er sich draußen jeden Nachmittag zu einer festen

Zeit ein. In der Regel wird er dann zum Kommandanten hereingebracht und von dort zur Visite geführt. Es ist die Frage, ob Alexej Nikolajewitsch von einem kommissarischen Standpunkt aus jetzt nicht als gesund anzusehen ist, seitdem er damit begonnen hat, sich im Freien zu bewegen. In Tobolsk wurde er an dem Tag für gesund erklärt, an dem man ihn in einem Stuhl sitzen sah. Ich schließe folglich nicht aus, dass wir Wladimir Nikolajewitsch zum letzten Mal gesehen haben.

Selbst der Zarin muss der Tag wie ein recht unwirklicher Geburtstag erschienen sein. Aber ich sehe nur allzu gut, was sie gemeint hat. Alexandra Fjodorowna führt einen Zweifrontenkrieg gegen den Gregorianischen Kalender. Nach der neuen Zeitrechnung liegt der Geburtstag dreizehn Tage später, am 6. Juni, und an diesem Tag wurde sie vor 46 Jahren in Darmstadt auch geboren, als der Gregorianische Kalender im westlichen Europa weiterhin galt. Wenn das Datum auch aus diesem Blickwinkel gesehen »unwirklich« geworden ist, ist das eine Distanzierung von ihrem germanischen Hintergrund und einer entsprechenden Identifizierung mit dem neuen »wirklichen« Vaterland zuzuschreiben, von dem einzig wahren, dem orthodoxen Glauben ganz zu schweigen. Alexandra Fjodorownas Wirklichkeit ist zu einer zeitlich begrenzten Enklave zwischen dem kommunistischen Regime der Bolschewiken und dem lutherischen Deutschland der Hohenzollern geworden. Dieser abgesonderte Ort heißt Das Heilige Russland – das Territorium ihres Gemahls, das Erbreich des Sohnes.

Die Insel hat zwölf Bewohner.

Es war an einem der eiskalten Winterabende, an dem wir uns wie zu einer Schlittenfahrt gekleidet um den Kachelofen in Tobolsk versammelten. Als die Temperatur allmählich auf zwanzig Grad unter Null sank, war es völlig unmöglich, die Wärme im Haus zu halten. Ich glaube, es war Anastasia Nikolajewna, die das Wort fallen ließ:

»Die Insel.«

Und alle wussten genau, an welche Insel sie dachte. Sie lag immer in Sonne gebadet, existierte nur im Monat Juni und nur für die kaiserliche Familie. Sie hatten sie selbst entdeckt.

In jedem Sommer legte das Zarenschiff *Standart*, diskret gefolgt von einer Armada militärischer Begleitschiffe, zu einer Kreuzfahrt in den Finnischen Meerbusen ab, und zu diesem oder jenem Zeitpunkt ging der Kurs immer in Richtung Björkö. Auf dieser Insel gab es eine verborgene Bucht, der die Familie ihren Namen gegeben hatte, Standart Bay. In diesem idyllischen Fahrwasser lag eine nicht ganz kleine, aber vollkommen unbewohnte grüne Insel. Sie war ein Teil des Reiches, war aber noch unentdeckt. Bevor die Zarenfamilie am Strand anlegte und an Land ging.

Sobald Anastasia Nikolajewna das Stichwort gegeben hatte, wurden die Gespräche um den Kachelofen lebhaft. Sorgenfreie Sommertage kamen wie Erinnerungen angesegelt, nicht nur aus einer anderen Jahreszeit. Sie waren von einer anderen Konsistenz, eine Welt, die nicht von kompakten Landmassen umgeben war, sondern von bewegtem Wasser, wogenden Meeren mit kleinen Booten und großen Schiffen, bereit, uns dorthin zu verfrachten, wohin der Zar wollte, wann der Zar wollte. So kreisten die Gespräche um die namenlose Insel. Ein paarmal hallte sogar Gelächter unter dem Dach des Gouverneurs wider. Nur Großfürstin Olga saß mit abwesendem Blick am äußeren Rand des Kreises, ohne an der ausnahmsweise munteren Unterhaltung der Familie und des Gefolges teilzunehmen.

Als ich mich später, gegen elf, über die eiskalte Straße für die Nacht zum Kornilow-Haus begeben wollte, hielt Olga Nikolajewna mich zurück:

»Doktor Botkin«, sagte sie bescheiden. »Warum sind wir wohl

so in die Insel verliebt gewesen, dass wir jeden Sommer dorthin zurück mussten? Was glauben Sie?«

»Es war ja eine Idylle, Eure Hoheit.«

»Als wir an Land gingen«, fuhr sie fort, »so war dort kein einziger Mensch, der uns erwartete oder schockiert war. Kein einziger Untertan, der uns zu etwas anderem erhöhen konnte als zu uns selbst. Es war so – befreiend. Bis …«

»Bis was, Eure Hoheit?«

»Bis zu dem Sommer, an dem wir an Land gingen und dort einen Tennisplatz entdeckten. Nichts sonst, kein Haus, keine Menschen, aber einen völlig neu angelegten Tennisplatz. Alle freuten sich. Sich vorzustellen, dass Vater und die anderen auf unserer Lieblingsinsel Tennis spielen konnten. Es war schön, solange wir da waren, aber seitdem habe ich aufgehört, mich danach zu sehnen. Es machte mich so einsam.«

»Wie das?«

»Weil wir auch weiterhin dorthin reisten, obwohl ich mich nicht mehr danach sehnte. Alle anderen hielten die Insel für so schön wie immer, auch wenn sie nicht mehr unentdeckt war, selbst wenn sie ein Teil … des Zarenreichs geworden war.«

»Aber, Eure Hoheit, es war ja nur ein Sandplatz mit Netz und einem kleinen Zelt? Man hatte nicht mal einen Zaun errichtet, um die Bälle zu fangen.«

»Zunächst waren es nur wir und jemand aus dem Gefolge oder die Offiziere, die an Land gingen. Wir brauchten keine Wachen. Sie kamen mit zum Tennisplatz. Erinnern Sie sich, es standen immer drei Matrosen hinter jedem Spieler – um die Bälle zu fangen, drei Matrosen als Zaun, als lebende Palisade. Kann eine Insel sinken, Doktor Botkin?«

»Zumindest in der Fantasie.«

25. Mai

Die Hämorrhoiden Seiner Majestät sind der Wache gemeldet worden, so dass die Mahlzeiten des Patienten im Eckzimmer serviert werden. Ich habe neue Kompressen gelegt und Jod verschrieben (die Temperatur betrug 37,5 Grad). Er hat von Alexej Nikolajewitsch Gesellschaft gehabt, der die Mahlzeiten immer noch zu Bett einnimmt. Trotz der drückenden Hitze zog der Zar es heute vor, auf den Spaziergang im Freien zu verzichten, während der Thronfolger eine Stunde draußen verbrachte. Dr. Derewenko wurde nicht eingelassen.

Ich machte nach dem Tee bei beiden Patienten Visite.

»Wir haben wenigstens einander«, sagte Nikolaj Alexandrowitsch mit dem Versuch eines Lächelns von seinem Bett zum Rollstuhl des Sohnes hin.

Das ist, was ich eine genaue Zusammenfassung nennen möchte. Sie haben einander. Und das ist alles, was sie haben. Weiter von seinen Lebenszielen entfernt war »Oberst Romanow« niemals als in den Wochen, in denen er selbst im Haus des Kaufmanns Ipatjew eingesperrt saß, während sein Sohn in der Residenz des Gouverneurs ans Bett gefesselt war. Das waren die Tage der Trennung. Die schlimmste Bedrohung, die er auf dem Bahnsteig in Pskow vor sich gesehen hatte: der Bruch zwischen Vater und Sohn. Deshalb hat er sich einen Grundsatz zu eigen gemacht, der höher stand als Erbfolge und Grundgesetz, »die Gefühle eines Vaters für seinen Sohn«. Das war ein radikaler Impuls, ein ebenso einfacher wie alles umstürzender Gedanke. Iwan der Schreckliche und Peter der Große ließen ihre Söhne ermorden. Die Selbstherrscher haben ihre Erstgeborenen auf dem Altar der Dynastie geopfert, einer nach dem anderen. Nikolaj II. wollte selbst die Bürde des Opfers tragen.

In diesem Gefühl lag seine ganze Persönlichkeit als Russlands gesalbter Alleinherrscher. Er stellte den Sohn höher als den Thron. Deshalb musste er der letzte werden.

Jeden Morgen öffne ich die Tür zu meinem Wartezimmer und stehe den Patienten von gestern von Angesicht zu Angesicht gegenüber. Die Gedanken bewegen sich im Kreis.

Schritt durchs Esszimmer, von Tür zu Tür. Außerhalb des Zimmers. In der Haut.

26. Mai

Regenwetter. Der Thronfolger wurde zum Mittagessen in das Zimmer der Eltern getragen (in dem Seine Majestät immer noch bettlägerig ist). Tatjana Nikolajewna liest ihm aus einem Buch von Sienkiewicz vor, das die Zarin ausgesucht hat und, wie ich glaube, nicht nur aufgrund des Titels, *Bartek der Sieger*. Er schreibt über die Unterdrückung Polens, aber in diesem Roman sind es gerade nicht die Russen, welche die Rolle des Feindes spielen, es sind die Deutschen. So passt dieses Stück Mittelalter in das politische Universum Alexandra Fjodorownas.

Dr. Derewenkos Fernbleiben wird mit einer selbstauferlegten Quarantäne erklärt. In seiner Familie soll Scharlach ausgebrochen sein. (Also hat er Frau und Kinder aus Tobolsk mitgebracht.) Unmöglich zu wissen, ob es stimmt.

Es herrscht eine gewisse Unruhe in der Wachmannschaft, sowohl tagsüber als auch jetzt, in der Nacht. Es ist schwierig, das zu deuten, besonders weil es noch wichtiger geworden ist, uns am Empfang von Informationen zu hindern. Selbst die von den Bolschewiken kontrollierte lokale Zeitung wird uns seit Donnerstag verweigert. Die Gardisten sind in unserer Nähe auch ungewöhnlich schweigsam. Sie haben ihr Hauptquartier in den Räumen unter dem Esszimmer, dem Gewölbezimmer. Heute Nacht trinken sie Wodka. Auch auf unserer Etage sind nicht alle zur Ruhe gekommen.

Später: Ich wurde plötzlich unterbrochen durch ein leises Flüstern an der Tür zum Esszimmer (die ich oft einen Spaltbreit offen lasse, um Laute aus dem Zimmer des Patienten besser zu hören).

»Jewgenij Sergejewitsch?«

Dort stand Olga Nikolajewna.

Das Gesicht war undeutlich, aber das Nachthemd leuchtete bis zum Fußboden. Sie hatte sich eine kurze Baumwolljacke um die Schultern gelegt. Nicht weil es kalt war, wahrscheinlich, um sich angezogen zu fühlen.

»Ich konnte sehen, dass bei Ihnen Licht brennt.«

Der Anblick von Großfürstin Olga auf der Schwelle zu dem Raum, der mir als Schlafzimmer dient, versetzte mir einen Stoß, eine plötzliche Erkenntnis von Veränderung, aber auch Kontinuität, vom großen Privileg des Vertrauens. Neun Jahre lang war ich jeden Morgen um neun Uhr zu ihr und ihrer Schwester gekommen, an den meisten Nachmittagen nach fünf, und jetzt kam sie zu mir, zur intimsten Stunde des Tages.

Ich richtete mich im Bett auf. Ohne ein weiteres Zeichen abzuwarten, betrat sie jetzt das Zimmer und wurde im Lichtschein der Lampe deutlich sichtbar.

»Er schläft«, sagte sie. Es war nicht nötig, den Thronfolger beim Namen zu nennen. »Ich sitze nachts gern bei ihm. Wir hören ihn durch die Wand neben uns, wenn er unruhig ist und nicht schlafen kann. Dann wechseln wir uns ab. Gelegentlich, wenn es ganz ruhig ist, schleiche ich mich trotzdem zu ihm hinein.«

Plötzlich fiel mir ein, dass ich längst hätte aufstehen und sie bitten müssen, sich zu setzen. Olga Nikolajewna deutete die Bewegung, kam mir zuvor und holte sich einen Stuhl. Während ich mir das Kissen hinter den Rücken steckte und meinen schweren Körper am Kopfende abstützte. Als Liegender bekam ich das Gefühl, das normale Verhältnis zwischen uns aufzuheben, selbst der Patient zu sein. Ich wollte das Lustige der Situation ansprechen, aber etwas hielt mich zurück, und sie bemerkte es nicht.

Als sie sich gesetzt hatte, ließ ich sie stattdessen dem Doktorblick begegnen, der dem Patienten das Signal gibt, den Mund aufzumachen, aber nicht, weil der Arzt hineinblicken will, sondern damit die Worte herauskommen und die Symptome formuliert werden.

»Früher war es so wichtig, dass er am Leben blieb. Deshalb musste immer jemand bei ihm sitzen, wenn es ihm schlecht ging.«

Sie machte eine Pause und fügte hinzu:

»Ich möchte so gern, dass es auch weiterhin wichtig ist, dass er am Leben bleibt.«

Olga Nikolajewna sah mich mit den klaren blauen Augen an, die sie vom Vater geerbt hat und die dem Gesicht des Zaren die melancholische Schönheit verleihen, die ihm niemand nehmen kann, den Blick, der den persönlichen Charme ausstrahlt, das einzig wirklich Reizvolle des Selbstherrschers. Bei der Großfürstin ist dieser Blick ganz anders, sowohl tief als auch direkt. Das aschblonde Haar reicht ihr kaum bis zum Halsausschnitt. Es muss noch ein paar Monate weiter wachsen, bevor es zu einer Frisur hochgesteckt werden kann, die einer Großfürstin zukommt. Der Kontrast zwischen dem einfachen Haar und dem kostbar bestickten Nachthemd aus weißer Seide verlieh ihr einen eigenartigen Ausdruck.

»Nicht nur für uns«, sagte sie.

Olga Nikolajewna war einer ganzen Welt beraubt, ihrer Vergangenheit und ihrer Zukunft. Doch sie hegte eine Hoffnung, einen bescheidenen Wunsch: dass der Bruder am Leben blieb und dass dies immer noch eine Bedeutung haben möge, auch außerhalb des Ipatjew'schen Hauses.

»Ist das der Grund, weshalb Sie der neuen Zeitrechnung folgen?«, fragte ich so behutsam, wie es mir möglich war.

»Ja.« Es kam wie ein Eingeständnis. »Wir können ja nur in unserer Zeit leben, ich meine, nach unserem eigenen Kalender, wenn wir für niemanden draußen mehr von Bedeutung sind.«

»Glauben Sie nicht«, sagte ich, »dass sich die Zeit zurückschrauben lässt?«

»Mutter glaubt es wohl. Ich glaube nur, dass sich die Uhren zurückstellen lassen, nicht aber die Zeit.«

Olga Nikolajewna schreckte zusammen und sah hoch, vorbei am Lichtschein der Lampe, zur Tür. Sie hatte von unten etwas gehört, von den Wachen. Sie erhob sich automatisch. Unnötig zu sagen, dass sie sich in dem Zimmer aufhielt, das von den äußeren Räumen dem Eingang am nächsten war, und dass sie als Erstes hierher kommen würden.

»Gute Nacht, Jewgenij Sergejewitsch«, flüsterte sie und stand bei diesen Worten schon an der Tür, die zum Esszimmer führte, und ging von dort durch die Dunkelheit zum Zimmer der Großfürstinnen. Ich löschte das Licht fast wie in einem Reflex, lag einige Minuten da und hörte einzelne dumpfe Laute von unten, bevor es still wurde.

Dann machte ich die Lampe erneut an. Mein Blick fiel auf den Stuhl, auf dem sie gerade gesessen hatte.

Ein dunkler Stuhl mit drei Beinen und einem gepolsterten Sitz, einfach, aber kunstfertig ausgeschmückt: In die Rückenlehne ist ein Motiv geschnitzt, das drei gerade Stämme darstellt, die sich oben zu einer gemeinsamen Laubkrone vereinen.

Sonntag, den 27. Mai

Seine Majestät ist aus dem Krankenbett aufgestanden. Zwischen 16.00 und 17.00 Uhr ging er spazieren und trug dabei seine gewohnte Militärkleidung, Schirmmütze, khakifarbene Bluse mit Gürtel sowie hohe Stiefel, das St.-Georgs-Kreuz. Es fällt ihm ein wenig schwer zu gehen.

Der Thronfolger wurde von Maria Nikolajewna hinuntergetragen und saß vor dem Abendessen mit ihr, der Zarin, Großfürstin

Olga und dem Dienstmädchen zusammen. Auch der Zarewitsch trägt hohe Stiefel, Militärbluse und Schirmmütze, wenn er sich im Freien aufhält.

Es herrschte strahlendes Wetter mit Wogen von Blumendüften in der Luft. Die Wachen gehen uns immer noch auffällig aus dem Weg. Ihnen ist sichtlich eingeschärft worden, dass sie mit ihren Gefangenen nicht kommunizieren sollen.

Wie bescheiden sich der Hof in Tobolsk auch zeigte, war es doch eine reichhaltige Gesellschaft im Verhältnis zu hier. Kommandant Kobulinskij war ein freundlich gesinnter Mann von hoher Bildung, und sogar mit einzelnen Kommissaren konnte man einen gewissen Kontakt halten. Jetzt sind die geistigen Kräfte dabei, zu versiegen. Die drückend warmen Räume, das rigide Gefängnisregime haben uns den letzten Rest an Initiative genommen. Man zieht es vor, die freien Stunden allein zu verbringen. Und innerhalb der kaiserlichen Familie pflegt man Aktivitäten wie Kartenspiel und Vorlesen, am liebsten in kleinen Gruppen von zwei oder drei.

Kein Gottesdienst.

Es ist unwirklich, daran zu denken, dass noch im Winter die Sonntagabende gern dazu benutzt wurden, kleine Theaterstücke aufzuführen. Es handelte sich um bescheidene Einakter, und das Ensemble hatte nicht einmal eine Bühne zur Verfügung. Mit der Aufführung waren etwa genauso viele beschäftigt, wie sich an Publikum im Saal befanden. Seitdem immer einer der Sprachlehrer, entweder M. Gilliard oder Mr. Gibbs, die Regie übernahm, wurde das Repertoire international. Nur das letzte Stück war russisch, *Der Bär* von Anton Tschechow. Es wurde an einem Sonntag zwischen dem 1. und dem 14. Februar nach der alten Ordnung aufgeführt, das heißt an einem der Tage, die vollkommen aus der Zeit gestrichen wurden, um den Kalenderwechsel möglich zu machen. Der Zar spielte den Bären (den Gutsherrn Smirnow). Gegenspielerin war Olga Nikolajewna.

Der Zarewitsch, der mich früher überredet hatte, im *Landarzt* von Balzac mitzuspielen, versuchte mich auch dazu zu bewegen, den Smirnow zu spielen, da er meinte, sein Vater sei nicht imposant genug für die Rolle als Bär.

»Es ist nicht die Größe, auf die es ankommt«, sagte ich. »Haben Ihre Lehrer Ihnen nicht erklärt, dass Dinge in der Literatur gelegentlich als symbolisch betrachtet werden? Denken Sie an den russischen Bären. Wer passt wohl besser in die Rolle als gerade Ihr Vater, der Zar höchstpersönlich?«

Damit gab er sich zufrieden, und Seine Majestät legte eine glänzende Rollenfigur hin. Es war bemerkenswert, ihn zu sehen, bevor der Applaus losbrach, bei dem langen, nicht enden wollenden Abschlusskuss mit Olga Nikolajewna.

Im Jahr 1890 reiste Anton Tschechow quer durch das ganze Reich zur Gefängnisinsel Sachalin östlich von Sibirien. Aber obwohl Sachalin von der europäischen Zivilisation doppelt so weit weg ist wie Dostojewskijs Gefangenenlager in der Nähe von Omsk, hatte der jüngere Kollege keinerlei Möglichkeit, in die Welt der Gefangenen einzudringen, wie es der Vorgänger in seinen Aufzeichnungen getan hatte. *Die Insel Sachalin* konnte kein Werk eines Dichters werden, es waren die Aufzeichnungen eines Arztes von der Todesinsel, eine wissenschaftliche Darlegung der Lebensumstände der Verbannten. Dr. Tschechow erhielt Zugang zu allen Angaben über die Strafen der Gefangenen. Aber ihm fehlte das Verbrechen. Er erhielt nie Dostojewskijs Privilegien, weder war er verurteilt worden, noch hatte er Schuld auf sich geladen oder war begnadigt worden.

Konspiration gegen den Zaren brachte Dostojewskij aufs Schafott und von dort zu acht Jahren Gefangenschaft und Verbannung in das ferne Sibirien. Das Verbrechen, das ihn zu Fall brachte, gilt heute als Tugend. Aber welche Rolle spielt das? Damit die Strafe einen Sinn erhielt, musste Dostojewskij seine Taten unbesehen als verbrecherisch werten. Nur dann konnte er Reue zeigen, die wirksame und reinigende Kraft.

Unsere Gefangenschaft erinnert mehr an Tschechows winddurchtoste Strafkolonie als an Dostojewskijs fruchtbare Sühne. Das klingt nicht so, als könnten wir in Ipatjews Haus etwas Tieferes finden, sondern nur äußerliche Eindrücke vom Inneren des Gefängnisses. Vielleicht fehlt uns die Gabe, uns umzustellen, um unsere Schuld zu begreifen. Uns fehlt die Fantasie des Dichters.

Sachalin war eine gefrorene, neblige Insel, bewohnt von Gefangenen und Wachposten in einer wohlgeordneten, sinnlosen Gemeinschaft. Jemand hatte seine Frau ermordet, ein anderer ein Brot gestohlen oder gegen den Zaren opponiert. An dem trostlosen Ort wurde der Unterschied zwischen Gefangenen und Gefangenenwärtern immer geringer. Sie alle waren dem gleichen lebensfeindlichen Klima preisgegeben, lebten außerhalb des menschenleeren Kontinents. Alle, die nach Sachalin kamen, teilten das Schicksal der Verbrecher, auch die Frauen und Kinder, die ihren Männern freiwillig in die Gefangenschaft folgten. Die Freiheit war das schlimmste aller Schicksale. Die Schuldlosen standen außerhalb des Systems, waren aber vom Meer umschlossen.

Für die Ehefrauen gab es nur *einen* Ausweg. Frei wurden sie erst, wenn die Töchter die Last der Versorgung übernehmen konnten.

28. Mai

Warmes Wetter, 18 Grad im Schatten.

Die Gardisten rumoren im Nebengebäude, durchwühlen noch immer das Gepäck der Zarenfamilie. Nikolaj Alexandrowitsch vergällte dieser Anblick seinen Spaziergang im Freien. Apathie und Verzweiflung standen ihm ins Gesicht geschrieben. Einer der vielen Koffer enthält seine Tagebücher und persönlichen Papiere.

Ich selbst habe wenig zu verbergen. Das Einzige, was ich bereue, ist der weiße Tennisanzug. Es gefällt mir nicht, dass die Gardisten mit ihren nie frischgewaschenen Fingern in meinen leicht zu durchschauenden Illusionen herumstochern.

Olga Nikolajewna kam mit einem Korb und fragte, ob ich Unterwäsche oder Strümpfe hätte, die gestopft werden müssten. Das ließ sich nicht verbergen. Es versteht sich von selbst, dass es mehr als peinlich ist, die Großfürstinnen meine private Wäsche in Ordnung halten zu lassen. Ich tröste mich aber damit, dass das Stopfgarn ihnen durch die Tage hilft. Die theoretische Schularbeit findet überhaupt nicht mehr statt. Das liegt einmal am Ausschluss der Lehrer, zum Teil auch an der merkwürdigen Einstellung, dass wir uns auf der Durchreise befinden und uns deshalb nicht auf eine dauernde Anwesenheit einrichten können.

Großfürstin Olga lächelte, als ich einen meiner Pullover und zwei Paar Strümpfe in den Korb legte. Sie dankte für den Beitrag, doch das Lächeln war schwach, und ich dachte, dass sie vielleicht von den gleichen Kümmernissen gequält wurde wie der Zar. Verständlich bei dem ständigen Herumwühlen der Rotgardisten in den Habseligkeiten der Familie.

»Dieses Almosen scheint Sie nicht sehr zu freuen, Eure Hoheit«, sagte ich, indem ich den Blick fest auf ihre breite Stirn richtete.

»Doch, aber ja …«

Unbemerkt betrat sie das Zimmer, genau in dem Moment, in dem ich den vorherigen Abschnitt im Tagebuch schrieb. Während ich mich im Bett aufrichtete, holte sie den Stuhl mit den drei Baumkronen und setzte sich neben mich, so wie in der ersten Nacht, in der sie hier war. Wieder bog ich die Lampe zur Seite. Sie hatte die Tür zum Esszimmer geschlossen, so dass ein ganzer Raum zwischen uns und dem Rest der Zarenfamilie lag. (Der Thronfolger hat in den letzten Nächten recht stabil geschlafen.) Hinter der anderen Wand, dessen war ich einigermaßen sicher, schlief der Kommandant, doch trotzdem sprachen wir sehr leise, als ginge es um eine Verschwörung gegen das neue Regime oder ein Untergraben des alten.

»Jewgenij Sergejewitsch, Sie dürfen nicht daran zweifeln, dass ich gern Ihre Strümpfe stopfe«, begann sie und fügte hinzu:

»Selbst wenn ich es sicher nicht mit der gleichen Liebe tun kann wie Ihre Tochter.«

Nicht mit der gleichen Liebe? Ich wollte etwas sagen, fand aber nicht die richtigen Worte. Überdies hielt mich etwas zurück, etwas an Olga Nikolajewnas bleichem und ernstem Gesicht. Sie war diejenige, die weitersprach, jedoch in einem ganz anderen Tonfall:

»Erinnern Sie sich an den Bischof in Tobolsk?«

»Ja, Bischof Hermogen.«

»Ich meine, dass er vor Ostern mitten in einer religiösen Prozession festgenommen wurde, nachdem Sie nach Moskau gereist waren ...«

Ein seltsamer Versprecher, »Moskau«. Wir sahen einander in die Augen und wussten beide sehr wohl, dass wir uns hinter dem Palisadenzaun in Jekaterinburg befanden, östlich des Ural. Der Gedanke streifte sogar die Tennishosen im Nebengebäude. Ich erwähnte London nicht, sagte aber:

»Ich denke oft an den Bischof.«

»Wir müssen für ihn beten«, sagte sie, »für seine Seele.«

Ich verstand nicht recht, was Olga Nikolajewna meinte, und wurde noch mehr verwirrt, als ich die rot gefärbte Bluse über dem weißen Nachthemd sah und dann einen feuchten Glanz in ihren Augen.

»Bischof Hermogen ist tot. Sie haben ihn getötet. Ich traue mich nicht, es jemandem zu sagen. Es ist aber so gut wie sicher.«

Als die ersten Worte gesprochen waren, wurde sie ruhiger und begann, ein wenig zögernd zu erzählen:

»Sie erinnern sich an den furchtbaren Kommissar, der nach Ihrer Abreise nach Tobolsk kam, um uns Übrige nach Jekaterinburg zu bringen (diesmal sagte sie es richtig), den Mann, der einen namentlichen Appell verlangte, weil er uns drei nicht auseinanderhalten konnte, und uns verbot, die Tür nachts abzuschließen.

»Rodjonow, hieß er nicht so?«

»Ja.« Sie schlug die Augen nieder, hob den Blick dann wieder, fest entschlossen zu erzählen:

»Er sah sehr wohl den Unterschied zwischen uns, während der ganzen Fahrt. Er sah den Unterschied schon im Haus des Gouverneurs. Er sah den Unterschied auf dem Flussdampfer, in der Kabine und später im Zugabteil. Er sah genau, wer die Älteste von uns war, dass Tatjana die Zweitälteste war. Nur Anastasia würdigte er keines Blickes. Sie war zu jung.

Tatjana und ich glaubten, es falle ihm schwer, sich zu entscheiden, dass er uns miteinander verglich, erst von oben nach unten, dann von Schulter zu Schulter.«

Pause.

»Auf dem Boot sah ich, wie Tatjana ihn anlächelte. Da wusste ich mit einem Mal, dass es nicht geschah, um die Aufmerksamkeit auf sich zu lenken, sondern um abzulenken – von mir. Haben Sie gesehen, wie kühl Tatjana lächeln kann? Ich wollte das Gleiche tun, aber ich brachte es nicht fertig. Ich glaube, das war das Entscheidende, dass er sah, dass ich nicht anders sein konnte, als ich war, dass ich mich immer nur abwandte, wenn er kam.«

Ich spürte, dass ich erbleichte. Mich durchfuhr der Gedanke, das, was sie erzählen würde, möge nicht geschehen sein. Sie fuhr fort:

»Ich habe es Tatjana nicht gesagt, aber nachdem wir den Dampfer in Tjumen verlassen und an Land gegangen waren, wusste ich, dass der Kommissar seine Wahl getroffen hatte. Im Zug wurden wir fast von unserem ganzen Gefolge getrennt und waren den Gardisten vollständig ausgeliefert. Am letzten Abend … in der Dämmerung, als der Zug sich dem Ural näherte, stahl ich mich aus dem Abteil, um nach Alexej zu sehen, der am anderen Ende des Waggons mit Tatjana und einer Hofdame eingeschlossen war. Dann stand ich in dem engen Korridor plötzlich dem Kommissar von Angesicht zu Angesicht gegenüber.

›Name?‹, fragte er in seinem gewohnten militärischen Kommandoton.

›Olga Nikolajewna.‹

›Wer hat Ihnen Erlaubnis gegeben, das Abteil zu verlassen?‹

›Ich wollte nur nach dem Kranken sehen‹, erwiderte ich.

›Wer hat Ihnen die Erlaubnis gegeben?‹, wiederholte er.

›Meine Eltern haben mir die Verantwortung auferlegt.‹

›Ihre Eltern unterstehen dem regionalen Arbeitersowjet des Urals, ihnen ist jede Verantwortung und jede Befugnis genommen, Verantwortung zu delegieren. Derselbe Arbeitersowjet hat mir die absolute Autorität über Sie gegeben, Olga Nikolajewna.‹

Indem er zum ersten Mal seit der ersten Begegnung in Tobolsk meinen Namen aussprach, fasste er mich mit einem festen Griff am Oberarm, hier.«

Sie zeigte auf die nackte Haut und sagte:

»Ich glaubte, ich würde sterben.«

Olga Nikolajewna sah mich an. Meine ganze Hoffnung lag in diesen Augen, darin, dass sie leibhaftig dasaß. Und erzählte:

»›Unser Leben liegt in Gottes Hand.‹ Das war das einzige, was mir zu sagen einfiel. Ich weiß nicht, ob ihn das dazu brachte, an seine Vorgesetzten zu denken, an den Arbeitersowjet. Jedenfalls löste er den Griff, indem er den Blick von Schulter zu Schulter wandern ließ, dann von unten nach oben, als wollte er mich mit den Augen langsam kreuzigen.

›Bischof Hermogens Leben liegt in unserer Hand‹, sagte er und starrte mich ausgiebig an, um zu sehen, ob ich die ganze und volle Bosheit dieser Aussage begriffen hatte. Als ich nicht antwortete, kam die Fortsetzung:

›Er war hochnäsig, als er die Sowjets mit dem Bann belegte. Der bärtige Hüne glaubte sich sicher, als er in dem österlichen Schneematsch herumstolzierte, angetan mit all seinem göttlichen Gold und Flitterkram, in kilometerlangen unnützen Prozessionen, umgeben von seiner ganzen gehorsamen Herde. Sogar vor der bischöflichen Residenz saß die Gemeinde aus Müßiggängern und wachte über ihren hohen Herrn. Doch die Herde wurde von hinten aufgerollt, die Schäfchen wurden hungrig und gingen nach Hause, als es langsam Abend wurde. Schließlich saß er mit seinem Bischofsstab wieder allein da. Da gingen wir hinein und holten ihn.‹«

»Das weiß ich«, murmelte ich. »In Tobolsk erfuhr ja jeder von der Festnahme des Bischofs.«

»Aber Sie wissen nicht, was die Gardisten mit ihm machten, nachdem man ihn weggebracht hatte?«

»Nein.«

»Sie zogen ihn aus, bis er nackt war, rissen ihm den ganzen glitzernden Putz vom Leib, schnitten den Bischofshut auf und kippten das Gold und die Juwelen aus, die sich darin befanden.

Dem Kommissar«, sagte sie, »konnte nicht entgehen, welchen Eindruck diese entsetzlichen Worte auf mich machten.«

Wieder musste Olga Nikolajewna den Blick senken:

»Ihm gefiel, was er sah.«

Auch ich blickte zu Boden.

»Als der scheinheilige arme Teufel nur im Schutz seines Barts dastand«, fuhr sie tapfer im Tonfall des Kommissars fort, »überließen ihn die Gardisten einer neuen Gemeinde, die für diesen Anlass am Flussufer zusammengetrommelt worden war. Sie übergaben ihn den Huren.«

Die Augen der Großfürstin glänzten stärker:

»Ich wollte sie ihm nicht zeigen, doch ich schaffte es nicht, die Tränen zurückzuhalten. Als sie mir über die Wangen liefen, starrte er mich erregt an wie ein Dieb, der plötzlich kostbare Steine entdeckt. Aber, Jewgenij Sergejewitsch, noch rührte er mich nicht an. Er sagte:

›Bischof Hermogen kann sich für jede Demütigung glücklich

preisen, die er erleben darf. Sie verlängern seine Tage auf Erden. Die höchste Autorität der orthodoxen Kirche im Distrikt Tobolsk ist nämlich schon längst aus dieser Welt verbannt worden, verurteilt von einer höheren Autorität: dem regionalen Arbeitersowjet des Ural.‹

Er musterte mich, um zu sehen, ob seine Worte Wirkung zeigten. Dann fügte er in einem Ton hinzu, der wohl erhaben sein sollte:

›Hiernach soll nur noch der bestraft werden, der eine Strafe verdient hat. Dafür werden die Strafen gnadenlos sein.‹

Aber der Bischof –?

›Er wird seine Strafe bekommen, aber nicht in erster Linie wegen des törichten Einfalls, den Bannfluch über das Regime des Volkes zu sprechen, sondern für etwas weit Schlimmeres und Grundlegenderes: Weil er einen mit Gold und Edelsteinen bestickten Mantel trug, *weil er Bischof war.*‹

Mit diesen Worten«, sagte sie, »war ich vernichtet. Der Kommissar sah es und hatte sein Ziel erreicht.

›Sie werden mir noch für jeden Tag danken, Fräulein Olga, an dem ich Sie in diesem Zug zurückgehalten habe.‹«

Sie sagte: »Jetzt erkannte ich, dass der Augenblick gekommen war.«

»Der Augenblick.« Das Wort entschlüpfte mir, als wäre es das Letzte, das Letzte überhaupt. Doch Olga Nikolajewna fuhr fort:

»Der Kommissar hob die Arme und spreizte die Finger. Ohne zu sehen, war mir klar, dass die Hände sich näherten. Und der Schreck packte mich, die Angst um das Korsett, die Juwelen, die Perlen … Tage und Nächte hatten wir dagesessen und sie eingenäht, Stück für Stück, für die Zukunft, für das Überleben Alexejs, für das Überleben von Mutter und Vater. In jedem Stein lag ein Traum von einem Leben für uns alle; an anderer Stelle … im Korsett die Angst um mich selbst.«

»Olga.« Das war mein Wort, es kam aus weiter Ferne.

Wie in Trance fuhr sie fort:

»Ich schlug die Augen auf und starrte ihm direkt ins Gesicht, mehr aus Angst denn aus Mut platzte es aus mir heraus: ›Wagen Sie es, das Eigentum des regionalen Arbeitersowjets anzurühren!‹

In den Augen des Kommissars blitzte es auf, wie in dem Moment, in dem das Messer den Schleifstein berührt, Jewgenij Sergejewitsch. Dann machte er militärisch auf dem Absatz kehrt und ließ mich in dem dunklen Korridor wieder allein stehen.«

Ich senkte den Kopf und nahm das Gesicht in die Hände. Als ich hochblickte, war Olga Nikolajewna aufgestanden.

»Danke, dass Sie mich angehört haben.«

Sie stand an der Tür: »Gute Nacht.«

29. Mai

Wir haben Tatjana Nikolajewnas 21. Geburtstag gefeiert. Karitonow konnte mit ordentlichen Kartoffeln aufwarten und servierte zum Nachtisch ein leckeres Obstkompott. Alle besuchten den Gefängnishof wie gewöhnlich, verteilt auf zwei Gruppen, damit wir einander nicht auf die Füße trampeln. Es war windig, selbst im Haus war ein gewisser Zug zu spüren. Etwas, was Seiner Majestät sehr angenehm war.

Die Großfürstinnen setzten die Wäsche ihrer Kleidung fort. Wenn Njuta die Oberkommandierende ist, dann fungiert Tatjana Nikolajewna als ihre rechte Hand bei der Organisation der praktischen Arbeit. Sie machte nicht den Eindruck, sich eine andere Geburtstagsgesellschaft zu wünschen als das Zusammensein der Schwestern an den Waschzubern. Tatjana Nikolajewna ist Realistin, ausgeglichen, stets loyal und von der ganzen Familie deshalb hoch geschätzt. Natürlich reihte auch ich mich in die Schlange der Gratulanten ein, ein wenig verlegen, da ich nur Wäsche mitbringen konnte.

Den ganzen Tag lang hat mich das nächtliche Gespräch mit Olga Nikolajewna beschäftigt. Ich glaube, ich verstehe ihr Dilemma, begreife, weshalb sie zu mir gekommen ist, weshalb sie sich der Zarin nicht hat öffnen können.

Bischof Hermogens Schicksal ist schon an sich für uns alle erschreckend, die wir der Rechtsauffassung der Bolschewiken ausgeliefert sind. Ein Martyrium ist dennoch dazu da, ertragen zu werden, in all seiner Grausamkeit ein Privileg. Doch die Prüfungen von Bischof Hermogen reichen weiter in die Vergangenheit zurück. Er hatte sich schon vor dem Krieg als Bischof von Saratow zu einem von Rasputins rabiatesten Gegnern entwickelt. Der kraftvolle Gottesmann ließ sich in heiligem Zorn dazu hinreißen, Vater Gregorij mit einem großen Holzkreuz zu verprügeln, und verlangte von ihm das Versprechen, sich nie mehr an Frauen zu vergreifen oder mit der kaiserlichen Familie Umgang zu pflegen. Der Starez bat um Gnade und versprach, endgültig nach Sibirien zurückzukehren. Aber als dies der Zarin zu Ohren kam, war es im Gegenteil der Bischof, der in Verbannung und Ungnade endete. Erst nach der Abdankung des Zaren wurde Hermogen wieder auf seinen Bischofsstuhl gerufen, und diesmal nach Tobolsk, und zwar als Nachfolger des verhassten Bischofs Warnawa.

Wie, Alexandra Fjodorowna, konnte derselbe Mann, der Rasputin verflucht hatte und vom Zaren verbannt worden war, dann von Gott für das Martyrium bestimmt werden?

Olga Nikolajewna hat Hermogens großen Mut zu schätzen gewusst, und ich glaube, sie ahnt, was die Mutter ihr zur Antwort geben wird, wenn sie ihr von den Prüfungen des Bischofs erzählte: Dies ist kein Martyrium, es ist ein Strafurteil Gottes. Bischof Hermogen kann nicht zur Linken Gottes sitzen, wenn Vater Gregorij zu seiner Rechten sitzt.

Nur Echo, kein Schritt.

30. Mai

11 Grad. Regen.

Nach dem Tee erschien Dr. Derewenko tatsächlich zur Visite. Er besuchte den Thronfolger im Eckzimmer, wollte mit dem Patienten aber nicht in Berührung kommen, da er immer noch wegen des Scharlachs unter Quarantäne stand (also war *das* wahr).

Mag ich auch meine medizinische Praxis vermissen, möchte ich jedoch ungern den Ausbruch einer Epidemie erleben. Im Alexanderpalast hatten wir die Masern und die Röteln im Haus des Gouverneurs. Jetzt fehlt nur noch, dass hier im Ipatjew-Haus Scharlach ausbricht.

Wladimir Nikolajewitsch erhielt keinen Anlass zu erzählen, wie seine Familie die Krankheit überstanden hatte, war aber anscheinend guten Mutes und sichtlich froh, Alexej Nikolajewitsch in einer zufriedenstellenden Verfassung vorzufinden.

Joy war die Einzige, die dem Träger der Ansteckung den Bart leckte. Sogar der Kommandant verzog das Gesicht zu einem Lächeln.

Kurz nach zwölf Uhr (nach leninistischer Zeit) hörte ich sie kommen. Sie holte den Stuhl und setzte sich vor mir ans Bett, ohne dass ich sie zu bitten brauchte.

»Er ist zurückgekommen«, sagte sie.

»Rodjonow, der Kommissar?«

»Ja.«

Die Unruhe machte sich schon an ihrem Körper bemerkbar, bevor sie begann:

»Ich hatte allein in dem dunklen Abteil gesessen, wie lange, ahne ich nicht einmal, und bebte vor Erschöpfung. Ohne ein Wort kam er herein und setzte sich mir gegenüber auf die Holzbank. Ich sah das Weiße in den Augen und einzelne Zähne, als er zu sprechen begann.«

»Der Augenblick kam wieder?« Die Frage entschlüpfte mir einfach, und Olga Nikolajewna verstand, was ich meinte:

»*Das* war der Gedanke, den ich nicht zu denken wagte, dass er die Rubine finden würde.

›Haben Sie von Rasputins Keller gehört?‹, fragte er. Im selben Moment verstand ich …« Sie wandte den Blick von der Lampe ab und sah in das dunkle Zimmer, »– dass er gekommen war, um die Pein zu verlängern, dass mich eine Form von Rache erwartete. Ich schüttelte den Kopf, denn was sollte ich auf eine solche Frage antworten?

›Alle hier östlich des Urals im Gouvernement Tobolsk kennen das Geheimnis unter dem Stall von Gregorij Jefimowitschs Hof, in dem er die Erde aushob, noch bevor er zum ersten Mal nach Westen zog.‹ Der Kommissar sprach auf eine gekünstelte, belehrende Weise, entsetzlich langsam. Er wollte das Äußerste aus der letzten Nacht herausholen, in der er über mich herrschen konnte. Ich sagte kein Wort, weder zu Anfang noch später, saß aber die ganze Zeit mit dem Gefühl da, dass mein Gesicht wie Kreide leuchtete.

›Er grub einen Keller unter dem Stall oder dem Kuhstall, es kommt schließlich nicht darauf an, ob er eine Kuh oder ein Pferd über dem Kopf hatte. Besonders für Sie muss es doch das Gleiche sein, Prinzessin, ob es eine Kuh oder ein Pferd war?‹

Der Kommissar blieb sitzen und starrte, bis ich mit dem Kopf nickte, erst dann fuhr er fort:

›Er grub dieses Erdloch bei Tag und bei Nacht, während Frauen und Kinder die Felder pflügen mussten. Als die Grube tief genug war, trieb er irgendwo einen Kandelaber und alle denkbaren Reliquien auf. Haben Sie von Reliquien gehört?‹

Wieder machte er eine Pause, aber jetzt wartete er nicht auf eine Antwort:

›Und Knochenreste, verrottete Holzstücke und Taschentücher mit geronnenem Blut, diesen oder jenen alten Knopf, solche Dinge lagerte er im Keller unter dem Kuhstall, oder war es der Pferdestall? Es ist in Ihrer Religion, Prinzessin, vielleicht nicht ganz gleichgültig, ob es ein Pferd oder eine Kuh war? Sollen wir Kuhstall oder Pferdestall sagen, Fräulein?‹

Ich wusste nicht, ob ich nicken oder den Kopf schütteln sollte. Er sah es, genoss es eine ganze Minute lang, dann fuhr er fort:

›Spielt keine Rolle, Eure Hoheit, das ging ja im Keller vor sich.‹« Olga Nikolajewna sprach weiter ins Zimmer hinein, weg vom Lichtschein der Lampe:

»›Dort versammelte sich die Gemeinde, Rasputins erste Gemeinde. Ja, Prinzessin, es gibt in der irdischen Kirche viele Richtungen und viele Möglichkeiten, Seine Kaiserliche Hoheit, unseren Herrn, anzubeten. Rasputin tat es auf seine Weise. Nun ja, so originell war er nun auch wieder nicht, er hatte das meiste von den Klystiern, einer Sekte, die wir hier in der Gegend um den Ural recht gut kennen. Sie fühlen sich in engen Räumen am wohlsten. Wenn nicht sorgfältig geheizt wird, wird es trotzdem heiß. Die Gemeinde besteht aus beiden Geschlechtern, und Sie sollten sich merken, dass aus diesem oder jenem Grund immer mindestens eine junge Frau darunter ist, zumindest eine junge und schlanke Frau. Dafür hat der Vorsteher gern gesorgt. Dass die Decke niedrig ist, hemmt weder das Ritual, die Messe, das Gebet noch heilige Bibelstellen. Aber das genügt den Klystiern noch nicht. Sie wollen nicht nur um Vergebung bitten, also begnügen sie sich nicht mit leeren Versprechungen und alten Redensarten. Die Gemeinde will alles in ein und derselben Nacht erleben, falls sie Fantasie genug haben, zu verstehen, was ich meine?‹«

Großfürstin Olga gab die quälende Rede des Kommissars möglichst wörtlich wieder, versuchte, sich den Albtraum, das Erlebnis von der Seele zu reden, doch allmählich wurde mir klar, dass sie auch die Worte selbst beschäftigten, der Inhalt dessen, was der Kommissar gesagt hatte:

»›Sie wissen ja genug darüber, dass Rasputin ein häufiger Gast bei den Zigeunern war. Sie gaben ihm das Gefühl, in Sibirien zu

Hause zu sein, wieder beim Ringelreihen mitzumachen. Da unten in der Gotteshöhle ging es drunter und drüber, drunter und drüber in einem wahnwitzigen Geschrei und Gebrüll, bis einer nach dem anderen umstürzte und auf dem Boden landete, auf dem Lehmfußboden. Schließlich …‹« Olga Nikolajewna machte eine Pause, – »›lagen sie dort alle zusammen, all die erschöpften Leiber, Männer und Frauen umeinander, von Gott verlassen, von sich selbst, von der Menschenseele, gebadet in Schweiß und Mist. Die Sünde, Fräulein, jetzt war es an der Zeit, dass die Sünde mit der Arbeit beginnen konnte, Zeit dafür, dass der Teufel seine Spatenstiche ansetzte. Was glauben Sie, Prinzessin, was sie taten, Männer und Frauen, Alte und Junge, Väter und Mütter, Verwandte nicht nur im Geist, sondern auch im Fleisch? Ja, sie machten es nicht selbst, nein, nein, aber ihre Körper?‹

Er genoss, genoss es, mir diese Frage zu stellen, und noch stärker leuchtete es in seinen Augen, als er mir die Antwort gab:

›Ja, das eine werde ich Ihnen sagen: Sie paarten sich. Ganz willkürlich, alle zusammen, bis auf den Vorsteher, den Gottesmann. Er tat es zwar auch, aber nicht willkürlich. Er wusste schon, wen er nahm. Erinnern Sie sich, was ich gesagt habe? Dass immer für eine junge und schlanke Frau gesorgt war, eine wie Sie.‹«

Olga wurde einen Augenblick lang ganz stumm, bis sie sich noch einmal sammelte und fortfuhr, aber jetzt war der Tonfall des Kommissars gebrochen:

»›Die anderen … je schlimmer, desto besser. Es war ja die Sünde, die sie erleben wollten, die Erniedrigung des Fleisches. ‚Nur der, der gesündigt hat, kann Vergebung erlangen.' Die Prinzessin hat doch sicher unzählige Male gehört, wie Vater Gregorij diese alles umwälzende Parole ausgesprochen hat? Erst wenn der Körper in Sünde gebadet daliegt, erst dann kann die Seele erlöst werden. Die Vergebung sinkt vom Himmel hernieder, und die Heiligung findet statt, ‚Die Auferstehung der Seele und das ewige Leben'. Ist es nicht dorthin, wohin wir sollen?‹

Er erzählte mir dies mit einer Ruhe, als wollte er mir seine Stärke zeigen, wie wenig ihn all das Widerwärtige anfechten konnte, was er erzählt hatte, seinen eisernen Willen auch mir gegenüber, als wäre ich nur ein minderjähriges Schulmädchen ...«

»Aber dann?« (Das war meine Frage.)

»Dann stand er auf. Der Augenblick war vorbei. Zum zweiten Mal.

Doch in der Abteiltür blieb er stehen und sagte mit einem Lächeln, das die Wirkung seiner Worte gleichsam mildern sollte: ›Grüßen Sie die Frau Oberst und sagen Sie ihr, sie sollte den Bauern nicht im Schlosspark begraben, dort in Zarskoje Selo, sondern ihn lieber nach Sibirien zurückschicken. Hier hatte er schon sein eigenes Grab gegraben. Schade, wenn es unbenutzt bleiben sollte.‹«

Ich konnte aufatmen, erleichtert, dass Olga Nikolajewna bis zum Ende gekommen war, wollte etwas Beruhigendes sagen, doch sie kam mir zuvor:

»Lieber Doktor Botkin, was soll ich denken? Kann ein Mensch so böse sein, dass er sich so furchtbare Dinge ausdenkt, nur um mich zu quälen?«

Olga Nikolajewna litt, sie litt nicht nur unter dem, was sie erlebt hatte, sondern auch an dem, was er erzählt hatte. Sie wandte zum ersten Mal den Kopf und blickte direkt in den Lichtschein der Lampe. Furcht und Qual sammelten sich in einer Frage:

»Gibt es einen solchen Keller?«

Erst in der Stille, die sich nach dieser Frage herabsenken musste, hörten wir Lärm hinter der Wand des Kommandanten. Deutliche Stimmen. Die Tür zum Gang ging auf. Olga Nikolajewna war sofort auf den Beinen.

Mit der Türklinke in der Hand drehte sie sich um und flüsterte: »Gute Nacht, Doktor.«

Christi Himmelfahrt, den 31. Mai

Wechselhaftes Wetter, Wolken, Sonne, Regen.

Früh auf den Beinen, machte das Bett und wühlte in meinen wenigen Habseligkeiten. Ich wohne im Kirchenschiff. Die Großfürstinnen und Alexandra Fjodorowna schmücken zum Gottesdienst. Alle Ikonen und heiligen Gegenstände wurden aus den Zimmern geholt und auf dem Schreibtisch angeordnet. Darauf wurde der Zarewitsch hereingetragen. Erst das Bett, dann der Patient in seinem frisch gebügelten Matrosenhemd. Damit war alles bereit für die Messe.

Nachdem die Zarenfamilie ein paar Stunden lang wie Bienen um den Tisch mit den goldenen Ikonen gekreist war, tauchte der Assistent des Kommandanten auf und verkündete, dass es leider nicht möglich sei, einen Priester aufzutreiben.

»Wie bitte, an einem so hohen Feiertag?!«, entgegnete die Zarin sofort.

»Gerade deshalb. Alle sind beschäftigt«, erwiderte der Diensthabende.

Der Gesalbte, der Selbstherrscher von Gottes Gnaden, war am Ende der Schlange gelandet, als die Dienste der Geweihten in der Gemeinde verteilt werden sollten!

Tatjana Nikolajewna las die Bibelstellen. Sie hatte eine klare und ruhige Stimme. Wir beteten. Die Großfürstinnen sangen. Danach wurde alles zusammengepackt und der Zarewitsch in sein Zimmer zurückgebracht.

Es herrschte eine gedrückte Stimmung, als das Mittagessen um Viertel vor drei auf den Tisch kam. Die Stimmung wurde noch weiter durch ein Gerücht getrübt, dass es niemandem erlaubt sein werde, im Lauf des Tages hinauszugehen. Also weder Himmelfahrtsmesse noch Spaziergang im Garten! Tatsächlich war es die Zárin, die einen nicht ganz gelungenen Versuch machte, die Stimmung zu heben, indem sie darauf hinwies, dass es noch einen

Grund zum Gedenken gebe: Es war nämlich der große Tag »ihres« Reiterregiments, der Lanzenreiter.

Im Stillen sah ich sie vorüberreiten. Doch das Tun und Lassen der Kavalleristen wurde nicht näher kommentiert.

Als ich nach dem Essen auf dem Feldbett lag und ruhte, ging plötzlich die Tür auf (es sind immer nur die Gefangenen, die anklopfen, niemals die Wachen), und herein kam Kommandant Awdejew in höchsteigener Person, wie immer in schmutzigen Lederstiefeln, Militärjacke ohne Rangabzeichen. Er hatte nicht getrunken oder bemühte sich zumindest, nüchtern zu wirken.

»Doktor, ich muss mit Ihnen sprechen«, sagte er, wobei er, ohne eine Antwort abzuwarten, hinging und sich auf einen der bequemen Salonstühle setzte. Ich bin die Rolle als geschäftsführender Hofchef gewohnt und nahm ihm gegenüber Platz, bereit, die eine oder andere neue Vorschrift oder vielleicht auch eine Erklärung darüber in Empfang zu nehmen, weshalb sowohl die Feiertags- als auch die Frischluftroutine an ein und demselben Tag unterbrochen worden waren.

»Die Anarchisten werden den Zar töten.«

»Ist das etwas Neues?«

»Nein«, entgegnete er, »sie haben schon einen Versuch unternommen, durch die Absperrungen einzudringen.«

Awdejew sah vermutlich die Verblüffung in meinem Gesicht bei dieser Auskunft. Jedenfalls fuhr er fort:

»Sie ahnen nicht, was es kostet, diese Festung von Tag zu Tag zu halten, Doktor. Der Arbeiterstaat wird von allen Seiten angegriffen, sogar Genosse Lenin muss mit einem Revolver in der Tasche herumlaufen, nachdem man ihn im Januar zu töten versucht hat. Und glauben Sie nur nicht, dass es Monarchisten und Reaktionäre sind, die uns bedrohen. Es sind verantwortungslose Fantasten, die ihre verbrecherische Propaganda verbreiten, wir, die Bolschewiki, hätten die Revolution verraten …«

Hier machte er eine Pause, und ich fühlte mich versucht zu fragen, ob es nicht auch genauso eine Bedrohung aus einer anderen, etwas verantwortlicheren Ecke gebe, doch er kam mir zuvor:

»Sie müssen sie bitten, die Koffer zu packen, Doktor.«

»Wie bitte?«

»Ja, wir evakuieren nach Anbruch der Dunkelheit, aber lassen Sie die Vorbereitungen in aller Stille erledigen. Ich vertraue nicht mal meinen eigenen Offizieren.«

»Aber wohin will man uns bringen?«

»Tja, wart ihr das nicht, die nach Moskau wollten?«

Nachdem mir eine Reihe Vorsichtsmaßnahmen eingeschärft worden waren, konnte ich mich zu Seiner Majestät begeben, um Bericht zu erstatten. Ich fand ihn im Eckzimmer mit einem Buch. Die Zarin hatte die Stickerei beiseitegelegt und ruhte auf dem Bett. Beide interessierten sich sofort für die aufsehenerregenden Neuigkeiten.

»Was um alles in der Welt sollen diese Rebellen mit Seiner Majestät anfangen, nachdem er abgedankt hat?«, fragte Alexandra Fjodorowna.

Auch der Zar war verblüfft darüber, dass die Anarchisten (oder Nihilisten, wie er sie nannte) plötzlich wie ein Gespenst aus der Vergangenheit auferstanden waren. Doch bei dem Gedanken an eine baldige Abreise zeigten sich beide aufgemuntert, und Nikolaj Alexandrowitsch nahm es umgehend auf sich, die Evakuierungsvorbereitungen in Angriff zu nehmen. Während ich die beiden Diener sowie Lenka und Njuta informierte, ging der Zar zu den Großfürstinnen und zum Zarewitsch. Unser größtes Problem wurde es, herauszufinden, wie wir den Kranken am besten transportieren konnten.

Gegen Abend um acht Uhr waren wir mit dem Packen so gut wie fertig. (Es versteht sich von selbst, dass für einen solchen Transport nur ein einfaches Handgepäck in Frage kommt.) Alles geschah in größter Diskretion, ohne dass jemand außerhalb des Hauses oder im Souterrain das Manöver hätte registrieren können, das da vorbereitet wurde. Es soll nicht unterschlagen werden, dass wir bei dem Gedanken, das feuchtkalte Haus, das uns ganze sechs Wochen gefangen gehalten hat, endlich verlassen zu können, recht ausgelassen wurden.

Ich saß bei der Zarenfamilie, die Diener im Esszimmer. Alle waren voll angekleidet und warteten, aber die Spannung legte sich allmählich wieder. Von unseren eigenen Vorbereitungen abgesehen, hatten wir den ganzen Abend über keine Aktivität bemerkt, und folglich waren wir darauf vorbereitet, dass die Evakuierung wahrscheinlich verschoben werden würde.

Als die Mitternachtsstunde näher rückte, hörten wir das Geräusch schmutziger Stiefel. Es war Awdejew, der tatsächlich bestätigen konnte, dass die Aktion abgeblasen worden war. Er wirkte nervös (trotz mehrerer Angstvertreiber), aber auch erleichtert, als er verkündete, die Abreise werde erst rund vierundzwanzig Stunden später stattfinden. Er antwortete erstaunlich entgegenkommend auf Alexandra Fjodorownas immer wiederkehrende Erkundigungen nach unseren Vermissten. Dr. Derewenko werde »selbstverständlich« mit auf die Reise gehen, während Nagorny und Sednjew am nächsten Sonntag zum Dienst zurück sein müssten. Der Rest des Gefolges, darunter Prinz Dolgorukow und General Tatistjew, sagte er, seien vor drei Tagen nach Tobolsk zurückgekehrt. All diese plötzliche Offenherzigkeit, als hätte sie keine Anstrengung gekostet …

Kommandant Awdejew ist auf seltsame Weise dazu übergegangen, einer von uns zu werden, oder es liegt ihm sehr viel daran, zu erreichen, dass wir es von ihm annehmen. Seine Majestät ist bereit, mit ihm zu reisen, wohin auch immer. Ich für meinen Teil auch, aber ich würde meine Kinder nur ungern in der Obhut dieses Mannes lassen. Dazu ist er mir allzu unberechenbar.

Die Kinder des Zaren auch nicht.

Juni 1918

1. Juni

Etwas wärmer und Sonnenschein.

Der Spaziergang an der frischen Luft lief wie gewohnt ab, eine Gruppe vor dem Mittagessen, eine Gruppe danach, jede eine Stunde lang. Die Zarin zog es vor, zusammen mit dem Zarewitsch, Olga und Anastasia Nikolajewna vor dem Haus zu sitzen, zwischen der Hauswand und dem inneren Palisadenzaun. Alexej Nikolajewitsch hatte schlecht geschlafen, aber damit stand er nach den Bescheiden und Gegenbescheiden nicht allein. Die Koffer blieben während des ganzen Tages gepackt stehen.

Dr. Derewenko (und Awdejew) erschienen um 17.00 Uhr zur Visite. Die Evakuierung wurde mit keinem Wort erwähnt, und Wladimir Nikolajewitsch tat, als wüsste er von nichts.

Erst gegen neun kam der Kommandant zurück und wollte im Salon mit mir sprechen. Er hatte getrunken, erzählte aber mit verständlichen Worten, dass die Anarchistenführer schon vorige Nacht in einem Hotel in der Stadt festgenommen worden seien. Ihre Druckerei sei auch beschlagnahmt worden.

»Was ist ein Anarchist ohne Druckerschwärze, Doktor?«

Ich antwortete nicht, aber Awdejew war wie immer, wenn er Wodka genossen hatte, gesprächig und großmäulig. Er nahm eine Haltung ein, die militärisch aussehen sollte:

»Seine ehemalige Majestät kann ruhig schlafen, ruhiger und geborgener als im Winterpalais.«

»Dazu gehört nicht viel«, entgegnete ich. Der Kommandant überhörte nicht nur die Ironie, sondern die ganze Bemerkung, indem er fortfuhr:

»Sie können umgehend Befehl geben, dass die Koffer ausgepackt werden. Vorerst wird es kein Picknick geben. Verstanden?«

Ich nickte kurz zur Antwort und als Ende des Gesprächs, doch Awdejew war offenbar der Meinung, das eine oder andere müsste noch hinzugefügt werden. Er sagte in einem anderen und mitteilsameren Tonfall:

»Ich habe beschlossen, diesen in militärischer Hinsicht geringen, aber politisch um so wichtigeren Triumph mit einem winzig kleinen Fest zu feiern. Leider wird es gegen das Reglement verstoßen, die majestätischen Gefangenen ins Souterrain zu lassen, und ich kann, wie schon erwähnt, mich nicht auf alle meine Unteroffiziere verlassen. Aber glauben Sie mir, Doktor, auch meine geehrten Gefangenen haben wirklich allen Grund, den Sieg über die anarchistische Bedrohung zu feiern! Wahrlich, das können Sie mir glauben.«

Als der Kommandant den Salon verlassen wollte, drehte er sich mit einem vielsagenden schiefen Lächeln um:

»Sollte eine von Zar Romanows Töchtern durch die Töne verlockt werden und Lust bekommen, die Räumlichkeiten hier unten zu besuchen, glaube ich fast, dass ich trotzdem eine Umgehung des Reglements in jedem dieser vier Punkte garantieren kann, jedenfalls für die drei ältesten. Bitten Sie nur darum, ein mündliches Ersuchen an den Schlosskommandanten zu richten.«

Ich begab mich sogleich zu Seiner Majestät. Er hatte voller Spannung gewartet und schaffte es nicht ganz, die Enttäuschung darüber zu verbergen, dass der Abmarsch am Ende abgeblasen worden war. Als er alles gehört hatte (die Bemerkung über »Zar Romanows Töchter« blieb natürlich unerwähnt), biss er sich auf die Unterlippe, zündete eine Zigarette an und holte die Spielkarten hervor. Es war Zeit für das Bésiguespiel des Abends, nur mit der Zarin. Die Audienz war beendet.

Ich habe eine Weile gelegen und von unten Klaviergeklimper und Gejohle gehört. Die Gardisten feiern, dass sie immer noch die Oberhand haben, dass sie hinter dem doppelten Palisadenzaun ihr sorgloses Dasein fortsetzen können. Hätten der Zar und sein Gefolge das Gebäude verlassen, hätte sich das ganze Gefängnis aufgelöst. Und was wäre sonst geschehen? Hätte der Soldatensowjet wirklich Himmel und Hölle in Bewegung gesetzt, um uns unversehrt nach Moskau zu bringen? Oder würde unser wehrloses Gefolge aus Frauen, Kindern und Gebrechlichen in dem Sturm untergehen, der da draußen offenbar tobt?

2. *Juni*

Regenschauer.

Während wir unter der Terrasse standen und auf besseres Wetter warteten, erzählte mir Seine Majestät, dass er sich dem Ende eines interessanten Buches über seinen Ururgroßvater, Zar Paul I., nähere. Ich ging unwillkürlich zwei Schritte in den Regen hinaus. Zum Glück ist der Zar nicht der Mann, der ein intellektuelles Thema hartnäckig verfolgt.

Je mehr ich an Paul Petrowitsch denke, umso undenkbarer wird es, mit seinem Nachkommen ein Gespräch über das Schicksal dieses Zaren zu führen. Nicht in erster Linie, weil die Geschichte verfälscht ist, das dürfte der Zar selbst wissen, wie ich annehme, sondern weil Zar Pauls Ende so schauerlich war, dass es einem an diesem Ort allzu nahegeht.

Der verrückte Alleinherrscher hatte einen uneinnehmbaren Palast gebaut, mit dicken, feuchten Mauern, wo er sich sicher wähnte und wo der Generalgouverneur von St. Petersburg seine Sicherheit garantierte. Dennoch kam dem Zaren eines Tages zu Ohren, dass sich eine Verschwörung zusammenbraue. Der Gouverneur vertraute da seinem Oberhaupt an, dass er sich persönlich dem Komplott angeschlossen habe, um die Pläne besser entlarven zu können. In derselben Nacht kamen sieben Offiziere schwankend in das Schlafzimmer des Zaren. Es waren die handverlesenen Männer des Gouverneurs. Sie sollten ihn vom Thron wegführen und ihn aus dem uneinnehmbaren Schloss in ein noch sichereres Kerkerloch bringen.

Es ist immer leichter zu töten, als zu entführen. Es ist leichter, eine Leiche zu vergraben, als einen zwar entthronten, aber gleichwohl lebenden Zaren zu transportieren. Wie ist es seiner Majestät möglich, in der Geschichte, deren Ende er sich jetzt nähert, Entspannung zu finden?

Vielleicht hat er noch nie von dem Briefbeschwerer gehört? Vielleicht ist er tatsächlich der Letzte, der an James Wylies Maskerade glaubt, an die Lüge von der »Schlacht«, die es dem Nachfolger, Alexander Pawlowitsch, ermöglichen sollte, das Erbe anzutreten? Ganze Dynastien haben sich vier Generationen lang auf dieser Lüge ausgeruht, auf den Kunstfertigkeiten des Feldschers, darauf, dass er die Wunden und blauen Flecken mit den Rosatönen aus seinem Tuschkasten abdecken konnte. Bei Zar Pauls Tod war die Leiche das einzig Schöne.

Es regnete weiter. Wir gingen die Treppe hinauf, wieder hinter die Wände, wieder in die Falle. Der Zar vertraut jetzt voll und ganz auf Kommandant Awdejew, als wäre dieser sein Gouverneur in St. Petersburg.

Sonntag, den 3. Juni

Kein Gottesdienst.

Besseres Wetter. Wir gingen zwischen 16.00 und 17.00 Uhr spazieren. Der Zar hatte die Biographie Pauls I. zu Ende gelesen und stellte die folgende (in mehr als einem Sinn) hypothetische Frage: Wie hätte die Welt sich entwickelt, wenn der Zar im März 1801 nicht »mit dem Tod abgetreten« wäre? Seine Majestät berichtete von dem wahnwitzigen Plan seines Ururgroßvaters, einen Feldzug nach Indien zu befehlen, und von seiner Absicht, seinen Sohn festnehmen zu lassen, dies trotz seiner eigenen, soeben geschriebenen Erbrechtsgesetze, um einen Preußen als Thronfolger einzusetzen. Außerdem wollte er meine Meinung über Zar Pauls »Leibarzt« hören, den Schweizer Jesuiten Gruber, der abgesehen davon, dass er den Körper seines Oberhaupts massierte, auch diplomatische Kontakte des Zaren mit Napoleon wahrnahm.

Dieses letzte Thema berührt mich ebenso unangenehm wie der Totenschein Dr. Wylies, da ich ähnlich wie mein Vater immer der Meinung gewesen bin, dass der Leibarzt eines Monarchen nicht nur außerhalb aller politischen Angelegenheiten stehen sollte, sondern sich sogar *über* sie hinausheben sollte. Der Arzt dient ausschließlich dem Leben, oder wenn man so will, ist er Gott direkt unterstellt.

»Ganz Ihrer Meinung, Jewgenij Sergejewitsch«, sagte Seine Majestät vollständig aufrichtig, da ich meinen Standpunkt kurz dargelegt hatte. »Gruber repräsentierte eine unerlaubte Mischung aus Medizin, Religion und Politik.«

Nikolaj Alexandrowitsch erstaunt mich. Mir fällt ein, dass er den größten Teil seiner Kindheit im Gatschina-Palast verbracht hat, der auch eine von Zar Pauls Anlagen war, als Festung gegen alle Eindrücke von außen. Dort verlebte Paul Petrowitsch seine Jahre als Zarewitsch, genau wie Nikolaj Alexandrowitsch hundert Jahre später, als sein Vater aus Furcht vor Attentaten das Winterpalais als Wohnsitz der Zarenfamilie aufgeben musste.

Diese unendlichen Parks, diese undurchdringlichen meterdicken Mauern, was richten sie bei ihren Bewohnern an, wie werden sie draußen verstanden? Der Gatschina-Palast hat 900 Räume, war aber mindestens genauso hermetisch abgeschlossen wie das Ipatjew-Haus. Jede Information wurde durch die Irrgänge des Hofs gefiltert, so wie wir sie durch unsere Wärter erhalten. An einem solchen Ort wird kein Satz ohne eine Absicht ausgesprochen. Die Verfälschung ist ein Teil des höfischen Kreislaufs, so wie der Tuschkasten ein Bestandteil der Apotheke Dr. Wylies war.

Auch ich ließ mich von Innenminister Protopopow hinters Licht führen (seine Diagnose, ob er nun Syphilitiker war oder nicht, ist umstritten), als plötzlich eine Flut von Briefen an die Zarin einsetzte, abgestempelt in den fernsten Provinzen. All diese plötzlichen Schreiber aus dem Volk, so zeigte sich, stützten Alexandra Fjodorownas reaktionärste und verhassteste Anordnungen und Ernennungen, und das nur Monate, bevor auf den Straßen offener Aufruhr ausbrach. Die Massenkorrespondenz erwies sich, ohne dass es irgendwann der Zarin zu Ohren kam, wie ich glaube, als vom Innenminister persönlich inszeniert. Natürlich hätte Ihre Majestät Verdacht schöpfen und Untersuchungen in Gang setzen müssen, um den falschen Briefschreibern auf die Spur zu kommen. Aber wie verführerisch war es nicht, ihnen lieber zu vertrauen? Sie erzählten ihr das, was sie hören wollte, dass sie beliebt war, dass sie diejenige war, die die Politik des Volkes vertrat. Das Einzige, was sie brauchte, war, ihnen ihre »eigenen« Worte zu glauben.

Die Dynamik des Hofs ist immer der Weg des geringsten Widerstands. Die wirklichen Wahrsager sind so selten wie Unkraut im Blumenbeet des Schlossgartens, und ihre Audienzen werden in der Regel abgelehnt werden. Seine Majestät hatte natürlich immer das Gefühl, jemand wolle ihn hereinlegen (zumindest die Wahrsager), doch er hatte keinen unbestechlichen Maßstab, ihm fehlte ein Haltepunkt in der Wirklichkeit, was den Hof verwirrte. Es endete damit, dass er nur den eigenen Augen traute. Ferner kann ein Zar der Wahrheit nicht kommen.

An einem Januartag in Tobolsk wurde verlangt, dass alle Mitglieder des Hofs, darunter auch der Zar, ihre Schulterstücke abgeben sollten. Nikolaj Alexandrowitsch trug die Epauletten eines Obersten. Diesen Rang erreichte er zu Lebzeiten seines Vaters, und es ist der höchste, den er hat annehmen wollen. (Er hat es niemals, was den Annahmen der Revolutionäre diametral zuwiderläuft, für eine Kränkung gehalten, als Oberst Romanow angesprochen zu werden.) Als die Order kam, wurde der Zar blutrot, als hätte ihm jemand mit der flachen Hand eine Ohrfeige versetzt. Ich glaube, er war bereit, ohne weiteres für seine Schulterstücke zu kämpfen. Diese angenähten Epauletten waren schwerer aufzugeben als die tatsächliche Herrschermacht. Warum? Weil sie sichtbar waren. Es liegt in der Natur des Zarentums, dass die Uniform wichtiger ist als das Rückgrat. Und darin lag eine Realität: Die Ordnung der Hierarchie war in sich bedeutungsvoll; solange die Uniformierung intakt war, hatten alle noch ihre Ehre, und zwar an oberster wie an unterster Stufe der Rangordnung. Das Wichtigste war nicht die Platzierung, sondern die Tatsache, dass man an der Ordnung teilhatte. Ein Heer ohne Schulterstücke ist wie eine Armee ohne Waffen: unbrauchbar.

Erst nach einer hektischen Diplomatie, nachdem die Zarin interveniert und General Tatistjew seine Epauletten in die Waagschale geworfen hatte, wurde es für Oberst Romanow möglich, seine Schulterstücke abzugeben und damit einen Bürgerkrieg in Tobolsk zu verhindern – zehn Monate nach der Abdankung.

Dennoch war es mit Sicherheit eine Entgleisung.

Ein Gespräch über den Zaren-Masseur Gruber wird absurd, ohne dass man die Linie zu dem Hypnotiseur Rasputin zieht. Für den Zaren wäre eine solche Parallele ebenso verblüffend, das heißt unerlaubt, als würde ich seine liebenswürdige Person mit dem despotischen Ururgroßvater vergleichen. Wie ich glaube, war Nikolaj Alexandrowitsch außerstande, Gregorijs Machtposition zu erkennen, aus dem einfachen Grund, weil sie nicht formal bestätigt war. Verwunderlich ist, dass er heute, 120 Jahre später, Grubers politische Bedeutung erkennt, selbst wenn er ursprünglich nichts weiter tat, als die Schultern des Despoten zu massieren. Erst durch die autorisierten Seiten des Geschichtsbuchs, beim Anblick des goldgeprägten Prachtwerks, ist die verborgene Macht endlich sichtbar geworden.

Alexandra Fjodorowna hat den größten Teil des Tages mit Lochstickerei zugebracht. Alle Arten von Handarbeit verleihen ihr eine größere Widerstandskraft als dem Zaren, der nur lesen kann. Vor dem Abendessen legte sie die Handarbeit zur Seite und nahm an einer Art Kartenspiel mit Alexej Nikolajewitsch und mir teil. Sie hatte nicht größere Lust dazu als ich, aber wir müssen alle von Zeit zu Zeit als Spielkameraden des Zarewitsch dienen. Wenn er noch gesünder gewesen wäre, hätte er es vielleicht wie die Schwestern gemacht und sich bei der Dienerschaft Zerstreuung verschafft. Das ist allerdings zweifelhaft. Alexej Nikolajewitsch hat zwar ein freundliches Gemüt, doch er ist sich sehr wohl bewusst, was sich für einen künftigen Zar von Russland geziemt.

Es hat im Hinblick auf den Diener Sednjew und den Matrosen Nagorny eine gewisse Anspannung geherrscht. Der Kommandant hatte zugesagt, sie uns heute zurückzubringen. Da sie nicht gekommen sind, stehen wir vor neuen, unbeantworteten Fragen. Erstens: Wo befinden sie sich? Ich habe darauf nur eine Antwort. Wahrscheinlich an dem gleichen Ort wie Fürst Dolgorukow (den niemand uns ausdrücklich hat zurückschicken wollen). Danach: In welchem Verhältnis steht Kommandant Awdejew zur Wahrheit? Auch hier habe ich nur eine Antwort: Die Worte des Kommandanten drücken nicht die Wahrheit aus, sondern eine Absicht. Weder unsere angekündigte Abreise noch die angebliche Rückkehr der beiden Diener wurden verwirklicht. Wir erhalten unsere Befehle und Informationen, wissen in Wahrheit aber nichts von dem, was außerhalb unserer Zimmer und des Gartens vor sich geht. Wir wissen absolut nichts über das, was der Kommandant eigentlich vorhat, wenn er uns das nächste Mal bittet, die Koffer zu packen, oder kommt, um uns um zwölf Uhr abzuholen.

Ich sehne mich nach Schritten in der Nacht.

4. Juni

Kohlgeruch.

Die Küche ist umorganisiert worden. Von nun an soll unser Koch Karitonow die Speisen zubereiten. Bis jetzt haben wir sie zusammen mit den Wachmannschaften fertig zubereitet von außen erhalten. Karitonow wird jeden zweiten Tag Lebensmittel bekommen. Ich glaube, es wird ihm gelingen, den Standard zu erhöhen. Selbst wenn er unter einfachen Verhältnissen arbeitet, mit Zutaten, die kaum etwas anderes sind als Reste aus einer öffentlichen Küche, so kocht er nur für ein Dutzend Personen und kann sogar auf individuelle Wünsche eingehen. Leider wird das Kochen die Luftqualität nicht verbessern. Es dürfen Fenster nicht geöffnet werden, und die Küche hat nur eine kleine Abzugsmöglichkeit. Die meisten Dünste ziehen nach innen, in die Zimmer.

Ich glaube nicht, dass das neue System kulinarisch begründet ist. Die Ordnung bewirkt, dass sie uns bedeutend besser isoliert halten können. Bisher wurde uns das Essen (im Prinzip) zweimal alle vierundzwanzig Stunden gebracht, das Mittag- und das Abendessen. Jetzt werden die Lieferungen reduziert. Selbst wenn uns die Wachen das Essen brachten, bedeutete dies eine noch stärkere Absonderung. Bis jetzt haben wir täglich die gleichen Gerichte gegessen wie mehrere hundert Menschen außerhalb der Festung. Die Demokratisierung geht zurück, die Isolation wird tiefer.

Andererseits: Der alte Karitonow hat den Großfürstinnen angeboten, sie in die Kochkunst einzuführen. Heute Abend waren alle vier dabei, für das Brot von morgen den Teig zu kneten. Das Zarenpaar stattete der Küche einen Besuch ab. Beide hielten es für großartig. Neben dem Dienstmädchen Njuta ist von nun an der Koch als der eigentliche Lehrer der Großfürstinnen anzusehen.

Der Zarewitsch ist inzwischen stark genug, den Rollstuhl aus eigener Kraft zu bewegen. Er rollte eine ganze Stunde lang von Zimmer zu Zimmer. Schließlich war er zum Glück erschöpft.

Kommandant Awdejew hatte zwei Besuche. Zuerst machte er eine Runde mit einem Herrn, der sämtliche Fenster inspizierte. Darauf erschien er zusammen mit Dr. Derewenko. Niemand fragte ihn mehr nach Nagorny und Sednjew.

5. Juni

Frisches Brot. Die Großfürstinnen strahlen wie die Sonne auf Njutas Küchenschürze. Karitonow bat den Zaren zu schneiden. Es duftete vorzüglich und schmeckte ausgezeichnet.

Heute erhielten wir außerdem Lebensmittel aus dem Nowotikwinskij-Kloster, Milch, Eier und Sahne. Die Nonnen sollen eine Anfrage an das Komitee gerichtet haben, und bemerkenswerterweise ist sie bewilligt worden. Die Lebensmittel sollen nun regelmäßig gebracht werden. Alle diese Herrlichkeiten kamen sehr gelegen, da es Anastasia Nikolajewnas 17. Geburtstag ist.

Die ganze kaiserliche Familie feiert ihre Geburtstage zwischen Anfang Mai und Ende Juli, bis auf Olga Nikolajewna – die Novemberfürstin.

Warmes Sommerwetter. Alexej Nikolajewitsch wurde von der Veranda heruntergetragen und in den Garten gerollt, wo die Familie versammelt saß und den Anblick der Geißblattbüsche genoss, die zu blühen begonnen haben. Der Duft ist berückend, man braucht nur die Augen zu schließen und sich in die Gärten von Zarskoje Selo zurückversetzen zu lassen.

Großfürstin Anastasia ist jetzt die absolut Kleinste in der Familie, sogar der Bruder überragt sie jetzt um mehrere Zentimeter. Dafür ist er so schlotterig, dass Anastasia Nikolajewna meint, er sei »zu dünn ausgerollt worden«. Sie fragte mich heute, ob es normal sei, mit siebzehn Jahren nicht mehr zu wachsen. Ich erwiderte, dass es eine geringere Rolle spiele, was normal sei, dass sie sich ruhig als eine Ausnahme von den meisten Regeln betrachten könne.

»Ich will eine ordentliche Doktor-Antwort, Jewgenij Sergejewitsch«, beharrte sie.

Und ich erwiderte:

»Es besteht eine ausgeprägte Familienähnlichkeit zwischen Ihnen, Großfürstin, und Ihrer Mutter, der Zarin, ganz zu schweigen von Ihrer Tante, der ebenso hochgewachsenen und schlanken Großfürstin Elisabeth. Deshalb glaube ich, dass Sie gute genetische Aussichten haben, Eure Kaiserliche Hoheit, im Lauf von einem oder zwei Jahren Ihre endgültige Körpergröße zu erreichen, die der der beiden allerhöchsten graziösen Gestalten nahekommt.«

Das Geburtstagskind blieb eine Weile sitzen und grübelte über die Antwort nach, bevor sie mir einen Seitenblick zuwarf und sagte:

»Jetzt dürfen Sie nicht glauben, Jewgenij Sergejewitsch, dass ich wirklich so rund bin, wie ich aussehe. Als Arzt sollten Sie als Erster erkennen, dass ich mich ausschließlich an Medikamenten übersättigt habe.«

»Natürlich weiß ich, dass Sie eine *sehr* kostbare Diät halten«, sagte ich und erwiderte den Blick, der erkennen ließ, dass ich Bescheid wusste.

Als Olga Nikolajewna mir das Geheimnis der »Medikamente« anvertraute, erzählte sie, die Schwestern Anastasia und Tatjana hätten beide einen mit Juwelen gefütterten Büstenhalter bekommen. Großfürstin Tatjana ist so hochgewachsen und schlank, dass ihre zusätzlichen Rundungen sehr kleidsam sind, während Anastasia ihre wohl gern loswäre. An einem Tag wie diesem muss es unerträglich heiß sein, wenn man all diese Wertsachen so dicht am Körper trägt. Es hat den ganzen Abend über gedonnert.

In den kaiserlichen Gemächern ist es still. Sie sind satt, sie sind erschöpft, sie schlafen. Die Frage dreht sich mit dem Tag: Bin ich denn der Einzige, der nicht von Brot allein leben kann?

6. Juni

Schönes Wetter.

Die Mahlzeiten werden pünktlich serviert, Mittagessen um 13.00 Uhr. Die Großfürstinnen sind fleißig im Dienst zusammen mit dem Küchenjungen Lenka, der ihnen in ihrem neuen Leben unter Karitonow den Onkel ersetzt (ich weiß nicht, ob der Koch sich seines großen Privilegs ganz bewusst ist).

Alle gleichzeitig draußen. Bei dem warmen Wetter ziehen die meisten es vor, stillzusitzen. Die Großfürstinnen haben überdies genug Bewegung in der Küche.

Um fünf Uhr Tee mit Kartenspiel. Die Hitze im Haus nimmt zu.

Abendessen um acht Uhr. In der Ferne Schüsse.

Heute war der »unwirkliche« Geburtstag der Zarin und Puschkins tatsächlicher.

Werde von der Apathie der Gefangenschaft angesteckt und kann im Lauf des Tages kaum einen Gedanken fassen. Doch sobald es dunkel wird und ich den Körper aufs Feldbett fallen lasse, beginnt das Gehirn zu arbeiten. Beispielsweise so: Kann die Erforschung der Geschichte mit Entdeckungen in der Pathologie verglichen werden? Könnte man die Dynastie Romanow einer gerichtsmedizinischen Untersuchung unterwerfen, wie einen Organismus, der mit dem Tod abtritt, nachdem er 300 Jahre funktioniert hat? Vermutlich nur eine fachliche Entschuldigung für mein ständiges Kreisen um geschichtliche Fragen.

Nach dem Mord an Zar Paul (den man ohne weiteres als eine Palastrevolution bezeichnen kann) gibt es drei organische Krisen in der Geschichte der Dynastie. (Abgesehen von den unzähligen Attentaten, die eher symptomatischen Charakter haben.) Das eigentliche Revolutionstagebuch wird in der Zeit Puschkins eingeleitet, im Jahre 1825, und wird über das Jahr 1905 bis zu seinem tödlichen Abschluss 1917 weitergeführt.

Die Ähnlichkeiten zwischen den beiden letzten Krisen sind zahlreich und auffällig. Beide entstehen in einer Kriegssituation mit sozialen Unruhen und einer schwachen Führung. Beide haben den Verzicht auf Macht zum Ergebnis, 1905 mit dem Oktober-Manifest und der Errichtung der Duma, 1917 mit der Abdankung und dem Zusammenbruch der Dynastie. Und dennoch, wenn man einen tieferen und präziseren Schnitt vornehmen will, so sind die gemeinsamen Merkmale der Revolten von 1825 und 1917, aus einem dynastischen Blickwinkel betrachtet, die interessantesten. Beide Krisen waren mit einem Thronwechsel verbunden, bei dem die toten Zellen durch lebende ersetzt werden sollten.

Die Legalität ist die Voraussetzung der Dynastie. Sobald sie geschwächt wird, droht dem ganzen Organismus Gefahr. Dies war die Situation im Jahr 1825, als die Zarenkrone von Alexander I. auf seinen jüngeren Bruder Nikolaj I. übergehen sollte – und im Jahr 1917, als dieselbe Krone von Nikolaj II. auf *seinen* jüngeren Bruder Michail (II.) überging. In beiden Fällen war nicht der jüngere Bruder der rechtmäßige Thronfolger. Es stand *einer* dazwischen, ein älterer Bruder und ein Sohn, beide mit dem Titel eines Zarewitsch.

Jeder Chirurg weiß, wie gefährlich es ist, ein Glied in einer Kette zu entfernen, einen notwendigen Teil eines Organismus. In der Revolutionsgeschichte bezieht sich dieses fehlende Glied sowohl auf eine Zahl in der Erbfolge als auch auf paralysierte Tage, Tage ohne Regentschaft. Und in dieser Todeszone setzt der Angriff ein. Es ist kein Zufall, dass die Bezeichnungen der Krisen mit der Zeit verbunden sind, mit den Monaten März und Dezember. Den Zarewitsch von der Erbfolge auszuschließen ist so, als würde man den ersten Frühlingsmonat aus dem Kalender streichen.

Der Dekabristenaufstand fand seinen Ausgangspunkt in dem umstrittenen Tod Alexanders I. Er kam unerwartet, obwohl der Zar schon längere Zeit eine geschwächte Konstitution hatte erkennen lassen sowie mehrere unheilverkündende Symptome, und, was noch wichtiger ist, er ereignete sich unter großen geographischen Komplikationen, weit weg in Taganrog am Asowschen Meer. Überdies wurde der Totenschein von demselben Mann ausgestellt, der schon Zar Pauls Ableben falsch bezeugt hatte, von James Wylie, dem Feldscher mit dem Wladimir-Orden und nur neun Fingern.

Ob nun tot oder nur retuschiert, Alexander I. hatte keine legitimen Söhne. Zarewitsch war sein ältester Bruder, Großfürst Konstantin, der damalige Generalgouverneur in Polen. Zwei Jahre zuvor hatte der Großfürst, unter anderem aufgrund seiner Ehe mit seiner polnischen Geliebten, dem Recht auf den Thron entsagt und dies in seinem versiegelten Dekret kundgetan.

Als die Todesnachricht nach wochenlangen Gewaltritten endlich in St. Petersburg ankam und der Verzicht des Thronfolgers bekannt gemacht wurde, kam es zum Scheitern, zur Ungewissheit – und zur Eröffnung neuer Möglichkeiten. Für das Volk ist schon der Tod eines Zaren etwas Unfassbares. Es ist, als würde man Gott vom Himmel holen; ebenso unbegreiflich ist, dass er durch einen anderen ersetzt werden soll. Vollkommen unbegreiflich wird es, wenn dieser andere *kein Zarewitsch ist*.

In der Phase, als die Leiche Alexanders in Taganrog lag, als sein ältester Bruder, Zarewitsch Konstantin, sich in Warschau aufhielt, während sich das Gerücht von seinem Tod in der Hauptstadt verbreitete und sein jüngerer Bruder, Großfürst Nikolaj, wie gelähmt in St. Petersburg saß, war dies der Moment, in dem die Aufrührer zuschlugen.

Die Dekabristen waren eine Handvoll politischer Schwärmer, Französisch sprechende Offiziere mit aristokratischen Namen, umgeben von feurigen Poeten und schönen Frauen. Sie wünschten nicht die Republik, sondern die Verfassung. Sie wollten Russland von der Alleinherrschaft befreien. Sowohl in ihrer politischen Absicht als auch im Mangel an Organisation ähnelten die Dezembermänner den Märzdemokraten von 1917. Ihnen fehlte das meiste, doch sie hatten ein gutes Schlagwort: »Konstantin und Konstitution!« So verbanden sie Legalität mit Reform. Dass der gewöhnliche Soldat glaubte, »Konstitution« sei die Ehefrau von Großfürst Konstantin, sagt etwas darüber aus, weshalb der Aufruhr dennoch fehlschlagen musste.

Drei Wochen lang lag die Wunde offen da, bis die Krise endlich kulminierte. Die Dekabristen bestiegen ihre Pferde, und Nikolaj Pawlowitsch entschloss sich zu kämpfen. Am 14. Dezember waren die Regimenter am Ufer der Newa aufmarschiert, und die Augen des neuen Zaren waren »kalt wie Eis« geworden. Schließlich stieg er in den Sattel und offenbarte seinen Willen zur Macht. Die Dynastie Romanow legte ihren Lebenswillen an den Tag.

Wer nicht getötet wurde, wurde verurteilt. (Puschkin entging dem Ganzen. Er war schon auf ein Gut in der Nähe von Pskow verbannt worden.)

Im Winter 1826 wurden 116 Aufrührer in das ferne Sibirien deportiert, unter ihnen viele von Russlands besten Männern. Fürsten und Grafen wurden nach dem Urteil des Zaren zu Strafgefangenen degradiert. Erst als Dr. Mandt 1855 den Tod Nikolajs I. festgestellt hatte, wurden die wenigen Überlebenden begnadigt und konnten als graubärtige, gebrochene Männer in die Zivilisation zurückkehren.

Der Dezember hatte in ihrem Leben eine neue, streng physiologische Bedeutung erhalten.

Es vergingen 80 Jahre, bis eine neue Aufruhrbewegung auf den Palast des Zaren zumarschierte. Sie bestand nicht aus romantischen Adligen zu Pferde, sondern aus Frauen, Kindern und Arbeitern, die das Porträt des Zaren hochhielten und demütig um ihre Rechte baten. Wieder wurde Befehl gegeben zu feuern, die zweite Salve der Revolution vor dem Schloss des Zaren. Es war der »Blutsonntag«. Frauen und Kinder stürzten in den Schnee, doch niemand sah den Herrscher zu Pferde. Nikolaj II. war nicht da.

Das wurde 1905 seine Entschuldigung und sein Urteil. Als die Paraden stattfanden, war er zur Stelle und im Sattel, aber nicht, als der Kampf um die Macht begann. Der Zar befand sich vermutlich ein paar Werst außerhalb der Hauptstadt, im Alexanderpalast, bei einem sechs Monate alten Säugling. Es waren nicht die Soldaten vor dem Palast, sondern das Kind in der Wiege, der Zarewitsch, der die Zukunft der Dynastie garantierte.

Weitere zwölf Jahre sollten vergehen, bis die Dezemberkrise ihre tatsächliche Wiederholung fand, nicht im Äußeren mit aufmarschierten Regimentern und Gewehrsalven unter freiem Himmel, sondern im Inneren, im Kern der Dynastie. Da wiederholte er sich, der Eingriff:

Nikolaj II. befand sich auf dem Bahnhof in Pskow. Der rechtmäßige Thronfolger lag hinter zugezogenen Vorhängen im Alexanderpalast mit Masern im Bett, während sich in der Hauptstadt das Gerücht von seinem Tod verbreitete. Der jüngere Bruder des Zaren, Großfürst Michail, saß wie paralysiert in St. Petersburg. Am 2. März 1917 (am Todestag Nikolajs I.) legte der Herrscher sein Zepter nieder, während er gleichzeitig den lebensbedrohenden Schnitt in den Leib der Dynastie vornahm, indem er eigenhändig den Zarewitsch des Zaren entfernte, den rechtmäßigen Thronfolger, und seine Untertanen damit in Verwirrung stürzte.

Diesmal war der Organismus zu schwach, der Druck von außen zu stark. Nur für einen einzigen Tag erhielt Großfürst Michail die

Macht. Der Fuß hatte noch nicht den Steigbügel erreicht, da hatte der Aufruhr den illegitimen Thronfolger schon aus dem System hinausgeschwemmt.

Die ärztliche Wissenschaft hat zwei Seiten. Auf der einen Seite steht die Krankheit, das heißt die Epidemie, die Ansteckung, die Infektion oder der Angriff von Bakterien, auf der anderen Seite der Körper und seine Fähigkeit, dem Angriff zu widerstehen. Ein Organismus steht immer unter Druck von außen. Ohne die Drohung des Todes gibt es kein Leben. Doch der Angriff kann erst gelingen, wenn der Körper seine Widerstandskraft verloren hat, wenn ein Abschnitt für eine Invasion offen daliegt.

Der Tod ist das Kriterium des Lebens.

7. Juni

Im Namen der Gefangenen habe ich ein schriftliches Ersuchen um eine Ausweitung der Spaziergänge an der frischen Luft eingereicht. Ich argumentierte mit der Sommerhitze und der schlechten Luftqualität.

Die Wärme macht auch die sanitären Verhältnisse unzulänglicher. Das Wasser muss in der Küche erwärmt und in der Wanne hereingetragen werden. Es versteht sich von selbst, dass infolgedessen seltener gebadet wird. Heute war Alexandra Fjodorowna an der Reihe. Seiner Majestät wurden hinterher von einer frisch gebadeten Zarin die Haare geschnitten, auch das eine Maßnahme gegen die Wärme. Als ich mich über das Ergebnis äußerte, erwiderte der Zar, man könne froh sein, solange man noch die Herrschaft über das eigene Haar behalte, von Schläfe zu Schläfe. Die Bemerkung war eine Anspielung auf die zaristische Vorschrift, dass Strafgefangenen auf einer Hälfte des Kopfes die Haare zu rasieren seien.

Dr. Derewenko wurde zum ersten Mal seit mehreren Tagen zu Alexej Nikolajewitsch ins Zimmer gelassen.

Gegen Mitternacht musste ich das Schreiben unterbrechen. Olga Nikolajewna stand plötzlich im Zimmer. Sie war sehr aufgeregt, gab sich aber die äußerste Mühe, nicht gehört zu werden (durch die Wand). Ich werde versuchen, ihre Worte wiederzugeben:

Sie war in der Küche beschäftigt, als die Lebensmittel aus dem Kloster gestern Vormittag geliefert wurden. Der junge Wachposten, der sie brachte, sah sie mit einem nervösen Blick an. Als die Großfürstin den Korb entgegengenommen hatte, lenkte er die Aufmerksamkeit auf etwas, das er in der linken Hand verborgen hielt. Es war ein zusammengefaltetes Stück Papier. Sie sah es mit einem schnellen Blick, bevor er ihr den Zettel zwischen die Finger steckte. Die Transaktion war in einer Sekunde vorbei, doch ihr war eine solche Nervenanspannung vorausgegangen, dass Olga Nikolajewna das Papier instinktiv im Blusenärmel versteckte.

»Ich dachte erst, es sei ein Brief des Gardisten an mich persönlich, dass es etwas war, was er von mir wollte. Aber sobald ich den Zettel in der Anrichte auseinandergefaltet und einen Blick darauf geworfen hatte, erkannte ich, dass der Brief für den Zaren persönlich gedacht war.«

Sie fand Nikolaj Alexandrowitsch mit einem Buch am Tisch im Eckzimmer sitzen. Großfürstin Olga gab ihm das Papier, so wie sie es selbst erhalten hatte, unsichtbar von Hand zu Hand. Der Zar las erst schweigend, ohne sich sofort zu äußern. Olga Nikolajewna setzte sich inzwischen zur Mutter, die mit einer Handarbeit beschäftigt war. Sie hatte registriert, dass etwas passiert war, es aber vorgezogen, es nicht zu kommentieren. Stattdessen bedauerte sie, dass die Tochter so wenig Interesse für das Klöppeln von Spitzen an den Tag gelegt habe.

»Tatjana ist schon sehr flink«, hatte sie gesagt.

Der Zar blieb am Schreibtisch sitzen. Den Brief hatte er unter dem Buch versteckt, ohne Miene zu machen, etwas sagen zu wollen. Da rollte der Zarewitsch mit eigener Kraft ins Zimmer, und

Olga Nikolajewna verstand, dass sie bis auf weiteres nichts erfahren würde.

Erst nach dem Tee hatte sie den Brief lesen dürfen. (In der Zwischenzeit hatte ihn Alexandra Fjodorowna schon gesehen.) Das Zarenpaar hat den ganzen Abend damit zugebracht, den Inhalt zu besprechen. Seit der Abreise aus Tobolsk sind sie nicht vor eine so schicksalsschwere Herausforderung gestellt worden.

Olga Nikolajewna zog ein zusammengefaltetes Stück Papier aus dem Blusenärmel, so dass ich selbst lesen konnte, was da geschrieben stand, auf Französisch, bemerkenswerterweise mit roter Tinte.

Der Brief *ist* aufsehenerregend. Der Absender bestätigt Nachrichten, von denen wir eine vage Ahnung gehabt hatten, dass nämlich aufrührerische Truppen entlang der Transsibirischen Eisenbahn auf dem Vormarsch sind, ebenso in den Gegenden um den Ural herum. Wie sich herausstellt, sind es tschechische Abteilungen (frühere Kriegsgefangene), die auf diese oder jene Weise in den Kampf gegen die Bolschewiken hineingepresst wurden. Dem Brief zufolge stehen sie nur 80 Kilometer von Jekaterinburg entfernt und rücken ständig weiter vor. Der Briefschreiber sagt den baldigen Zusammenbruch der Roten Armee voraus, äußert gleichzeitig aber eine Warnung und betont, dass wir uns in dieser Phase des Rückzugs in *ernster Gefahr* befänden. Anschließend bittet er um verschiedene konkrete Auskünfte und fordert uns auf, auf eine Flucht vorbereitet zu sein. Zwischen zwei und drei Uhr nachts müsse immer *einer* wach sein. (Das heißt also jetzt.) Der Absender, der den Eindruck erweckt, eine Art Gruppe zu vertreten, unterzeichnet mit »einer, der bereit ist, für Sie zu sterben, Offizier in der russischen Armee«. Er bittet um Antwort über denselben vertrauenswürdigen Kurier.

Der Brief hat Olga Nikolajewna zufolge zu einer gewissen Auseinandersetzung zwischen den Eltern geführt. Seine Majestät interessiert sich in erster Linie für die militärischen Nachrichten, die sowohl vielversprechend sind als auch in Übereinstimmung mit dem stehen, was wir aus guten Gründen angenommen hatten. Er akzeptiert aber auch das Bedauerliche der Situation, dass nämlich die äußere Bedrohung die Rotgardisten zu übereilten Handlungen drängen könnte. Die Zarin beschäftigt sich mehr mit dem »Offizier« hinter dem Brief; endlich haben zarentreue Soldaten damit begonnen, aktiv zu werden.

Spät am gestrigen Abend, nach der normalen Schlafenszeit (von 23.30 Uhr an herrscht Ruhe), wurde Olga Nikolajewna ins Zimmer der Eltern geholt, um eine Antwort niederzuschreiben. Nikolaj Alexandrowitsch wünschte, dass weder seine noch die leicht erkennbare Handschrift der Zarin für die Antwort benutzt werden sollte, die direkt auf die unbeschriebenen Teile im Brief des »Offiziers« geschrieben wurde. Die Antwort ist sehr kurz gefasst (auf Französisch) und beginnt mit der Beschreibung, welche Fenster zu den Zimmern der Familie gehören. Danach wird darauf hingewiesen, dass der Thronfolger krank sei und nicht gehen könne. Es wird unterstrichen, dass kein Risiko eingegangen werden dürfe, es sei denn, ein glückliches Ergebnis sei absolut garantiert.

Entscheidend ist, dass das Zarenpaar auf den anonymen Brief geantwortet und sein Schicksal damit in die Hände des »Offiziers« gelegt hat.

»Ich habe den Brief den ganzen Tag mit mir herumgetragen«, sagte Olga Nikolajewna, nachdem ich zu Ende gelesen hatte. »Der Gardist ist aber nicht in die Küche gekommen. Stellen Sie sich vor, man hat ihn gefasst und unsertwegen festgenommen! Es ist ein furchtbarer Tag gewesen, das Geheimnis und die Ungewissheit zu ertragen. Die anderen dürfen noch nichts erfahren, nicht bevor es ernst wird. Und wissen Sie, was am allerschwersten ist, Jewgenij Sergejewitsch?«

»Nein.«

»Ich habe angefangen, an die Freiheit zu denken.«

»Was meinen Sie damit?«

»Seit wir hergekommen sind, habe ich nicht gewagt, auch nur einen Gedanken durchsickern zu lassen, nicht seit der Bahnreise mit dem Kommissar. Erst jetzt kommt es mir vor, als begännen die Edelsteine wieder zu blitzen. Sie blitzen so entsetzlich.«

8. Juni

Ich war einigermaßen empfangsbereit auf den Beinen, als ein Bataillon aus sechs stämmigen Waschfrauen in die Wohnung kommandiert wurde und sich mit großem Tempo mit Besen und Lappen über die Fußböden hermachte. Der Wachposten war die ganze Zeit anwesend (und bekam dabei noch die Stiefel gewaschen). Die Frauen wurden äußerst verlegen und arbeiteten besonders gründlich, als sie zu den Zimmern der Zarenfamilie kamen. Sie ließen den Blick den langen Besen folgen. Es war streng verboten, ein Wort zu wechseln. Erst im Zimmer des Zarewitsch mussten die Frauen unwillkürlich den Blick heben. Der Anblick des schlottrigen, großäugigen Jungen, der angekleidet im Bett saß, machte auf sie einen ebenso starken Eindruck wie auf alle anderen. Die Blicke wanderten unwillkürlich zum Rollstuhl in der Ecke. Die Frauen begriffen instinktiv, dass sie im innersten Kreis der Dynastie sauber machten.

Wäre es erlaubt gewesen zu lüften, hätte das Putzen zu einer wirklichen Reinigung führen können. Die Innenseiten der Fenster waren beschlagen. Ich legte mich aufs Bett.

Mit einem Mal wurden Decken und Wände durch eine gewaltige Detonation aus dem Keller erschüttert wie bei einem Blitzschlag in der falschen Etage. Die Antwort war ein Geheul des Dienstmädchens draußen in der Anrichte. Bevor ich hatte aufstehen können, tauchte Maria Nikolajewna in der Tür auf und holte mich zum Zarewitsch. Er saß nach Luft schnappend da und streckte die Beine aus dem Bett. Nur ein einziges Wort kam ihm stoßweise über die bleichen Lippen:

»Vater – Vater – Vater!«

Das Beste, was ich tun konnte, war, ihn zusammen mit Maria Nikolajewna ins Zimmer der Eltern zu bringen. Und erst beim Anblick des Zaren kam es mir vor, als ließe der Krampf nach, als käme er einigermaßen wieder zu sich.

Die Explosion kam von einer Handgranate, die im Wachraum unter dem Esszimmer detoniert war. Wie durch ein Wunder war keiner der Gardisten zu Schaden gekommen. Niemand sah auch irgendeinen Grund, uns gegenüber das Ereignis zu bedauern.

Auch diese »Episode« schrieb der Zar dem arglosen »Spiel mit Waffen« der Soldaten zu. Der Gedanke, jemand könnte mit Bedacht ein Gewehr abfeuern oder eine Bombe detonieren lassen, scheint ihm vollkommen fremd geworden zu sein. Die Angst ist beim Zarewitsch dagegen umso stärker, bei ihm, der weder die Krönung noch die Entthronung miterlebt hat, dem man nur ständig die Bedeutung seines Vaters und seiner eigenen Person eingeimpft hat. Eine plötzliche Erschütterung, ein scharfer Laut kann bedeuten, dass der Zar tot ist, dass der Zarewitsch im selben Augenblick in ein Staatsoberhaupt verwandelt ist.

Es liegt in der Logik des Fürstenattentats, dass man immer wieder nicht nur versucht hat, das gekrönte Oberhaupt zu treffen, sondern die gesamte dynastische Erbfolge. Als der Zarewitsch abwesend war (er speiste zusammen mit Alexandra Fjodorowna im Eckzimmer), erlaubte ich mir beim Mittagessen, Seine Majestät an das umfassendste aller Attentate der Nihilisten zu erinnern, als es ihnen im Winter 1880 gelang, den ganzen Speisesaal des Winterpalais in die Luft zu sprengen.

»Es wurde ein Tag, an dem Ihr Vater viel zu tun bekam«, bemerkte der Zar. »Elf Tote und mehr als 50 Verletzte. Alle gehörten der Schlosswache an, die ein Stockwerk tiefer einquartiert war, genau wie hier. Ingenieur Ipatjew hat bestimmt solider gebaut als meine Vorfahren.«

»Die menschlichen Zerstörungen sind immer am größten«, sagte ich mit einem vorsichtigen Hinweis auf den Thronfolger, »selbst wenn niemand körperlich zu Schaden kommt.«

»Alexej hat zum Glück anderes, woran er denken muss«, entgegnete der Zar in dem deutlichen Wunsch, dem Gespräch eine andere Richtung zu geben, »ich habe damit begonnen, ihm ein neues Buch mit Geschichten von der See vorzulesen. Das ist in dieser Hitze richtig erfrischend.«

Die inneren Erschütterungen des Zarewitsch haben auch körperliche Folgen gezeitigt. Dr. Derewenko wurde nach dem Tee empfangen. Er stellte Schwellungen am linken Arm fest und behandelte das Bein. Auch Wladimir Nikolajewitsch registrierte, dass der Patient psychisch mitgenommen war.

Nach der Arztvisite spielte ich mit dem Zarewitsch und der Zarin Karten. Ich glaube, dass weder die Seegeschichten des Zaren noch die Karten der Zarin den Krater ganz haben zudecken können, der sich im Inneren des Thronfolgers geöffnet hat. Er lächelt tapfer, spricht ein wenig exaltiert, spielt mit einem Arm.

Heute Vormittag sind frische Milch und Eier in der Küche eingetroffen, und ich las in Olga Nikolajewnas Gesicht, dass der Brief überbracht worden war. Niemand hat die Korrespondenz kommentiert.

Awdejew kam unserem Ersuchen entgegen und gab uns eine halbe Stunde mehr an der frischen Luft, »die Sommerzeit der Gefangenen«, wie er das nannte, sichtlich stolz darauf, dass auch er mit leninistischer Souveränität über die Zeit herrschen konnte. Wir verbrachten unsere anderthalb Stunden im Schatten der duftenden Büsche.

Auch die Nächte sind warm. Blitze. Im Keller das Echo eines Donnerschlags über Jekaterinburg.

9. Juni

Ich habe Schmerzen gespürt, die mich an die erinnern, die mich während des Karrentransports von Tobolsk übermannt hatten.

Die Wärme hält an.

Heute Nachmittag gab es eine erweiterte Inspektion der Fenster, vorzugsweise der zur Straße hin gelegenen. Sogar Kommissare aus St. Petersburg waren unter den Sachkundigen vertreten, die es natürlich ebenfalls nicht lassen konnten, die Gefangenen in Augenschein zu nehmen. Die schwitzenden »Genossen« aus der Hauptstadt waren sichtlich verblüfft, die Großfürstinnen mit aufgekrempelten Ärmeln im Wasserdampf draußen in der Küche vorzufinden.

Dass es trotz der quälenden Hitze nicht möglich gewesen ist, auch nur ein einziges Fenster zu öffnen, mag daran liegen, dass man uns aus irgendeinem Grund das Dasein unerträglich machen will. Was hilft es, dass die Möbel weich sind und die Tapeten kostbar, solange das Klima nicht besser ist als auf der Gefängnisinsel Schlüsselburg oder in den Zellen der Peter-Pauls-Festung? Wir sind in einem Dampfkessel untergebracht, in dem Komitees umherwandern und diskutieren, welches Ventil geöffnet werden soll.

Vor dem Abendessen spielte ich mit dem Zarewitsch und der Zarin wieder Bésigue. Sowohl Alexej Nikolajewitsch als auch ich selbst wurden von Schmerzen geplagt. Ihre Majestät hing eigenen Gedanken nach. Wir hielten bis zu den vorgeschriebenen 2000 Punkten aus. Als ich mich um acht Uhr ins Esszimmer begab, folgte mir die Zarin.

»Dies kann nicht so weitergehen«, sagte sie leise.

Ich erwiderte die Aussage mit einem teilnahmsvollen, fast verständnisinnigen Blick, ohne zu verraten, was ich selbst weiß oder denke.

»Olga hat ihn Ihnen gezeigt«, sagte sie und verriet deutlich Lust, mich am Arm zu ergreifen, als sie fortfuhr:

»Wir müssen für ihn beten.«

»Für wen?«

Alexandra Fjodorowna sah mir direkt in die Augen und sagte, bevor sie sich umdrehte und in das weißgelbe Zimmer zurückging, in dem der Thronfolger wartete:

»Für ›den Offizier‹.«

3.50 Uhr. Ich habe mich früh zu Bett begeben (selbst nach der neuen Zeitrechnung). Notierte das Obenstehende und blieb im Bett liegen und atmete schwer, während ich gleichzeitig die Nierengegend betastete. Bis jetzt ist die Hitze zum Glück das Quälendste gewesen, und wahrscheinlich hatte ich eine Weile gedöst … als ich ein leises Knarren der Tür zum Esszimmer hörte. Ich wusste, wer es war, und war froh, dass sie kam.

»Jewgenij Sergejewitsch, sind Sie wach?«

»Kommen Sie nur herein, Eure Hoheit.«

Olga Nikolajewna schlich leise über den Fußboden und holte den gewohnten Stuhl. Ich spürte einen schwachen, aber plötzlichen Schmerz, als ich mich im Bett aufrichtete.

»Ich habe gewacht«, sagte sie, »wie es im Brief stand. Vater kam um drei Uhr herein. Weder er noch Mutter hatten geschlafen. Er sagte, ich solle mich hinlegen. Aber ich wusste, dass ich keinen Schlaf finden würde. Durch den Türspalt sah ich, dass bei Ihnen Licht brannte, aber Sie haben nicht geschrieben?«

»Nein, Olga Nikolajewna. Ich habe nur dagelegen und die leninistische Stromrationierung sabotiert.«

»Sie sind so geduldig.«

»Geduld ist keine Tugend für den, der aufgehört hat zu warten.«

»Das hört sich traurig an.«

»Es ist nicht traurig«, entgegnete ich, aber da Olga Nikolajewna keine Spur fröhlicher aussah, fügte ich hinzu: »Es ist das Gegenteil von traurig.«

»Das Gegenteil?«

»Ich habe aufgehört zu warten, und zwar nicht, weil ich die Hoffnung aufgegeben habe, sondern weil ich angekommen bin.«

Sie sah mich mit einem so fragenden Gesichtsausdruck an, dass ich genötigt war fortzufahren:

»Es ist ganz banal, Eure Hoheit, man braucht nur die Jahre zu zählen. Oder Sie können es meinem grau werdenden Bart ansehen: Ich habe mein Leben gehabt, meine Ehe, meine Frau gewonnen und sie an einen jüngeren Mann verloren, meine Kinder erzogen und sie der Zukunft übergeben. Ich habe mein Leben leben dürfen, das ist es, was ich mit dem Gegenteil von traurig meine. Liebe Olga Nikolajewna«, schloss ich, »es gibt nur eines, was wirklich traurig ist und was uns mit vollem Recht ungeduldig machen kann: das Leben zu erhalten, es aber nicht leben zu dürfen.«

Ich bereute den letzten Satz sofort. Olga Nikolajewna blickte vor sich hin. Ihre Gesichtszüge zeichneten sich in dem schwachen Lichtschein der Lampe ab. Wären der Koch Karitonow oder der Wachposten Ukraintsew imstande, an diesem Profil die Schönheit abzulesen? Ohne den Kopf zu wenden, machte sie den Mund auf:

»Glauben Sie, dass er bereit ist, sein Leben hinzugeben?«

»Wer?«

»Der Offizier. Er schrieb, er sei bereit, *sein* Leben für unseres hinzugeben.«

»Wenn er Sie kennt, Eure Hoheit, ist er auch bereit, sein Leben für Sie zu geben.«

Olga Nikolajewna wirbelte herum. Das Gesicht hatte einen völlig neuen Ausdruck angenommen. Die Augen blickten durch mich hindurch, und die Stimme kam von einem anderen Ort:

»Glauben Sie wirklich, dass *er* es ist?«

Bevor ich noch antworten, das heißt fragen konnte, was oder, richtiger gesagt, wen sie meinte, hatte sich Olga Nikolajewna erhoben und stand vor mir.

»Jewgenij Sergejewitsch«, sagte sie leise, aber plötzlich atemlos. »Sie müssen das Licht ausmachen und schlafen. Morgen ist Sonntag, und wir hoffen alle, dass der Priester kommen wird. Gute Nacht.«

Holte das Tagebuch hervor, schrieb dies nieder. Unterdessen kehrten die Schmerzen zurück.

Der Stuhl steht immer noch da. Ich mache das Licht aus.

Sonntag, den 10. Juni

Nephrolithiasis.

11. Juni

Es schmerzt. Im ganzen Körper. Werde versuchen, Bettruhe zu halten und zu rekonstruieren, was geschehen ist.

Die Schmerzen meldeten sich im Lumbus mit voller Stärke etwa um sechs Uhr (leninistischer Zeit), am Sonntagmorgen, nur ein paar Stunden nachdem Olga Nikolajewna gegangen war. Ich wälzte mich hin und her, bis es hell wurde. Njuta steckte kurz vor acht den Kopf herein. Ich hatte ein paar Schmerzenslaute von mir gegeben und war froh, dass es das Dienstmädchen war (und keine der Großfürstinnen).

Nicht lange danach stand die Zarin in Krankenschwesternschürze mit dem Roten Kreuz auf der Brust zusammen mit Tatjana Nikolajewna in der Tür. Ihre Majestät, die Zeugin meiner letzten Nierenkolik gewesen war, begriff sofort, was los war. Tatjana N. setzte die Morphinspritze (2,5 mg), präzise ganz oben im rechten Schenkel.

Nach dem Frühstück wurde umgeräumt. Der Salon wurde mit frischem Birkenlaub geschmückt, der Schreibtisch als Altar hergerichtet, mit Ikonen und Reliquien. Der Pope (der ältere) erschien um 11.30 Uhr. Da hatte man mich schon in das Zimmer des Zarenpaars gebracht. Während der Zelebrierung der Hochmesse lag ich behaglich dösend da; nur leichte Ansätze von Übelkeit.

Erst als ich wach geworden war, registrierte ich, welches Wunder an diesem Morgen im Zimmer des Zarenpaars geschehen war. Zwei Soldaten waren gekommen und hatten eines der Doppelfenster losgeschnitten (sie sind wieder zugeleimt) und es zur Palisade hin geöffnet. Durch dieses Fenster erhält jetzt die ganze Etage Zufuhr von frischer Luft, außerdem ist es herrlich, die weiße Fläche nicht mehr zu sehen, und wenn auch nur in einem der Fenster. Es ist, als hätte man in einem gekalkten Grab gelebt und plötzlich einen Ausgang entdeckt.

Nach dem Mittagessen saßen die Zarin und Tatjana Nikolajewna bei mir, während die anderen in den Sonnenschein hinausgingen (jetzt ganze Stunden lang). Alexandra Fjodorowna hatte sich wieder die Schwesternschürze umgebunden. Ich nehme an, sie hat die Großfürstin zur Hand, falls der Patient plötzlich besonderer Pflege bedarf, nicht weil ich die Fähigkeiten Ihrer Majestät anzweifle, aber ich glaube, sie würde sich weigern, Intimitäten zuzulassen. Tatjana Nikolajewna ist ihrerseits eine gottbegnadete Krankenschwester. Sie hätte ihr Leben diesem Beruf weihen sollen, wäre da nicht ihre hohe Geburt gewesen und außerdem die Tatsache, dass sie so viele andere Fertigkeiten beherrscht. Sie hat alles, Geschicklichkeit, Ruhe, Menschlichkeit in Verbindung mit klinischer Distanz.

Weder die Zarin noch Großfürstin Olga kamen auch nur in die Nähe von Tatjana Nikolajewnas Leistungen, als sie sich nach Kriegsausbruch zu Rote-Kreuz-Schwestern ausbilden ließen. Der Großfürstin Olga fehlt das praktische Geschick, das die Schwester charakterisiert, und überdies war sie zu empfindsam und empfänglich, um am Operationstisch als Assistentin zu fungieren. Die Zarin war durch ihre Würde gehemmt. Im Lazarett begegnete man der Gestalt der Zarin mit Unsicherheit, bei einigen Patienten sogar mit Schrecken, wohingegen der Anblick der graziösen Gestalten der beiden Großfürstinnen in ihren weißen und grauen Uniformen für die verstümmelten Soldaten Seelenbalsam war.

Dr. Derewenko erschien nach dem Tee zur Visite und wunderte sich, seinen Kollegen anstelle des Thronfolgers als Patienten vorzufinden. Meine Diagnose konnte er natürlich nur zur Kenntnis nehmen.

Nachdem er gegangen war, kam mir der Gedanke, dass wir die Plätze tauschen sollten. Die Zarenfamilie braucht einen aufrecht gehenden Arzt, keinen bettlägerigen, den sie selbst pflegen muss. Bemerkenswert, dass Awdejew nicht auf diesen Gedanken gekommen ist. Liegt es vielleicht daran, dass mein Status als Gefangener der Funktion als Arzt übergeordnet worden ist? Als Kranker bin ich ausschließlich Gefangener und nichts anderes – Gefangener der Bolschewiken, der Schmerzen und der Zarin.

Nach Derewenkos Visite ließ ich mich in mein gewohntes Bett im Salon zurückbringen. Alle Spuren des Kirchenraums waren entfernt worden.

Gestern Abend wurden noch ein paar Möbel umgestellt. Njuta verfrachtete ihr Bett aus der Anrichte, wo sie geschlafen hatte, ins Esszimmer, und Tatjana Nikolajewna hat sich beim Bruder in dem Zimmer zur Terrasse einquartiert. Dies aus ganz besonderen Gründen.

Vor der Schlafenszeit war ich zu einer Runde Bésigue mit dem Zarenpaar imstande. Alexandra Fjodorowna spielte danach mit den Großfürstinnen Bridge. Die Familie hält in diesen Tagen und Nächten eng zusammen.

Als die Dunkelheit kam, stand das Fenster immer noch offen.

Alexej Nikolajewitsch war der Erste, der mich mit einem guten Morgen begrüßte und sichtlich bekümmert fragte, wie ich die Nacht verbracht hätte. (Tatjana Nikolajewna rollte den Stuhl.) Ich konnte ihn damit beruhigen, dass die Nacht besser als erwartet verlaufen sei, was er der Zarin zu berichten versprach.

Später brachte er mir Grüße vom Zarenpaar zurück. Alexandra Fjodorowna hatte schlecht geschlafen. Das offene Fenster hatte zu viel ungewohnten Lärm von den Wachen als auch von der Stadt draußen eindringen lassen. Die Zarin wollte möglichst viel vom Tag im Bett verbringen, da sie fürchtet, ein vergrößertes Herz zu haben – ob ich da nicht mit ihr einer Meinung sei?

Ich bat den Boten des Zaren, zu übermitteln, dass ich der Diagnose der Patientin voll zustimmte, und zu sagen, der kaiserliche Leibarzt habe größtmögliche Ruhe verordnet. (Es wundert mich nicht, dass die Zarin stark erregt ist, ebenso wenig, dass sie den Tag vor dem offenen Fenster zu verbringen wünscht.)

Ich habe alle Mahlzeiten im Bett eingenommen.

Vor dem Abendessen erhielt Wladimir Nikolajewitsch die Erlaubnis, auf dem Weg vom Zarewitsch kurz bei mir hineinzuschauen. (Er hatte das Bein untersucht und eine Kompresse angelegt.) Bevor ich ihm auch nur eine einzige Frage stellen konnte, erklärte Awdejew in einer Wolke von Wodka-Gestank, was zu geschehen habe:

»Dr. Botkin wird wieder auf den Beinen sein, sobald er den Morphinrausch ausgeschlafen hat.«

Wir fanden keinen Grund, die Konsultation fortzusetzen.

Nach und nach, als die Schmerzen nachließen, konnte ich die innerhalb der Zarenfamilie herrschende Spannung registrieren. Soviel ich weiß, haben sie von dem »Offizier« einen Brief Nummer 2 erhalten, und es wird darin eine gewisse Bereitschaft aufrechterhalten. Auch heute Nacht schläft Tatjana Nikolajewna bei ihrem Bruder, während Njuta also ins Esszimmer umgezogen ist. Damit liegt sie Wand an Wand mit den Zimmern der Großfürstinnen und des Zarewitsch.

Mehrmals habe ich Bewegung gehört, sowohl aus dem Zimmer des Kommandanten als auch aus den kaiserlichen Gemächern.

Vier Uhr (etwa). Vor einer Stunde ging die Tür auf, und Olga Nikolajewna trat ein wenig zögernd ein. Sie hatte die dünne Jacke über das Nachtkleid gezogen.

»Lieber Jewgenij Sergejewitsch, ich muss mit Ihnen sprechen«, flüsterte sie und fügte hinzu, indem sie sich setzte: »Es geht Ihnen jetzt besser, nicht wahr?«

»O ja«, erwiderte ich, »solange ich liege, geht es gut.«

»Ich muss Ihnen eine Frage stellen«, sagte sie. »Wir haben dem ›Offizier‹ eine neue Antwort geschrieben, und ich soll den Brief morgen abliefern.«

Olga Nikolajewna war sichtlich erregt, obwohl sie sich Mühe gab, leise zu sprechen. Sie sah sich in diesem großen, halbdunklen Raum nach rechts und links um, bevor sie einen Zettel hervorholte, auf dem einige Zeilen mit roter Tinte geschrieben waren. Der Rest war mit Olga Nikolajewnas Bleistiftbuchstaben ausgefüllt.

Der Brief war sehr kurz gefasst. »Der Offizier« wünschte zu klären, wie während der Flucht mit dem Zarewitsch umgegangen werden solle. Es wurde angedeutet, dass man ihn betäuben könne, bevor die Aktion stattfand, und dass man, falls gewünscht, Zugang zu den notwendigen Mitteln verschaffen könne. (Das war es, wozu »der Offizier« die Meinung des »Doktors« einholen wollte.) Der Brief schloss mit einer Versicherung, dass nichts unternommen werde, solange der Erfolg nicht garantiert sei. Dafür stünden die Akteure mit ihrem »feierlichen Gelöbnis« vor Gott, der Geschichte und ihrem Gewissen ein.

Die Antwort der Zarenfamilie enthielt eine Reihe exakter Angaben über den Wachdienst und die Einrichtung der Zimmer. Unter anderem konnte man von dem Fenster berichten, das Tag und Nacht offen stehe, aber auch von den zwei offenen Fenstern des Kommandanten, die ein wenig weiter weg an derselben Wand liegen. Es war bewegend zu lesen, dass der Zar sein Gefolge nicht im Stich lassen wollte, obwohl die Diener ihrerseits betonten, sie wünschten, nicht hinderlich zu sein (folglich war das Thema in der Küche erörtert worden). Außerdem ist das Zarenpaar darauf erpicht, zwei Koffer mitzunehmen, nämlich die mit Briefen und Tagebüchern. Diese befinden sich jedoch in der Obhut des Kommandanten. Die Antwort war mehr als die vorherige von dem aktiven Wunsch nach Befreiung geprägt.

»Was meinen Sie, Jewgenij Sergejewitsch, sollen wir sie bitten, für Alexej Schlafmittel zu besorgen, oder haben Sie selbst etwas, was wir verwenden können?«

Ich war einen Moment lang über Olga Nikolajewnas Engagement verwundert. War wirklich die ganze Familie gleichermaßen auf den Fluchtplan des »Offiziers« eingestellt? Ungeachtet dessen, wie gut bewacht wir alle zusammen sind, etwas, das auch der Antwortbrief nicht verschweigt.

»Nein«, sagte ich, »ich halte es nicht für eine gute Idee, Alexej Nikolajewitsch Schlafmittel zu geben. Das wird kompliziert werden, wenn er Probleme mit dem Aufwachen bekommt, wenn die Aktion in Gang gesetzt werden soll. Und ihn schlafend zu tragen wird schwieriger sein als alles andere. Es ist besser, wenn er versucht mitzuhelfen. Dann ist auch die Gefahr geringer, dass etwas passiert.«

»Ja«, erwiderte sie, »so haben wir auch darauf reagiert, aber wir kennen den Plan ja nicht, wie sie ihn eigentlich verwirklichen wollen. Wir wissen nur, dass es geschehen wird.«

»Sind sie da wirklich so sicher?«

»Das Fenster«, erwiderte sie. »Sie haben es aufgemacht. Es ist seit unserer Ankunft hier verschlossen und versiegelt gewesen. Aber in dem Moment, in dem ›der Offizier‹ uns herausholen will, wird das Fenster geöffnet.«

»Ein merkwürdiges Zusammentreffen«, bemerkte ich.

»Es ist nicht zufällig«, sagte Olga Nikolajewna. Sie sah mich mit großen Augen an: »Es ist ein Plan.«

»Meinen Sie, dass die Wache, dass der Kommandant und das Sowjetkomitee den Entschluss gefasst haben, mit den Männern gemeinsame Sache zu machen, die Sie zu befreien wünschen?«, fragte ich. »Ist das nicht zu unglaublich?«

»Es ist nicht so, nicht auf die Weise, Jewgenij Sergejewitsch, es ist ein größerer Plan.«

Ich betrachtete die Gestalt, die mit einem blassen Stück Papier in der Hand und einem sanften, glühenden Leuchten in den Augen auf dem Stuhl vor mir saß. Ein größerer Plan? Ja, das Leben, das gelebt werden soll, der Mann, der geliebt werden soll, die Kinder, die zur Welt kommen sollen, die Trauer und die Freuden, die Lust und der Schmerz, die Zukunft, die wartet …

Ich spürte einen leichten Schmerz im Rücken.

»Mutter hat es als Erste verstanden«, sagte sie, »dass *er* es war, der das Fenster geöffnet hat.«

Ja, ich sah sie an, und das wahrscheinlich mit einem Gesichtsausdruck, der nach einer Art Erklärung verlangte, zumindest nach einem exakten Anhaltspunkt.

Sie legte den Brief aufs Bett, steckte die rechte Hand in ihr Nachthemd und zog geschickt eine spinnwebendünne Goldkette mit einem kleinen goldenen Medaillon heraus. Mit einem kaum hörbaren Knips öffnete sie den Deckel, und ich starrte in zwei Augen, von denen ich gehofft hatte, ich hätte sie schon zum letzten Mal gesehen: Gregorij Jefimowitsch Rasputin.

»Wir tragen es allesamt, Mutter, wir vier und Alexej. Er ist die ganze Zeit hier gewesen, und jetzt hat er das Fenster geöffnet. Mutter sagt, sie wisse es. Sie sagt: Durch seine Fürbitte bei Gott dem Allmächtigen soll der auserwählte Herrscher aller Russen befreit und wieder auf den Thron gesetzt werden. Das offene Fenster ist *ein Wunder.*«

Ich bin ein gläubiger Mann und schätze Olga Nikolajewnas Persönlichkeit, vielleicht höher, als ich sollte, auch ihre Intelligenz. Dennoch oder vielleicht genau deswegen spürte ich, nachdem sie es gesagt hatte, wie sich in meinem Körper eine Lähmung ausbreitete. Wie um einen Bundesgenossen zu finden, fragte ich:

»Was sagt Seine Majestät?«

»Es ist Mutter, die den Brief diktiert hat.«

»Hören Sie, Olga Nikolajewna«, sagte ich nach einer kleinen Pause. »Sie haben genug mit *einem* Invaliden zu tun, wenn Sie durchs Fenster hinausklettern sollen. Denken Sie nicht an mich.«

»Aber …«

»Wir befinden uns sicher nicht in Gefahr. Wir kommen schon zurecht, wenn alle erst mal weg sind. Nehmen Sie das Dienstmädchen mit, wenn sie es wünscht, aber wir anderen, der Kammerdiener, der Koch und Lenka, wir kommen schon zurecht. Es sind *Sie*, die kaiserliche Familie, welche die eigentlichen Gefangenen hier sind. Wir sind nur hier, um Ihnen hinter den Mauern zu dienen, nicht um auf dem Weg in die Freiheit hinderlich zu sein.«

Olga Nikolajewna blieb einen Augenblick unbeweglich sitzen, dann sagte sie:

»Meinen Sie wirklich, dass ihnen nichts Schlimmes geschehen wird?«

»Was sollte das schon sein? Keiner von uns hat über Russland geherrscht.«

»Das haben wir auch nicht«, entgegnete sie leise, »weder Tatjana, Maria noch …«

»Nein, Eure Hoheit, aber Sie erinnern sich an Bischof Hermogen. Er wurde nicht wegen seiner Taten verurteilt, sondern weil er Bischof war.«

Der Name des Märtyrers tat seine Wirkung, löste vielleicht ein Schwindelgefühl aus wie das, das ich selbst spürte. Dann fragte sie:

»Glauben Sie, Jewgenij Sergejewitsch, dass es *einen Sinn* haben kann, dass Sie bettlägerig geworden sind, gerade jetzt?«

Ich verstand, was sie dachte, dass ich, der ich mich nicht in das Übernatürliche einordnen wollte, mich der Krankheit unterwerfen musste. Mir war auch klar, wer diesen Gedanken gesät hatte. Dennoch antwortete ich:

»Ja, ich glaube, es bedeutet, dass ich wieder gesund werde.«

Sie saß auf der äußersten Stuhlkante. Ich lag auf dem Rücken, wie ich es die ganze Zeit getan hatte, spürte deutlich Schmerzen und unklare Empfindungen meinen Körper durchdringen. Da stand sie auf, beugte sich vor und küsste mich. Auf die Stirn. Im selben Moment spürte ich, wie etwas Kaltes die Haut hinterm Ohr streifte.

Olga Nikolajewna schlich in ihr Zimmer zurück, um den Brief abzuschließen.

Noch lange nachdem ich das Licht ausgemacht habe, spüre ich die beiden Berührungen, die warme von den Lippen der Großfürstin oben auf der Stirn und die kalte am Ohr von dem Medaillon mit den Augen. Die Schmerzen im Rücken scheinen zum ersten Mal nachzulassen, trotzdem werde ich nicht aufstehen.

Ich muss hierbleiben, bis »der Offizier« uns verlassen hat.

12. Juni

Bessere Luft. Mich quält der Gedanke an das offene Fenster.

Die Zarin hat Recht. Es ist ein allzu auffälliges Zusammentreffen. Erst wird der Brief durch einen der Wachposten überbracht, dann kommen zwei Soldaten und entfernen die Versiegelung des Fenster. Wer hat sie geschickt? Wer hat den Wachposten geschickt, der den Brief übergab, und die Soldaten, die das Fenster öffneten?

Ich glaube an die Existenz Gottes, spüre aber mit dem ganzen schmerzenden Körper, dass ich nicht an göttliche Zusammentreffen glaube. Selbst zu den armseligen Instrumenten in der Arzttasche habe ich größeres Vertrauen als zu den Augen in einem Medaillon am Hals.

Wir *wissen,* woher die Soldaten kamen. Sie waren vom Kommandanten entsandt, der auf Befehl des Komitees handelte, das wiederum von den Kommissaren aus Petrograd Instruktionen erhalten hatte, die vielleicht sogar Direktiven von Lenin persönlich in Moskau erhalten hatten, von dem Herrn über Zeit und Elektrizität. Wir haben sie mit eigenen Augen gesehen. Es dauerte mehrere Wochen, den Beschluss zur Öffnung des Fensters zu treffen. Warum war das so wichtig?

Weil die Briefe kommen würden. Um unsere Aufmerksamkeit auf den offenen Fluchtweg zu lenken. Doch das Fenster ist kein Ausweg.

Es ist ein Eingang.

Ich verstehe, weshalb die Zarenfamilie zu flüchten wünscht, aber warum wünscht sich das Sowjetkomitee, dass sie es tut? In der Nacht zum 1. Juni plante Awdejew eine Evakuierung aufgrund der Bedrohung durch die Anarchisten. Was Nagorny und Sednjew betraf, log er. War der Rest der Geschichte wahr, oder steckte eine Absicht dahinter? Geschieht das Gleiche erneut, nicht in Form einer Evakuierung, sondern als Flucht, wie eine überstürzte Flucht? Was erwartet uns dann außerhalb der Mauern Ipatjews?

Die Hitze ist so groß gewesen, dass dem Zaren und seinem Gefolge zwei Stunden an der frischen Luft zugestanden wurden. Gegen Abend, als die Familie am Tisch im Esszimmer saß, fegte ein Gewitter über die Stadt hinweg und reinigte für kurze Zeit die Luft. Im Lauf der Nacht ist der Druck wieder stärker geworden.

Ich gebe zu, Olga Nikolajewna am Bett vermisst zu haben, bin aber dennoch froh, dass sie nicht gekommen ist. Was sollte ich ihr sagen? Ihr die Hoffnung nehmen, sie vor dem Fenster warnen? Auch Stillschweigen enthält Bedenklichkeiten: Ist es wirklich so weit gekommen, dass ich die Zarenfamilie ihrem weiterem Schicksal überlassen habe, wie das auch aussehen mag?

Nein, es ist umgekehrt gekommen, sie sind es, die mich hier liegen lassen. Nicht weil mein geschwächter Körper nicht wieder auf die Beine gestellt werden kann, sondern weil sie meinen fehlenden Glauben nicht beseitigen können. Ich werde ihnen niemals folgen. Durch das Fenster des Wunders.

Liebe Olga Nikolajewna, wir sind in der Dunkelheit gefangen, in einem Netz bedeutungsvoller Ereignisse. In nicht allzu langer Zeit wirst du auf den Fensterrahmen klettern, und dort wird dir die Wahrheit begegnen. Sie wird dich durchleuchten. Wie einen Birkenstamm. Wenn der Blitz den Himmel zerreißt.

Dieses Krankenlager besitzt keine höhere Bedeutung.

Ich bin eine Mumie in der Zarenkrypta.

13. Juni

Warm. Nach dem Mittagessen saß ich im Zimmer des Zarenpaars im Lehnstuhl. In dem quadratischen Raum gibt es vier hohe Fenster, zwei an jeder Außenwand. Drei sind gesperrt und weiß bemalt, eins zur Palisade hin offen, aber auf der Seite, wo die Grundmauer am niedrigsten ist. Ein erwachsener Mann könnte sich unten hinstellen und mit den Fingerspitzen fast bis zum Fensterrahmen reichen.

Das Zimmer weist Anzeichen von Vorbereitungen auf.

Punkt halb drei klappte der Zar das Buch zu. Die Zarin legte die Hand auf die Brust. Er erwiderte die Geste mit einem kaum merkbaren Kopfnicken. Die Töchter standen ein wenig zögernd auf. Wie gewöhnlich sollte eine von ihnen dableiben. Olga Nikolajewna meldete sich. Alle vier gehen gern mit dem Vater nach draußen, und trotzdem ist es fast eine Ehre, bei der Mutter zu bleiben. Es ist ein Verzicht und deshalb etwas Hochwertiges. So sind sie erzogen. Wie meist obliegt es der Gesellschaft der Zarin, aus der Bibel oder einer Sammlung erbaulicher Texte vorzulesen.

Großfürstin Maria schob den Zarewitsch. Wenn der Zar in der Nähe ist, nimmt Alexej Nikolajewitsch eine straffe Haltung an, selbst wenn er im Rollstuhl sitzt. Zusammen mit dem Vater befindet er sich immer im Manöver.

»Wir werden, lasst mich mal sehen«, sagte Anastasia Nikolajewna und sah auf die Uhr, »höchstens zwei Stunden weg bleiben.« Damit versagte sich das Gefolge die Etappe durch das Esszimmer zum Ausgang, wo sie auf die Wache warten mussten.

»Es ist unangenehm«, sagte die Zarin mit gedämpfter Stimme und warf einen Blick durchs Fenster, »dass wir selbst in unserem eigenen Zimmer genötigt sind zu flüstern.«

Wir hörten den patrouillierenden Gardisten, der gleich unter uns in der Passage zwischen Wand und Palisadenzaun vorbeischritt. (Sogar in der Nacht wird diese Runde zweimal in der Stunde absolviert.) Niemand machte den Mund auf, bevor die Schritte sich entfernt hatten. Da legte Alexandra Fjodorowna die Arbeit beiseite, mit der sich bis dahin beschäftigt hatte, und sagte, zum Lehnstuhl gewandt, in dem ich ruhend und untätig saß:

»Wir legen unser Leben in die Hände des Herrn.«

Olga Nikolajewna warf mir einen Blick zu, gespannt, was ich sagen würde.

Ich antwortete wie der Zar – mit einem Kopfnicken.

Ihre Majestät war aufgestanden und stand jetzt in ihrem locker sitzenden blauvioletten Seidenrock mitten im Raum. Sie wandte sich nicht dem offenen Fenster zu, sondern richtete den Blick auf die weißen Glasflächen an der anderen Außenwand. Ihr Erröten wurde stärker. Es war deutlich zu sehen, dass sie ihrem Herzen Luft machen wollte, wie sie es im Alexanderpalast getan hatte, als sie meine ketzerische Skepsis zum ersten Mal enthüllt hatte. Diesmal kam sie gleich zur Sache:

»Es ist der Plan des Herrn, Baby (Alexej) wieder einzusetzen«, begann sie, als stünden alle Entscheidungen endgültig und unzweideutig fest. »Seine Majestät wollte sich nicht von seinem Sohn trennen, und deshalb hat er zum Vorteil des Bruders abgedankt …

dem sündigen. Oh, Nicky ist so zartfühlend! Aber es war verrückt, verrückt gegenüber Gott.«

Sie legte sich schwer atmend die rechte Hand auf die Brust, bevor sie fortfuhr:

»Er wird dieses Opfer von uns verlangen. Das Volk wird fordern, dass das, was rechtens ist, geschehen soll. Wir müssen das Kostbarste geben, was Russland verlangen kann. An dem Tag, den Gott bestimmt hat, wird Baby aufstehen und gehen. Dann wird er für immer geheilt sein, von den Ketten der Krankheit befreit.«

Nach dieser Proklamation wandte sie ihre ganze majestätische Gestalt dem Lehnstuhl zu.

Sollte ich als Arzt antworten oder als Patient? Ich weiß vielleicht besser als jeder andere, dass die Hämophilie unheilbar ist. Aber ich weiß auch, dass der Wundertäter dem Zarenpaar erzählt hat, dass der Thronfolger aus der Krankheit herauswachsen werde. Wenn er das Fenster hatte öffnen lassen, warum sollte er nicht auch heilen, den Körper im entscheidenden Augenblick aufstehen lassen können? Es war trotzdem die Anwesenheit der Großfürstinnen, die mir am meisten zu schaffen machte.

»Gott ist allmächtig«, murmelte ich.

Wem wäre mit einem Religionskrieg hinter den Mauern des Ipatjew-Hauses gedient? Es folgten eine Pause und ein Wetterumschwung. Die Zarin setzte sich, bevor sie sagte:

»Warum wollen Sie uns nicht länger folgen, Jewgenij Sergejewitsch?«

»Aber Mutter«, unterbrach sie Olga Nikolajewna, »Doktor Botkin will uns nicht zur Last fallen, er will die Flucht einfacher machen.«

Ihre Majestät warf der Großfürstin einen mitfühlenden Blick zu:

»Liebes, glaubst du, dass es für den Herrn darauf ankommt, ob wir nun acht oder zwölf sind? Insgesamt, innerhalb und außerhalb der Zäune, sind es vielleicht 75 bewaffnete Männer, die den

Auftrag haben, das Haus zu bewachen. Wie sollen wir die Freiheit erreichen können, wenn sie sich uns entgegenstellen?«

»Willst du etwa sagen, dass die Gardisten auf unserer Seite stehen?«, flüsterte Olga Nikolajewna fast.

»Einige sind es, und einige werden es sein«, erwiderte die Zarin mit großer Festigkeit.

Die Großfürstin warf mir einen Blick zu. Zögernd, aber an der Grenze zu neuer Hoffnung.

»Das müssen wir alle *glauben*«, kam es in einem entschiedenen Tonfall von der Zarin.

»Meine Entscheidung ist endgültig«, sagte ich in der Hoffnung, einen Wortwechsel zu beenden, der äußerst unangenehm zu werden begann. »Im Übrigen steht Wladimir Nikolajewitsch auf der anderen Seite zum Dienst bereit, und ein Arzt in Freiheit ist besser als einer, der erst aus dem Gefängnis geschmuggelt werden muss und der überdies kaum imstande ist zu gehen.«

Der Hinweis auf meine gegenwärtige Krankheit hatte den erwünschten Effekt. Ihre Majestät schien plötzlich einzusehen, dass der Zeitpunkt für große Diskussionen nicht geeignet war. Sie führte die Hand zur Stirn, als wollte sie zeigen, dass auch ihr Befinden keinen weiteren Disput zuließ. Kurz darauf lenkte sie stattdessen die Aufmerksamkeit der Großfürstinnen auf praktische Aufgaben. Die kaiserliche Familie bereitete sich auf einen baldigen Aufbruch vor. Es gab noch vieles, was geregelt werden musste.

Doktor Derewenko kam nach dem Tee zusammen mit Awdejew. Da lag ich wieder auf meinem gewohnten Lager und hatte sichtlich kein Bedürfnis nach Arztbesuchen.

Nachdem der Kommandant gegen halb zehn seine letzte Visite gemacht hatte, wurde erneut ummöbliert. Das Bett Tatjana Nikolajewnas wurde aus dem Zimmer des Zarewitsch in das der Großfürstinnen zurückgetragen. Darauf wurde auch Alexej Nikolajewitsch in das Zimmer der Eltern gebracht. Mit anderen Worten, die ganze Zarenfamilie will die Nacht auf zwei Zimmer verteilt verbringen, Wand an Wand, mit einer offenen Tür dazwischen, so nahe dem offenen Fenster, wie es überhaupt möglich ist.

Ich höre sie nicht. Sie sitzen ganz still, und das Esszimmer liegt zwischen uns. Aber ich höre den Kommandanten hinter der Wand auf der anderen Seite rumoren und weiß, dass jeder Wachposten eine Warnanlage hat, die in Sekundenschnelle die ganze Festung alarmieren kann.

Die Zarin kann niemanden warnen.

Einer nach dem anderen erschien im Alexanderpalast mit seinen Bittschriften, seinen Drohungen und Schmeicheleien, Großfürsten und Großfürstinnen. Alle wollten vor Rasputin und der Revolution warnen und um die Ernennung einer verantwortlichen Regierung bitten, eines Kabinetts, das die Schultern der Dynastie von der Bürde der Schuld entlasten konnte. Einer nach dem anderen wurde gegeißelt, als ehrlos beschimpft und von der allmächtigen Herrscherin des Imperiums aus der Tür gewiesen. Alexandra Fjodorowna ließ sich in ihrer Überzeugung nicht erschüttern. Sie ruht, wie sie heute so unzweideutig ausgedrückt hat, auf einer überirdischen Gedankenwelt, auf einem direkten Einblick in das Oberkommando des Allmächtigen – durch den Adjutanten des Herrn.

Ich habe keinerlei Zweifel, dass Alexandra Fjodorowna ein weit fortgeschrittenes Nervenleiden hat. Sie zeigt das ganze Register von Hysterie-Symptomen. Ob wir uns im letzten Zufluchtsort der Krankheit befinden oder uns noch jenseits der zerbrechlichen Scheidewände in der Normalität aufhalten, es liegt eine grausame Konsequenz in allem, was wir durchleben. Nach der Diagnose der Zarin vollendet das Zarenhaus sein politisches Programm aus der Zeit vor der Erfindung der Guillotine.

Hier, innerhalb des doppelten Palisadenzauns, der dichten Kette der Gardisten, gibt es keine mäßigenden Kräfte, nichts, was den fanatischen Anschauungen der Zarin Zügel anlegen könnte. Ich allein kann mich dazwischenstellen.

Niemand hat weniger Recht dazu.

Wenn Alexandra Fjodorowna und Olga Nikolajewna von *ihm* sprechen, meinen sie nicht denselben Mann. Irgendwo gibt es eine Hoffnung, einen Menschen, der opferbereit ist.

Im Zimmer ist es 22 Grad warm.

14. Juni

Nichts geschah. Das wird sich heute Nacht wiederholen.

Es ist 12 Uhr.

Wir haben den 19. Geburtstag der Großfürstin Maria gefeiert. Anastasia Nikolajewna setzte eine entschlossene Miene auf und nahm das Geburtstagskind mit zu Kommandant Awdejew, den sie darum bat, einen der Fotoapparate der Familie ausgehändigt zu bekommen. Das Ersuchen wurde auf der Stelle abgelehnt.

Maria Nikolajewna ist seit der Ankunft im Ipatjew-Haus nicht mehr fotografiert worden, während die Schwestern ohne weiteres posieren konnten, bis sie Tobolsk verließen. Keine von ihnen ist ein Leben ohne Kameras gewohnt.

Den größten Teil des Vormittags verbrachte ich im Eckzimmer. Ich glaube, der Zarin gefällt der Rollentausch, dass der Arzt der Patient ist, der hilflos in einem Lehnstuhl sitzt.

Nach dem Mittagessen gab es eine neue umfassende Inspektion sämtlicher Räume. Sowohl der Chef des Sowjetkomitees (der glattrasierte Elektriker) als auch der Militärkommissar nahmen daran teil. Der Letztgenannte macht den Eindruck, die eigentliche Autorität der Versammlung zu sein. Er kann um die vierzig Jahre alt sein, hat blondes Haar und eine hohe Stirn, einen gezwirbelten Schnurrbart und intensive Augen – weißglühend wie Asche. Er wird nur mit Genosse Filipp angeredet, und ich musste an den französischen Quacksalber des Zarenpaares denken; Dr. Philippe wurde auch nur beim Vornamen genannt.

Obwohl wir im Haus 23 Grad haben, wird uns nicht erlaubt, auf der Rückseite des Hauses zu lüften. Die Stimmung war in jeder Hinsicht gedrückt, niemand wollte offen reden. Wir können nur hoffen, dass es am weiteren Vorrücken der tschechischen Legion liegt und dass das Sowjetregime in Jekaterinburg sich allmählich ernsthaft bedroht fühlt. Das Komitee zeigte erneut sein besonderes Interesse für das offene Fenster.

Der Koch Karitonow und der Assistent Lenka, die sich mit dem Kammerdiener Trupp das Anrichtezimmer als Schlafraum geteilt haben, sind heute Abend in das alte Zimmer des Zarewitsch umgezogen. So werden sie auch leichter zugänglich, falls die Zarenfamilie während der bevorstehenden Flucht Hilfe brauchen sollte.

Olga Nikolajewna kam eine Stunde nach Mitternacht. Sie hatte einen neuen, einen dritten Brief von dem »Offizier« bei sich. Aufgrund der großen Unruhe beim Arbeiterkomitee hatte sie ihn mir nicht früher zeigen können. Der Brief war in der Küche entgegengenommen worden und wie die beiden vorhergehenden mit roter Tinte auf Französisch geschrieben. Vorläufig unbeantwortet.

Ich richtete mich im Bett vorsichtig auf und nahm ihn mit Spannung entgegen. Die Großfürstin, die trotz der späten Nachtstunde mit Rock und einer einfachen Bluse voll angekleidet war, ließ mich mit dem Brief allein, sagte aber, dass sie gleich wieder da sein werde. Sie mochte nicht sagen, dass die ganze Familie im Eckzimmer versammelt saß und vor dem Fenster wartete.

Die Botschaft ist diesmal bedeutend ausführlicher als in den beiden vorhergehenden Schreiben. »Der Offizier« nennt keinen genauen Zeitpunkt für die Aktion, doch es werde nachts ein »Signal« gegeben werden. Dann sollen die Flüchtlinge die Tür zum Ausgang der Wohnung verbarrikadieren. (Das könnte meine Tür vor dem Gang zum Büro des Kommandanten bedeuten.) Man solle den Abstieg vom Fenster mit einem Seil beginnen (das die Flüchtlinge selbst besorgen müssten). Unten im Garten werde man sie in Empfang nehmen und in Sicherheit bringen. Mit einiger Verblüffung konnte ich lesen, dass ich im Gegensatz zu dem übrigen Personal zu den Flüchtenden gezählt wurde. Die Reihenfolge durchs Fenster sollte die folgende sein: der Vater, die Mutter, der Sohn, die Töchter und als Letzter der Doktor. »Der Offizier« erbat sich eine Bestätigung, was das Seil betraf. Außerdem wollte er mehr über die Gewohnheiten des Kommandanten erfahren. Es wird versichert, dass man sich wegen der etwa 50 Gardisten, die im Wachgebäude außerhalb der Palisade untergebracht seien, keine Sorgen machen solle.

Ich blieb ein paar Minuten liegen und grübelte über das Fantastische dieses ganzen Fluchtplans nach. Es lag außerdem etwas Direktes, fast ein wenig Untertäniges in dem Ton, mit dem »der Offizier« seinen Zaren und dessen Familie anredete, was ich recht verwunderlich fand.

Da erschien Olga Nikolajewna wieder in der Tür und kam auf Zehenspitzen zu mir ans Bett.

»Jewgenij Sergejewitsch«, sagte sie, »können Sie die Kraft aufbringen, um zwei Uhr zu uns hereinzukommen?« (Die Uhr zeigte kurz nach eins.)

»Aber, Eure Hoheit«, erwiderte ich, wobei ich mit einem Blick andeutete, dass sie den Stuhl holen sollte, »Sie haben doch wohl nicht alle diese Vorbereitungen schon treffen können?«

»Nein«, flüsterte sie, nachdem sie am Bett Platz genommen hatte, »aber wir wagen nichts anderes zu tun, als um die Stunde bereit zu sein, um die ›der Offizier‹ gebeten hat. Wir können immer eine Bettdecke oder ein Laken als Ersatz für ein Seil nehmen, alle bis auf Alexej.«

Ich sah sie an.

»Mutter glaubt, es wird in dem entscheidenden Augenblick …«

Die Worte kamen ein wenig zögernd – »eine Leiter auftauchen, genauso wie sie überzeugt ist, dass das Fenster geöffnet wurde.«

Ich erwiderte nichts.

»Jewgenij Sergejewitsch, ich schrieb, Sie wünschten zurückgelassen zu werden. Ich hoffe, Sie haben nichts dagegen, dass ›der Offizier‹ darauf besteht, dass Sie mitkommen sollen«, sagte sie leise und fügte hinzu:

»Vielleicht weiß er, wie viel Sie uns bedeuten …«

»Was meinen Sie, Eure Hoheit?«

Sie rückte den Stuhl noch näher heran und setzte sich auf die äußerste Kante.

»Ich sage dies, damit Sie glauben, dass es möglich ist, auch für Sie.« Sie sah mich mit einer tiefen Innerlichkeit an, die mir gleichzeitig das Gefühl gab, völlig durchsichtig zu sein:

»Ich *glaube* zu wissen, dass ›der Offizier‹ uns kennt, dass er mich kennt und dass er dies auch um seinetwillen tut, am meisten unseretwegen, aber auch für sich selbst …«

Sie machte eine Pause und zog sich ein wenig zurück, bevor sie fortfuhr:

»Sie sollen wissen, dass ich auf Sie zähle, dass nicht nur er bereit ist, sein Leben für uns zu geben, aber dass ich bereit bin, *mein Leben für ihn hinzugeben.*«

Dorthin, genau dorthin waren wir gekommen, als in der Tür ein Knarren zu hören war und Maria Nikolajewna auf leisen Sohlen zu uns kam. Ihre Schritte waren eine Spur schwerer als die der Schwester.

»Vater wünscht, dass du kommst, Olga«, sagte sie. »Er mag es nicht, dass du mit dem Brief so lange wegbleibst.«

Olga Nikolajewna stand auf und nahm die Schwester in den Arm.

»Machen Sie sich bereit?«, flüsterte sie.

Ich nickte.

Ein paar Minuten später hatte ich die Arzttasche in der Hand und bewegte mich in stockfinsterer Dunkelheit durch das Esszimmer, wo das Dienstmädchen Njuta zwischen den schweren Möbeln dicht an der Wand lag. Sie gab keinen Laut von sich, doch ich bin sicher, dass sie hellwach war. Dann ging es weiter in das Zimmer der Großfürstinnen, in dem alle vier Betten frisch bezogen standen (hier spürte ich die Rückenschmerzen).

Die ganze Zarenfamilie war im Eckzimmer versammelt. Alle sieben waren stumm, und niemand begrüßte mich anders als durch kleine Bewegungen, als ich eintrat. In dem offenen Fenster war es eine Spur heller als im Zimmer. Der beste Stuhl war frei. Ich setzte mich. Leider knarrte der Stuhl ein wenig. Als sich meine Augen etwas an die Umgebung gewöhnt hatten, konnte ich sehen, dass alle voll angezogen waren:

Reisefertig.

15. Juni

Ich musste den Bericht der vorigen Nacht unterbrechen, nicht weil ich gestört worden wäre, sondern weil ich Abstand brauchte, mindestens einen Tag. Ich werde versuchen, hier fortzufahren.

Mein Blick wurde zur Glut an der Zigarette Seiner Majestät hingezogen. Der Zar schien sich keine Gedanken darüber zu machen, der Tabakgeruch könnte zu den Wachen hinausdringen und sie misstrauisch machen. Wahrscheinlich war das auch nicht notwendig, da die Gardisten, wenn sie Posten stehen, ebenfalls die Gewohnheit haben zu rauchen.

Der Zar und der Zarewitsch trugen Uniformen mit hohen Stiefeln und waren barhäuptig, hatten die Schirmmützen aber in Reichweite. Trotz der Hitze hatten die Großfürstinnen und die Zarin Jacken an. Und ich wusste, dass die Töchter am Körper ihre schwerbeladenen Korsetts trugen. Trotz des offenen Fensters, trotz des Zigarettenrauchs lag ein schwacher Geruch im Zimmer, den man früher in der Nähe der kaiserlichen Familie nie gespürt hatte, ein Duft von Schweiß.

Wie eine Gruppe von Reisenden auf einem Bahnhof, lautlos atmend, wartend, lauschend, saßen sie dort auf Stühlen und auf Feldbetten, Mutter, Vater, vier Töchter und ein Sohn – und ich, der achte in der Reisegesellschaft. Niemand wusste, woher der Zug kommen oder wohin er fahren sollte. Wir saßen da und lauschten zum Fenster, warteten auf ein Geräusch aus der Ferne. Niemand kannte das Signal des »Offiziers«, aber ich glaube, alle warteten auf einen Pfeifton, vielleicht auf eine Melodie, »Gott erhalte den Zaren«?

Eine Zeitlang waren es nur die Laute Jekaterinburgs, die uns erreichten. Alle Möglichkeiten lagen offen in dem schmalen Streifen zwischen der Wand des Ipatjew-Hauses und dem Palisadenzaun der Bolschewiken. Niemand konnte 50 bewaffnete Männer hören, die im Wachhaus außerhalb des doppelten Zauns auf Pritschen lagen und schliefen, keinen Laut von elf Männern, die um das Haus herum auf Posten gingen, niemand hörte den Kommandanten hinter seinen zwei offenen Fenstern weiter weg an derselben Wand, auch keinen Laut von den Gardisten, die unten im Souterrain schliefen. Ich hörte auch nicht die Gebete der Zarin und sah nicht, wie ihre Lippen sich bewegten, aber ich wusste, in welche Richtung die Gebete gingen. An Goldfäden, die dünn waren wie Spinnweben, stiegen sie zum Himmelsgewölbe auf, hinauf zu Ihm, der das Seil hielt. Der Zar drückte die Zigarette aus. Wir hörten Stimmen, Männer, die sich von unten her näherten.

Es war etwa zwei Uhr leninistischer Zeit. Dies war nicht die gewöhnliche Runde, dies war eine neue Routine, die gerade erst eingeführt wurde:

»Es soll immer ein Wachposten dastehen und das offene Fenster im Auge behalten. Falls er jemanden sieht oder entdeckt, dass jemand über den Fensterrahmen hinausragt, darf er nicht warten und keine Fragen stellen: Schießen.«

»Aha.«

»Warum soll nachts ein Fenster offen stehen?«, wollte eine dritte Stimme wissen.

»Frag das Komitee«, erwiderte der Erste, der eine Art Kommando führte.

»Hätten sie doch Fenster Nummer drei um die Ecke aufgemacht«, sagte der andere, und es ging ein Ruck durch das Wartezimmer, als er fortfuhr: »… dann hätten wir eine Leiter besorgen können.«

»Schwein«, ertönte es leise von dem Mann, der das Kommando hatte. (Fenster Nummer drei auf der Schmalseite liegt über dem ovalen Kellerfenster und gehört zum Zimmer der Großfürstinnen.)

Der Wortwechsel wurde die Einleitung zu einem längeren Gespräch, das interessant hätte werden können, wenn es des weiteren auch die Anweisungen der Wachen oder, noch besser, die militärische Lage im Uralgebiet berührt hätte. Leider wurden wir nur Zeugen, wie drei Gardisten von Waffen, Jagd, Schnaps und Frauen schwafelten. Zwischen den drei Männern wanderte offenbar eine Flasche von Hand zu Hand, und natürlich ließ es sich nicht vermeiden, zu hören, dass die Großfürstinnen mehrmals zur Sprache kamen. Das Gleiche galt für das Stichwort »Leiter«.

»Ist es nicht zum Kotzen, dass nicht auch die Mädchen etwas Luft bekommen sollen?«, fragte der Dritte. »Wie wär's, wenn wir eine Leiter holten und die Beschränkungen ein wenig lockerten?«

»Wir könnten ja eine kleine Stärkung anbieten«, sagte der andere.

»Glaubst du, sie hätten sich damit begnügt?«

Die Frage löste ein grobes Gelächter zwischen dem Palisadenzaun und der Hauswand aus. Im Eckzimmer war die Stimmung immer gedrückter geworden. Keine der Töchter wagte es, die Eltern anzusehen. Der Zarewitsch saß steif im Rollstuhl, und im Schnurrbart Seiner Majestät zuckte es.

»Nein«, sagte der Erste, »Maria jedenfalls nicht.«

Das tiefe Erröten auf Maria Nikolajewnas Gesicht wurde von der Dunkelheit ausgelöscht. Die Augen, die größten und sanftesten im Raum, erstarrten wieder und zeugten von der Scham, der Scham darüber, in die schamlosen Gedankengänge der Gardisten hineingezogen zu werden, eine Gefangenschaft, aus der sie niemand befreien konnte.

»Könnt ihr nicht endlich die Schnauze halten!?«

Das Gebrüll kam laut und unerwartet. Es war der Kommandant, der sich aus dem Fenster lehnte, wütend, von seinen Untergebenen wach gehalten zu werden. Niemand antwortete, doch die Gespräche erstarben in einem halberstickten Murmeln.

Es ging allmählich auf drei Uhr zu.

Ich fand es am höflichsten, mich zurückzuziehen. Im Stehen warf ich einen Abschiedsblick auf die Anwesenden, die jetzt deutlicher hervortraten, nicht weil es allmählich hell wurde, sondern weil die Augen sich an die Dunkelheit gewöhnt hatten. Und weil alle eine Spur bleicher geworden waren. Die Zarin atmete schwer, der Zar grüßte vage mit der Hand, Olga Nikolajewna warf mir einen Blick zu, den zu beschreiben ich auch jetzt noch außerstande bin. Erst als ich aufgestanden war, sah ich, dass auch die Hunde anwesend waren. Jim in den Händen der Großfürstin Anastasia, während Joy beim Rollstuhl auf dem Fußboden lag, ebenso diszipliniert wie der Rest der kaiserlichen Familie.

Als ich durch das Esszimmer ging, hob Njuta den Kopf aus dem Bett. In der Hitze der Nacht war es nicht mehr als vernünftig, dass sie auf der Decke lag. Bemerkenswerter war schon, dass sie voll angekleidet war. Ich gab ihr ein Zeichen, das bedeuten sollte, dass die revolutionäre Ordnung immer noch intakt war. Sie starrte einen Augenblick vor sich hin, seufzte und drehte sich dann mit dem Gesicht zur Wand.

Der Tag ist entsetzlich heiß gewesen. Die Zarin erschien nicht zum Mittagessen. Dr. Derewenko kam nach dem Tee. Alexandra Fjodorowna aß mit dem Zarewitsch zu Abend. Heute hat eine matte Stimmung geherrscht, die von einer gewissen Resignation geprägt war.

Olga Nikolajewna kam zu mir ins Zimmer, weil sie gegen zehn Uhr früh zu Bett gehen sollte. Ihr Gesicht war müde und erschöpft. Sie schaffte es mit knapper Not, sich den Stuhl zu holen. Sie hatte bei der Antwort auf den dritten Brief »des Offiziers« die Feder geführt, der einen vollständigen Umschwung bedeutet und eine völlig neue Strategie enthält. Dieser Brief war offensichtlich als ein letztes Wort von Seiten der Zarenfamilie gedacht. Sie nehmen jetzt Abstand von jeder aktiven Teilnahme an den Fluchtplänen und unterstreichen, dass es unmöglich sein wird, ohne Hilfe einer Leiter nach unten zu kommen, während sie gleichzeitig auf ein Risiko hinweisen, nämlich das offene Fenster des Kommandanten sowie auf die Gefahr, die von der Wache und dem Maschinengewehrposten unten ausgeht. Sollten sie weggebracht werden, müsse es mit Gewalt geschehen, so wie sie auch mit Gewalt aus Tobolsk abgeholt worden waren. »Weil sie uns im Auge behalten, können sie auch immer kommen und uns retten, *sollte* es eine wirkliche und unmittelbare Gefahr geben.«

»Wir können nicht mehr«, sagte Olga Nikolajewna, als ich von dem Brief aufblickte. »Vater hat diktiert.«

»Das habe ich vermutet.«

»Mutter hat den ganzen Tag fast nichts gesagt, hat nur auf dem Bett gelegen oder Spitzen geklöppelt. Ich glaube, sie ist zu dem Ergebnis gekommen, dass wir ebenso gut auf ein großes Wunder hoffen können wie auf ein kleines«, sagte sie und fügte hinzu: »Für Maria war es am schlimmsten.«

»Haben Eure Hoheit auch den Glauben an ›den Offizier‹ verloren?«

»Nein«, erwiderte sie, nachdem sie den Stuhl zurechtgerückt hatte, »ich bin diejenige, die weiß, dass es ihn gibt.«

Nachdem Olga Nikolajewna das Zimmer verlassen hatte, blieb ich noch lange wach und dachte nach.

Auf wen haben wir letzte Nacht von zwei bis drei Uhr gewartet? Für die Zarin ist »der Offizier« offensichtlich eine religiöse Größe, ein Repräsentant der höheren Mächte, die auf die Erde herniedergestiegen sind, um die eigentliche Ordnung wiederherzustellen. Für den Zaren ist er einer von den Tausenden, die ihm Treue geschworen haben, einer, der an der Spitze einer Handvoll Männer steht, die sich den Schulterstücken des Zarismus untergeordnet hatten und jetzt gekommen sind, um ihre Pflicht gegenüber dem Vaterland zu erfüllen. Für mich ist er, ich kann das nicht anders sehen, eine Fälschung, ein »rettender Engel«, der aus den Schicksalsfäden der Bolschewiken gesponnen ist, ein Französisch sprechender Lockvogel, der die Familie in das nächste Stadium hinüberführen soll.

Für die Großfürstin Olga hingegen ist er vollkommen konkret, ein Mensch aus Fleisch und Blut, ein Mann mit einem Gesicht, einem Namen und einem Herzen.

Vier Offiziere, eine Hoffnung.

16. Juni

Müdigkeit beherrscht die kaiserlichen Gemächer. Ich weiß nicht mehr, ob es die drückende Hitze ist oder die ungebrochene Hoffnung, welche die Familie zum Fenster hinzieht. Die Reisevorbereitungen gehen ihren Gang, Juwelen und Diamanten finden ständig neue Schlupflöcher, doch das Seil ist begraben. Das Schicksal hat sich in den Händen »des Offiziers« zur Ruhe gelegt. Wie Schlafwandler bereitet die Familie jetzt ihr Erwachen vor.

Ich versuche, mich ruhig zu halten, und beteilige mich nicht an den Spaziergängen des Zaren, die inzwischen zwei Stunden dauern. Als die anderen hinausgingen, wurde ich zur Zarin gerufen, der heute Großfürstin Maria Gesellschaft leistete. Ihre Majestät bat mich, erst das Herz zu untersuchen, das, wie kaum anders zu erwarten, alle Symptome von Nervosität aufwies. Ich versprach ihr einige Beruhigungstropfen. Das führte uns zu ihrem eigentlichen Anliegen. Alexandra Fjodorowna wünschte, einen eigenen Medikamentenschrank zusammenzustellen, wie sie sagte:

»Für den Fall, dass wir getrennt werden sollten.«

»Ich habe keine Pläne, um meinen Rücktritt als Leibarzt Seiner Majestät des Zaren nachzusuchen«, erwiderte ich. »Als ich an den Evakuierungsplänen nicht teilhaben wollte, geschah das ausschließlich aus dem Grund, dass ich in meiner gegenwärtigen Verfassung der kaiserlichen Familie nicht zur Last fallen wollte.«

»Es ist nur für zukünftige Fälle gedacht«, wiederholte die Zarin, und ich war natürlich sofort bereit, einzuräumen, wie vernünftig es sei, ein alternatives Medikamentendepot anzulegen. Gleichwohl kann ich die Empfindung nicht ganz unterdrücken, dass die Zarin skeptisch ist.

Ich holte einige Reserven hervor und stellte eine Auswahl der notwendigsten Dinge zusammen. Die Zarin fragte mich über die einzelnen Medikamente aus. (Sie hat ein aufrichtiges Interesse an allen Arten von Flakons.) Maria Nikolajewna assistierte beim Einpacken. Normalerweise wäre das die Aufgabe von Großfürstin Tatjana gewesen. Maria war auffallend still, immer noch geprägt von der Demütigung, die Auserwählte zu sein. Ich nehme an, dass sie im Haus bei der Mutter Zuflucht sucht, um so gegen die Blicke der Gardisten abgeschirmt zu sein.

Wenigstens dieses eine Mal bestand »die Medizin« aus wirklichen Medikamenten. Sie können sich als ebenso lebensnotwendig erweisen wie der Rest der »Pillen«. Ich behielt sämtliche chirurgischen Instrumente in Verwahrung, gab aber einige Injektionsspritzen ab sowie Schachteln mit Chinin, Ampullen mit Digitalis, Baldriantropfen, Antipyrin, Bromchinin, Chloroform, Hoffmannstropfen, Pulver und Tropfen meines Vaters Dr. Botkin, Zinksalbe, Opium, Emser Pastillen etc. Ihre Majestät bestand darauf, die Liste der Flakons und Packungen eigenhändig zu führen.

Der Militärkommissar, Genosse Filipp mit den glühenden Augen, machte nach dem Abendessen eine Inspektionsrunde. Es herrscht ein auffallendes Interesse an der Registrierung aller Bewegungen im Haus. Ich sehe zwei mögliche Zusammenhänge: Der eine ist die Nervosität, die durch die Offensive der Tschechen ausgelöst worden ist, wie weit die inzwischen auch gekommen sein mag. (Ich vermute, dass wir einen Hinweis erhalten werden, falls die Offensive aufgehalten oder zum Rückzug getrieben wird.) Der zweite, und diese Dinge hängen insoweit zusammen, ist der Brief »des Offiziers«, der dem Komitee Grund zu der Annahme gibt, dass innerhalb der Wände des Hauses Dispositionen getroffen werden. Aber wenn sie es tatsächlich wünschen, uns zur Flucht zur verleiten, warum geben sie uns dann kein Seil? Die kaiserliche Familie würde begierig danach greifen.

Handelt es sich nicht um Flucht, sondern darum, bereit zu sein? Baut das Sowjetkomitee eine praktische und mentale Einstimmung auf, so dass wir bereit sein werden, wenn die Stunde gekommen ist? Soll trotzdem ein Pfeifen zu hören sein, aber nicht aus der Ecke, welche die Zarenfamilie vermutet?

Sonntag, den 17. Juni

Heiß. Kein Gottesdienst.

Im Lauf des Abends wurde es kühler, und nach und nach begann es zu nieseln. Später kamen Sturzbäche vom Himmel.

Um zwei Uhr erschien Olga Nikolajewna. Sie war bleich und müde. Obwohl mein Körper schwach ist und gelegentlich wehtut, musste ich daran denken, dass ich ein privilegierter Mann bin, als sie den Stuhl geholt und wie selbstverständlich Platz genommen hatte.

»Heute Nacht will ich nicht warten«, sagte sie. »Ich habe jede Nacht zwischen zwei und drei Uhr gewacht. Heute Nacht darf ich einfach nicht schlafen. Es ist so furchtbar, dass nie ein Priester kommt.«

»Ich vermisse die Gottesdienste auch«, sagte ich. »Ich vermisse den Priester. Und ich vermisse Gott.«

»Es ist gut, dass wir Sie haben, Jewgenij Sergejewitsch«, sagte sie. »Sonst wären wir nämlich völlig allein gewesen, nur mit der Dienerschaft und den Wachen.«

Es freute mich sehr, diese Worte aus diesem Mund zu hören, und mir kam kurz der Gedanke, mein medizinisches Staatsexamen sei nur ein Alibi, ein formeller Pass, um im Ipatjew-Haus Einlass zu finden, ebenso wie im Alexanderpalast; wenn ich keine Pflege für die Seele hätte, wäre ich an diesem Ort überflüssig.

»Wäre es Ihnen lieber, wir wären auf der Krim?«, fragte sie.

»Wie dem Zaren scheint auch mir der Herbst die beste Jahreszeit am Schwarzen Meer zu sein«, erwiderte ich diplomatisch, »aber für Sie wäre es selbstverständlich schöner dort mit allen Verwandten.«

Olga Nikolajewna seufzte.

»Doktor Botkin, finden Sie auch, dass Irina schön ist, ich meine, so schön, wie man sagt?«

»Die schönste Frau in Russland?«

»So schön, dass Sie alles tun würden, um sie kennenzulernen?«

»Sie meinen, falls ich jünger wäre?«

»Ich meine jetzt.«

»Nein, so schön ist sie nicht.«

Ich glaubte in den müden Augen so etwas wie ein kleines Lächeln zu sehen. Die Gedanken begannen zu wandern:

»Wo befindet sich wohl Großfürst Dimitrij? Was glauben Sie?«

»Er wurde doch an die Grenze zu Persien verbannt«, erwiderte ich, »es gibt allen Grund zu der Annahme, dass Dimitrij Paulowitsch sich nicht mehr in Russland aufhält.«

»Ich habe so viel daran gedacht«, fuhr sie fort, »dass er an der Ermordung Vater Gregorijs beteiligt war, dass diese Tatsache ihn vielleicht vor den Bolschewiken gerettet hat.«

Ich nickte.

»Mutter war so entsetzlich enttäuscht. Ich glaube, er muss sie gehasst haben, denn sonst hätte er nicht damit einverstanden sein können, dass sie den Wagen mit dem kaiserlichen Emblem nahmen. Sie muss es gewesen sein, die er umzubringen versuchte. Jedenfalls wäre es ihm um ein Haar gelungen.«

Ich bin immer der Meinung gewesen, dass es bei meiner Einstellung Ihrer Majestät gegenüber illoyal gewesen wäre, das Thema Rasputin in Gesprächen mit ihren Töchtern zu berühren. Deshalb sagte ich gar nichts, aber ich merkte mir den Scharfsinn in der Argumentation der Großfürstin.

»Haben Sie gewusst, dass er nicht nur in Irina verliebt war, sondern auch in die Frau von Onkel Mischa? Es gibt keine Frau, die Mutter mehr hasst als die Gräfin Brasowa. Tatjana und ich haben oft über sie gesprochen, und zum Spaß nennen wir sie Tante Natascha. Sind Sie ihr mal begegnet, Doktor?«

»O nein, in solchen Kreisen bewege ich mich wohl nicht.«

»Sie als Leibarzt des Zaren!«

Wir lachten, kurz, lautlos, aber immerhin beide.

»Als Onkel Mischa den Thron bestieg, wurde sie Zarin für einen Tag!« Olga Nikolajewna war fast aufgekratzt. »Sie muss unfassbar schön sein. Sich vorzustellen, dass auch Dimitrij …«

»Das ist doch nicht so verwunderlich«, sagte ich. »Ein junger Mann und eine bezaubernde Frau.«

»Nein.« Olga Nikolajewna wurde plötzlich nachdenklich. »Da ist es schon verwunderlich, dass er sich an dem Mord beteiligen konnte. Muss man nicht hassen, um töten zu können, Jewgenij Sergejewitsch, oder genügt es zu lieben?«

Ich sah sie wegen dieser letzten Bemerkung verwundert an. Das machte sie unsicher:

»Rede ich zu viel? Ich muss versuchen, das zu vergessen, was draußen vorgeht, dass nichts geschieht, dass vielleicht gar nichts geschehen wird. Außerdem regnet es, heute Nacht ist es unmöglich.«

Ich streckte die rechte Hand aus, da ich das Gefühl hatte, ihr etwas geben zu müssen, eine winzig kleine Berührung, doch sie registrierte sie nicht, sie war mit den Gedanken woanders:

»Ich war froh, dass es mit Dimitrij und mir nie etwas geworden ist, obwohl viele sich die Möglichkeit bestimmt vorgestellt hatten, und außerdem hätte es uns allen die Seereise nach Konstanza erspart.«

Beide mussten bei dieser Erinnerung über den Versuch lächeln, das Königreich Rumänien durch eine dynastische Verbindung des Thronfolgers Carol mit der ältesten Tochter des Zaren von Deutschland zu trennen.

Ich erinnerte mich vage an die luftigen Baldachine, die breiten Hüte der Großfürstinnen und die weißen Uniformjacken vor dem blauen Horizont des Schwarzen Meers:

»Das ist so unendlich lange her.«

»Ich erinnere mich, als wäre es gestern gewesen. Haben Sie übrigens gehört, dass Prinz Carol die Treppe zum Marinskij-Theater auf allen vieren und bellend wie ein Hund hinaufkroch, während die Ehrenwache in einem Versuch, der russischen Aristokratie zu imponieren, das Gewehr präsentierte? Ich weiß nicht, ob es gelang. Vielleicht. Was glauben Sie?«

»Wie schon gesagt«, entgegnete ich, »ich bewege mich nicht in diesen Kreisen.«

Jetzt lächelte sie:

»Während des Galadiners in Konstanza hatte ich ständig das Gefühl, einen Hund neben mir zu haben. Er hatte ziemlich große Ohren. Aber als er zwei Jahre später nach Russland kam, während des Krieges, bat er Vater, stattdessen Maria zu bekommen, weil ich seinen Narreteien schon entwachsen war, und Maria war natürlich zu jung. Ist es nicht sonderbar, dass sowohl der Kronprinz von Rumänien als auch die wachhabenden Rotgardisten ein Auge auf Maria werfen, dass so unterschiedliche Männer so gleich sein können? Eigentlich ist es Anastasia, die sich am meisten mit Hunden beschäftigt.«

»Der Hund ist ein treues Tier, Eure Hoheit.«

Olga Nikolajewna sah mich fest an:

»Erinnern Sie sich an die Dekabristen, Jewgenij Sergejewitsch?«

»Ich erinnere mich immer besser an sie.«

»Als der Zar sie als Strafgefangene nach Sibirien verbannte, folgten ihnen die Frauen bis in die fernsten Winkel, wo sie selbst rechtlos waren. Sie wohnten bei ihnen außerhalb der Palisaden und taten alles, um den Männern ihr schweres Schicksal zu erleichtern. Die schönste von ihnen war Maria Wolkonski, Prinzessin von Sibirien.«

Olga Nikolajewna war müde und wurde deshalb leicht bewegt:

»Glauben Sie, dass es auch bei Männern eine solche Treue gibt, dass es einen solchen Mann gibt, einen, der seiner Geliebten in die Gefangenschaft folgt, der seine Freiheit für den Menschen aufgibt, den er liebt, einen Prinzen von Sibirien?«

Ich sah die Großfürstin lange an, während ich eine Antwort zu formulieren versuchte, eine Antwort, welche die Hoffnung wahrnahm, aber trotzdem wahr war:

»Ja«, erwiderte ich schließlich, »ich glaube, es gibt einen solchen Mann.«

18. Juni

Ein trüber Tag.

Awdejew tauchte gegen Mitternacht auf, als ich zu Bett gehen wollte. Er hatte getrunken, aber nicht viel, stellte die Flasche auf den Tisch und bot mir ein Glas an. Fast aus reiner Verblüffung sagte ich:

»Ja, bitte.«

Der Kommandant nahm am Salontisch Platz und zog zwei kleine dicke Gläser aus der Jackentasche. Um zu demonstrieren, dass er seine proletarische Würde nicht ganz verloren hatte, legte er eins seiner langen Beine auf die Tischplatte. Als das unbequem wurde, zog er es ziemlich schnell wieder herunter.

»Ich fühle mich nicht ganz gesund«, sagte er.

Ich sah ihn mit einem professionell prüfenden Blick an, worauf er fortfuhr:

»Ich habe an so viel zu denken. Alle Gardisten, die man auf Trab halten, verpflegen und bezahlen soll, das Komitee, das sich in alles einmischt. Ihr Gefangenen habt es gut.«

»Wir beklagen uns nicht.«

»Nein, hättet ihr es doch getan. Nun ja, die Frauenzimmer schaffen es nicht, sich ruhig zu verhalten, aber *er* findet sich in alles, die Töchter ebenfalls. Jetzt sitzen sie wohl wieder vor ihrem Fenster und freuen sich über die frische Luft.«

»Ja, die Luftqualität war auf dem besten Weg, gesundheitsbedrohend zu werden.«

»Aber den Kopf stecken sie nicht hinaus, *so* schön finden sie die frische Luft nun auch wieder nicht.«

»Man hat ja ein paar Salven abgefeuert.«

»Das ist so. Jemand muss um jeden Preis schießen. Ständig. Aber außerhalb der Palisade ist es schlimmer. Dort kann sich niemand mehr sicher fühlen, kein Klassenfeind. Sie erinnern sich an die Anarchisten, Doktor. Glauben Sie vielleicht, das war nur Gerede? O nein, es gibt genügend von ihnen, die bereit sind, den Obersten zu erledigen, von der Frau ganz zu schweigen. Und außerdem steht jederzeit mindestens ein Bataillon stockbetrunkener Gardisten bereit, sich der Fräulein anzunehmen. Seien Sie froh, solange ich die Macht habe. Haben Sie irgendeine Belästigung erfahren?«

»Ich hoffe wirklich nicht«, entgegnete ich, ein wenig erschüttert über Awdejews brutale Prahlerei, »dass die Gesetzlosigkeit überhand nimmt.«

»Gesetzlosigkeit? Davon kann keine Rede sein. Du darfst aber auch nicht *zu* weichherzig werden. So einer wie Ukraintsew. Das ist mir vielleicht ein Bolschewik. Könnte mir vorstellen, dass er seit seiner Kindheit am Hof gedient hat! Er prahlte damit, dass er als Treiber dem Großfürsten Wild zugetrieben habe, und dann trippelte er hier herum und wartete auf eine Prinzessin!«

»Was ist eigentlich aus ihm geworden?«

»Genosse Filipp brauchte den Burschen. An der Front.«

»An welcher Front?«

»Oh, Genosse Filipp hat immer eine Front in Reserve, Doktor, für den, der im Dienst zu weichherzig wird.«

Awdejew hatte sein zweites Glas geleert und holte eine schon halb gerauchte Zigarette hervor. Er nahm ein paar Züge, bevor er fortfuhr, jetzt aber in einem eher gedämpfteren Tonfall:

»Als er kam, verachtete ich ihn, ich ebenso wie alle anderen in der Stadt. *Sie* hasste ich, und die Töchter, nun ja, die Töchter … die …«

Der Kommandant hatte sich schon in etwas verrannt, was ein offenherziger Bericht zu werden schien, vielleicht eine Art Geständnis.

»Was fehlt dem Jungen eigentlich?«, unterbrach er alle Versuche weiterzukommen.

»Hämophilie«, erwiderte ich. »Das Blut will nicht gerinnen, die Blutungen hören nicht auf.«

»Tödlich?«

Ich nickte.

»Sie meinen, wir hätten uns die ganze Schererei ersparen können, es hätte sozusagen … von selbst aufgehört?«

»Es gab ja mehrere Thronerben«, sagte ich, »den Bruder des Zaren, zum Beispiel.«

»Der soll ja verduftet sein«, stieß der Kommandant hervor.

Als wir noch Zeitungen bekamen, erfuhren wir, dass Michail Alexandrowitsch nach Perm verbannt worden war, gleich auf der anderen Seite des Ural. Während wir glaubten, er stünde noch immer unter einer Art Hausarrest.

»Da gab es offenbar jemanden, der ihn zu befreien versuchte. Sie kamen an einem späten Abend, gegen Mitternacht«, fuhr Awdejew fort, als er meine Verwunderung sah, die dadurch nicht geringer wurde, dass er ein winziges, fast undeutbares Lächeln folgen ließ, »aber das sollen Sie eigentlich nicht wissen, kein Wort darüber. Das verbreitet nur Furcht und Schrecken, unnötige Furcht.«

»Wie geht es mit der tschechischen Legion?«, fragte ich in einem Versuch, die Chance zu einer Frage von allergrößtem Interesse zu nutzen.

»Nun ja«, erwiderte er hinterlistig, »sie faulenzen wie gewohnt und reisen mit der Eisenbahn. Wir werden sie wohl in zwei, drei oder vielleicht vier Wochen hier haben. Wer mit der russischen Eisenbahn fährt, muss reichlich Zeit haben. Und der, der die Reisenden erwartet, muss geduldig sein. Aber glauben Sie eigentlich, dass die Tschechen so viel Zeit haben, Doktor? Immerhin haben sie sich schon des Zarentyrannen in Wien entledigt. Glauben Sie nicht, dass sie bald zu ihren Frauen und ihren – Töchtern nach Hause wollen?«

Darauf hatte ich keine Antwort. Awdejew sah mich mit dem etwas verletzten, unberechenbaren Trinkerblick an und sagte dann plötzlich:

»Vielleicht geht es um die Reihenfolge.«

»?«

»Lassen sie eine der Töchter als Erste hinausklettern, zum Beispiel die mit den großen, sanften Augen, Maria. Glauben Sie wirklich, einer der Genossen aus der Zlokazow-Fabrik würde auf sie feuern? Man kann sich schon vorstellen, was sie mit Romanows Töchtern vorhatten, ja gerade mit Romanows Töchtern, aber das nicht. Dann könnte sie den Jungen in Empfang nehmen. Keiner meiner Männer würde auf einen Krüppel schießen.«

»Aber wie sollen sie denn von dem Fenster herunterkommen?«, unterbrach ich diese völlig überraschende Erklärung der Reihenfolge, mochte sie auch genau das Gegenteil von dem sein, was im Brief vorgeschrieben war.

»Haben Sie sich nicht ein Seil besorgt?«

Mein Misstrauen gegen den Kommandanten ist tief fundiert und solide unterbaut gewesen, besonders nach der Geschichte mit den »Anarchisten«. Er spielte ein Spiel, aber in diesem Augenblick ahnte ich nicht, welches. Mir war nur klar, dass er mindestens ein Tauende in der Hand hielt.

»Es ist nicht leicht, in der heutigen Situation über 75 Gardisten zu herrschen«, fuhr er fort, als wollte er mich ablenken. »Sie haben Waffen, aber keine Disziplin, und es ist dunkel draußen. Dann ist es schwer, Freund von Feind zu unterscheiden, Unterdrücker von Unterdrücktem, Mörder von Opfer, warm ist es auch noch gewesen, nachts entsetzlich warm, da ist es nicht leicht, Schlaf zu finden.«

»Sie haben sich nicht gesund gefühlt?«

»Nein, aber ich habe meine Medizin«, sagte Awdejew und streckte bei diesen Worten den Arm nach der halbleeren Flasche aus. Die Gläser steckte er in die Tasche. Er stand auf und verließ das Zimmer, ohne allzu viel zu schwanken. Der Besuch war vorbei.

Es ist vielleicht eine wohlkalkulierte Falle oder ein Augenblick der Wahrheit gewesen. Nach genauer Überlegung finde ich es am sichersten, Awdejews Worte so zu deuten, als lägen sie irgendwo dazwischen. Als unausgesprochene.

19. Juni

Der Kommandant inspizierte uns persönlich beim Frühstück und kam am Abend wieder, sehr auf der Hut, als wollte er die Wirkung der gestrigen Unterhaltung erkunden.

Dr. Derewenko tauchte ebenfalls auf – zum ersten Mal seit mehreren Tagen. Zwei Spaziergänge an der Luft, insgesamt drei Stunden. Ich halte mich immer noch im Haus auf, ruhe mich aus, die Zarin ebenso.

Heute wurde die Frage erhoben, weshalb sie nicht ausging. Da sie an mich gerichtet war, entschied ich mich für eine medizinische Begründung: »Das Herz verlangt nach Ruhe.« Die Antwort ist die gleiche, ob es nun um einen Schlossball, Staatsempfänge oder einen Spaziergang auf dem Gefängnishof geht: Das Herz der Zarin muss vor Anstrengungen geschont werden. Ob es nun der kaiserliche Hof, das russische Volk oder das Exekutivkomitee des Ural-Sowjets ist, alle müssen sich der Diagnose beugen, die um das Leben der Herrscherin einen Schutzwall gelegt hat.

Olga Nikolajewna kam gegen eins, ein wenig zögernd. Ich hatte mich nicht hingelegt, und so setzten wir uns an den Salontisch. Sie holte trotzdem den gewohnten Stuhl.

»Sie haben letzte Nacht Besuch gehabt«, sagte sie.

»Der Kommandant war hier.«

Ich machte keine Miene, ihr etwas zu erzählen. Die Großfürstin blieb sitzen und sah mich mit nachdenklichen Augen an.

»Ich traue ihm nicht«, sagte ich.

»Mutter sagt, wir können nur unseren Leuten vertrauen.«

»Insgesamt zwölf Personen.«

Olga Nikolajewna lächelte schwach, dann fragte sie – und es war das erste Mal, dass sie dieses Thema berührte:

»Vermissen Sie nie Ihre Frau?«

»Jedes Jahr macht es einfacher.«

Ich sah ihr an, dass sie noch auf mehr wartete, und deshalb fuhr ich fort:

»Der Tod ist eine schrittweise Wanderung durchs Leben. Man betritt ein unbekanntes Wäldchen mit dicht stehenden Nadelbäumen, mit Kiefern und Birkenstämmen. Dort drinnen wechseln Licht und Dunkelheit ab, bis man auf der anderen Seite hinauskommt. Es wäre schwieriger, sich gleichzeitig von allem zu trennen. Schließlich, wenn man alt wird, wenn alle Abschiede erledigt sind, bleibt nur noch einer übrig. Heute bin ich froh, dass meine Frau mich verlassen hat. So ist mir erspart geblieben, ihr zu verzeihen, wenn sie mir weiter bis nach Tobolsk gefolgt wäre. Von den Kindern, den überlebenden, musste ich mich trennen, und sie sind alt genug. Es war entsetzlich, doch ich hatte keine Wahl. Es ist einfach nur das Gesetz des Lebens.«

»Wissen Sie, Jewgenij Sergejewitsch«, sagte sie schnell, »mir kam es vor, als würde es jedes Jahr schwieriger werden, als würden die Mauern einfach nur höher und höher emporwachsen. Wissen Sie noch, jener Tag im März vor mehr als einem Jahr, als Mutter uns erzählte und wir erfuhren, was geschehen war. Glauben Sie, es hat mir etwas ausgemacht?«

Jetzt war ich derjenige, der wartete. Sie errötete schwach und sagte dann:

»Ich habe es einmal aufgeschrieben, es ist fast wie ein Gedicht. Wenn mein Leben ein Palast in einem großen Garten wäre, wäre ich in allen Alleen des Gartens, in den Pavillons und Dämmen, unter den Brücken und unter den Portalen, von Trauer erfüllt; ich wäre in Hallen und Salons traurig, in Korridoren und Sälen, doch in dem letzten Zimmer, im Innersten, in meinem eigenen Zimmer, im Bett zwischen Bettdecke und Laken, dort wurde ich, wenn auch nicht froh, denn das war mir nicht erlaubt, auch nicht froh um Vaters, Mutters, Alexejs oder Russlands willen, aber was mich betraf, war ich zutiefst: erleichtert. Ich dachte: Jetzt bist du frei. Ich war plötzlich frei, *mein* Leben zu leben – wenn nur die Masern vorüber wären.«

Bei der letzten Bemerkung mussten wir beide lächeln. Doch die Großfürstin wurde gleich wieder ernst: »Was heißt es, ein Leben zu leben, Doktor? Ich glaube, es ist etwas, das man findet, nicht in einem selbst, aber in einem anderen Menschen, dass dein Leben in einem anderen liegt und wartet. Aber du musst es finden, und es muss dich finden.«

»Ein schöner Gedanke«, sagte ich.

»Es ist nicht *nur* ein Gedanke.«

»Aber, liebe Olga Nikolajewna«, sagte ich, »dann hoffe ich wirklich, dass der Mensch mehrere Leben hat …«

»Nein, wir haben nur eins«, entgegnete sie bestimmt.

»Und meine Frau hat meins mitgenommen?«

»Empfinden Sie es nicht so?«, wollte sie wissen.

»Ein wenig.«

Das Eingeständnis brachte sie dazu, fortzufahren:

»Jeder lebt das Leben des anderen. Deshalb müssen wir den finden, den wir haben sollen, selbst hinter den dicksten Mauern und den tiefsten Burggräben, in den weitläufigsten Parks und den größten Schlössern …«

»In den dunkelsten Gefängnissen und tiefsten Kerkerlöchern?«

»Jetzt verstehen Sie mich, Jewgenij Sergejewitsch.«

Es ging auf zwei Uhr zu, als die Großfürstin sich in die kaiserlichen Gemächer zurückbegab. Ich legte mich hin, habe dies geschrieben und muss unwillkürlich daran denken, dass wir vielleicht trotzdem zwei Leben haben, eines, das gelebt werden soll, und eines, das nicht gelebt werden soll, eines, von dem wir nur den Widerschein erkennen sollen, und zwar tief in einem Menschen, der das trägt, was unser Leben hätte sein *können.*

Es ist drei Uhr. Keine bemerkenswerten Geräusche.

Auch die Gefängniszelle kann eine Quelle enthalten.

20. Juni

Warmer, windstiller Tag. Zwei Spaziergänge wie gestern.

Wladimir Nikolajewitsch kam nicht, und deshalb habe ich mich des Zarewitschs angenommen, der ganz vorsichtig damit beginnt, das kranke Bein zu stärken. Im Verlauf von drei bis vier Wochen sollte er in der Lage sein, sich aus dem Rollstuhl zu erheben. Seine Majestät versucht, den Thronfolger zu motivieren, aber der Unterschied ist unleugbar kaum zu spüren, wenn man sich gehend oder sitzend auf diesem kümmerlichen Rest eines Imperiums bewegt.

Niemand hat sich so viele Beschränkungen in diesem Leben auferlegen müssen wie der Zar. Das Jahr hatte seine festen Zyklen, in denen alle Bedürfnisse des Körpers gewahrt werden, nicht nur die täglichen Spaziergänge, sondern auch Reiten, Radfahren, Schwimmen, Rudern, Jagd, Tennis. Jetzt hat er nur noch den Gefängnishof, Saltykows Werke und das abendliche Bésigue.

Kurz nach zehn Uhr heute Abend drang die Dunkelheit der Gewitterwolken in die Zimmer. Ich spürte plötzlich einen Duft von Flieder und warf einen Blick ins Esszimmer. Da näherte sich eine stille Prozession. Es war Ihre Majestät in ihrem ansehnlichen Morgenmantel mit den goldenen Stickereien und einem Turban auf dem Kopf, dicht gefolgt von Großfürstin Maria und dem Dienstmädchen Njuta, mit Handtüchern über den Armen und Flakons in den Händen. Die Zarin hatte ein Bad genommen. Es blitzte ganz oben im Fenster, als die Prozession vorbeizog. Das Gesicht der Zarin war unbeweglich wie eine

Maske, die Augen halb geschlossen. Das Medaillon glitzerte auf der Brust.

Awdejew hat sich nicht gezeigt.

Trotz des Donners und des Regens bin ich sicher, dass zumindest Olga Nikolajewna heute Nacht auch vor dem Fenster sitzt und wartet. Nicht auf einen namenlosen Sendboten, der sie in den Palast hinter dem Gitterzaun zurückholen soll. Sie wartet auf den Befreier, den Zaren in ihrem Leben. So muss es sein, diesen Mann muss es ja geben, der die scheue Erscheinung der Großfürstin entdeckt hat, ihre eigentümliche Schönheit. Es existiert ein Offizier mit Namen und Rang, vielleicht aus ihrem eigenen Dritten Husarenregiment. Sein Auftrag besteht nicht darin, den Zaren zu befreien, sondern die Prinzessin zu entführen.

Olga Nikolajewnas Offizier ist der wahrscheinlichste, wahrscheinlicher als alle St.-Georgs-Ritter aus der zerfallenen kaiserlichen Armee. Es gibt keine verkleideten Retter, die um das Ipatjew-Haus herum den Palisadenzaun umschließen. In diesem Punkt glaube ich Awdejew. Es sind die Legionen der Rache und des Hasses, die den Bau umschließen, Träger eines großen und unzähmbaren Gefühls, das sich im Lauf von Jahren der Erniedrigung, von Krieg und Misswirtschaft aufgebaut hat. Es ist dieser Hass, der das Ipatjew-Haus zu einem hermetischen Gefängnis macht, es ist weder der Palisadenzaun noch die Hauswände, die voller Spalten sind, es sind die Verachtung des Volkes, der Hass auf Alexandra die Große und Nikolaj den Blutigen, die uns in ihrem eisernen Griff halten.

Nur die Liebe kann uns befreien.

Olga Nikolajewnas Offizier ist unsere einzig denkbare Rettung. Wenn dieser Mann wirklich existiert, der sein Leben hinter dem Gitterzaun des Parks, im Innersten des Schlosses in ihren beiden Augen gefunden hat, wenn es diesen Mann gibt, dann wird er uns befreien, befreien aus dem dunkelsten Gefängnis, aus dem tiefsten Kerkerloch.

Es ist drei Uhr. Ich wäre gern ins Esszimmer gegangen, um zu lauschen, ob sich in den kaiserlichen Zimmern etwas bewegt, aber ich will ungern das Dienstmädchen wecken.

Gute Nacht, Olga.

Deine Hoffnung ist das Einzige, was wir haben.

21. Juni

Wir hatten uns um den Mittagstisch versammelt, als Genosse Filipp an der Spitze eines halbmilitärischen Gefolges eintrat. Er blickte die Versammelten fest an und gab ohne jede einleitende Erklärung bekannt, dass vom heutigen Tag an ein neuer Kommandant eingesetzt sei, Genosse Jurowskij. Mit einer kurzen Handbewegung zeigte er auf eine dunkle Gestalt, die unbeweglich im Hintergrund gestanden hatte. Wir erkannten meinen schwarzgekleideten »Kollegen«, der vor mehreren Wochen im Haus war, um die Beine des Thronfolgers zu inspizieren.

Sobald der Kommandantenwechsel bekanntgegeben worden war, verließ das Gefolge das Zimmer. Wie ein Reflex aus anderen Zeiten wandten alle den Blick zum Zaren.

»Das ist ja richtig traurig für Awdejew«, war der einzige Kommentar Seiner Majestät. Ich glaube nicht, dass die Zarin das Mitgefühl ihres Gemahls teilte. Ich selbst sagte nichts, dachte nur:

So hat ein Thronwechsel zu erfolgen, kurz, knapp, unzweideutig.

Eine Stunde später tauchte Jurowskij zusammen mit einem Assistenten wieder auf. Das Treffen fand in dem kaiserlichen Eckzimmer statt. Der Kommandant trägt trotz der Hitze (die heute unerträglich gewesen ist) eine schwere schwarze Lederjacke. Er hat dichtes dunkles Haar und einen Bart, blutunterlaufene Augen unter kräftigen Augenbrauen. Er verhält sich korrekt und unterscheidet sich damit grundlegend von Awdejew. Der Assistent ist ein junger, recht gutaussehender und sogar höflicher Mann namens Nikulin.

Jurowskij erklärte, die gesamte innere Wache (die Männer, die im Haus untergebracht sind) sei ausgetauscht worden. Die Gardisten seien, wie er sich ausdrückte, der Aufgabe nicht würdig gewesen. Man habe der Familie Romanow eine Reihe ihrer Habseligkeiten gestohlen, und er sehe keinen Grund zu bezweifeln, dass sich die Diebe unter der Wachmannschaft befänden. Man habe schon mehrere verhört und Beweismaterial gesichert. Unser neuer Kommandant betonte, dass das Regime der Willkür jetzt vorbei und abgewickelt sei. Der Zar hörte mit Kopfnicken und Sympathie zu.

»Und jetzt müssen alle Wertsachen registriert werden.«

Es verging ein Augenblick, bevor die Familie begriff, was Jurowskij meinte. Ganz klar wurde es erst, als der Kommandant die Zarin und die Großfürstinnen bat, alles an Schmuck abzulegen, was sie auf dem Leib trugen. Zögernd begannen die Frauen, Halsbänder und Ketten zu lösen. Jurowskij nahm sie entgegen, und Nikulin notierte Nummern und Kennzeichen in einem Heft. Natürlich verriet niemand das Geheimnis der Korsetts, und das Medaillon Rasputins gab auch niemand her. Nach den Protesten der Zarin akzeptierte der Kommandant überdies, dass Wertsachen, die nicht abgenommen werden konnten (was den Verlobungsring des Zaren bedeutete) nur registriert, aber nicht konfisziert würden. Der Zar wiederum bat seinerseits um die Uhr des Thronfolgers. (Dies ist eine seiner letzten Zerstreuungen, den Zeigern auf ihrer täglichen Weltumseglung zu folgen.) Auch dies wurde von dem neuen Regime akzeptiert, das trotz seiner dramatischen Enthüllungen und feierlichen Proklamationen die Gefangenen an Gut und Gold ärmer zurückließ, als sie je gewesen sind.

Erst zwischen sechs und sieben Uhr konnte der Zar seinen Spaziergang machen. Olga Nikolajewna leistete der Zarin Gesellschaft.

Im Souterrain ist es ruhiger geworden.

22. Juni

Kühler.

Der Zar erzählte mir, Jurowskij und der Assistent seien mit den eingesammelten Wertsachen in einer Schatulle zurückgekommen. Die Majestäten seien gebeten worden, zu kontrollieren, dass alles vorhanden war, bevor der Kommandant die Schatulle versiegelte und sie der Zarenfamilie zur Verwahrung übergab. Auch das Versteck mit dem gesamten Gepäck soll versiegelt werden. Seine Majestät findet dies sehr vernünftig und ist verständlicherweise entrüstet darüber, dass früher nichts unternommen worden war. Aber welchen Unterschied macht es eigentlich, dass jetzt auch die Habseligkeiten unter strengere Bewachung gestellt sind?

Es kamen neue Sendungen aus dem Kloster; Milch, Eier, Käse, Hähnchen, reichhaltiger als sonst. Auf die Frage des Zaren bestätigte der Kommandant, dass Awdejews Leute auch von den Lebensmittellieferungen gestohlen hätten:

»Der Mensch lebt nicht von Gold allein«, wie er sagte, worauf er dem Zaren erneut versicherte, die Gefangenen könnten sich künftig vor dieser Art Übergriffen sicher fühlen.

Das Abendessen war ausgezeichnet, aber die Stimmung war eher gedrückt.

Olga Nikolajewna kam vor einer Stunde. Ich empfing sie auf dem Bett sitzend, und sie holte den Stuhl, bevor sie mir einen neuen Brief mit roten Buchstaben reichte. »Der Offizier« unterstrich, dass die Stunde der Befreiung näher rücke.

Er ging auch diesmal nicht näher auf seine Identität oder die der

Gruppe ein, verwies aber auf »Freunde der Zarenfamilie, D. und T., die schon in Sicherheit sind«. Die tschechischen Truppen stünden angeblich nur »einige wenige Werst« von Jekaterinburg entfernt. »Der Augenblick wird kritisch werden, und jetzt muss kein Blutvergießen befürchtet werden. Vergessen Sie nicht, dass die Bolschewiken am Ende imstande sein werden, jede Art von Verbrechen zu begehen. Der Augenblick ist da. Wir müssen handeln.« Er garantierte, dass man sich um das unten stehende Maschinengewehr kümmern werde, ebenso um den neuen Kommandanten. Das Signal werde »gegen Mitternacht ein Pfeifen« sein.

Ich zog automatisch die Taschenuhr hervor und wandte dann den Blick vom Zifferblatt und betrachtete stattdessen Olga Nikolajewnas Gesicht. Die Uhr zeigte Viertel nach eins.

»Wir haben eine Stunde zusammengesessen«, sagte sie.

»Wer sind D. und T.?«

»Vater meint, es müssten Fürst Dolgorukow und General Tatistjew sein.«

»Sollen Sie antworten?«

»Wir haben ja nichts zu erzählen. Abgesehen davon, dass der neue Kommandant uns den Schmuck abgenommen hat. Jewgenij Sergejewitsch, das war ein so unheimliches Gefühl für mich, und jetzt liegen alle Ringe und Ketten in einer versiegelten Schatulle, als wären wir, die wir sie getragen haben, schon verschwunden, als blieben nach uns nur das Gold und die Edelsteine zurück.«

»Ist es das, was Sie am meisten quält, Eure Hoheit?«

»Nein«, erwiderte sie, »es ist etwas, das mit dem Brief zu tun hat. Da steht, wir müssten kein ›Blutvergießen‹ befürchten. Wir – die wir schon immer Blut gefürchtet haben, Blut mehr als irgendetwas anderes.«

Mir war klar, dass sie an den Bruder dachte und dass allein dieses Wort genügte, um die kaiserliche Familie zu lähmen. Sie hielt die Hände auf dem Schoß und sah mich mit einem hilflosen Gesichtsausdruck an:

»Ich bringe es nicht mehr über mich, zu glauben«, sagte sie, »dass *er* es ist, der sie geschickt hat.«

»Liebe Olga Nikolajewna, es ist vielleicht nicht entscheidend, wer Sie befreit?«

»Wenn *er* es nicht ist, dann ist er entweder tot oder …«

»Oder?«

»Er liebt mich nicht. Verstehen Sie das? Wenn es nur irgendein Offizier im Heer ist, wie Vater glaubt, dann wird es keine *Befreiung*, sondern nur eine Fortsetzung in anderer Form oder … ein Blutvergießen.«

»Aber«, versuchte ich es nochmals, »wie können Sie sich so plötzlich des Gegenteils von dem so sicher sein, woran Sie so fest geglaubt haben?«

»Ich wusste ja, dass die Briefe nicht von ihm stammten, das sehe ich an der Schrift und dem schlechten Französisch, aber er muss derjenige gewesen sein, der uns zu befreien versuchte, der das Ganze plante und dafür sorgte, dass die Briefe ankamen und dass es gerade ich war, die sie erhielt. Aber *er* wollte uns nie erschrecken, niemals selbst Ursache dafür sein, dass wir in Angst leben.«

»Es kann ja sein, Olga Nikolajewna, dass er versucht *hat*, Eure Hoheit zu befreien.«

»Ja.«

Die Großfürstin steckte sich den Brief in den linken Ärmel und blieb unbeweglich sitzen. Ich suchte nach Worten, fand aber keine.

Da stand sie auf und ging.

Ich blieb lange wach liegen. Dann kam Mima, stieg vom Pferd und überließ mir den leeren Sattel.

Das Menschenleben ist ein Krieg. Jede Generation stellt ein Glied in einer Armee dar, die ständig, unerbittlich und unausweichlich der Frontlinie immer näher und näher rückt. Es gibt kein Überleben und keine Möglichkeit zur Umkehr, die Vernichtung ist der einzige Ausgang, sie trifft uns Glied für Glied, Generation um Generation, unabhängig davon, unter welchen Fahnen wir ihr entgegenmarschieren.

Der Krieg, in den Mima hineinritt, ist im Vergleich mit dem ewig rollenden Theater des Erdenlebens eine Bagatelle der Zivilisation. Der Krieg enthält jedoch ein furchtbares Element, das selbst der gnadenlosen Ordnung der Natur widerstrebt: die Reihenfolge wird verändert, ein Glied wird aus den hinteren Reihen der Sorglosigkeit geholt und wird dann unter Trommelwirbeln und begeisterten Zurufen in die Feuerlinie geschickt, und zu Fuß oder zu Pferde sprengt die Jugend unter die Greise in der vordersten Linie. Dem grauenvollen Licht des Todes entgegen.

Die Gedanken senkten sich bleischwer auf das Feldbett, nachdem Olga Nikolajewna mich verlassen hatte.

Ich hatte keinen Trost zu geben.

Sie muss ihren auserkorenen Kavalleristen zu Grabe tragen. So wie ich meinen ältesten Sohn auf dem Schlachtfeld verloren habe.

23. Juni

Regenschauer. Zwei Waschfrauen machten sich über die Fußböden her.

Der Kommandant brachte eine der goldenen Uhren des Zaren in einem Lederetui. Es hatte sich im Wachraum in der unteren Etage gefunden (aus dem Versteck gestohlen). Mit blankgescheuerten Fußböden und der Wiedereinführung des privaten Eigentumsrechts versucht Jurowskij, eine neue Ära zu etablieren. Das wäre vielleicht möglich gewesen, wäre da nicht der Mann selbst gewesen (jedes Mal, wenn ich ihn sehe, überkommt mich ein unerklärlicher Drang, mir den weißen Arztkittel anzuziehen) und die neuen Wachmannschaften. Nur wenige oder gar keiner von ihnen sind Russen. Es sind entweder Deutsche, Ungarn oder Leute aus dem Baltikum. Weder lieben sie den Zaren, noch hassen sie die Zarin, aber sie halten das Redeverbot ein, unterhalten sich laut miteinander, aber nie mit uns. Nach und nach ertappen wir uns dabei, dass wir uns nach Awdejews unflätiger, lärmender und nach Wodka stinkender, aber auf gewisse Weise auch menschlicher Bande zurücksehnen.

Jurowskij ist nicht im Haus eingezogen. Er zieht es vor, privat in der Stadt zu wohnen. Mein nächster Nachbar im Kommandantenzimmer nach Anbruch der Dunkelheit ist der leise sprechende, stets korrekte Nikulin.

Als ich nach dem Tee mit dem Thronerben und der Zarin Karten spielte, ließ sie eine Bemerkung fallen, heute sei der 50. Geburtstag ihrer Cousine, »der armen Toria«. Alexandra Fjodorowna spricht ständig mit größter Selbstverständlichkeit über ihre Verwandten im Ausland, und warum auch nicht? Nicht sie, sondern wir sind es, die sich in Gespenster verwandelt haben. Ich erinnere mich an Prinzessin Toria von dem englisch-russischen Flottenbesuch, obwohl sie nicht zu den Persönlichkeiten gehört, die sich genau in der Erinnerung festbrennen. Mit diesem kleinen »poor« hat die Zarin anscheinend alles über ihr Schicksal gesagt: eine Prinzessin, die ohne aufsehenerregende Schönheit durchs Leben wandert, ohne Mann, ohne Kinder, eine Königstochter, die nie Königin wird. Das Gegenstück im Universum der Zarin ist die jüngere Schwester, »happy Maud«. In diesem »happy« liegen Schönheit, Mann und Kind, zwar nur ein einziges, aber das einzige Kind ist ein Sohn, und im Alter von nur zehn Jahren schenkte er seiner Mutter ein Königreich und machte sie zur Königin in einem Land, an dessen Namen ich mich nicht erinnere.

Poor Alexandra, Zeugin dieser gesunden Knaben zu sein, ob nun allein oder eine ganze Schar, ein Hohn Gottes für den von Gott auserwählten Zaren.

In einer fernen Zukunft wird die Medizin vielleicht in der Lage sein, das Geschlecht zu steuern. Bevor es so weit ist, wird die Welt wahrscheinlich auf den Stand des achtzehnten Jahrhunderts zurückgefallen sein, und dann wird erneut eine Frau über Russland herrschen können.

Poor Olga, du bist als Erste zur Welt gekommen, aber für die Geschichte zu spät und zu früh.

Sonntag, den 24. Juni

Sturzregen und Gewitter. Es müssen die Berge des Ural sein, die das Unwetter auslösen.

Heute Vormittag war ich zum ersten Mal seit meiner Nierenkolik wieder draußen. Da war es sonnig und warm, aber nicht heiß. Die Wachen sind draußen im Freien genauso unzugänglich. Sie wechselten ein paar Worte auf Deutsch. Der Zar sagte, wenigstens sei er von dem Gefühl befreit, von seinen eigenen Leuten eingesperrt zu sein. Als er im Sonnenschein neben mir Platz nahm, erlaubte ich mir zu fragen, ob eine Kriegsgefangenschaft nicht vorzuziehen gewesen wäre?

»Ich würde mich nie dem Feind ergeben, niemals Russland und niemals mich selbst.«

Die Antwort kam nicht ohne Heftigkeit, und er fügte mit ungewohntem Nachdruck hinzu: »Ich habe die Krone geopfert, um den Krieg zu gewinnen.«

Um uns herum standen vier Gardisten und ein Maschinengewehrposten. Die Großfürstinnen (ausgenommen Olga) hielten sich unter der Veranda auf. Der neuen Wachpatrouille gegenüber waren sie verlegen. Anastasia Nikolajewna hatte Jim auf dem Arm. Der Abhang ist glitschig geworden, eher grau als grün, seit ich das letzte Mal draußen war. Büsche und Bäume hingegen haben lange frische Triebe bekommen. Wir hörten die Kirchenglocken ganz in der Nähe.

Tatjana Nikolajewna gab zu erkennen, dass sie und ihre beiden Schwestern hineingehen wollten. Einer der Wachposten folgte ihnen. Entgegen dem Reglement (die Gefangenen sollen immer gesammelt auf dem Gefängnishof erscheinen oder ihn verlassen) blieben Seine Majestät und ich wieder allein auf der Bank sitzen, nur mit den fremden Gardisten in der Nähe. Der Zar fischte eine neue Zigarette aus dem Etui, zündete sie an und nahm einen Zug. Dann begann er langsam zu sprechen:

»Sie erinnern sich daran, dass meine Kinder die Masern bekamen und die Unruhen in der Hauptstadt ausbrachen? Es herrschte wunderschönes Wetter, klarer blauer Himmel und Schnee. Ich lud General Iwanow vor und beorderte Verstärkungen in nördlicher Richtung nach Petrograd, zuverlässige Truppen. Der General stellte einen ganzen Zug zusammen, unter anderem eine Kompanie der Leibwache und ein ganzes Bataillon mit Trägern des St.-Georgs-Kreuzes. Mit schwerem Herzen gab ich am letzten Februartag Befehl, meinen Zug bereitzustellen. Erst um Viertel nach drei in der Nacht, nachdem ich alles mit General Iwanow besprochen hatte, ging ich im Schlafwagen zu Bett. Um fünf Uhr morgens setzte sich der Zug in Bewegung. Drei Bahnstrecken führen nördlich vom Hauptquartier in Mogilew nach Petrograd. Die direkte Verbindung über Witebsk ist mehr als 700 Kilometer lang, es geht aber auch ein Gleis in westlicher Richtung über Dwinsk und Pskow und eins nach Osten, fast bis Moskau, via Smolensk und Bologoje. Das ist die längste Strecke, fast doppelt so lang wie die direkte Verbindung. Ich hatte trotzdem diese östliche Trasse gewählt, um nicht mit den Truppentransporten in Konflikt zu kommen.«

Der Zar machte eine Pause, und ich wartete.

»Als ich um zehn Uhr aufwachte, war ich in meinem eigenen Eisenbahnnetz gefangen.« Seine Majestät sah mich mit einem Gesichtsausdruck an, der als ein Lächeln gedeutet werden sollte:

»Es gibt Situationen, Jewgenij Sergejewitsch, in denen ein

Bahnhofsvorsteher an einem Bahngleis in der Provinz größere Macht haben kann als der Selbstherrscher aller Russen. Und wenn sie sich zusammenschließen, kann selbst der Zug des Zaren in ein Spielzeug verwandelt werden, das von Nebengleis zu Nebengleis rangiert wird, von Provinzstadt zu Provinzstadt. So ergab es sich, dass das Oberhaupt des Reiches auf seiner Reise in die Hauptstadt am Ende den Zug in Pskow verließ.«

Nikolaj Alexandrowitsch lächelte schief und biss sich dann auf die Lippe:

»Nun ja, wenn nur die St.-Georgs-Ritter angekommen wären, Gott weiß, auf welchem Nebengleis sie am Ende gelandet wären!«

Ich fühlte mich versucht, etwas zu sagen, hielt die Worte aber aus Furcht davor zurück, dass der Zar sich ablenken lassen würde, jetzt, wo er endlich beim entscheidenden Augenblick angekommen war. Deshalb rückte ich mir nur die Brille zurecht und sah ihn mit all dem Interesse an, das ich aufbieten konnte.

»Ich kam also als Russlands Zar und Oberkommandierender des Heeres am 1. März um sieben Uhr abends in die Stadt Pskow. Von dort reiste ich am Morgen des 3. März um ein Uhr ab – als Oberst.«

Er sah mich mit einem unergründlichen Blick an, der weder Ironie noch Bitterkeit verriet, und fuhr fort:

»Ich fuhr nach Mogilew zurück, um mich vom Stab zu verabschieden. Wie durch Zauberei waren alle Strecken frei. Als ich aufwachte, hatte man den Zug durchgelassen, als wäre ich das Oberhaupt der Staatsbahnen, ein wirklicher Autokrat. Das Wetter war unverändert, blauer Himmel, kalt. Ich glaubte immer noch, wir würden den Krieg gewinnen, dass Russland Bestand haben und ich derselbe sein würde, nur nicht mehr Zar von Russland, aber sonst derselbe. Ich würde vielleicht keinen eigenen Zug mehr haben, aber weiterhin die Freiheit, mich zu bewegen, nach Norden, nach Süden, nach Ost und West …«

Nikolaj Alexandrowitsch erhob sich und schritt ein paarmal an dem Ehrenregiment grob zugehauener Palisadenpfähle vorbei. Die Zeit war um. Zwei Wachen standen bereit, uns vom Gefängnishof nach oben zu eskortieren. Als ich mich mit einiger Mühe von der Bank erhob, sagte er:

»Früher sah ich das Ende für mich immer wie das Unglück bei Borki.«

Seine Majestät machte eine Handbewegung, damit ich in meiner Eigenschaft als Rekonvaleszent vor ihm, aber hinter den Wachposten die steile Treppe hinaufgehen sollte. Als ich den Fuß auf die erste Treppenstufe setzte, beschloss er sein Räsonnement mit den Worten:

»Ich habe nicht gewusst, dass es ein Leben nach der Revolution gibt.«

Seit dem Unglück bei Borki sind schon 30 Jahre vergangen. Die Zarenfamilie war im Spätherbst 1888 mit Russlands Regierung und dem gesamten Hofstaat auf dem Weg von der Krim in Richtung Moskau nach Norden unterwegs. Der Zug umfasste nicht nur die kaiserlichen Sonderwagen, sondern auch eine lange Reihe weiterer zugekoppelter Waggons. Zwei Lokomotiven waren vorgespannt, eine neue und starke sowie eine alte, fast ausgediente. Der kaiserliche Speisewagen kam gleich nach der zweiten Lokomotive, und hier hielt sich Alexander III. mit Gemahlin, Gefolge und sechs Kindern an der Frühstückstafel auf. Der Zug näherte sich mit großer Geschwindigkeit der Stadt Borki südlich von Charkow, als alles mit einem Mal in die Luft flog.

Die Entgleisung kostete 22 Menschen das Leben. Man ging selbstverständlich davon aus, dass der Zug das Ziel eines Attentats gewesen war. Später erwies sich durch eine Untersuchung, dass die Doppeltraktion (auf Befehl des Zaren) im Verhältnis zu der ausrangierten Maschine und der Leistungsfähigkeit des Bahnkörpers ein zu hohes Tempo verursacht hatte. Verwunderlich war jedoch, dass die ganze kaiserliche Familie den Speisewagen unverletzt verließ, obwohl die Wände eingedrückt waren und die Decke herabgestürzt war. Alle kamen unverletzt davon bis auf Kamtschatka, der Hund des Zaren. Er wurde später im Garten des Gatschina-Palasts begraben, unter dem Fenster seines Herrn.

Prof. Grube, der Zar Alexander unmittelbar nach dem Unglück in der Klinik von Charkow untersuchte, hob hervor, dass die Erschütterungen, welche die hünenhafte Gestalt des Selbstherrschers getroffen hätten, die Ursache für die Nierenkrankheit seien, die ihn sechs Jahre später tötete. Das ist wahrscheinlich, aber schwer mit Sicherheit zu sagen, und noch schwieriger ist es, die seelischen Erschütterungen zu schildern, die in der gesamten kaiserlichen Familie sichtbar wurden.

Die Nachwirkungen Borkis legten sich vielleicht erst auf dem Bahnsteig in Pskow. Welch eine Erleichterung, als Nikolaj Alexandrowitsch der ganzen Revolution allein dadurch vorgreifen konnte, dass er im Salonwagen ruhig dasitzend ein Papier unterzeichnete.

Am nächsten Tag war der Himmel genauso blau. Kein Hund zu begraben.

25. Juni

Jeden Morgen erscheint Kommandant Jurowskij und inspiziert die Schatulle mit den Juwelen und dem Goldschmuck der Zarenfamilie, kontrolliert, dass die Gefangenen nichts von ihrem Eigentum gestohlen haben. Unter Führung des Komiteeleiters ist den ganzen Tag an der elektrischen Anlage gearbeitet worden. Man hat Leitungen gekoppelt, Schalter angebracht.

Die Zarin fragte sowohl nach Dr. Derewenko als auch nach dem Matrosen Nagorny, aber keiner der beiden darf kommen, und Jurowskij sieht sich nicht verpflichtet, irgendeine Erklärung dafür zu geben. Ich habe aus eigenem Antrieb die Behandlung Alexej Nikolajewitschs fortgesetzt, erst Massage, dann vorsichtige Übungen mit dem Bein. Der Patient macht gewisse Fortschritte, und der Allgemeinzustand hat sich auch gebessert. Aber je gesünder er wird, umso schwieriger ist es für ihn, sich in das Gefängnisdasein einzuordnen. Der Thronfolger verfolgte die Arbeit der Elektriker mit großer Neugier. Alle Versuche, Fragen zu stellen, wurden jedoch unterbunden. Hinterher rollte er herum und hob jedes einzelne kleine Leitungsstückchen auf.

»Ist es das Licht oder die Signalanlage, die unbedingt in Ordnung gebracht werden muss?«, wollte Alexandra Fjodorowna wissen.

»Ich weiß nicht, Eure Majestät«, erwiderte ich. Um die Wahrheit zu sagen, verspürte ich auch keinerlei Bedürfnis, dieser Frage nachzugehen.

»Es ist sicher die Signalanlage«, erklärte sie bestimmt.

Tatjana Nikolajewna war damit beschäftigt, das Haar der Zarin sorgfältig aufzustecken, als ich das Eckzimmer betrat.

»Die Revolutionäre haben eine eigene Vorliebe für diese Art von Einrichtungen«, fügte sie hinzu.

»Das ist wohl im Grunde nichts anderes als die Klingelanlage Herrn Ipatjews für die Dienerschaft«, versuchte ich zu verharmlosen.

»Wissen Sie was, Jewgenij Sergejewitsch?«, fuhr die Zarin fort. »Wären da nicht die Telegrafendrähte gewesen, in den furchtbaren Märztagen, als die Unruhen ausbrachen, wäre vieles anders geworden. Da begannen die Sozialisten mit ihrer herzlosen Propaganda, nicht draußen auf den Straßen, unter denen, die hungerten und froren, so kalt war es übrigens nicht, die Sonne schien ja jeden Tag von einem klaren Himmel, nein, sie nutzten den Telegrafen, von Bahnhof zu Bahnhof, dirigierten die Truppentransporte um, stoppten die Lebensmittelversorgung. All das habe ich vom Innenminister erfahren, von Protopopow. Eine dünne Kupferleitung, Jewgenij Sergejewitsch, kann größere Macht enthalten als eine ganze Bahnlinie, die mit Güterzügen mit frischen Truppen oder mit Brot und Kartoffeln bis zum Rand gefüllt ist.«

Tatjana Nikolajewna arbeitete ungerührt weiter an der Frisur der Mutter. Ihre Gedanken lassen sich nicht wie bei den Großfürstinnen Olga und Maria ablesen, und sie platzt mit ihren Kommentaren nicht heraus wie Großfürstin Anastasia:

»Alexej wird bestimmt Elektriker, wenn er groß ist.«

26. Juni

Es ist kühler geworden, zwei Spaziergänge unterbrochen durch Regenschauer.

Ihre Majestät hat Kopfschmerzen, legt Patiencen und klöppelt Spitzen. Ich half Alexej Nikolajewitsch mit einer Massage und Übungen, darauf Kartenspiel mit dem Patienten und der Zarin. Nachdem der Sohn hinausgerollt worden war, sagte Ihre Majestät:

»Ich hoffe, dass er bald die Flucht schaffen kann.«

Einen Augenblick lang muss ich mich verwirrt umgesehen haben. Alexandra Fjodorowna bemerkte es und warf einen Blick zum Fenster. Ich sagte:

»Glauben Sie immer noch …«

Ihre Majestät unterbrach die Frage:

»Ich glaube, sie haben *seinetwegen* gewartet. Welchen Nutzen hat es denn, uns zu befreien, wenn nicht auch er, wenn nicht auch der Thronfolger wohlbehalten davonkommt.«

»Glauben Sie wirklich …«

»Wenn die Menschen nicht diese Weisheit besitzen, dann aber Gott. Er sieht, wann die Zeit gekommen ist, wann es möglich ist, die Leiter aufzurichten.«

Die Zarin stand auf und holte ihre Handarbeit, während sie mir gleichzeitig mit einer Handbewegung befahl, sitzen zu bleiben. Ein Regenschauer dämpfte in diesem Moment die Geräusche im

Eckzimmer. Als sie ein paar Spitzen geklöppelt hatte, kam die Frage, ohne dass ihre Aufmerksamkeit dadurch von der Handarbeit abgelenkt worden wäre:

»Glauben Sie nicht auch, dass er wieder gesund wird?«

»Mir scheint, dass sowohl das Bein als auch der Allgemeinzustand sich so gut entwickelt haben, wie wir haben hoffen können, und falls nicht etwas ganz Besonderes passieren sollte …«

»Doktor Botkin, ich frage Sie so, wie Seine Majestät der Zar die Frage an Ihren Kollegen gestellt hat, Professor Fjodorow, und zwar auf dem Bahnhof in Pskow.«

Jetzt verstand ich. Alexandra Fjodorowna wollte wissen, ob ich die Krankheit des Thronerben für unheilbar hielt, so wie der Zar es von Sergej Petrowitsch erfahren hatte, bevor er die Abdankung unterzeichnete. Sie präzisierte es selbst:

»Es war ein Chirurgieprofessor, der meinen Sohn von seinem rechtmäßigen Platz in der Erbfolge für Russlands Thron entfernt hat.«

»Ich vermute«, sagte ich, »dass jeder verantwortungsbewusste Mediziner nach dem heutigen Erkenntnisstand Seiner Majestät eine etwa gleichlautende Antwort gegeben hätte.«

»Jewgenij Sergejewitsch«, fuhr die Zarin fort, und jetzt sah sie mich zum ersten Mal an. »Sie kennen mein großes Interesse für alles, was medizinische Fragen berührt, und noch mehr für die Arbeit, die in all der Pflege und der Fürsorge für unseren Kranken steckt …«

Ich nickte und wollte Ihrer Majestät gerade ein Kompliment wegen ihres aufopfernden Einsatzes im Dienst der Krankenpflege machen, doch sie fuhr fort, und jetzt in einem schärferen Ton:

»Es ist mir trotzdem nie eingefallen, zu glauben, dass ein gewöhnlicher Sterblicher, unabhängig davon, welche Einsichten der Betreffende in Anatomie und Funktionen des menschlichen Körpers besitzen mag, in Fragen von Leben und Tod urteilen könnte, wenn es um Heilung und Auferstehung geht.«

»Ich gehe davon aus, dass auch der Professor die ganz selbstverständlichen Vorbehalte zugrunde legte, was die Grenzen der Wissenschaft betrifft«, sagte ich.

»Ja«, erwiderte sie und wandte sich jetzt wieder ganz dem Weberschiffchen, dem Faden und der Arbeit ihrer Finger zu, »Sergej Petrowitsch hatte wohl seine Vorbehalte, Seine Majestät aber nicht. Er beugte sich ganz und gar den Lehrsätzen des Professors.«

»Glauben Sie nicht, Eure Majestät, dass es die Liebe zum Zarewitsch war, der die schwere Wahl des Zaren entschied?«

»Doch«, entgegnete die Zarin mit einem tiefen Seufzer, »aber Abraham opferte Isaak.«

Erneut wandte sie mir den Blick zu.

»Ob lebend, krank oder tot, es steht uns nicht zu, die Linien zu brechen, die der Herr vom Vater auf den Sohn, vom Zaren auf den Zarewitsch gezogen hat. Wir wissen, wie es Alexander Pawlowitsch ergangen ist. Weil er den Vatermord zugelassen hatte, musste er damit sühnen, selbst nie einen Sohn zu bekommen. Alexander I. hinterließ Revolution und Verwirrung, nur Revolution und Verwirrung.«

Mit Verwunderung hatte ich gehört, wie die Zarin die Verbindung zwischen den beiden verwandten Krisen zog, von Dezember bis März.

»Sie haben Recht, Doktor, Seine Majestät ist liebevoll, aber Gott ist streng. Er forderte ein Opfer. Es war eine andere Macht, die den Chirurgen zu Wort kommen ließ und die allzu leicht beweglichen Gefühle meines Mannes verleitete.«

»Aber …«

»Wir müssen für jeden Tag büßen, an dem wir ihn bei uns haben. Niemand kann Gottes Willen verhindern. Deshalb hat er einen Weg geöffnet, und an dem Tag, an dem das Bein stark genug ist, wird er eine Leiter aufrichten.«

»Mögen wir alle ebenso stark im Glauben werden wie Eure Majestät.«

Diese Worte kamen ganz automatisch, während ich mich verbeugte. Je wirklichkeitsferner die Zarin sich äußert, um so selbstverständlicher werde ich in meiner Untertänigkeit. Der Hof ist intakt. Nur die Schlosswache ist ausgetauscht worden.

27. Juni

Schönes Wetter. Magere Kost. Wir sind zwei Tage nicht mit Lebensmitteln versorgt worden. Karitonow muss sich mit den Reserven aus Tobolsk begnügen.

Die Zarin ging mit nach draußen, bekam aber Probleme auf der Treppe und blieb, ans Geländer gestützt, stehen. Der Zar stützte sie beim Weitergehen. Sie meinte selbst, das komme von den Nieren. (Ihre Majestät hat eine ganz eigene Fähigkeit, die Krankheiten anderer Menschen zu absorbieren.) Ich glaube, es ist Ischias. Wladimir Nikolajewitsch wird nicht ins Haus gelassen, und so muss sie sich mit meiner Diagnose zufriedengeben.

Entweder Patientin oder Krankenschwester. Kaum etwas vermisst die Zarin so sehr, wie Russlands erste Krankenschwester zu sein. Die Zehntausende von Verwundeten machten sie für eine armselige Stunde gesund. Nach Jahren im Morgenmantel auf der Chaiselongue stand sie plötzlich um sieben Uhr auf, legte die Rote-Kreuz-Tracht an, ging zur Messe, und dann konnte der Tag am Operationstisch und am Krankenbett beginnen. Sie liebte die grauweiße Uniform der Barmherzigkeit, so wie sie gleichzeitig in der Armee des Zaren und im Heer Gottes stand. (Überdies konnte sie in ihrer Demut die Schwester überstrahlen, Großfürstin Elisabeth, die seit dem Tag, an dem der Großfürst in die Luft gesprengt wurde, das schlichte stilreine graue Nonnenhabit angelegt hatte.)

Sie wollte die Leiden der Soldaten, des Volkes und des Zaren tragen. Selbst die Abdankung konnte sie bewältigen, und begierig schloss sie den Zaren als siebten Masernpatienten in die Arme. Von der ersten Stunde an hat sie geglaubt, dass der Herrscher geheilt und vom Krankensaal des Allmächtigen wieder auferstehen würde, in eigener Gestalt oder in der des Sohnes. Alexandra Fjodorowna, ich habe mehr Lazarette besucht und mehr Pulsadern unter meinen Händen strömen gefühlt als Sie: Es kommt äußerst selten, äußerst selten vor, dass die Toten ins Leben zurückkehren.

Sie sitzen in dieser Stunde auf Stühlen und Betten und lauschen zum Fenster hin. Sie klammern sich immer noch an einen unsichtbaren Faden, jede Nacht durch 60 Minuten einer schwindenden Hoffnung. Vielleicht fühlen sie Zweifel, wenn ich nicht da bin, spüren, dass ich das Wunder untergrabe.

Ich würde gern den kühlen Luftzug vom Fenster spüren, bin aber nicht imstande, den Druck der Zarenfamilie zu ertragen.

28. Juni

Heute wurde unser Leben besiegelt.

Noch finden alle zwölf am Esstisch Platz. Der Zar sitzt immer in der Mitte der Längsseite mit dem Zarewitsch zu seiner linken Hand. Um zehn Uhr war Befehl ergangen, alle sollten sich rechtzeitig einfinden.

Wir erwarteten eine wichtige Mitteilung. Niemand wagte zu spekulieren. Es vergingen 20 Minuten, bis Kommandant Jurowskij eintrat. Die Zarenfamilie hat ihm den Beinamen »der Ochse« gegeben, was recht treffend ist – das dichte Haar, der Bartwuchs und die ewige schwarze Lederjacke vermitteln animalische Assoziationen, und der kräftige Hals und die blutunterlaufenen Augen in dem etwas flachen Gesicht unterstreichen das noch mehr. Seine Majestät bekam wohl nie zu hören, dass auch sein

Vater, der große Alexander, im Volksmund »der Bulle« genannt wurde.

Als der Kommandant endlich erschien, bedauerte er, dass wir hatten warten müssen, was einen versöhnlichen Eindruck hätte machen können, wäre da nicht die Begründung gewesen: Er habe noch frühstücken müssen. Und was hatte er mitzuteilen? Ja, die Fleischlieferungen würden reduziert werden, was wir längst registriert haben, und überhaupt werde es bei der Lebensmittelversorgung zu Kürzungen kommen. Kurzfristig würden allerdings schon im Lauf des Tages neue Waren geliefert werden. Außerdem, und dies war offenbar das Hauptanliegen des Kommandanten: Künftig wird vom Kloster keine Sahne mehr kommen.

Nachdem das Kommuniqué verkündet worden war, senkte sich allgemeines Schweigen auf den Tisch. Nur der Koch Karitonow warf einen raschen Blick auf den Zaren, bevor er sich zu einem verzweifelten Protest aufraffte:

»Ich habe bald keine Lebensmittel mehr und soll für zwölf Personen das Essen zubereiten. Mehrere sind krank und erfordern eine besondere Verpflegung, dreimal in 24 Stunden!«

»Sie leben wie Grafen«, entgegnete Jurowskij, indem er die Stimme kaum merklich hob, »alle hier haben eine besondere Verpflegung. Ich weiß nicht, ob jemand außerhalb dieses Gebäudes dreimal täglich zu essen bekommt, ohne selbst einen Finger zu rühren.«

Der Koch sah sich hilflos um, bis er einsah, dass die Schlacht um die Lebensmittel verloren war. Er sank auf den Stuhl. Noch eine Meuterei war damit zusammengebrochen. Als Arzt hätte ich ihn sicher unterstützen sollen, aber dieses oder jenes sagte mir, dass die Gegenstöße Jurowskijs um so tödlicher sein würden, je mehr Fragen er beantworten musste.

Die Sahne ist also eingezogen. So tief ist die Dynastie gesunken.

An einem warmen Sommertag auf dem Zarenschiff *Standart* hörte ich tief von unten aus dem Schiffsbauch einen Laut, der mich in die grünste Landschaft versetzte. Ich fand den Weg zu einem aus weiß bemaltem Teakholz zierlich geschnitztem Verschlag. Im Verschlag stand eine wohlgenährte Kuh mit prallem Euter. Der Steward erzählte, das Tier werde jedes Mal hinuntergeführt, wenn der Zarewitsch und die Großfürstinnen an Bord erwartet wurden. Da stand sie und kaute durch ihre vier Mägen und garantierte so den Erben der Dynastie frische Milch. Als das Winterpalais zur Zeit Nikolajs I. durch Brand beschädigt wurde, kam unter dem Dach des riesigen Gebäudes ein ganzer Bauernhof ans Licht.

Ich verstand nicht, welcher Art von Taktik Jurowskij sich bediente, doch es musste eine Art Narrenspiel sein. Erst die strenge Vorladung, dann die Verspätung, weil er selbst habe Käse essen müssen (ja, er nannte ausdrücklich Käse), und dann die Mitteilung, wir würden künftig keine Sahne mehr erhalten (als ob das etwas wäre, womit wir angeblich besonders verwöhnt worden wären). Vielleicht war die Sahne symbolisch zu verstehen, dass es mit den Privilegien ein Ende hatte, dass von dem kaiserlichen Luxus keine Rede mehr sein konnte, dass der Kommunismus eingeführt war? Auf jeden Fall ein Narrenspiel.

Dann kam der Schock.

Wir fühlten uns alle ein wenig ermattet nach der Erwartung, die im Sand verlaufen war. Ich wollte Alexandra Fjodorowna ein Kartenspiel mit dem Zarewitsch vorschlagen, um die Frustration vergessen zu machen. Die Ereignisse kamen mir zuvor. Ich weiß nicht, wer es war, doch plötzlich war ein Ruf in Form eines Stöhnens oder eines Seufzers aus dem Eckzimmer zu hören. Kurz darauf stand ich in der Tür und sah die Familie (bis auf Alexej Nikolajewitsch und Großfürstin Maria). Sie standen vor dem Fenster und wandten mir den Rücken zu. Die Zarin drehte sich als Erste um. Ihr Gesicht war bläulich.

In dem Moment, in dem ich sie sah, ging es mir blitzartig auf: Der Zarewitsch hat sich wieder die Stromschnellen hinuntergewagt, das Wunder wiederholt!

Alexandra Fjodorowna taumelte und sank auf einen Stuhl, ohne zu bemerken, dass ich den Raum betreten hatte. Langsam wagte ich mich zu dem offenen Fenster, stellte mich neben den Zaren, immer noch auf das Schlimmste gefasst, vorbereitet auf den Anblick von Alexej Nikolajewitsch, der nach einem Sturz aus drei Metern Höhe blutend dalag. Man hatte Leitern an die Hauswand gelehnt, zwei Leitern. Nikulin leitete einen Arbeitstrupp von einem halben Dutzend Männern. Zwischen sich bugsierten sie etwas Schweres und Schwarzes – ein Eisengitter.

Als das Gitter allmählich hochgehievt wurde, zog sich die Familie immer mehr ins Zimmer zurück. Als es endlich vor dem offenen Fenster festgeschraubt war, standen wir mit dem Rücken zur hinteren Wand und starrten stumm auf einen blauen Himmel, der künftig in genau gleich große Quadrate eingeteilt sein würde, zwischen dicken Eisenstreben. In einer von ihnen leuchtete das Kreuz auf der Himmelfahrtskathedrale.

Maria Nikolajewna schob den Rollstuhl herbei. Die Familie war vollzählig.

Die Vormittagsstunde der Wahrheit, als die Kette sich um die Fußfesseln schloss. Klarer hätte es der Kommandant mit Worten nicht ausdrücken können. Wir waren nicht nur verbannt, nicht nur eingesperrt hinter vernebelten Fenstern, hinter hohen Zäunen, hinter dicken Mauern – sondern auch gefesselt und weggeschlossen hinter dem Eisengitter des Zuchthauses, im Haus des Todes.

Diese düstere Arbeit wollte er in aller Ruhe ins Werk setzen. Aus diesem Grund hatte er uns an dem leeren Esstisch versammelt. Dies war es, was er mit dem Ende der Sahne gemeint hatte, der schwarze Ochse.

Militärmusik. Truppen zogen durch die Stadt, Infanterie, Artillerie, Kavallerie. Wir erfuhren, dass die Abteilungen aus deutsch-österreichischen Kriegsgefangenen bestanden, die unter dem Befehl der Bolschewiken den Kampf gegen die tschechische Legion aufnehmen sollen. Eine Abrechnung unter früheren Kriegsgefangenen auf russischer Erde. Was sagt das über die eigentlichen Stärkeverhältnisse, über die politische Situation in Russland? Ich weiß es nicht, weiß nur, dass das Gitter angeschraubt worden ist, damit wenigstens wir von allem ferngehalten werden.

Dies ist nicht unser Krieg.

Die Sahne – die Briefe wurden zusammen mit den Lebensmitteln aus dem Kloster abgegeben. Es ist »der Offizier«, der nicht mehr kommen wird.

29. Juni

Tag der heiligen Apostel Peter und Paul. Blauer Himmel, abends Regenschauer. Alexandra Fjodorowna verbrachte den Tag im Bett. Die Großfürstinnen lasen vor, religiöse Texte.

Olga Nikolajewna kam um Mitternacht herein. Ich war immer noch angekleidet, setzte mich trotzdem aufs Bett, nachdem ich den Stuhl herangezogen hatte. Ihre Augen schienen noch größer zu sein, die Haut spannte über den Wangenknochen, der Mund war schmal. (Plötzlich fiel mir ein, dass ich den Aufruhr des Kochs Karitonow hätte unterstützen sollen.) Ihr Gesichtsausdruck war irgendwie anders, sie wirkte gefasst, beinahe abgeklärt.

»Doktor Botkin«, sagte sie, »können wir nicht anfangen, wieder Theater zu spielen?«

Nichts hätte mir ferner gelegen als Theater. Ich erwiderte:

»Finden Sie nicht, dass es eher … eine Beschäftigung für den Winter ist?«

»Doch«, erwiderte die Großfürstin, »aber wir haben ja keinen Sommer bekommen. Wir können nicht baden, nicht segeln, nicht rudern, nicht Tennis spielen, nicht Rad fahren, zu einem Picknick losziehen. Wir sind drinnen, und draußen ist es weiß. Außerdem sollen wir ja hier bleiben.«

Das Räsonnement erfolgte in einem Ton jugendlicher Entrüstung, bis auf den letzten Satz, bei dem ihre Stimme leicht zitterte.

»Denken Sie an das Gitter, Olga Nikolajewna?«

»Ja, ich denke an das Gitter. Ich habe die Zeit zurückgedreht, zu ihnen, zu den dreizehn Nächten vor dem Fenster, Lebwohl gesagt, Lebwohl zu den Melodien der Nacht. Wir haben aufgehört zu lauschen. Es spielt keine Rolle mehr, ob wir Trommeln hören, Hörner oder nur jemanden, der pfeift.«

Ich fühlte, wie die Hoffnung mit dem letzten Julianischen Kalender schwand, und gleichzeitig saß sie doch so reglos vor mir und rückte allmählich näher.

»Letzte Nacht konnte ich nicht schlafen. Ich hatte das Gefühl, dass die Zeit stehengeblieben war, irgendwo mitten in den Postillen und geistlichen Büchern von Mutter. Vater befindet sich im achten Band von Saltykows Werken. Niemand sitzt am Fenster. Aber dann, als ich in der Küche stand und Karitonow half, dachte ich, dass diese …«

Sie unterbrach sich selbst:

»Sie erinnern sich an die Dekabristen und die Frauen, die ihnen nach Sibirien folgten? Es führte kein Weg zurück. Nicht bevor der Zar tot war.«

Die Sätze kamen langsam:

»Wissen Sie, Jewgenij Sergejewitsch, wie lange Nikolaj I. Russland regierte?«

»Ja, er war dreißig Jahre lang Zar, bis 1855.«

»So lange währte die Gefangenschaft. Als sie verbannt wurden, waren sie junge Menschen, Fürsten und Fürstinnen am Anfang des Lebens, genau wie wir, ganz genau wie wir. Und als sie unter dem neuen Zaren nach St. Petersburg zurückkehrten, waren sie alt geworden. In der Zwischenzeit hatten sie ihr Leben gelebt. Wir können nicht auf die Befreiung warten, Jewgenij Sergejewitsch, dies *ist* unser Leben.«

»Olga Nikolajewna …«

»Wollen Sie also die Rolle des Bären übernehmen?«

Mir fiel nichts Besseres ein, als die Frage zurückzugeben:

»Wer soll die Jelena spielen, die Gutsbesitzerin?«

»Ich, wie beim letzten Mal. Doktor Botkin, selbst wenn Sie magerer geworden sind« – Olga Nikolajewna beugte sich vor und legte die Hand leicht auf meine –, »gibt es niemanden, der den Bären besser spielen kann. Und Sie haben ja auch den Landarzt gespielt, als Alexej Sie darum bat.«

Ich zog die Tatze zurück und schüttelte den Kopf.

»Aber warum, Jewgenij Sergejewitsch, wenn Sie alles haben aufgeben können und uns bis nach Sibirien begleitet haben, können Sie doch auch die Hauptrolle in *Der Bär* spielen? Es ist ja nur ein *Einakter*! Sehen Sie, jetzt lächeln Sie auch.«

Ja, ich musste unwillkürlich lächeln, und damit verriet ich mich.

»Ich kann nicht«, sagte ich, »nicht, solange Sie die Jelena spielen.«

»Wie bitte?« Olga Nikolajewna sah verblüfft und zugleich verzweifelt aus. Ich stand im Begriff sie zu kränken, und das wünschte ich mir am wenigsten von allem.

»Ja, es liegt aber nicht an Ihnen, ganz im Gegenteil … Es liegt am … Schluss.«

»Wollen Sie mich nicht küssen?«

»Doch. Das ist der Grund, weshalb ich es nicht tun kann.«

Olga Nikolajewna wurde ganz still. Ich fühlte mich bodenlos unglücklich und merkwürdig schwindlig.

Mit einem Mal sagte sie:

»Glauben Sie, dass … Sie auch ein Schauspiel schreiben könnten?«

Ich sah sie verständnislos an.

»Wo Sie doch Arzt sind?«

Dankbar dafür, dass sie nicht aufgestanden war, dankbar dafür, dass sie das Gespräch fortsetzte, nahm ich mich zusammen und sagte:

»Dass Tschechow ein großer Dichter war, lag doch wohl nicht daran, dass er Arzt war.«

»Aber Sie schreiben ja auch, nachts, wenn ich von Ihnen weggegangen bin.«

»Ich führe Tagebuch, genau wie Ihre Eltern und Sie selbst …«

Sie errötete.

»Wissen Sie, welches Tagebuch ich am liebsten lesen würde, Doktor?«

»Nein.«

»Ihres. Meines kenne ich ja, und das von Mutter und Vater kann ich erraten, aber Ihres, das von außen kommt, das muss anders sein. Da müssen *wir* anders sein. Ich auch, eine andere.«

»Liebe Olga Nikolajewna«, sagte ich, »glauben Sie auch, dass ich gern Ihr Tagebuch lesen würde?«

»Vielleicht …«

»Nein, so nahe möchte ich Ihnen nie kommen.«

Mit diesen Worten, das fühlte ich, hatte ich eine Art Gleichgewicht wiederhergestellt, dass sie mir auch weiterhin vertrauen konnte. Kurz darauf stand sie auf, gab mir die Hand und sagte mit einem leicht resignierten Lächeln gute Nacht, bevor sie leise durch das Esszimmer hinausging.

Regen, in der Ferne Donnergrollen.

Etwas kühler. Wir waren in zwei Gruppen draußen, ausgenommen die Zarin, die das Bett hütet. Sie sagt, sie habe Schmerzen in den Hüften, wenn sie sich bewege. Großfürstin Anastasia war Hofdame oder, wie sie selbst sagte, »Hüftendame«.

Der Zar fragte auf seine einfache Weise dennoch noch einmal nach Nagorny und Sednjew (nach Aufforderung durch die Zarin). Er erhielt vom Kommandanten zur Antwort, die beiden befänden sich nicht mehr in Jekaterinburg, nicht einmal im Gouvernement. Auch bei Dr. Derewenko bestehen für uns kaum Aussichten, ihn wiederzusehen. Seit Jurowskij das Kommando übernommen hat, hat man ihn nicht ins Haus gelassen.

Um 18.30 Uhr fand ein Ereignis statt. Alexej Nikolajewitsch nahm sein erstes Bad, seit er Tobolsk verlassen hat. Jurowskij hat uns auf den Wassermangel hingewiesen und gesagt, die Romanows brauchten nicht öfter zu baden als »gewöhnliche Leute«. Aber selbst nach den neuen Vorschriften konnte niemand dem Thronerben eine ordentliche Körperwäsche verweigern. Sogar die Zarin stand auf und ging an den Wachen vorbei zum Bad neben der Treppe am anderen Ende des Hauses. Der Zar rollte den Stuhl, und dann begleitete ich ihn noch als medizinisch Verantwortlicher. Tatjana Nikolajewna kam in ihrer Eigenschaft als Krankenschwester mit, der Hund Joy aus reiner Neugier. Mehr hatten in dem schmalen, mit Fliesen ausgelegten Badezimmer nicht Platz. Seine Majestät hatte für reichlich Wasser gesorgt und hoffte, dass es hinreichend temperiert war.

Alexej Nikolajewitsch trug einen Bademantel. Die Zarin nahm ihn vorsichtig von den Schultern, als er aus dem Rollstuhl aufstand. Er kann immer noch nur auf dem einen Bein stehen, war aber, als der Zar ihn mit einem Arm stützte, aus eigener Kraft imstande, in die Badewanne zu steigen. Ein Lächeln breitete sich auf seinem Gesicht aus, als er nach und nach in die Wanne hinunterglitt. Es war genau eine Spur zu warm, wie ein Bad sein soll. Der Zar war erleichtert, und alle erwiderten das Lächeln. Tatjana Nikolajewna stützte dem Zarewitsch den Nacken, während er sich tiefer sinken ließ, damit das Haar nass wurde. Ein wenig vorsichtig richtete sie ihn dann wieder auf, damit man mit dem Einseifen beginnen konnte. In der Zwischenzeit hatte Joy allergnädigst einen Spritzer von der rechten Hand des Thronfolgers erhalten.

Er ist unglaublich dünn geworden, was nicht nur an der Krankheit liegt. Es ist auch eine Folge des Wachstums. Der Zarewitsch befindet sich in einem Schwebezustand zwischen Kind und Erwachsenem, der jungfräuliche Haarwuchs hätte dem Bad einen Anflug von Geniertheit geben können, aber der Junge hat seine Schüchternheit noch nicht entdeckt. Nachdem Joy sich geschüttelt hatte, legte sich eine fast andächtige Stille auf die Badegäste.

Unter anderen Umständen hätte die Nation jeden Zentimeter verfolgt, mit dem der künftige Herrscher seine Körpergröße steigerte. Ich glaube, Alexej Nikolajewitsch hat Anlagen, ein ausgeprägter Romanow zu werden, vielleicht so hoch gewachsen wie sein Onkel Großfürst Michail, der 192 Zentimeter misst. Kleinwüchsige Zaren gelten beim Volk als schlechtes Vorzeichen. In neuerer Zeit hat Russland nur zwei solche Zaren gehabt, Paul I. und Nikolaj II.

Der Zar herrscht kraft seines Körpers.

Dieser weiße Leib mit den graublauen Augen, dem kastanienbraunen, dichten Haar, dem Medaillon mit dem Goldkreuz am Hals, hinabgesenkt in eine weiß emaillierte Wanne, dies sollte Russlands Zukunft sein, die Zukunft, für deren Verwirklichung wir all unsere Kräfte, all unser Wissen und auch medizinisches Wissen eingesetzt hatten. Nach dem Krankenlager in Spala wurde er mit der Familie auf die Krim gebracht; während die Schwestern in dem brausenden Meer badeten, wurde der Thronfolger in Schlamm begraben. Unterleib und Beine wurden mit einer dicken braunen Moorschicht bedeckt. Siebenmal wurde das Schlammbad wiederholt. Ich weiß nicht, was den größten Heilerfolg brachte, der schmutzige medizinische Schlamm oder die himmlische Zahl sieben. Ich weiß nur, dass dieser Körper viele Schmerzen hat auf sich nehmen und große Leiden ertragen müssen, um einmal über ein Imperium zu herrschen, das sich von der Finnischen Bucht bis zur Bering-Straße erstreckte.

Alexej Nikolajewitsch hat es immer geliebt zu baden. In der silbernen Wanne der Großfürstinnen, in dem lauwarmen Teich beim Alexanderpalast, an dem weichen Sandstrand bei Peterhof oder dem salzigen, steinigen Strand am Schwarzen Meer. Trotzdem glaube ich, dass nur wenige Bäder ihm so gut getan haben wie dieses hinter den Mauern des Ipatjew-Hauses.

In diesem mit Fliesen ausgelegten Rahmen, in dem alles von ihm abgefallen war, wo nur die Mutter, der Vater, die Töchter und der nackte kranke Sohn zusammen waren, verstand ich, was ich bislang nur geahnt habe: dass Alexej Nikolajewitsch das Oberhaupt der Familie war, Russlands wirklicher Herrscher.

So war es gewesen, seit sich die ersten Blutstropfen zeigten und das Gefühl der unabwendbaren Katastrophe in jedem einzelnen von ihnen einen Abgrund öffnete: der Sohn, der Bruder, der Siebte und Einzige, musste sterben. Seitdem sind sie ihm gefolgt, sind ihm so dicht gefolgt wie nur möglich, damit er nicht hinfällt, nicht hinfällt, ohne dass sie zur Stelle wären, um ihn aufzufangen. Es gab nur eine Möglichkeit, der Katastrophe zu entgehen, nämlich ihr zuvorzukommen. *Sie mussten sie mit ihm teilen.*

Und jetzt sind wir da.

Wir stehen um ihn herum, alle, alle unter dem gleichen Schicksal.

Nur das Gesicht über der Wasserfläche mit offenen Augen und

einem verschlossenen Lächeln. Das Haar fließt in einem dunklen Kranz rotbraun hinaus – wie eine Gloriole aus geronnenem Blut.
Der Thronfolger will leben. Genauso lange wie wir.

Es hat die ganze Zeit geregnet. Kein Schritt zu hören. Nur Schüsse aus einem Revolver, nicht sehr weit weg.

Juli 1918

Sonntag, den 1. Juli

Gottesdienst.

Der unter dem Bogen stehende Schreibtisch diente wieder als Altar. Der Zarin hatten wir den Strandstuhl hereingetragen. Im Übrigen wohnten wir mit Ausnahme Alexej Nikolajewitschs im Rollstuhl der Zeremonie stehend bei. Er trug eine weiße Matrosenbluse mit blauem Kragen. Nikolaj Alexandrowitsch erschien wie immer in seiner Militärbluse mit dem St.-Georgs-Kreuz ohne Schulterstücke. Alexandra Fjodorowna trug einen dunkelblauen weiten Rock, die Großfürstinnen ihre schwarzen Röcke mit weißen Blusen. Keine von ihnen trug sichtbaren Schmuck.

Der junge Pope, der den Gottesdienst schon früher einmal zelebriert hatte, kam in Begleitung des Kommandanten und des Diakons. Jurowskij wandte sich an den Zaren und fragte so, wie ein General einen Korporal fragt, ob alle anwesend seien.

»Ja«, erwiderte Seine Majestät, »es sind alle da.«

Auch Demikowa, Trupp, Karitonow und der Küchenjunge hatten sich ganz hinten im Raum hinter dem Bogen mit dem Rücken zur Wand aufgestellt.

Erst als die Liturgie eine Weile fortgeschritten war, fiel mir auf, dass niemand sang. Kein einziges Mal hatte ich die Stimmen der Großfürstinnen gehört. Mir kam der Gedanke, es könnte vielleicht an der Anwesenheit Jurowskijs liegen. Dieser saß in seiner schwarzen Lederjacke unbeweglich im Blickfeld hinter dem Popen. Vielleicht um dieses klangliche Vakuum auszufüllen, begann der Diakon damit, während der Pope mit dem Rücken zur Gemeinde stand, das Gebet »Der bei den Heiligen ruht« zu singen.

Dann fiel erst Seine Majestät, dann einer nach dem anderen der kaiserlichen Familie auf die Knie. Alexej Nikolajewitsch beugte im Rollstuhl den Nacken, danach folgten ich und die Diener dem Beispiel der Familie.

Der Pope ließ jeden das Kreuz küssen, bevor er das Brot austeilte. Selbst das ersehnte Sakrament war kein Ersatz für die Stimmen der Großfürstinnen.

Alexandra Fjodorowna verbrachte den Rest des Tages im Zimmer (in dem auch der Zarewitsch jetzt ständig wohnt) mit Vorlesen, Patiencen und ihren Spitzen.

Heute Nachmittag trug ich den Strandstuhl zurück. Sie bedankte sich und bat mich, Platz zu nehmen. Wir wechselten ein paar Worte über die ständigen und zunehmenden Schmerzen, nicht nur in den Hüften, sondern auch in den Beinen. Danach kamen wir auf den Gottesdienst zu sprechen. Dann sagte sie, ohne die Handarbeit beiseitezulegen:

»Ich glaube, Er wird die Leiter bald aufrichten.«

Ich warf einen Blick zum Eisengitter, bevor ich mich fragend zu ihr umdrehte. Die Hände setzten die Arbeit fort, der Blick folgte dem Faden, nur die Lippen bewegten sich:

»Die Himmelsleiter.«

2. Juli

Das Haus wurde sauber gemacht. Wieder. Zwei stämmige Frauen feudelten sämtliche Fußböden in beiden Stockwerken. Die Großfürstinnen halfen mit, räumten die Möbel beiseite und stellten sie um. Jurowskij gab Befehle und benutzte den Anlass, sich über den Zustand der Gefangen zu unterrichten. (Mit Ausnahme des Gottesdienstes ist er in den letzten Tagen selten zu sehen gewesen.) Nachdem er von den Großfürstinnen eine »Bestellung« von Nähgarn entgegengenommen hatte, machte er sich daran, das kranke Bein des Zarewitsch zu untersuchen. Die Hose war bis zum Oberschenkel hochgekrempelt. Das weiße Bein lag ungeschützt in Jurowskijs Händen. Er setzte sich dem Rollstuhl gegenüber hin und betastete das Knie mit einer so hochmütig sachkundigen Miene, dass ich es nicht lassen konnte zu sagen:

»Sie scheinen ja in medizinischen Angelegenheiten bewandert zu sein, Kommandant?«

Ohne meine Frage zu beachten, konzentrierte sich Jurowskij ganz auf den Patienten. Als wollte er demonstrieren, dass er sich ausschließlich auf seine eigenen Untersuchungen verließ. Normalerweise hätte ich mich zurückgezogen, doch ich fühlte mich verpflichtet, der Konsultation beizuwohnen, da schon die kleinste Unvorsichtigkeit oder eine harte Berührung der kranken Stellen einen nicht wiedergutzumachenden Schaden anrichten konnte. Als Jurowskij mit seiner klinischen Untersuchung endlich fertig war, zog er das Hosenbein herunter, nickte vielsagend, bevor er aufstand und seine Aufmerksamkeit mir zuwandte.

»Ja, ich bin sehr wohl bewandert, was Blut und zerfetzte Körperteile angeht. Ich habe mehrjährige anatomische Studien in den kaiserlichen Schützengräben hinter mir.«

Wie oft ist mir nicht der Gedanke gekommen, dass gerade der Feldscher seine mangelnde Einsicht mit der unbestechlichsten Positur eines Oberarztes kompensieren muss!

»Sie haben also gelernt, mit dem Rasiermesser umzugehen, Kommandant?«

Jurowskij zog es vor, die Ironie zu überhören. Er sah mich mit seinem ebenso stechenden wie gefühllosen Blick an.

»Haben Sie schon mal versucht, eine Uhr zu operieren?«

Ich schüttelte den Kopf.

»Wenn ein Menschenherz aufgehört hat zu schlagen und kein Wiederbelebungsversuch es wieder hat in Gang setzen können, nützt es nichts, die Brust zu öffnen und den Deckel abzuschrauben. Dann ist es tot, nicht wahr? Dann ist es tot. Das Uhrwerk kann jahrelang stillstehen, kann aber dennoch wieder zu ticken beginnen, wenn es einem kundigen Mann in die Hände kommt. Der Mechanismus des Körpers ist vergänglich. Es ist das Zahnrad der Zeit, das die Tage zählt. Alle haben einen Körper, aber gehen Sie mal unter Leute, unter Bauern und Arbeiter, und fragen mal, wie viele eine Uhr besitzen?«

Alexej Nikolajewitsch hatte vom Rollstuhl aus diese seltsame Argumentation mit zunehmender Aufmerksamkeit verfolgt (er hat ein lebhaftes Interesse für alles Technische), und ich glaubte zu sehen, wie sich eine Frage vorarbeitete, nur noch gehemmt vor dem Respekt vor dem unbestrittenen Herrn des Hauses. Inzwischen drehte sich Jurowskij zu ihm um, indem er sagte:

»Der Körper muss gestärkt werden. Schon morgen werden vom Kloster 50 Eier angefordert werden.«

Als ich später Nikulin fragte, erfuhr ich, dass der Kommandant nicht nur Feldscher gewesen war, sondern auch als Uhrmacher gearbeitet hatte.

»Er begann«, sagte der Assistent, »seine politische Tätigkeit in Jekaterinburg mit dem Kampf, den zwölfstündigen Arbeitstag für Uhrmacher gesetzlich zu verankern.«

Außerdem sei er Fotograf gewesen.

Um halb sieben nahm der Thronfolger sein zweites Bad. Gestern war die Zarin an der Reihe. Das Heilige Abendmahl wird verrichtet, und dann wird sauber gemacht. Die Frage überkam mich, als der Zar zusammen mit zwei der Großfürstinnen Alexej Nikolajewitsch durch die Zimmer rollte und auf den mit Fliesen ausgelegten Raum Kurs nahm: Was hätte Dr. Mandt getan? Würde Nikolaj II. mir das gleiche Versprechen abverlangen, wie es Nikolaj I. seinem Leibarzt abverlangt hatte?

Mein Gewissen hat mir gesagt, dass der Zar nicht zu erfahren wünscht, wann die Sanduhr abgelaufen ist, ebenso wenig wie er zu wissen wünscht, wann seine Zeit als Selbstherrscher vorbei ist. Für ihn trifft die Wahrheit dann ein, wenn sie sichtbar wird. Es steht nur dem Allmächtigen zu, alles zu wissen.

Die Zarin hat Recht. Der Herrscher handelte nicht im Bund mit dem Alten Testament. Er opferte das heilige Russland und behielt seinen Sohn.

Die Erklärung von Pskow wartet auf ihre Erfüllung.

Um ein Uhr erschien Olga Nikolajewna. Sie holte den Stuhl. Setzte sich und sagte:

»Ich kann nachts nicht mehr länger schlafen, nicht nach all diesem Wachen.«

»Sie scheinen dabei zu sein, sich meine Gewohnheiten anzueignen.«

»Jewgenij Sergejewitsch, erinnern Sie sich«, begann sie nach einer kleinen Pause, »dass Sie das Leben mit einem Wäldchen verglichen haben, einer Gruppe von Bäumen draußen auf einer Steppe? Wenn man sich nähert, sieht man die Stämme nur als eine geheimnisvolle Wand mit Kiefern, sagten Sie, dunklen Tannen und dem einen oder anderen schlanken weißen Birkenstamm.«

»Ja, das war vielleicht ein wenig poetisch.«

»Dann tritt man ins Leben ein, hinein unter die Baumstämme und verirrt sich unter Büschen und Sträuchern, während der Himmel hoch dort oben beinahe verschwindet. Vielleicht spiegelt er sich in einem kleinen Teich oder einem See, vielleicht gibt es dort Tiere, gefährliche Schlangen auf dem Boden oder Vögel, die in den Bäumen zwitschern.«

»Ich glaube, Sie haben weitergedichtet«, bemerkte ich, verwundert, wie mein einfaches Bild sich in der Fantasie der Großfürstin entwickelt hatte.

»Und dann, wenn die Jahre vergangen sind, kommen wir auf der anderen Seite hinaus, und dann ist das Leben wieder zu einem Wäldchen geworden, nur dass wir jetzt wissen, wie es drinnen aussah und welchen Pfad wir nehmen müssen, um genau dort hinauszukommen, wohin wir wollten, auf die andere Seite.«

»Ja, so habe ich es mir gedacht, und wenn ich Dichter wäre und kein Arzt …«

»Oder Dichter *und* Arzt«, warf sie ein.

»Ja.«

»Doktor Botkin, wenn wir diesen Ort, an dem wir uns jetzt befinden, das Ipatjew-Haus, von außen sehen könnten, so ist ja auch das eine Art Wäldchen. Die Bäume stehen nur dichter zusammen.«

»Die Palisadenpfähle?«

»Aber wir sind nicht draußen. Ich stehe nicht davor, bin nicht auf dem Weg hinein, und Sie stehen auch nicht auf der anderen Seite mit dem Wald hinter sich. Wir befinden uns in der Dunkelheit hinter den Stämmen, unter den Baumkronen, und den Himmel erkennen wir nur ganz oben. Kann es sein, Doktor Botkin, dass wir hierher kommen sollen? Ich habe so viel nachgedacht, nachdem das Gitter angebracht wurde, und ich musste aufhören zu hoffen, auf den ›Offizier‹, auf die Befreiung, dass wir wegfahren …«

»Ich glaube nicht«, sagte ich so schonend, wie ich es vermochte, »dass es von Jekaterinburg offene Bahnstrecken gibt, weder nach Osten noch nach Westen.«

»Sind wir angekommen?«

»Ja.«

Sie sammelte sich ein wenig, bevor sie fortfuhr:

»Deshalb habe ich mir gedacht, dass wir die Tage nicht mit Warten verbringen können, wir müssen uns weiterbewegen, von hier – wo wir sind.«

Ich sah sie an. Sie sagte beinahe munter:

»Und so habe ich das mit dem *Bären* vorgeschlagen, dass wir wieder anfangen sollten, Theater zu spielen. Sehen Sie den Bogen, könnte der nicht ein schönes Bühnenbild werden?«

Ich blickte auf den Boden, wohin sollte ich sonst sehen. Nach dem Gespräch der vorigen Nacht über den *Bären*. Dann kam es leise:

»Wissen Sie, Jewgenij Sergejewitsch, dass Sie der Einzige sind, der uns freiwillig begleitet. Wie die Frauen, die ihren Männern nach Sibirien folgten, die den Ural überwanden und bei den Verbannten lebten, bei denen, die sie liebten, bei den Männern, denen das Recht auf Leben aberkannt worden war? Mir wurde das erst klar, als das Gitter kam, dass Sie … schon hier sind.«

Olga Nikolajewna hatte meine rechte Hand in ihre gelegt. Ich lag mit einem Kissen im Rücken wie ein Patient im Bett. Ich weiß nicht, ob es daran liegt, dass ich Russe bin, doch ich fühlte, wie ein dünnes warmes Rinnsal mir über beide Wangen lief, als befänden sich zwei Adern mit einem Mal auf der Außenseite der Haut.

»Sie sind es, der die Hoffnung trägt, Doktor. Wir«, sagte sie, »wir tragen nur unser Schicksal.«

Eine ganze Minute verging in Stille. Dann sagte ich:

»Wollen Sie immer noch, dass ich den Bären spiele?«

»Ja.«

Olga Nikolajewna gab meine Hand frei, stand auf, lächelte mit den breiten Augen und sagte mit einem neuen und endgültigen Ernst:

»Dann bleibt mir erspart, Vater zu küssen.«

3. Juli

Den ganzen Tag habe ich mich nach der Dunkelheit gesehnt. Danach, dass die Schritte kommen, dass die Tür aufgeht. Ich legte mich früh aufs Bett, es ist jetzt kurz nach elf, ich betrachte den Stuhl, den Baumwipfel, mit dem Rücken zur Wand.

Der Kommandant brachte seine 50 angekündigten Eier mit sowie eine Flasche Milch, als er um neun Uhr zur Inspektion kam. Außerdem hatte er den Wunsch der Großfürstinnen schon erfüllt; er hatte Nähgarn bei sich. All die Freigiebigkeit gab Anlass zur Verwunderung. Jurowskij war verschwunden, bevor er einen Dank hatte entgegennehmen können. Weder für die Eier, die Milch noch für das Garn.

Der Koch wärmte einen Teil der Milch für Alexej Nikolajewitsch auf, der sich eine leichte Erkältung zugezogen hat. Ich ließ ihn trotzdem an den zwei Ausflügen des Tages teilnehmen. Alexandra Fjodorowna hielt sich im Zimmer auf, erst mit Großfürstin Olga, dann mit Tatjana Nikolajewna als Gesellschafterin.

Nach dem Spaziergang blieb ich mit Olga Nikolajewna unter der Veranda stehen und wartete auf die anderen.

»Ich habe Vaters Rollenheft geholt«, sagte sie in gedämpftem Ton, »aber wir fangen nicht vor Mitternacht an, es soll eine Überraschung sein.«

Ich sah sie an.

»Wenn ich den Zaren auf dieser Treppe sehe«, sagte ich, »habe ich fast das Gefühl, als wäre ich Ihr Großvater.«

»Fühlen Sie sich jünger, wenn Sie auf dem Bett liegen?«, fragte sie scherzhaft.

»Ich fühle mich immer jünger, wenn es dunkel wird.«

»Dann fühle ich mich älter«, erwiderte sie ernst.

»Sie sind ja immer noch erst 22 Jahre alt.«

Der Rest des Gefolges war gekommen, und wir holten sie auf der Treppe ein. Der Zar ging als Erster, ich als Letzter hinter Olga Nikolajewna. Sie drehte sich um:

»Wissen Sie, wer Geburtstag hat?«

»Nein.«

»Prinzessin Irina wird gerade heute 23 Jahre alt. Aber sie haben bestimmt schon gefeiert. Auf der Krim sind sie uns sicher 13 Tage voraus, meinen Sie nicht auch?«

»Wahrscheinlich.«

Wir waren oben angekommen.

»Sie ist sicher frei.« Die Worte kamen tonlos, als Olga Nikolajewna den anderen durch die Verandatür folgte.

Das Vogelgezwitscher hinter uns verstummte.

Heute Abend kam die Wache und holte den Küchenjungen. Er bekam Bescheid, er solle das Gepäck mitnehmen, da er »seinen Onkel besuchen« solle. Der Junge war mehr als verblüfft und schaffte es mit knapper Not, sich von der Zarenfamilie zu verabschieden. Mochten sie in der Gefangenschaft auch auf gewisse Weise in verschiedenen Welten gelebt haben, war der Zarewitsch doch sichtlich berührt, als der einzige Junge in seinem Alter das Ipatjew-Haus mit einem Bündel unterm Arm verließ.

»Lebewohl und grüß deinen Onkel«, sagte Alexej Nikolajewitsch zum Abschied.

»Sie auch«, gab Lenka verwirrt zurück.

Ich musste an Michail Alexandrowitsch denken, daran, was Awdejew über die »Befreiung« des Großfürsten angedeutet hatte. Und an Iwan Sednjew. Zwei Onkel, verschwunden in einem Wald aus Redensarten.

Die letzten Reste ergebener Untertanen werden entfernt, kaum etwas ist mehr geeignet, das Zarenpaar zu beunruhigen, als diese Tatsache. Ich überwand meinen Widerwillen und nahm es auf mich, den Kommandanten aufzusuchen.

Nachdem die Wache mich angemeldet hatte, erhielt ich eine Audienz. Er saß hinterm Tisch und empfing mich mit einer Miene angestrengter Freundlichkeit und unterdrückten Misstrauens. Das Bett war gemacht.

»Herr Kommandant, ich komme im Namen der kaiserlichen Familie …« Ungefähr so leitete ich mein Vorhaben ein.

»Ja, der Doktor ist ein treuer Laufbursche.«

»Es geht um den jungen Sednjew. Er hat seit der Zeit, zu der wir

Zarskoje Selo vor bald einem Jahr verließen, im Dienst des Zarenpaars gestanden …«

»Um den Jungen brauchen Sie sich keine Sorgen zu machen, er hat vom Exekutivkomitee Erlaubnis erhalten, seinen Onkel zu besuchen. Er ist ja noch sehr jung, der Ärmste.«

»Aber soviel wir erfahren haben, ist sein Onkel Iwan Sednjew aus dem Gouvernement verbannt worden?«

»Na und? Ja. Aber er ist zurückgekommen. Wir leben in einem freien Land, müssen Sie wissen. Sedjnew ist nach Jekaterinburg zurückgekehrt und hat eingewilligt, den Jungen zu treffen. Mir schien, wir könnten das nicht gut ablehnen, wenn man das Alter in Betracht zieht. Sie können grüßen und den Romanows sagen, dass sie sich keine Sorgen zu machen brauchen. Der Küchenjunge ist morgen wieder da.«

»Haben wir Ihr Wort darauf?«

»Ja.«

Ich sah ihm in die Augen, ohne einem Blick zu begegnen. Trotz all dieses freundlichen Geredes kamen in dem schwarzen Bart die Zähne nicht zum Vorschein.

»Ich werde Bescheid sagen«, beendete ich das Gespräch.

Als ich zur Tür kam, wandte ich mich um. Jurowskij nickte zum Abschied, und mein Blick streifte die Stiefel unter dem Tisch. Sie waren mit frischem braunem Schlamm bedeckt.

Als ich das Zimmer des Zarenpaars betrat, um Bericht zu erstatten, waren sie schon mit dem Bésigue-Spiel des Abends beschäftigt. Seine Majestät hörte mit einem matten Lächeln zu und bedankte sich für den gut ausgeführten Auftrag.

»Weshalb musste er das Gepäck mitnehmen«, fragte die Zarin, »wenn er morgen wieder zurück sein soll.«

Wieder einmal legte Alexandra Fjodorowna den Finger auf den wunden Punkt. Immer haben wir Lügen zur Antwort erhalten. Jetzt hat der Kommandant sich festgelegt und sein Ehrenwort darauf gegeben, dass Lenka morgen wieder da sein wird. Der Gedanke an den Sonnenaufgang beunruhigt mich. Der Tag, an dem das Wort gehalten werden soll.

Mitternacht. Draußen hält ein Lastwagen. Schritte.

Später: Wurde unterbrochen. Es klopfte an der Tür. Der Kommandant: In der Stadt werde gekämpft, die Romanows müssten umziehen, in den Keller. Bat mich, alle zu wecken. Gepäck sei nicht nötig.

Sagte Njuta Bescheid. Klopfte bei den Großfürstinnen an die Tür.

»Ja.« Die Antwort kam augenblicklich. Es war Olga Nikolajewnas Stimme.

Sie saß auf dem Bett bereit. Zwei Hefte auf dem Nachttisch. Bat sie, die Schwestern zu wecken.

Beim Zarenpaar. Ihre Majestät war wach. Der Zar wachte sofort auf und weckte den Zarewitsch. Erstattete Bericht.

»Ich habe keine Schüsse gehört«, sagte Ihre Majestät, nur Motorlärm.«

»Was ist mit dem Zarewitsch?«

»Ich trage ihn«, erwiderte Nikolaj Alexandrowitsch.

Zurück bei den Großfürstinnen, alle sind wach und ziehen sich an. Olga sagte:

»Sie sind unter uns. Ich höre Stimmen.«

Da beugte ich mich hinunter und nahm die Hefte. Sie lächelte.

Es klopft. Jurowskij:

»Sie brauchen kein Gepäck.«

Nur die Treppe hinunterzugehen. Ich spüre einen leisen Pfeifton in der Brust.

Jetzt kommt sie.